Fröhling & Reuß

TEUFELSWASSER

Philipp Laubmanns
dritter Fall

KNECHT
FRANKFURT AM MAIN

Jede Ähnlichkeit mit lebenden oder verstorbenen Personen oder mit tatsächlichen Ereignissen wäre rein zufällig und nicht beabsichtigt.

Gedruckt auf umweltfreundlichem,
chlorfrei gebleichtem Papier

Originalausgabe

www.knecht-verlag.de
Herstellung: fgb · freiburger graphische betriebe 2008
www.fgb.de
Gesamtgestaltung und Konzeption:
Weiß-Freiburg GmbH – Grafik & Buchgestaltung, Freiburg
Illustrationen: Hans G. Weigel, Freiburg
ISBN 978-3-7820-0899-0

I

ER WAR BAR ALLER KLEIDER. Der Moraltheologe Dr. Philipp Erasmus Laubmann saß nackt, wie sein Schöpfer ihn geschaffen hatte, auf einem gepolsterten Stuhl. Obwohl, ganz nackt war er nicht. Einen Rest von Scham durfte er sich bewahren und seine feingerippte weiße Unterhose anbehalten. Schließlich handelte es sich nicht um eine staatlich verordnete Musterung, sondern um eine Untersuchung durch den Badearzt, den er freilich erst seit einigen Minuten kannte.

Dr. Rüdiger Pabst war im Alten Kurbad des bayerischen Staatsbades Bad Kissingen tätig. Er war Ende dreißig, schlank, braungebrannt und sportlich, spielte Tennis oder Golf und ging regelmäßig in die Sauna. Um seinen starken Haarausfall, sein einziges Manko, zu verbergen, hatte er sich eine Glatze rasiert. Als Badearzt hatte er die Aufgabe, zu Beginn einer Kur, während der Kur sowie am Ende derselben die Patienten zu untersuchen, um die erstrebten Veränderungen ihres Gesundheitsstatus' zu dokumentieren. Außerdem war er für die Verordnung der einzelnen medizinischen Anwendungen verantwortlich.

Philipp Laubmann war gestern, am Ostermontag, auf Anraten seines Hausarztes, Dr. Möbius, und auf Drängen seiner Mutter, Rose Laubmann, nach Bad Kissingen gekommen, um eine dreiwöchige Kur zu beginnen. Nicht ganz freiwillig also und zudem auf eigene Kosten. Das heißt, seine Mutter hatte ihm was dazugegeben, weil sie um seine Gesundheit besorgt war.

Er war in letzter Zeit noch etwas fülliger geworden, was Philipp selbst jedoch nicht negativ bewertete. Er hielt seinen körperlichen Zustand nicht für unästhetisch, und sein «geringfügiger Bauchansatz» war ihm, wie er meinte, auf dem schmalen Grat seines Lebenswegs bisher kaum in die Quere gekommen; ja es war ihm wiederholt gelungen, Frauen in dem Glauben zu wiegen, dass er alsbald seine Körperfülle mit seiner geistigen Fülle zu einer imposanten Gesamtpersönlichkeit würde vereinigen können. Gleichwohl war der Erfolg dieser Glaubensarbeit meist vorübergehender Natur.

Dr. Laubmann war mit seinen eins Komma fünfundsiebzig Metern kleiner als Dr. Pabst. Und so braungebrannt war er auch nicht. Er trug eine Brille, die er für die Untersuchung hatte ablegen müssen, hatte schmale Lippen, eine etwas breitere Nase und eine hohe Stirn. Dass seine glatten blonden Haare schütter geworden waren, verband ihn jedoch mit dem Arzt. Laubmann galt in Kirchenkreisen eher als redselig, Pabst in Kurbadkreisen eher als wortkarg.

Der Behandlungsraum war modern, aber nicht übertrieben luxuriös ausgestattet. Nur der cremefarbene halbhohe Schrank, in dessen Regalaufsatz wissenschaftliche Standardwerke und Heilverordnungsverzeichnisse schief aneinandergereiht waren, sowie der gleichfarbige Schreibtisch, der wie desinfiziert wirkte, gingen auf die Entwürfe eines extravaganten Designers zurück.

Auf dem Tisch, an dessen Seite Laubmann auf einem Stuhl Platz genommen hatte, lagen neben diversen Krankenblättern auch die mitgebrachten hausärztlichen Unterlagen des Moraltheologen, und auf dem blendend sauberen Computerbildschirm war die Datei mit dem Patienten-Vorgang *Dr. Philipp E. Laubmann* geöffnet.

Um diesen «Vorgang» zu erweitern, hatte der Badearzt bei seinem Patienten soeben den Blutdruck gemessen und forschte jetzt an Laubmanns linker Armbeuge nach einer geeigneten Ader für eine Blutentnahme. Er stach die sterile Hohlnadel unter die Haut, wobei Philipp wegsah, und das Blut des Theologen rann in das Röhrchen.

«Ihnen wird hoffentlich nicht übel dabei.» Dr. Pabsts Worte klangen ermahnend.

«Ich wäre nicht der erste Märtyrer der Kirchengeschichte», antwortete Dr. Laubmann ebenso scherz- wie standhaft, während er ein Pflaster verpasst bekam.

«Legen Sie sich bitte mal dort drüben auf die Liege.»

Das Leder der Liege war rot gefärbt. ‹Damit man das Blut nicht so sieht›, befürchtete Laubmann. Und das Leder fühlte sich kalt an. Er war ja noch immer beinahe ganz nackt. «Kann ich meine Unterhose anbehalten?» – Wenigstens waren, als Philipp der Bauch abgetastet wurde, die Hände das Arztes nicht kalt.

«Ihr Kirchenleute seid doch wirklich zu schüchtern.» Pabst schüttelte sardonisch den Kopf. «Steht nicht am Anfang der Bibel bereits etwas über die Scham, als Adam und Eva erkannten, dass sie nackt waren?»

«Die Paradieserzählung ist sehr vielschichtig. Freilich soll durch die von Ihnen angesprochene Textstelle der ‹Genesis› nicht so sehr eine Sündhaftigkeit des Geschlechtlichen hervorgehoben werden, sondern die Scham wird wie die gesamte Geschlechtlichkeit als ein gottgewollter Selbstwert der menschlichen Existenz betrachtet.»

«Interessant. – Jetzt bitte aufsetzen!»

Der Arzt hörte mit dem Stethoskop Herz und Lunge Laubmanns ab. «Bitte tief einatmen!»

«Der Psychoanalytiker Erich Fromm …»

«Bitte die Luft anhalten! – Und ausatmen!»

«… stellt sogar die Scham mit der Angst auf eine Stufe und meint, der Mensch müsse beides unbedingt überwinden, sonst gehe er unweigerlich zugrunde.»

«Fromm ist mir bekannt. Sie können sich wieder anziehen.»

Philipp Laubmann war erleichtert und griff gleich nach seiner Hose.

Dr. Rüdiger Pabst setzte sich indessen an den Computer. «Sie sind 40, wie ich sehe.»

«Seit dem 23. März», sagte Philipp, wobei er sich sein Unterhemd über den Kopf zog. «Ich hab um die Zeit des Äquinoktiums, der Tagundnachtgleiche, Geburtstag. Ich neige allerdings mehr der Nacht zu, bin eher ein Nachtmensch.»

«Vielleicht können Sie durch die Kur Ihren Tagesablauf, Ihre Ernährung und Ihre fehlende Bewegung so nachhaltig regulieren, dass sich das zu Hause fortführen lässt.»

«Ach Gott!», unterbrach ihn Laubmann. «Versetzen Sie mich bitte nicht noch mehr in Stress! Ich weiß ja, dass ich gesünder leben müsste. Aber ich habe nun mal meinen gewohnten Rhythmus – und eine ganze Menge Verpflichtungen!»

«Kann ich mir vorstellen», murmelte Pabst nebenbei, während er die neu gewonnenen Daten in den Computer eintrug. Entschuldigungen hatten sie alle; das wusste er aus Erfahrung.

«Ich muss mich um meine Mutter und meine Cousine kümmern. Dann mein Beruf als wissenschaftlicher Assistent am Lehrstuhl für Katholische Moraltheologie in Bamberg, wo ich pro Semester ein Seminar zu leiten habe. Ferner muss ich ein sehr umfangreiches Thema für meine Habilitation bearbeiten!»

«Schlimm.» Die Anteilnahme für den theologisch-wissenschaftlichen Assistenten hielt sich in Grenzen.

«*Die Unmöglichkeit finaler Antworten auf moralische Probleme.*»

«Schrecklich.»

«Das Thema meiner Arbeit, verstehen Sie?»

«Nicht ganz …» Dr. Pabsts Aufmerksamkeit für moralische Probleme war momentan nicht besonders ausgeprägt.

Dr. Laubmann bemühte sich um eine Erklärung. Inzwischen war er vollends bekleidet und saß wieder auf dem Stuhl beim Schreibtisch. «Das zielt letztlich auf die Gottesfrage. Die beschäftigt mich Tag und Nacht. Ich bin nämlich Gottsucher. Das ist, wenn Sie so wollen, meine eigentliche Berufung. Und das bedeutet oft nächtelanges Forschen und Lesen in meiner Bibliothek.»

‹Ein Arzt muss auch Tag und Nacht für seine Patienten da sein›, dachte Pabst.

«Und außerdem beschäftigt mich immerzu eine der Grundfragen meines Lebens: Soll ich mich in absehbarer Zeit zum Priester weihen lassen oder nicht?»

«Machen Sie das doch.»

«Dann stellen Sie sich mal einen Priester vor, der Kriminalfälle löst! Denn das ist eine Nebenbeschäftigung von mir», fügte Laubmann mit ein wenig Stolz hinzu. «Gerade als Moraltheologe mag ich nicht nur theoretisch mit Schuld und Sühne zu tun haben.»

«Pater Brown kann das, Priester *und* Detektiv sein.»

«Ich bin aber keine literarische Kunstfigur.»

Der Arzt entdeckte im Patienten-Vorgang weder einen Hinweis auf eine polizeiliche Tätigkeit noch auf aktuelle Kriminalfälle. «Finden Sie dafür in Bamberg ein Betätigungsfeld?»

«Hin und wieder.»

«Dann können Sie sich in unserem Kurbad einmal richtig davon erholen. Ihre Blutwerte sind, nach den schon etwas veralteten Untersuchungsergebnissen Ihres Hausarztes zu urteilen, übrigens in Ordnung – nur das Cholesterin könnte niedriger sein. Sie brauchen mehr Bewegung. – Warten wir mal die neuen Ergebnisse ab.»

Der Doktor der Moraltheologie fühlte sich nun gewissermaßen «innerlich» bloßgestellt. Aber er wagte keinen Widerspruch, als ihm der Badearzt die Verordnungen bekanntgab. Er sah Laubmann dabei eindringlich an: Lauftraining, zumindest Rundgänge in Kissingens Wandelhallen, in den Saale-Auen oder im Gradierwerk, verbunden mit einer Trinkkur, dann Krankengymnastik, unbedingte Diät – «auch wenn die Fastenzeit schon vorbei ist» – und zusätzlich Moorbäder oder Sauna.

«Das hört sich an wie Gesundschrumpfung.»

«Ihr Hauptproblem ist nun mal das Übergewicht – vor allem in Ihrem Alter und bei Ihrer Größe. Wären es zehn Zentimeter mehr, wäre das kein Thema. So aber werden Ihnen die Blutgefäße auf Dauer Schwierigkeiten machen.»

Laubmann war durchaus willens, bei der Einhaltung der ihm aufgegebenen Kurverordnungen tapfer zu sein, auch wenn er sich dabei wieder würde entkleiden müssen. Nur das mit dem Übergewicht wollte er nicht so einfach auf sich sitzen lassen.

Ein Dünner, meinte er, werde wesentlich seltener auf seine Feingliedrigkeit angesprochen als ein Dicker auf seine Körperfülle. Dabei sei das Schlanksein hauptsächlich eine Modeerscheinung und allein deshalb moralisch bereits verwerflich. Und nehme einer ab, werde er trotzdem beständig mit seinem früheren Gewicht konfrontiert, nur eben belobigend und verbunden mit der Frage, wie viel er denn schon abgenommen habe. «Ich verzichte auf das Lob beim Abnehmen, wenn dafür die negativen Bewertungen gegenüber meiner Leibhaftigkeit eingestellt werden.» Allein den Gedanken, dass die körperliche Expansion mit dem Ausfallen der Haare zu vergleichen sei, weil man in beiden Fällen von vorneherein auf der Verliererseite stehe, sprach er mit Rücksicht auf sein Gegenüber nicht aus.

Der Badearzt nahm die Suada des Moraltheologen ungerührt zur Kenntnis und versicherte ihm, dass er das Gewicht seines Patienten dennoch im Auge behalten und ihn bei nächster Gelegenheit wieder darauf ansprechen werde.

II

ALLE ANWESENDEN MITGLIEDER trugen die gleiche Tracht: ein schlichtes, taubenblaues Kostüm, bestehend aus einer Jacke und einem knielangen Rock ohne Seitenschlitz, dazu eine weiße Bluse und eine Haube, welche die Haare bedeckte und wie ein Schleier nach hinten fiel.

Schon seit Jahrzehnten benutzten sie sowohl für ihre regelmäßigen als auch für ihre außerplanmäßigen Versammlungen den Namen «Concilium». Sie saßen um den langen, viereckigen Tisch in der Mitte des Spiegelsaals. Die Bezüge der Stühle mit den hohen Lehnen waren zerschlissen.

«Wir werden bei allem zu bedenken haben, dass wir unsere Gemeinschaft weiterentwickeln müssen. Im Geiste unserer christlichen Ideale und getreu unseren Gelübden.» Margaretes Worte sollten überzeugend klingen.

Die Frauen des Säkularinstituts *Christen in der Welt* schwiegen einen Moment. Sie waren es gewohnt, Worte einsinken zu lassen und nicht sofort zu widersprechen.

«‹Weiterentwickeln› – heißt das unbedingt Veränderung?» Die amtierende Leiterin Gertrud Steinhag stellte diese Frage wenig zurückhaltend, eher aggressiv, obwohl das sonst nicht ihre Art war. Doch alle wussten, dass ihr tiefgreifende Veränderungen ein Gräuel waren.

Sie war 66, wirkte aber alterslos. Ihre rosige Gesichtsfarbe, die sich von dem taubenblauen Kostüm und den graublauen Augen abhob, war zugleich Ausdruck ihrer Gesundheit wie auch ihrer Anspannung. Denn die Spannungen unter den Anwesenden waren nicht zu verleugnen.

Im heutigen Concilium, dieses Mal in kleiner Besetzung, sollten die Vorbereitungen zur Neuwahl der Leiterin im kommenden Monat besprochen werden. Die Wahl galt für die nächsten vier Jahre.

Die Gegenkandidatin, Margarete Müller, war gleichfalls über 60. Schlank, lebhafte Augen, eine zierliche, gerade Nase; die graublonden Haare waren unter der Haube verborgen.

Sie gab sich im Ton bestimmend, verbarg nur mühsam ihre Unruhe und ihren Zorn. «Ich kandidiere für die Wahl, weil ich unser Institut in seiner Kernausrichtung bewahren will. Und dazu dürfen wir vor einschneidenden Veränderungen nicht zurückschrecken.» Margarete war sich darüber im Klaren, dass die bisherige Leiterin nicht leicht aus ihrem Amt zu verdrängen sein würde.

Das Säkularinstitut lag in einem Seitental des Bruderwalds und somit deutlich außerhalb der Stadt, aber noch innerhalb der Stadtgrenze Bambergs. Ein ehemaliges Wasserschloss mit verfüllten Gräben; eine Dreiflügelanlage. Gelblich gestrichen.

Gabriela Schauberg sah von ihrem Platz aus durch eines der Saalfenster auf den Schlosspark. Die barock gerahmten Spiegel zwischen den Fenstern waren trüb geworden. Der Deckenstuck wies mehr als haarfeine Risse auf. Gabriela konnte den Gärtner des Instituts erkennen, der nahe bei einem zerfallenden Monopteros – einem in der Form eines runden Säulentempels gestalteten Pavillon – Hecken ausgrub, um einen Rosengarten anzulegen.

Sie hatte, trotz ihrer 68 Jahre, ein fast faltenfreies Gesicht, einen offenen Blick und, ähnlich wie Margarete, eine zierliche, gerade Nase. Obwohl sie die Notwendigkeit der von Margarete Müller angestrebten strukturellen Revision verstand, wollte sie weniger hart vorgehen. Ihre Stimme würde die Gegenkandidatin daher nicht erhalten.

«Jede von uns – das betrifft auch unsere auswärtigen Mitglieder – kann ihre Entscheidung in aller Ruhe überdenken. Wir haben bis zum Wahltermin ja noch ein paar Wochen Zeit.» Mit dieser Erklärung hätte Gertrud Steinhag das Concilium gerne vorzeitig beendet, doch die anderen Frauen gingen nicht darauf ein.

Nicht Gabriela Schauberg, nicht die junge Agnes Zähringsdorf, nicht die Seniorinnen des Instituts, Kunigunda Mayer und Dorothea Förnberg, beide weit über 80, und erst recht nicht Margarete Müller.

«Ich finde, wir sollten nicht unser Institut, sondern unsere Lebensgestaltung erneuern, indem wir uns stärker auf das Gebet und den Gottesdienst besinnen; ansonsten wird unser Wirken in der Welt zur Farce.» Ihre zischende Aussprache kostete Agnes Zähringsdorf jedes Mal Sympathien. Mit ihrer Körpergröße überragte die 25-Jährige die Übrigen sogar im Sitzen. Sie hatte lindgrüne Augen. Kräftige Wangenknochen traten in ihrem mageren Gesicht hervor.

Margarete Müller vergaß die gewohnte Zurückhaltung im Umgang miteinander nun doch ganz und gar: «Du hattest schon immer einen Hang zum Klösterlichen, liebe Agnes. Wir aber sind ein Säkularinstitut, und unser Platz ist *in* der Welt. Vielleicht solltest du dir überlegen, in einen Orden zu wechseln. Das würde manches für uns erleichtern.»

«Ich lasse mich nicht einfach hinausdrängen, nur weil dir meine Frömmigkeit nicht liegt. Und um ganz offen zu sprechen: Ich fühle mich hier im Institut manchmal bedroht!»

«Was willst du damit andeuten?»

«Dass ich so manches Mal Angst habe, wenn ich so allein durch die Korridore gehe oder mich allein in meinem Zimmer aufhalte, sogar im Park.» Agnes Zähringsdorf war bemüht, das Zittern ihrer Hände zu verbergen. Die ängstliche Aufgeregtheit in ihrer Stimme aber vermochte sie nicht zu unterdrücken.

Margarete Müller blickte sie böse an. «Du wirst uns doch nicht unterstellen wollen, dass du von irgendjemandem hier im Raum etwas zu befürchten hast?»

«Ich weiß es nicht. Kannst du's mir sagen?»

«Du bildest dir was ein und willst uns damit nur beeindrucken – oder beeinflussen. Deine Vorliebe für die Leidensmystik war immer ein unangenehmer Zug an dir.»

Agnes Zähringsdorf fühlte sich missverstanden und gekränkt. «Deine Kälte, liebe Margarete, die du mit deiner so ‹berühmten› Lebenserfahrung rechtfertigst, hat dich mehr als unempfindlich werden lassen gegenüber Gott und den Menschen. Ich werde es jedenfalls noch sehr zu überdenken haben, ob ich dich wählen werde.»

«Du kannst mich nicht beleidigen.» Margaretes Antwort klang beinahe hämisch. «Wenn es hier eine Bedrohung gibt, dann geht sie am ehesten von dir aus.»

Die beiden Seniorinnen hatten der Lautstärke wegen, die das Gespräch angenommen hatte, ihre Hörgeräte genauer eingestellt und rückten ihre Brillen zurecht. Sie nickten zustimmend. Es war jedoch nicht klar, wem ihre Zustimmung galt. In Gespräche brachten sie sich nur selten ein und redeten dann gleichsam bloß mit einer Stimme. Von allen wurden sie gesiezt und sie verzichteten auch untereinander auf das Du, obgleich sie sich mit den Vornamen ansprachen.

Gertrud Steinhag fühlte, dass sie als Leiterin die Wogen glätten müsste, doch sie schwieg betreten. Auch sie musste sich eingestehen, dass sie Angst hatte.

Gabriela Schauberg hingegen wollte nicht schweigen. «Ich möchte euch ja nicht noch mehr aufregen, aber ich muss zugeben, dass mir der Aufenthalt im Institut oder im Park draußen ähnlich furchteinflößend geworden ist wie unserer Agnes. Ich fühle mich hin und wieder richtiggehend belauert, als würde jemand nur auf den passenden Moment warten, um uns bei unseren Entscheidungen Hindernisse in den Weg zu legen – oder Schlimmeres.»

Gertrud Steinhag nickte still und bedächtig, als würde sie Gabriela zustimmen, aber sie äußerte sich wiederum nicht.

«Ihr seid wirklich hysterisch», schimpfte Margarete Müller und fügte maliziös hinzu: «Es geht nicht um eure privaten Ängste, sondern um rein sachliche Entscheidungen. Und falls ich ins Leitungsamt berufen werde, möchte ich, dass unsere Entscheidungen gemeinschaftlich getroffen werden. Ansonsten werde ich vom Veto-Recht der Leiterin Gebrauch zu machen haben.»

An diesem Aprilvormittag, dem Mittwoch nach Ostern, war es draußen zwar wärmer geworden, aber die dicken Schlossmauern hielten noch die Kälte des Winters in sich. Die Frauen im Spiegelsaal froren. Sie mussten sparen. Heißer Tee und Kaffee halfen nicht viel.

Die Heizungskosten für den Saal, die weitläufigen Korridore, die Bibliothek oder für die über zwei Stockwerke reichende barockisierte Schlosskapelle im gegenüberliegenden Seitenflügel waren zu hoch. Deshalb wurden allein die nötigsten Zimmer und Aufenthaltsräume beheizt. Der offene Kamin im Spiegelsaal war nur mehr Attrappe. Auf dem Dielenboden lagen keine Teppiche.

Als die Sitzung dann doch ihr Ende gefunden hatte und die meisten Frauen schon gegangen waren, wurde Gabriela Schauberg an der Doppelflügeltür des Saals von Margarete Müller zurückgehalten.

«Ich hoffe», sagte Margarete vertraulich zu ihr, «mir nimmt niemand meine Schärfe von vorhin übel. Im Grunde möchte ich das gar nicht.»

«Da wäre ich mir nicht so sicher.»

«Machst du mir Vorwürfe?»

«Nein, auch wenn ich nicht deiner Meinung bin.»

Margarete Müller hielt inne und sah ein wenig bedrückt an Gabriela Schauberg vorbei, die nun endlich gehen wollte. Margarete versperrte ihr jedoch den Weg.

«Noch auf ein Wort, Gabriela. – Wenn du heute Abend durch den Park gehst, möchte ich mich dir anschließen, um etwas Wichtiges mit dir zu besprechen. Etwas, das mich seit langem belastet. Ich hab's mir in letzter Zeit auch wieder angewöhnt, nachts im Park umherzulaufen; allerdings zu einer anderen Uhrzeit als du, um dich nicht zu stören.»

«Tut mir sehr leid. Ich bin ja immer gern im Park unterwegs, um meinen Tag Revue passieren zu lassen, aber ich muss gleich wieder zurück nach Bad Kissingen. Ich bin schließlich erst seit vorgestern zur Kur dort; wegen meiner Herzbeschwerden, wie du weißt. Das bedeutet immerhin eine Stunde Fahrzeit.»

Margarete wartete einen Moment, trat sodann enttäuscht zur Seite und gab den Weg frei.

III

IHR SCHREI WAR NOCH NICHT VERKLUNGEN, als der Faustschlag sie im Gesicht traf und ihr die Sinne schwanden. Sie merkte nicht, wie sie zu Boden fiel und wie ihr Körper in der Dunkelheit über das Gras gezogen wurde. Sie spürte am Ende nur noch die Kälte des Wassers, das über ihr zusammenschlug, spürte, dass ihre Hände wie Fremdkörper an einem Kleidungsstück zerrten, sowie die ungeheuere Last auf ihrem Brustkorb und die Todesangst, zu ersticken.

Die Vögel waren mit dem Ende des Tageslichts bereits verstummt; doch auch die altersschweren Bäume des Schlossparks schienen reglos zu sein und kein durch den leichten Wind ausgelöstes Knarren mehr zuzulassen. Aber die pietätvoll wirkende Stille, die auf den verzweifelten Schrei gefolgt war, dauerte nur kurze Zeit an.

Denn gar nicht lange nach diesem Schrei, der bis ins Schloss vorgedrungen war, wurde es dort in Zimmern und Gängen hell. Durch die rückwärtige Tür des linken Gebäudeflügels kam die Leiterin des Säkularinstituts, Gertrud Steinhag. Sie schwenkte den Strahl einer lichtschwachen Taschenlampe in Richtung des Parks, der sich hinter dem Schloss erstreckte. Dieser ausgedehnte Landschaftspark, in dem vor allem Linden und Kastanien standen, war von einem durch Rost arg angegriffenen grobmaschigen Drahtzaun umgeben. Doch eigentlich wurde der Park vom Wald jenseits des Zaunes begrenzt, denn der Zaun sollte nur das Wild abhalten. Linker Hand verlief zwischen Zaun und Wald ein Feldweg.

Die junge Agnes Zähringsdorf, die dem Säkularinstitut erst seit einigen Jahren angehörte, begleitete Gertrud Steinhag. Sie hatte gleichfalls eine Taschenlampe bei sich, die freilich genauso wenig Licht abgab wie diejenige der Leiterin. Die beiden Frauen in der ordensähnlichen taubenblauen Tracht mussten sich deshalb mehr auf ihre Ortskenntnisse denn auf das Lampenlicht verlassen, als sie in der beklemmenden Dunkelheit vorwärtsschritten.

Von einem der Fenster des Dachgeschosses über dem Spiegelsaal aus folgten die Seniorinnen des Instituts den Frauen im Park mit neugierigen Blicken. Kunigunda Mayer und Dorothea Förnberg hatten, da sie vorher schon zu Bett gegangen waren, Morgenmäntel über ihre Nachtgewänder gestreift und es sich an dem geöffneten Fenster bequem gemacht. Die Hauben hatten sie nicht extra aufgesetzt. Die Brillen für die Fernsicht hatten sie wie üblich vor dem Zubettgehen geputzt. Jede der beiden Seniorinnen hielt einen Rosenkranz in der Hand, wobei es ihr Geheimnis blieb, für oder gegen wen sie beteten. Im Zimmer dahinter flackerte nur das Licht einer Kerze.

Den Frauen Steinhag und Zähringsdorf fröstelte. Bereits am frühen Abend war es, trotz des erstaunlich milden Tages, empfindlich kühl geworden. Aber nicht bloß die niedrige Temperatur, sondern auch die aufsteigende Angst forderte ihren Tribut.

Immer wieder verharrten sie bewegungslos und lauschten; allein wenn sie schon den Heulgesang eines Waldkauzmännchens oder das Quaken der Frösche im Gartenteich vernahmen. Andererseits hofften sie auf einen erneuten Hilferuf Margaretes, deren Stimme sie vorhin erkannt zu haben glaubten. Margarete hatte noch, vor dem Schlafengehen, ihren kurzen nächtigen Spaziergang im Park unternehmen wollen. Das hatte sie Gertrud gegenüber angedeutet, und im Schloss war sie soeben nicht ausfindig zu machen gewesen. Sie riefen sogar mehrmals ihren Namen, wenn auch vorsichtig und verhalten, weil sie nicht wussten, was sie im rabenschwarzen Schlosspark so alles erwarten mochte.

Eine Antwort blieb aus. Gertrud und Agnes erreichten das Birkenwäldchen nahe dem Gartenteich, der immerhin knapp hundert Quadratmeter umfasste. Sie tasteten sich langsam über einen Weg aus feinem weißlichem Schotter und danach übers Gras an den Schilfbereich heran. Eine Maus schien seitlich davonzuhuschen, vergraben unter dem abgestorbenen Laub des vergangenen Herbstes. Dann blieben sie stehen und versuchten wiederum mit Hilfe ihrer Taschenlampen etwas zu erkennen.

Einen Moment später wären sie vor Schreck fast weggerannt, hätten nicht die christliche Nächstenliebe und ihre Wissbegierde die Oberhand behalten. Sie sahen, wo das Grasbett in den schlammigen Teichrand überging, zunächst nur die Beine einer auf dem Rücken liegenden Frau. Doch gleich darauf bemerkten sie voller Panik, dass sich der Oberkörper der Frau im Wasser, ja sogar meistenteils unter Wasser befand. Zu ihrem größten Entsetzen sprang, als ein Lichtschimmer ihn traf, ein Wasserfrosch von dem leblosen Körper auf, um – selbst in Schrecken versetzt – flugs im Teich unterzutauchen. Beide glaubten, ihr Herz höre auf zu schlagen.

Nach unendlich wirkender Zeit, obwohl es nur Sekunden waren, wagten sich Gertrud Steinhag und Agnes Zähringsdorf schließlich in die unmittelbare Nähe ihrer grausamen Entdeckung. Sie waren ungeheuer aufgeregt, atmeten hastig, wurden von kalten Wellen des Schauders durchfahren. Und die toten Augen im algenüberzogenen aschfahlen Gesicht Margaretes starrten sie aus dem Wasser heraus an.

IV

NICHT ALLE WAREN ZUR KUR GEFAHREN oder genossen ärztlich verordnete Badefreuden. Die Bamberger Kommissare Glaser und Lürmann hatten Dienst; und der bereitete ihnen nur in begrenztem Maße Freude. Denn Wasserleichen erwecken bei den Betrachtern in aller Regel keine Badelust. Eine beruflich-freudige Genugtuung oder Zufriedenheit gar stellten sich erst am Ende einer kriminalistischen Untersuchung ein, und auch nur dann, wenn ein Fall gelöst war. Derzeit aber standen sie noch am Beginn der neuen Ermittlungen. Der Fall war keine 24 Stunden alt.

Seit der vergangenen Nacht waren sie im Einsatz, nachdem ein erster Streifenwagen kurz nach 22 Uhr am Haupteingang des Säkularinstituts *Christen in der Welt* eingetroffen war. Gertrud Steinhag hatte nach der Entdeckung der Leiche im Wasser die Polizei per Telefon informiert. Der Streifenwagen war durch das enge Tal mit seiner gewundenen Straße gekommen, das von der Stadt bis zum Schloss reichte.

Die Streifenwagenbesatzung, zwei uniformierte Beamte, hatte Mühe gehabt, die überreagierende Gertrud Steinhag vom Fundort der Leiche fernzuhalten, der – wie sich sehr bald erweisen sollte – mit dem Tatort identisch war. Die Beamten hatten eine ordentliche Tatort-Übergabe an die Kollegen der Kriminalpolizei und den Erkennungsdienst hinkriegen wollen, sozusagen lehrbuchgerecht, ohne dass mögliche Täterspuren durch nachfolgende Spuren Unbeteiligter verwischt oder überdeckt würden.

Zusammen mit Glaser und Lürmann war bald darauf der Erkennungsdienst eingetroffen. Vier Kriminaltechniker, in unbequem aussehenden weißen Overalls und mit den obligaten Latexhandschuhen, hatten danach im Licht eigens aufgestellter Scheinwerfer das gesamte Teichufer einschließlich des Birkenwäldchens sowie den unmittelbaren Tatort weiträumig mit rotweißen Plastikbändern absperren lassen, die um die Stämme einiger Bäume geschlungen waren. Mögliche Spuren der Gewalttat waren auf dem Boden mit nummerierten Schildchen markiert.

Noch in der Nacht war ein sogenannter «Trampelpfad» zur Leiche Margarete Müllers hin ausgewiesen worden, auf dem sich alle Beamten, welche die Tote näher in Augenschein nehmen mussten, zu bewegen hatten; denn darauf waren die Spuren bereits gesichert.

Gleichfalls noch in der Nacht war die Leiche zur rechtsmedizinischen Untersuchung weggebracht worden. Der zuständige Pathologe Dr. Viktor Radetzky, der immer wie ein flüchtiger Schatten wirkte, als wäre sein Auftritt ein Symbol für die Vergänglichkeit des menschlichen Daseins, hatte die Tote am Tatort nur kurz untersucht.

Bei Morgengrauen war es neblig geworden, und es war kälter als am Vortag. Nach einer längeren Pause hatte die Spurensicherung ihre Arbeit wieder aufgenommen. Die Erkenntnisse wurden sogleich auf Diktiergeräten festgehalten. Die Kommissare Glaser und Lürmann wollten freilich nicht auf den abschließenden Tatortbefundbericht warten und hatten sich schon selber ein Bild gemacht, wenn auch bloß ein vorläufiges.

Kriminalhauptkommissar Dietmar Glaser, 48, seit elf Jahren verheiratet, zwei Kinder, strich sich ungeduldig über seinen Oberlippenbart, der wie sein Haupthaar zu ergrauen drohte. Sein Kollege, Kriminalkommissar Ernst Lürmann, verfügte hingegen über volles dunkelbraunes Haar, das gelockt war und etwas wirr abstand. Die ungestüme Jugend, dachte Glaser häufig, denn immerhin war der Kollege 16 Jahre jünger als er. Aber während Glaser geradlinig und, wie er von sich glaubte, zu bürgerlich war, verkörperte Lürmann äußerlich und innerlich eine gewisse Widersprüchlichkeit zwischen Versonnensein, ja Fahrigkeit, und Überkorrektheit in dienstlichen Angelegenheiten. Als wollte er das eine mit dem anderen ausgleichen. – Sie waren beide übernächtigt, hatten sie doch nur ein paar Stunden schlafen dürfen.

Die hochgewachsene Agnes Zähringsdorf hielt sich direkt an der Absperrung auf und versorgte alle Anwesenden mit Tee, Kaffee, belegten Brötchen und Kuchenstücken. Sie hatte an ihrem Standplatz einen Tisch aufgebaut und diesen wie ein Buffet hergerichtet. Warmhaltekannen, Tassen, Teller und Besteck wurden wohlgeordnet bereitgehalten; das gebrauchte Geschirr verschwand in einer gelben Plastikwanne, die mit dem Gelb der Gebäude harmonierte. Die Frauen des Säkularinstituts waren stets auf Gäste eingestellt. Nur zu gern nahmen die emsigen Kriminaltechniker, die dafür immer wieder den abgesperrten Bereich verließen, sowie die uniformierten Damen und Herren der Schutzpolizei, die den Park nach weiteren Spuren absuchten, das Angebot wahr.

Der altgediente Gärtner des Instituts, Heinrich Kornfeld, der schon über 60 war, verweilte hingegen in gehörigem Abstand zur Tatort-Untersuchung. Er gab sich den Anschein, als würde er den Park pflegen, stützte sich aber nur auf seinen Rechen, um die Vorgänge zu beobachten. Die Dienstwägen der Beamten, die an der alleegesäumten Auffahrt und über dem längst zugeschütteten Wassergraben des Schlosses geparkt waren, störten ihn genauso wie die Beamten selbst oder wie irgendwelche Besucher bei besonderen Feierlichkeiten. Kornfeld befürchtete, die Reifen könnten beim Wenden der Wägen unschöne Fahrspuren im Schotter und im Gras hinterlassen. In solch unübersichtlichen Situationen verlangte es ihn nach einem Park-Überwachungsdienst. Dabei waren die Beamten doch so sehr darauf bedacht, keine vorhandenen Täterspuren zu zerstören. Das hatten sie sogar ihm eingeschärft, als sie ihn mit seinen Gerätschaften erblickt hatten.

Die Seniorinnen des Instituts, Kunigunda Mayer und Dorothea Förnberg, hatten wieder ihren Beobachtungsposten am Dachgeschossfenster bezogen. Wenn überhaupt jemand das ungewöhnliche Szenarium überschaute und die Abwechslung zum gemächlichen Alltag trotz aller Trauer genoss, dann sie. Sie verwendeten Sofakissen als Unterlage für ihre Arme und beteten still den Rosenkranz, diesmal eindeutig fürs Seelenheil des verstorbenen Institutmitglieds Margarete Müller.

Dr. Walther, der Hausarzt des Säkularinstituts, hatte gleich am Morgen einen Hausbesuch gemacht und ihnen kräftigende Kreislaufspritzen verabreicht, damit sie die Folgen der Nacht und die Aufregungen des Tages besser überstehen würden. Sie waren also quicklebendig. Sie hatten in aller Frühe die einheitliche Tracht mitsamt der Haube angelegt und waren in Wolldecken gehüllt.

Gertrud Steinhag hatte wie die junge Zähringsdorf einen umhangähnlichen Mantel übergestreift, da sie, außer Haus und ein wenig abseits des gesperrten Tatorts, den

Kommissaren sowie der Staatsanwältin Verena John Rede und Antwort stehen musste. Glaser hatte vorsorglich einen Regenmantel angezogen; sein Kollege Lürmann war mit einem ältlichen Stoffmantel bekleidet, der ein grau-weißes Fischgrätenmuster aufwies. Zudem war Ernst Lürmann ständig in Bewegung, was ihn zusätzlich wärmte; denn er war abwechselnd mit seiner Kaffeetasse, einem Teller, dem Verzehren eines Kuchens, seinem Notizbuch, seinem Stift, seiner Brille und seinem Regenschirm beschäftigt, der mittels einer Schlaufe an seinem linken Handgelenk baumelte.

Die Staatsanwältin hatte keinen Mantel dabei. Sie trug einen schwarzen Hosenanzug und modische schwarze Lackschuhe, die vorne sehr spitz zugeschnitten waren. Sie hatte zwischen zwei Gerichtsterminen nur einmal auf einen Sprung vorbeischauen wollen, um sich nach dem Fortgang der Ermittlungen zu erkundigen. Auch in der Nacht war sie nur für eine halbe Stunde geblieben.

Die 34-jährige Verena John stammte aus Weimar und hieß mit zweitem Vornamen Charlotte. Sie war gutaussehend, gut geschminkt und strebsam. Ihr dunkler Teint passte wie ihre hochgesteckten, braunrot getönten Haare perfekt zu ihrer Kleidung. John pflegte energisch zu gehen, die erhöhten Absätze in den Boden schlagend. Die dünne schwarze Aktentasche aus zartem Leder unterstrich ihre amtliche Position.

Der Leiterin Gertrud Steinhag sah man, trotz ihrer rosigen Gesichtsfarbe, die Anstrengung und die Trauer an, zumal sie die Ereignisse der vergangenen Nacht mehrfach hatte schildern müssen. Mit einem Rest an Hoffnung fragte sie den Hauptkommissar, ob es sich nicht bloß um einen Unfall handeln könne, dass Margarete vielleicht nur unglücklich gestürzt sei. Selbst ein Unfall wäre in Anbetracht ihres Todes ja schrecklich genug.

Glaser verneinte mit Bedauern: «Den Anzeichen nach leider nicht. Der Bluterguss an der linken Schläfe sowie die Druckspuren im Bereich des Brustkorbs und der Schultern deuten auf Gewaltanwendung, also Fremdeinwirkung hin.» Der Pathologe hatte die Leiche teilweise entkleidet.

«Was Sie da andeuten, ist entsetzlich.»

«Der Täter – oder womöglich eine Täterin, eventuell sogar zwei Personen –, der Täter also hat den Park entweder vom Haupteingang aus betreten oder vom angrenzenden Feldweg her durch das unverschlossene Gartentor im Zaun. Er oder sie kann natürlich auch aus dem Schloss gekommen sein.»

«Dort war niemand außer uns Frauen», meinte Gertrud Steinhag unschuldig, als sei sie sich der Tragweite jener kriminalistischen Vermutung nicht bewusst.

«Die Spuren, die wir bisher entdeckt haben, reichen nicht aus, damit wir uns bereits festlegen könnten.» Hauptkommissar Glaser war unzufrieden.

Kommissar Lürmann wäre der Kuchenrest beinahe herabgerutscht, als er den Teller auf einem Baumstumpf abstellte, um anschließend sein Notizbuch aufzuschlagen. «Um welche Uhrzeit gestern Abend, und ich bitte um eine exakte Angabe, haben Sie den Hilferuf gehört … oder die Hilferufe … waren es zwei oder war's nur einer?» – «Nur ein einziger», bestätigte die Leiterin – «Wann also haben Sie diesen einen Ruf vernommen und wann genau haben Sie die Tote tot aufgefunden … die tote Frau aufgefunden, Ihre Mitschwester?»

«Wir sind keine Ordensschwestern.»

‹Warum tragen sie dann alle eine Schleier?›, dachte Lürmann. Er umklammerte mit den Fingern der linken Hand den Henkel der Tasse und zugleich sein himmelblaues Notizbuch mit Gummizug, um mit der rechten zu schreiben. Außerdem hing sein Regenschirm noch immer am Handgelenk, sodass der Kaffee unweigerlich überschwappte und Glaser seinem Kollegen hilfreich beispringen musste, indem er ihm die Tasse entwand.

Verena John sah gespannt zu, Gertrud Steinhag war irritiert.

«Entschuldigen Sie», sagte Lürmann und konzentrierte sich wieder auf seine Arbeit. «Ja nun, können Sie nähere Angaben über den Zeitpunkt machen?»

Die Leiterin des Säkularinstituts *Christen in der Welt* überlegte. «Es dürfte so kurz nach halb zehn gewesen sein. Der Hilferuf war freilich eher ein Aufschrei.»

«Haben Sie die Stimme Margarete Müllers erkannt?»

«Na, außer ihr war doch niemand mehr im Park.»

«Bis auf die Person, die sie getötet hat.»

Gertrud Steinhag schien wiederum für einen Moment irritiert zu sein. «Nein, das war eindeutig ihre Stimme.»

«Und dann?»

«Ich hab zuerst gezögert; die Situation war so irreal. Dann habe ich Agnes, Frau Zähringsdorf, getroffen, und wir haben Margarete kurz im Schloss gesucht und sind anschließend gemeinsam in den Park gegangen.»

«Wie viel Zeit lag zwischen dem Hilferuf und dem Auffinden der Toten?»

«Ich schätze … zehn bis fünfzehn Minuten.»

Ernst Lürmann notierte die Aussage sorgfältig. «Zeit genug für einen Mord.»

«Sie betonen das so», verteidigte sich Gertrud Steinhag, «als hätten *wir* den Mord verhindern können.»

Verena John zeigte Verständnis. «Kriminalkommissar Lürmann möchte nur zum Ausdruck bringen, dass der Täter oder die Täterin schnell gehandelt hat, was auf eine vorsätzliche Tat hinweist.»

Lürmann wandte sich erneut an die Zeugin: «Haben Sie sonst jemanden gesehen, eine fremde Person?»

«Nein, keine Menschenseele.»

«Auch niemanden weglaufen hören?»

«Nein, keine Menschenseele.»

Die Staatsanwältin wollte wissen, wer sich zur Tatzeit im Schloss aufgehalten habe.

«Ich selbst», antwortete Gertrud Steinhag, als würde sie sich schützend vor die ihr anvertrauten Frauen des Säkularinstituts stellen. «Außerdem Frau Zähringsdorf. Unsere Seniorinnen, Frau Mayer und Frau Förnberg, hatten wohl schon geschlafen, sind aber durch die Unruhe geweckt worden.»

Glaser mischte sich ein: «Wo haben Sie und Frau Zähringsdorf sich konkret aufgehalten, als der Hilferuf zu hören war?»

«Ich war im Gemeinschaftsraum und hab eine Patience gelegt; mein ‹Laster›. Und Agnes hat in unserer Schlosskapelle still gebetet.»

«Haben Sie Frau Zähringsdorf in der Schlosskapelle angetroffen?»

«Sie hatte mir gesagt, sie wolle dorthin – was gar nicht ungewöhnlich ist. Und unmittelbar nach dem Hilferuf war sie bereits auf dem Weg zu mir, als ich sie holen wollte. Sie hatte den Aufschrei auch gehört.»

«Und das Opfer, Frau Müller, wann ist sie in den Park gegangen?»

Gertrud Steinhag war sich nicht sicher. «Margarete hat nur irgendwann am Abend erwähnt, ihr sei vor dem Schlafengehen nach einem Spaziergang zumute, was bei ihr allerdings seltener vorkam. So was macht eher unsere Gabriela, wenn sie da ist … Gabriela Schauberg, eine unserer Frauen.»

«Verstehe ich Sie richtig», fragte Glaser, «diese Frau Schauberg war gestern nicht anwesend?»

«Ja und nein.»

«Das müssen Sie uns erklären.»

«Wir hatten gestern am Vormittag eine Versammlung, ein Concilium im kleinen Kreis, bei dem wir über die turnusgemäße Neuwahl der Leiterin im Mai gesprochen haben. Daran waren alle im Schloss beteiligt, zudem Frau Schauberg. Sie wohnt nämlich nicht hier, sondern hat eine Wohnung in der Stadt, was ja den Zielen unseres Wirkens entspricht. Sie findet sich, wie gesagt, abends immer wieder zu Spaziergängen im Schlosspark ein, fährt mit ihrem Wagen extra hierher, und sie redet oft noch mit einer von uns, um ihren Tag Revue passieren zu lassen. Außerdem ist sie gerade zur Kur in Bad Kissingen und nur wegen der Versammlung zurückgekommen. Gleich danach, also gestern um die Mittagszeit, ist sie wieder nach Bad Kissingen gefahren und war seitdem nicht mehr im Institut.»

«Wir werden Frau Schauberg befragen müssen», gab Glaser nüchtern zur Antwort. «Dazu benötigen wir ihre derzeitige Adresse.»

«Die kann ich Ihnen nachher im Büro geben», bot Gertrud Steinhag an.

Ernst Lürmann hatte fleißig mitgeschrieben, war aber noch nicht zufrieden. «War Frau Müller, das Opfer, vielleicht mit jemandem im Park verabredet?»

«Das glaube ich nicht. Sie wirkte allerdings bedrückt und hat sich möglicherweise von dem Spaziergang eine Klärung ihrer Gedanken und Stimmungen erhofft. Dass dieser so schrecklich enden würde, konnte von uns wirklich niemand ahnen.»

Verena John hatte es nun eilig, besagten Gerichtstermins wegen. «Die Kollegen werden die anderen Frauen hier im Schloss ebenfalls dazu befragen, was sie wahrgenommen haben, und ihre Alibis prüfen. Zudem benötigen wir zu Vergleichszwecken von allen Personen die Fingerabdrücke. Vielleicht haben wir Glück, und am Tatort sind auch welche.»

Diese Anordnung empörte Gertrud Steinhag. «Was unterstellen Sie uns damit? Unsere christliche Grundhaltung verbietet uns jegliche Gewalttätigkeit. Keine von uns wäre dazu fähig. Bedenken Sie, welch eine Schuld jemand mit einer solchen Tat auf sich lädt.»

Lürmann fühlte sich mit einem Mal herausgefordert, die Leiterin gegen die Staatsanwältin zu unterstützen. «Ich frage mich, ob schwache Frauen überhaupt die physische Kraft aufbringen, die für so eine Gewalttat notwendig ist.» Dietmar Glaser bekam solche moralisierenden Anwandlungen seines Kollegen des Öfteren zu spüren.

Verena John fühlte sich gleichfalls herausgefordert und reagierte scharf: «Nicht alle Frauen sind so schwach, wie Sie die Frauen gerne hätten! Bei weitem nicht!»

Glaser griff beschwichtigend ein und erklärte der Leiterin: «Unser Vorgehen wird viel von Routine bestimmt. Wir dürfen am Anfang unserer Ermittlungen niemanden willkürlich ausschließen, sondern sind verpflichtet, mehr oder weniger alle beteiligten Personen als Verdächtige zu betrachten.»

***

Sie waren die Staatsanwältin losgeworden. Sollte sie ruhig Karriere machen. Glaser und Lürmann hatten unter der Führung von Gertrud Steinhag das Schloss durch den rückwärtigen Eingang betreten und schritten durch einen der Korridore des meist nur notdürftig renovierten Gebäudes. Die Stille des Hauses überraschte die Kommissare und ließ sie schweigsam werden. Auf der rechten Seite unterbrachen in regelmäßigen Abständen historische Türen aus massivem dunklem Holz, die zu diversen Räumlichkeiten führten, die kürzlich gestrichene weiße Wand. Die Leiterin würde wissen, zu welchen Räumlichkeiten; aber Glaser wollte nicht fragen.

Auf der linken Seite waren in geringen Abständen bis zum abgetretenen Steinfußboden reichende Bogenfenster eingefügt, die den Blick auf einen gepflegten, mit sauber beschnittenen Hecken und Blumenrabatten bestückten Innenhof ermöglichten. Die Mauern zwischen diesen Fenstern waren so verengt worden, dass sie fast den Charakter von Säulen annahmen und den Eindruck eines Kreuzgangs vermittelten. Das war in allen drei U-förmig zueinander erbauten Gebäudeflügeln so. An der Rückseite war der Innenhof freilich nicht zum Schlosspark hin offen, sondern durch eine hohe Mauer von ihm abgetrennt.

‹Die vielen Glasflächen möchte ich nicht reinigen müssen›, sinnierte Lürmann, der seinen Schirm mittlerweile in einer Außentasche seines Mantels verstaut hatte.

Außen am Schloss, wo die beiden Seitenflügel auf den querstehenden Hauptflügel trafen, waren Ecktürme angebracht, denen man sich im Inneren von den Hauptgängen aus nur durch schmale Seitengänge annähern konnte.

«Die Räume in den Ecktürmen sind beliebte Gästezimmer», bemerkte Gertrud Steinhag en passant.

Über eine wenig repräsentative Treppe, an der einfache Schilder beispielsweise auf die Bibliothek oder die Schlosskapelle hinwiesen, gelangte die Gruppe zum Büro der Leiterin im ersten Stock des Hauptgebäudes. Sie hatten das Büro noch nicht betreten, als ihnen einer der Kriminaltechniker entgegenkam, der – vorschriftsmäßig mit Overall und Handschuhen bekleidet – das Zimmer der Toten durchsucht hatte. Er übergab Kommissar Glaser ein flaches, heftförmiges schwarzes Buch ohne Aufschrift, das sich in einer verschlossenen Plastikhülle der Spurensicherung befand. Das sei das Tagebuch der Verstorbenen, erläuterte er, das er in ihrem Bücherregal entdeckt habe.

«Ist so was denn erlaubt, dass Sie das Zimmer einer Toten durchsuchen und ihr Tagebuch beschlagnahmen?», erkundigte sich Gertrud Steinhag, nachdem sie mit den Kommissaren in ihrem Büro allein war. «Ein Tagebuch ist doch etwas sehr Persönliches.»

«Wir müssen Beweismittel sicherstellen, wenn sie uns mögliche Aufschlüsse über die Tatumstände liefern können. Und das ist bei einem Tagebuch durchaus zu erwarten.» Glaser ließ nicht mit sich handeln. «Mit der Staatsanwaltschaft und dem Ermittlungsrichter ist das bereits abgesprochen.»

«Wir werden das Zimmer der Toten vorläufig auch versiegeln», ergänzte Kommissar Lürmann.

Die Leiterin wirkte erstaunt, als hätte sie solch amtliche Eingriffe in ihr Institut nicht erwartet. Sie trat hinter ihren Schreibtisch und zog aus dem Briefständer einen Zettel mit der Adresse eines Kurhotels. Der Aufenthaltsort Gabriela Schaubergs in Bad Kissingen. Gertrud Steinhag übertrug die Anschrift akkurat auf eine Karteikarte, die Lürmann anschließend in seiner Brieftasche verwahrte.

Der Schreibtisch war ein bescheidener furnierter Tisch mit zwei breiten Schubladen nebeneinander. Der altersschwache schlichte Holzstuhl versprach nicht viel Bequemlichkeit. In den offenen Regalschränken standen die säuberlich beschrifteten Akten zur Institutsverwaltung sowie etliche Karteikästen. An den Wänden hingen ein Missionskalender und ein Holzkreuz, hinter dessen Korpus ein frischer Palmzweig gesteckt war.

«Welche Angestellten haben Sie hier im Haus?», fragte Ernst Lürmann.

«Nur unseren Gärtner, Herrn Kornfeld, der auch Hausmeistertätigkeiten erledigt», antwortete Gertrud Steinhag. Und vorsorglich fügte sie hinzu: «Er wohnt aber in der Stadt, ganz in der Nähe, und ist gestern am späten Nachmittag, als er Dienstschluss hatte, wie üblich mit seinem Fahrrad weggefahren. Ansonsten kommen dreimal in der Woche zwei Aushilfen zum Putzen unseres großen Hauses sowie hin und wieder, bei größeren Veranstaltungen, zwei Aushilfen für die Küche. In der Regel kochen wir jedoch selbst.»

Glaser, als Leiter der kriminalpolizeilichen Ermittlungen, gab Lürmann eine Anweisung: «Vielleicht können Sie nachher noch mit Herrn Kornfeld sprechen; und wir benötigen auch seine Fingerabdrücke und die des übrigen Personals.»

Lürmann notierte es sich.

«Ach ja», fuhr Glaser übergenau fort, «falls der Erkennungsdienst Fahrradspuren in Tatortnähe oder auf dem Feldweg hinter dem Zaun findet, soll er sie mit Herrn Kornfelds Fahrradreifen vergleichen.»

«Er wird die Leiche wohl kaum mit dem Fahrrad transportiert haben», raunte Lürmann für sich.

Nach einer kleinen Pause, um seinem Kollegen Zeit für seine Notizen zu lassen, wandte sich Glaser an die Zeugin: «Wenn wir schon dabei sind, Frau Steinhag, hatte Margarete Müller Angehörige?»

«Ja, Anton, ihren Sohn, Anton Müller; er besitzt ein Antiquariat in Bamberg. Und einen Zwillingsbruder, Reinhold Müller; er ist Mesner in der Bamberger Pfarrei Alt-Sankt-Anna.»

Lürmann spitzte die Ohren. «Hätte Margarete Müller gestern Abend, also exakt am Mittwoch, dem 11. April, nicht mit einem der beiden heimlich im Park verabredet sein können?»

«Wozu heimlich? Beide sind uns allen bekannt. Und ich glaube nun wirklich nicht, dass einer von ihnen Margarete getötet hat. Eine solche Vermutung wäre widersinnig.»

«Mord kommt in den besten Familien vor.»

Dietmar Glaser griff wiederum ein. «Wir wären Ihnen dankbar, wenn Sie uns von den Angehörigen ebenfalls die Adressen heraussuchen würden. Wir müssen sie über den Todesfall in Kenntnis setzen und ihnen baldmöglichst einige Fragen stellen.»

Gertrud Steinhag ging zu einem der Regalschränke, öffnete einen der hölzernen Karteikästen und entnahm ihm ein Adressverzeichnis, das sie an Kommissar Lürmann zum Abschreiben der gesuchten Anschriften weiterreichte.

«Das ist zum Teil bereits geschehen», gestand sie. «Ich habe Margaretes Sohn heute Morgen telefonisch informiert, unter seiner Privatnummer. Er hatte zwar nicht viel Kontakt zu seiner Mutter, aber ich hielt eine persönliche Mitteilung für angebracht.»

Glaser erschien das übereifrig, denn das gehörte zu seinen Aufgaben.

«Bei Ihrem Bruder», fuhr die Steinhag fort, «hat sich nur der Anrufbeantworter gemeldet. Wie ich aus der Ansage erfahren habe, weilt er, wie unsere Gabriela auch, seit Ostermontag, also seit drei Tagen, zur Kur in Bad Kissingen.»

«War das abgesprochen zwischen den beiden?»

«Nicht dass ich wüsste. Ich denke, das ist reiner Zufall. Anscheinend sind die Tage nach Ostern eine überaus günstige Zeit für Kuren; ein Neubeginn für den Glauben aus dem Geist des Osterfests und zugleich ein Neubeginn für den Körper, eine Genesung, wozu genauso das vorösterliche Fasten zählt.»

Ernst Lürmann, der es wieder einmal zu genau nahm, holte sein Handy hervor, das er lieber weniger neumodisch «Mobiltelefon» nannte, und wählte die auf der Adressliste verzeichnete private Nummer des Zwillingsbruders.

Glaser befragte die Leiterin unterdessen weiter: «Können Sie uns sonst etwas über Margarete Müller erzählen, über ihr Leben?»

Gertrud Steinhags Blick wurde traurig. «Margarete hat es nicht leicht gehabt. Anton war ein uneheliches Kind. Das war Anfang der 60er-Jahre für eine Frau ein ziemlicher gesellschaftlicher Makel. Sie hatte keinen Kontakt zum Vater des Kindes und hat ihren Sohn alleine aufgezogen. Damals hat sie halbtags als Sekretärin in einem Maschinenbaubetrieb gearbeitet, später dann ganztags.»

«War sie nicht hier bei Ihnen im Säkularinstitut?»

«Sie ist bei uns erst eingetreten, als ihr Sohn erwachsen war. Sie hat sich sehr bewusst für unser Institut ‹Christen in der Welt› entschieden. Und sie hat sich bewusst dienend um die Verwaltung und um praktische Arbeiten gekümmert. Darüber hinaus hat Margarete außerhalb unseres Hauses immer wieder Bibelkreise geleitet.»

«Wenn ich unterbrechen darf...» Lürmann war mit dem Abhören des Anrufbeantworters fertig. Eine legale Abhörpraxis. «Ich kann Ihre Angaben bestätigen, Frau Steinhag. Reinhold Müller, der Bruder und Mesner der Getöteten... der Zwillingsbruder der Getöteten und Mesner, teilt in seiner Ansage mit, dass er sich vom 9. bis zum 28. April – das sind drei Wochen – zu Kurzwecken in Bad Kissingen aufhält und bei Bedarf in der Kurklinik seiner Krankenkasse zu erreichen ist. Die Telefonnummer der Klinik hab ich bereits eingetragen.» Selbstzufrieden klopfte er mit der Spitze seines Stiftes auf sein Notizbuch.

«Genau das hat mir der Anrufbeantworter auch mitgeteilt.» Das klang so arglos, als wäre Gertrud Steinhag mit der Kommunikationstechnik nicht sonderlich vertraut. Im Büro waren bloß ein unkompliziertes Telefon und eine mechanische Schreibmaschine zu sehen. Für die Benutzung des Computers, falls es im Institut überhaupt einen gab, war anscheinend jemand anderes zuständig. Und als hätte sie die hochmütigen Gedanken der Herren gespürt, fügte die Leiterin des Säkularinstituts rasch hinzu: «Das Moderne war die Domäne unserer Margarete.»

Um eine unpassende Antwort seines Kollegen zu verhindern, erkundigte sich Glaser nach den inhaltlichen Grundlagen des Säkularinstituts, obwohl er eigentlich zum Ende der Befragung kommen wollte. «Ich kann offengestanden mit dem Begriff nichts anfangen. Handelt es sich dabei um eine klösterliche Gemeinschaft oder um etwas Außerkirchliches?»

«Weder um etwas Klösterliches noch um etwas Außerkirchliches, denn Säkularinstitute wollen gelebtes Christentum inmitten der Welt sein. Aber schön, dass Sie sich dafür interessieren.» Gertrud Steinhag blühte geradezu auf. Das war ihr Thema. «Säkularinstitute sind Weltgemeinschaften, weil ihre Mitglieder *in* der Welt leben und durch ihr weltzugewandtes Leben christliche Werte vermitteln. Daher unser Name ‹Christen in der Welt›. Säkularinstitute sind also Zusammenschlüsse von Laien, Frauen oder Männern, deren Spiritualität nach außen gerichtet und dynamisch ist, während bei den Ordensgemeinschaften die Spiritualität eher nach innen gerichtet bleibt. Sie bauen mehr auf eine klösterliche Konstanz sowie eine feste Gemeinschaftsstruktur.»

«Wollen Sie damit sagen, dass nicht alle Ihre Mitglieder im Schloss leben?»

«Die meisten leben, anders als bei den Orden, außerhalb der Gemeinschaft – in der Stadt oder auf dem Land in eigenen Wohnungen – und üben die verschiedensten Berufe aus, sofern sie mit den christlichen Wertvorstellungen und unseren Gelübden in Einklang zu bringen sind. Ich selbst war nach meinem Eintritt in unser Institut als Schulleiterin tätig, bin aber vor einigen Jahren vorzeitig aus dem Schuldienst ausgeschieden, um meine Kraft voll und ganz den Aufgaben hier zu widmen, was durchaus unseren Gelübden entspricht.» Gertrud Steinhag sah die Kommissare verständnisheischend an.

«Heißt das, die Mitglieder eines Säkularinstituts legen trotz ihrer Weltzugewandtheit Gelübde ab, wie das in Ordensgemeinschaften üblich ist? Wie nennt man das: die ‹Evangelischen Räte›?» Ernst Lürmann hatte bisweilen von Kirchlichkeit mehr Ahnung, als er nach außen hin eingestand.

«Ja, wir geloben Keuschheit, Armut und Gehorsam. Wir haben jedoch keine festen klösterlichen Regeln oder Namenszusätze wie ‹Pater› oder ‹Schwester›; und Zentren wie dieses Schloss, das uns vor 23 Jahren geschenkt worden ist, dienen neben der Verwaltung vor allem der Stärkung der Zusammengehörigkeit und der Festigung des spirituellen Weges unseres Instituts oder als Rückzugsmöglichkeit, etwa wie in unserem Fall für die Seniorinnen unserer Gemeinschaft. Sie können hier nämlich mit Hilfe einiger jüngerer Mitglieder ihren Lebensabend verbringen. Agnes Zähringsdorf hat sich auf Bitten der Gemeinschaft sogar zur Altenpflegerin ausbilden lassen.»

Lürmann war auf zusätzliche interne Informationen erpicht. «Wenn die Gemeinschaft aber kein Orden ist, weshalb tragen die Frauen dann eine Ordenstracht?»

«Manche Säkularinstitute sind ordensferner, manche ordensähnlicher. Wir haben uns bewusst für eine Tracht entschieden – die wir allerdings nur hier im Hause tragen –, um somit die Gleichheit der Mitglieder zu bekunden. Keines soll das andere überragen.»

«Und wann wurde das Säkularinstitut ‹Christen in der Welt› gegründet?»

«Vor knapp 60 Jahren; und diese Niederlassung, wie gesagt, vor 23 Jahren.»

«Seit wann gibt es generell solche Gemeinschaften?»

«Diese Fragen bringen uns nicht weiter, Herr Kollege!», warf Glaser ein.

«Das kann man nie wissen», versuchte Gertrud Steinhag ihn zu besänftigen und begann mit ihrer Geschichtslektion. «Erste Bestrebungen zur Bildung von Laiengemeinschaften sind bis ins Mittelalter zurückzuverfolgen. Die frommen Frauengemeinschaften der Beginen zum Beispiel, die als Vorläuferinnen der Säkularinstitute betrachtet werden können, haben sich der Kranken angenommen. Die kirchenrechtliche Anerkennung der Säkularinstitute erfolgte freilich erst im Jahr 1947 durch eine Konstitution Papst Pius' XII.»

Kommissar Lürmann hatte noch eine allgemeine Frage auf dem Herzen, denn überall konnte sich ein Mordmotiv verbergen. «Sind Säkularinstitute nicht auch in Verruf geraten, zu sehr der politischen Macht und der gesellschaftlichen Einflussnahme zu frönen? Soll das etwa auch ihre Aufgabe sein?»

«Nein, ich denke nicht.» Gertrud Steinhag lehnte sich dagegen auf. «Ich halte ein solches äußerliches Machtgebaren überhaupt nicht für vereinbar mit unserer christlichen Grundeinstellung, ja ich halte es geradezu für verwerflich. Das ist in meinen Augen Fundamentalismus.»

«Wie kann das angehen», überlegte Hauptkommissar Glaser, um wieder zum aktuellen Fall zu kommen, «dass Margarete Müller trotz ihres Sohnes und trotz ihres sozusagen fortgeschrittenen Alters eintreten durfte?»

«In Deutschland liegt das früheste Aufnahmealter bei 18 Jahren. Aber nach oben hin haben wir keine ausdrückliche Begrenzung mehr. Es kommt auf die Überzeugung der Person an, die um Aufnahme bittet, auf ihre innere Berufung. Selbstverständlich müssen die Aufnahmewilligen eine geistliche Ausbildung und eine mehrjährige Probezeit absolvieren, bevor das endgültige Versprechen abgelegt wird.»

«Und wie viele Mitglieder haben Sie insgesamt?»

«Weltweit etwa 170. Unserem Institut hier im Bruderwald gehören 21 Frauen an, inklusive der Mitglieder, die im Schloss wohnen. Zum Osterfest am vergangenen Wochenende waren übrigens alle hier versammelt. Das Schloss war voll belegt.» Ein wenig Stolz schwang in der Stimme der Leiterin mit. Doch ihre Freude schlug plötzlich erneut in Trauer um: «Jetzt sind wir nur noch 20.»

Glaser dagegen wurde streng dienstlich: «Das bedeutet, dass wir wahrscheinlich auch von allen auswärtigen Mitgliedern die Fingerabdrücke einholen müssen.» Der Aufwand gefiel im nicht.

Gertrud Steinhag merkte jedoch von seinem Missmut nichts. Sie äußerte stattdessen die spontane Bitte, dass Gabriela Schauberg, da sie sich gerade in Bad Kissingen aufhalte, dem Zwillingsbruder der Getöteten die schmerzliche Nachricht überbringen dürfe. Sie werde sie sofort informieren. «Auf diesem persönlichen Weg ist es für Reinhold Müller hoffentlich etwas leichter. Denn, bei allem Respekt, eine Benachrichtigung durch die Polizei wäre bestimmt schlimmer für ihn.»

Dietmar Glaser war einverstanden.

«Gott segne Sie dafür.»

Als Glaser und Lürmann gleich darauf das Gebäude verließen, fing es zu regnen an. Lürmann spannte seinen Schirm auf und lächelte verstohlen, weil Glaser außer seinem Mantel keinen Regenschutz bei sich hatte. Die Kriminaltechniker am Teich widmeten sich unverdrossen den Details der Spurensuche. Falls der Regen weiter anhielt, mussten sie ein Zeltdach aufspannen. Die Beamten der Schutzpolizei hatten allerdings aufgegeben und waren davongefahren. Auch der Gärtner des Instituts war entschwunden. Die Zähringsdorf blieb freilich tapfer draußen, als wolle sie Bußfertigkeit beweisen.

***

Die Institutsleiterin war froh, dass sich die Kommissare entfernt hatten und sie endlich allein war. So gern sie sonst Auskünfte über das Säkularinstitut erteilte, die Fragen waren ihr zum Schluss zu viel geworden. Sie war immerhin seit der vergangenen Nacht nicht mehr zur Ruhe gekommen. Es wurde Zeit, sich zurückzuziehen. Auf das Mittagsmahl konnte sie verzichten. Sie wollte nachdenken, und sie wollte etwas überprüfen.

Daher begab sich Gertrud Steinhag nach nebenan, in einen Nebenraum ihres Büros, der ebenfalls nur vom Korridor aus zugänglich war. Hier war die Elektronik untergebracht, die Kommissar Lürmann vermisst hatte: ein Kopier- und ein Faxgerät sowie ein Computer, ein Scanner und ein Drucker. Den Raum hatten sich die Kommissare nicht zeigen lassen; so schlau waren sie eben doch nicht.

Gewiss, mit dem Computer kannte sich Gertrud Steinhag nicht sonderlich gut aus, aber sie hatte sich von einer Bekannten außerhalb des Instituts einiges beibringen lassen und sich zudem von Margarete etliches abgeschaut, zum Beispiel ihr Passwort: *Reinhold*. Sehr unoriginell.

Seit längerem hatte sie Margarete nicht mehr so vertraut wie ehedem. Deshalb hatte sie sich auch Computerkenntnisse angeeignet und ihr dies verschwiegen. Gertrud wollte vermeiden, dass Margarete als Einzige über interne Informationen verfügte und sie im Computer verborgen hielt, gleichgültig, wem zukünftig die Leitungsfunktion übertragen worden wäre. Wie oft hatte sie sich, während Margarete vor dem Bildschirm saß, zum Kopiergerät begeben und ihr dabei über die Schulter geblickt.

‹Die gute Margarete hat nie Verdacht geschöpft, weil sie mich in ihrer überheblichen Art leichtsinnigerweise für ahnungslos gehalten hat›, dachte die Leiterin bei sich, indem sie nun selbst vor dem Computer Platz nahm und eine über die Stirn gefallene graue Haarsträhne unter die taubenblaue Haube zurückschob.

Sie hatte keine Sorge, entdeckt zu werden. Agnes Zähringsdorf war vermutlich noch im Park oder würde höchstens gottgefällig zur Kapelle hasten; die Seniorinnen verbrachten eh die meiste Zeit in ihren Zimmern unterm Dach, wohl weil sie glaubten, nur von oben herab alles überschauen zu können; und Margarete Müller war tot. So traurig es war, es war unabänderlich.

Gertrud Steinhag schaffte es sofort, die unter Margaretes Passwort gespeicherten Dateien auf den Bildschirm zu holen und zu öffnen. Was sie zu sehen bekam, verwunderte sie nicht. Sie hatte vermutet, ja erwartet, dass Margarete Müller über die Mitglieder des Säkularinstituts Dossiers angelegt hatte. Sogar Gärtner Kornfeld war vertreten. Und in den Dossiers waren nicht nur allgemeine Personendaten vermerkt, sondern auch Gesprächs- sowie Beobachtungsnotizen und zudem ganz schlicht Gerüchte.

Margarete hatte sich offenbar auf die Leitung des Hauses und die Umsetzung ihrer Ziele gut vorbereiten wollen. Doch jetzt hatte sich die Leitungsfrage, wie von selbst, weitgehend erledigt. Und warum sollte sich nicht jemand anderes die Daten zunutze machen?

V

ES WAR RECHT FRÜH AM NACHMITTAG; Donnerstagnachmittag. Kommissar Glaser und Kommissar Lürmann schritten, bald nach ihrer Ermittlungsarbeit im Säkularinstitut, über das Kopfsteinpflaster der Bamberger Altstadt. Sie begaben sich zu dem Antiquariat, dessen Inhaber Anton Müller war, der Sohn der ermordeten Margarete Müller. Diesmal hatte Glaser, um den spöttischen Blicken seines Kollegen zu entgehen, seinen Stockschirm mit braunem Holzgriff dabei; doch jetzt regnete es nicht.

Die Lage des Spezialgeschäfts für Buchliebhaber war angemessen: in einem der älteren Teile der Stadt, zu Füßen des Dombergs. In den verzweigten Gassen und stilleren Winkeln fand sich eine erkleckliche Anzahl traditioneller Läden, unter ihnen das Wollgeschäft von Dr. Philipp Laubmanns Cousine Irene. Lürmann wie Laubmann zogen diese Läden bei weitem den marktschreierisch auftrumpfenden Handelsniederlassungen der lauten Fußgänger- und flächenfressenden Einkaufszonen vor. Die Traditionspflege ließ die Redlichkeit eines althergebrachten kaufmännischen Standes erkennen.

Schräg gegenüber dem Antiquariat wurde Kommissar Lürmanns Aufmerksamkeit vom Schaufenster eines Dessousgeschäfts gefangen genommen, gerade weil ein solches Geschäft nicht ganz den traditionellen Gepflogenheiten einer

Domstadt entsprach. Trotz der kleinen Schaufensterfläche waren erstaunlich viele Dessous, mehr oder weniger durchsichtig und auf künstlichen Büsten, ausgestellt sowie von hinreißenden Hochglanzfotos umgeben. Die Vielfalt der weiblichen Leibwäsche verblüffte Lürmann immer aufs Neue.

Sein Kollege musste ihn schließlich von diesem Anblick befreien. «Wir haben eine Befragung durchzuführen.»

Als sie die mit einer beschrifteten Verglasung versehene Eingangstür des Antiquariats öffneten, waren sie sogleich in einer anderen, wenn auch nicht weniger reizvollen Welt. Sie wurden einer offensichtlich gut geführten Buchhandlung gewahr, die eine Menge geistiger Schätze barg: Gebundene Gesamtausgaben klassischer Literaten, großformatige Folianten und Atlanten und nicht zuletzt kunsthistorische Prachtbände standen aufgereiht in hohen, teils mit Schnitzereien verzierten Regalen, welche die Wände bedeckten. Die Bücher stapelten sich zudem auf fahrbaren Tischen, auf Stühlen, einer Zwischenstiege zu einem Nebenraum, auf dem Boden unter dem Kassentisch mit der angejahrten Kurbelkasse, die nach wie vor funktionierte, oder auf dem Schreibtisch nahe einem Computerbildschirm. Sie waren jedoch keineswegs ungeordnet.

Der Ladeninhaber Anton Müller schaute von einer verschiebbaren Bibliothekstreppe herab, ein aufgeschlagenes Buch in der Hand. Einen Bleistift hatte er sich hinter das Ohr und ein weiteres Buch zwischen die Knie geklemmt. Eine Ähnlichkeit mit Carl Spitzwegs «Bücherwurm» ließ sich nicht verleugnen. Der große hagere Mann geriet nicht im Geringsten ins Schwanken, als er den Eingetretenen seine Aufmerksamkeit zuwandte. Mit seinem schmalen, länglichen Gesicht, seinen schwarzbraunen Haaren und seiner etwas abgetragenen Kleidung – ein Jackett, eine Cordhose

– schien der 46-Jährige tadellos in seine Umgebung zu passen. Um den Hals hatte er einen Wollschal geschlungen. Er litt an einer Erkältung.

«Was kann ich für Sie tun?», fragte er ein wenig ungehalten und musste sofort husten. Anschließend zog er ein Schnupftuch hervor und putzte sich die Nase, wobei Kommissar Lürmann an den Moraltheologen Laubmann denken musste, der ebenfalls Stofftaschentücher verwendete. Glaser verspürte auch ein Kribbeln in der Nase, was er aber dem Bücherstaub zuschrieb. Im durch die Fenster einfallenden Mittagslicht waren die Staubpartikel deutlich zu sehen.

«Herr Müller? Anton Müller?» Kriminalhauptkommissar Dietmar Glaser zückte seinen Dienstausweis und stellte sich und Lürmann vor.

«Das habe ich befürchtet, dass jemand von der Polizei auftauchen wird.» Der Antiquar legte die Bücher im Regal ab und stieg hinunter auf die Ebene der Beamten. «Ich halte Ihr Erscheinen für pietätlos.» Das sollte trauernd klingen, wirkte jedoch aufgesetzt.

Glaser beherrschte sich. «Sie sind doch wie wir sicher daran interessiert, dass die näheren Umstände, die zum gewaltsamen Tod Ihrer Mutter geführt haben, aufgeklärt werden.»

«Hätte das nicht Zeit? Aber gut; wie Sie wünschen.»

Kriminalkommissar Ernst Lürmann betrachtete gedankenverloren die Bücherschätze. Zudem bemerkte er in einem der Regale, auf Griffhöhe, eine angebrochene Mineralwasserflasche und ein halbvolles Wasserglas. Bei Erkältungen soll man viel trinken. Das handschriftlich gestaltete Etikett auf der Flasche konnte er allerdings nicht entziffern. Das mochte die alte deutsche Schrift sein.

Glaser musste seinen Kollegen erneut zur Ordnung rufen: «Notieren Sie bitte die Angaben, die der Zeuge macht.»

Lürmann nahm, wie im Park des Säkularinstituts, seinen Stift sowie sein himmelblaues Notizbuch zur Hand und schlug es auf.

Glaser fing unverzüglich mit der Befragung an, bevor der Kollege und der Zeuge wieder unaufmerksam wurden. «Wir möchten das Umfeld Ihrer Mutter kennenlernen.»

«Ihr Umfeld war das Säkularinstitut. Dort sollten Sie nachfragen», erwiderte Anton Müller abweisend.

«Da waren wir schon. Wurden Sie nicht informiert?»

«Worüber denn?»

Lürmann seinerseits blätterte in seinem Notizbuch: «Sie wurden von der Leiterin, Frau Gertrud Steinhag, heute Morgen über den Tod Ihrer Mutter unterrichtet.»

«Sie hat mich kurz angerufen, ja.»

«Das hört sich so an, als wären Sie nicht gut auf das Säkularinstitut zu sprechen.»

Anton Müller hob abwehrend die Hände, neigte den Kopf ein wenig nach unten und zog die Stirn in Falten. «Ich bin nun mal kein Freund des christlichen Traras und der katholischen Durchsäuerung der Welt.»

«Sie spielen auf die Textstelle im Matthäus-Evangelium an: *Das Himmelreich gleicht einem Sauerteig, den eine Frau unter einen großen Trog Mehl mischte, bis das Ganze durchsäuert war.*» Lürmann hatte bei Laubmann theologisch so manches Nützliche mitbekommen.

«Ah, ein Kenner der Materie. Aber mir schwebt eher die Stelle im Lukas-Evangelium vor: *Hütet euch vor dem Sauerteig der Pharisäer, das ist Heuchelei,* wie Luther den Satz übersetzt.» Der Antiquar zeigte auf ein Bücherregal. «Ich habe einige äußerst prachtvolle Bibelausgaben hier im Laden und in meinem Safe.»

Das biblische Gezänk um Matthäus, Lukas und Luther ging Glaser auf die Nerven. «Mir ist egal, ob Sie katholisch oder evangelisch sind …»

«Formal bin ich katholisch», unterbrach ihn Anton Müller.

«… ich bin nur neugierig, ob Ihre Mutter von Ihrer kritischen Einstellung zu ihrer Lebensentscheidung, sich einem Säkularinstitut anzuschließen, etwas geahnt hat.»

«Hat sie vermutlich», sagte Müller nachdenklich. «Aber ich habe es vermieden, mit ihr darüber zu sprechen. – Wir hatten unsere Tabuthemen.»

«Als da wären?»

Der Antiquar gab ungern Auskunft. «Sie haben gewiss herausgefunden, dass ich ein unehelich geborenes Kind war. Das haben Ihnen diese verkappten Nonnen sicher erzählt; oder täusche ich mich?»

«Frau Steinhag hat es angedeutet.»

«Dachte ich mir.»

Lürmann fragte dazwischen: «Was wissen Sie über Ihren leiblichen Vater?»

«‹Leiblich› ist voll zutreffend. Mehr ist mir nämlich nicht bekannt. Meine Mutter hat mir nur mitgeteilt, und das erst nach langer Zeit, dass es bloß eine Affäre für eine Nacht gewesen war. Am Morgen danach war er verschwunden und hat sich nie wieder blicken lassen. ‹Arno› hieß er angeblich. Darüber hinaus hat sie nichts von ihm gewusst.»

«Haben Sie ihr das geglaubt?»

«Offen gestanden, nein, so mühsam wie sie das zugegeben hat.»

«Haben Sie selber nachgeforscht?»

«Wie denn?»

«Aber Sie haben Ihren Vater vermisst?»

«Als Kind schon», gestand der Antiquar, «soweit ich mich erinnere. Mein Onkel, Reinhold Müller, also der Zwillingsbruder meiner Mutter, konnte mir meinen Vater nicht ersetzen, obwohl er sich bemüht und sich häufig meiner angenommen hat, wenn meine Mutter arbeiten musste. Das war vor ihrem Eintritt ins Säkularinstitut.» Anton Müller griff erneut zu seinem Taschentuch und putzte sich die Nase.

War's wegen der Erkältung oder weil er gerührt war und womöglich doch ein bisschen traurig? Lürmann war sich unschlüssig.

Dietmar Glaser setzte die Befragung in amtlicher Weise fort. «Hatten Sie in letzter Zeit Kontakt zu Ihrer Mutter?»

«Nein, wir haben uns nur noch selten gesehen. – Jetzt, da sie tot ist, bedauere ich das; aber unser Verhältnis zueinander war seit Jahren nicht mehr sehr inniglich, wenn Sie *das* meinen.»

«Und der Kontakt zu Ihrem Onkel?»

«Mein Onkel Reinhold ... der ist mir auch viel zu katholisch und zu kirchlich», konstatierte Anton Müller höhnisch. «Ein verkappter Priester, verkappt wie diese Nonnen. – Ich glaube, das wollte er mal werden, Priester; hat's freilich nur bis zum Mesner gebracht. Aber bitte, ich gönne ihm das. Und ich muss es ihm zugutehalten, dass er immer wieder versucht, mit mir ins Gespräch zu kommen. Da bin ich meinerseits vielleicht ein bisschen zu stur.»

«Haben Sie mit ihm schon über den Tod Ihrer Mutter gesprochen?»

Müllers Antwort fiel ernüchternd aus: «Hab ich nicht. Ich bin sogar froh, dass es das Säkularinstitut übernehmen will, ihn von dem Todesfall in Kenntnis zu setzen. Der Vorschlag kam von dieser Frau Steinhag, bei unserem Telefonat. Ich fürchte, ihn wird die Nachricht ungleich schwerer treffen als mich.»

«Das klingt ehrlich», meinte Glaser.

Ernst Lürmann hatte nicht den Eindruck, dass der Antiquar irgendwann vorher gelogen hatte. Freilich war er nicht ganz so misstrauisch wie Dietmar Glaser – und nicht ganz so neugierig wie Philipp Laubmann. Trotzdem wollte er noch ein paar Fragen abarbeiten.

«Lebt Ihr Onkel allein?»

«Ich denke, ja. Er lebt für seine Pfarrei.»

«Und Sie? Leben Sie allein?»

Für Anton Müller ging die kriminalistische Befragung jetzt entschieden zu weit. «Was tut das zur Sache?»

«Das Umfeld ist wichtig, Herr Müller», betonte Kommissar Glaser lapidar.

«Leben Sie also allein?», wiederholte sein Kollege.

«Nur teilweise.»

Lürmann wartete einen Moment, ob das alles war. «Könnte Ihre Antwort auch etwas umfangreicher ausfallen?»

‹Bücher kann man wenigstens zuklappen, wenn sie einem nicht gefallen›, dachte der Antiquar mit aufsteigender Wut. «Meine Lebensgefährtin ist Französin und arbeitet in einem Hotel im Elsass. Wir sehen uns an unseren freien Tagen.»

«Wann hatten Sie und Ihre Lebensgefährtin zum letzten Mal gemeinsame freie Tage?»

«Vor zweieinhalb Wochen.»

Lürmann notierte sich die Antworten penibel.

Dietmar Glaser merkte, dass sein Kollege auf das Alibi des Sohnes aus war. Doch das zu erkunden, behielt er sich lieber selbst vor. «Hatte Ihre Mutter weitere lebende Verwandte außer ihrem Zwillingsbruder und Ihnen?»

«Nicht dass ich wüsste.»

«Hatte Ihre Mutter Feinde?»

«Auf *die* Standardfrage habe ich gewartet. Nur, ich kann sie Ihnen beim besten Willen nicht beantworten. Vielleicht hatte sie Gegnerinnen im Säkularinstitut. Dass so was freilich für Todfeindschaften ausreicht, bezweifle ich.»

«Wo waren Sie gestern Abend?»

«Sie meinen zu der Zeit, als meine Mutter zu Tode kam?»

«Die Alibifrage gehört zu den ‹Standardfragen›, wie Sie das so trefflich bezeichnen», meinte Glaser ironisch, obwohl ihm Ironie nicht lag. Und beinahe hätte er hinzugefügt: Waren Sie etwa im Elsass?

Anton Müller wurde sehr ernst. «Ich war meiner Mutter nicht feind.»

«Sie haben also kein Alibi?»

«Doch, ich habe eins. Ich war bei einer guten Kundin und hab ihr Bücher vorbeigebracht. Ausgaben des 19. Jahrhunderts von E.T.A. Hoffmanns Werken. Als Sie mein Geschäft betreten haben, hatte ich gerade eine solche Ausgabe von Hoffmanns ‹Elixieren des Teufels› herausgesucht, worin gleich zu Anfang vom Kapuzinerkloster in Bamberg die Rede ist, wie Sie bestimmt wissen.»

Lürmann nickte freundlich, obwohl er's nicht gewusst hatte.

«Die Adresse?»

Der Antiquar schaute Kommissar Glaser mit provokantem Blick fragend an.

«Die Adresse der Kundin, nicht die des Kapuzinerklosters. Uns ist durchaus bekannt, dass es nicht mehr existiert.» Glaser fühlte sich tatsächlich provoziert.

«Um Gottes willen, tun Sie ihr das nicht an. Frau Sieber ist eine hochbetagte Dame, die meist bettlägerig und ansonsten auf den Rollstuhl angewiesen ist. Das Erscheinen der Polizei würde sie bloß verwirren. Sie lebt nur noch in ihrer Bücherwelt. Im Übrigen nicht die schlechteste aller Welten.»

«Bis wann waren Sie gestern Abend bei Frau Sieber?»

«Das dürfte so bis zehn gewesen sein. Sie braucht nicht mehr viel Schlaf und schätzt literarische Gespräche.»

«Kennen Sie Dr. Laubmann?», erkundigte sich Ernst Lürmann unvermittelt, indem er das Mitschreiben unterbrach.

«Ein gelegentlicher Kunde», gab der Antiquar zur Antwort; «falls wir an denselben denken.»

«Auch ein Büchermensch», ergänzte Lürmann mit heimlicher Bewunderung, während sich Müller zum wiederholten Mal die Nase putzte.

Glaser taten die Füße weh vom langen Stehen, und er wurde zeitweilig konziliant: «Wir wären Ihnen trotzdem dankbar, Herr Müller, wenn Sie uns im Anschluss an unser Gespräch die Adresse von Frau Sieber geben würden.»

Anton Müller wollte sich sogleich seinem Computer, in dem die Adresse gespeichert war, zuwenden, in der Hoffnung, dass die Befragung nun beendet sei. Doch Kommissar Lürmann bremste seinen Taten- und Datendrang. «Haben Sie sonst noch Kunden? Seit *wir* hier sind, hat niemand mehr den Laden betreten.»

«Danke, ich habe mein Auskommen. Und auf Laufkundschaft lege ich keinen Wert. Als Antiquar habe ich mich schon sehr bald spezialisiert, unter anderem auf die Vermittlung kostspieliger Inkunabeln beziehungsweise ‹Wiegendrucke›, also auf Druckwerke aus der Frühzeit des Buchdrucks vor dem Jahr 1500. Ich verfüge über exzellente Kontakte im In- und Ausland, sowohl was den Einkauf als auch was den Verkauf anbelangt. Wie Sie ebenfalls bestimmt wissen, Bamberg gilt als eine ganz frühe Stätte des Buchdrucks.»

Lürmann nickte erneut freundlich, obwohl er das wiederum nicht gewusst hatte. Er musste mal mit Philipp Laubmann darüber reden.

Gleich beim Betreten des Antiquariats waren Glaser das hochgeschobene Gitter vor der Eingangstür und dem Schaufenster sowie die elektronische Einbruchsicherung aufgefallen. «Haben Sie Bücher aus der Bibliothek des Säkularinstituts angekauft?»

«Genau genommen, drei oder vier wertvollere. Das Säkularinstitut brauchte Kapital.»

«Hat Ihre Mutter das Geschäft vermittelt?»

«Sie hatte sich an mich gewandt, ja. War doch naheliegend. Aber das waren die Prunkstücke; die übrigen Bücher sind Ramschware – aus der Sicht des Antiquars.»

«Könnte es nicht sein», forschte Glaser, «dass Sie mit Hilfe Ihrer Mutter auch sonst noch Antiquitäten aus dem Schloss verkauft haben; aus der Schlosskapelle womöglich, Wertvolles vom Dachboden? Man könnte es aus dem, was Sie angesprochen haben, nämlich die Kapitalnot des Instituts und Ihre exzellenten Kontakte, sehr wohl schließen.»

«Ich bin gelernter Buchhändler, und ein Antiquariat ist kein Antiquitätengeschäft.»

«Könnte es nicht weiterhin sein, dass Ihre Mutter in Gewissensnöte geraten ist, die die Kapitalnöte des Instituts übertroffen haben, und dass sie deshalb zu Ihrem Bedauern nichts mehr aus dem Bestand des Säkularinstituts abgeben wollte?»

Anton Müller bestritt eine solche Unterstellung vehement. «Das war in keiner Weise so!»

«Und könnte es letztlich nicht doch so gewesen sein», Glaser ließ nicht locker, «dass die anderen Frauen des Instituts nichts davon bemerkt haben, dass in Ihren Geschäftsunterlagen zudem nichts davon steht und dass Ihre Geschäftspartner Sie bedrängt haben?»

«Ich verwahre mich gegen diese Verdächtigungen, auch im Namen meiner Mutter!»

«Es wäre ein Mordmotiv.»

VI

IRENE UND ROSE LAUBMANN hatten es sich im hinteren Teil ihres Wollgeschäfts auf kleinen Plüschsesseln gemütlich gemacht, ohne dabei eine etwaig eintretende Kundschaft zu übersehen. Der Laden befand sich, unweit des Antiquariats Müller und des Dombergs, in einer Gasse mit mittelalterlichen Häusern und hatte ebenfalls den Stil einer früheren Zeit bewahrt, in der noch keine Selbstbedienung, Fassadenverglasungen oder automatische Türöffner existierten. Nach außen hin präsentierte er sich nur mit einem mittelgroßen, holzumrahmten Schaufenster; daneben erlaubte während der Öffnungszeiten eine gläserne Tür, die von innen mit einem Vorhang bespannt war, den Zutritt.

Der Verkaufsraum war rundherum mit Schränken und Regalen ausgestattet, die mit Wollknäueln, diverser Oberbekleidung und Stoffen bestückt waren. Das Geschäft war gut assortiert. An der Decke hing eine ältere Neonröhrenlampe mit fast verblichenen Werbeaufdrucken. Darunter stand die Ladentheke mit einer nicht mehr verwendeten alten Kasse, zu der sich die vorschriftsmäßige elektronische Kasse gesellt hatte. In einem angrenzenden Raum, den das Neonlicht nicht ganz erreichte, verdeckte ein Paravent die Kochnische und den Tisch für die Mittags- oder Kaffeepausen.

Irene Laubmann, 40 und Philipp Laubmanns Cousine, hatte brünette Locken und trug heute ein dunkelblaues

Strickkleid, das ihre gefälligen weiblichen Formen anziehend betonte. Sie lebte geschieden und hatte ihren Mädchennamen – als Tochter des Bruders von Philipps Vater – wieder angenommen. Ihre 15-jährige Tochter Johanna besuchte ein Internat.

Rose Laubmann, 74 und Philipps Mutter, gab sich ohne übertriebenen Aufwand als aparte ältere Dame – man zählte ja zu den alteingesessenen Ladeninhabern der Stadt – und hatte ihre etwas rundliche Figur in die feinen Stoffe eines schwarzen, leicht schimmernden Kostüms gekleidet. Darunter trug sie eine weiße Bluse, geschmückt mit einem unauffälligen silbernen Kreuz an einer Silberkette. Ihre Schuhe waren modisch, aber bequem. Sie besaß noch einen Anteil am Wollgeschäft, das sie von ihrem Vater geerbt hatte, überließ die Führung desselben jedoch ihrer Nichte Irene. Trotzdem suchte sie ihre frühere Arbeitsstätte gerne auf.

Unter dem Licht einer Klemmlampe blätterten sie beide Zeitschriften durch und besprachen anbei ein paar Abrechnungen, als plötzlich eine intellektuell anmutende, circa 40-jährige, große Frau mit schwarzen Locken eintrat und erwartungsvoll um sich blickte, als interessiere sie sich für etwas anderes als Wolle, Kleidung oder Stoffe. Ihr ausdrucksstarkes, gebräuntes Gesicht war durchaus schön zu nennen. Weder Rose noch Irene konnten sich erinnern, sie jemals im Wollgeschäft gesehen zu haben; doch die Frau wirkte so, als wüsste sie über den Laden und die darin befindlichen Personen Bescheid. Sie ging direkt auf die Inhaberinnen, die sich erstaunt von ihren Sesseln erhoben, zu, begrüßte sie unbefangen und stellte sich vor.

«Ich bin Elisabeth, Dr. Elisabeth Werner. Ich suche Herrn Dr. Laubmann.»

Irene hatte von Philipp längst erfahren, dass es eine Elisabeth in Neuseeland gab, mit der er bisher allerdings nur mittels regelmäßiger und feundschaftlicher E-Mails Kontakt gehabt hatte. Irene war in solchen Dingen mit ihrem Cousin vertraut.

«Sie sind sicher seine Bekannte oder Freundin, die in Neuseeland als Ethnologin arbeitet!»

«Ich bin aber in Bamberg zur Schule gegangen», sagte sie.

Philipp und Elisabeth hatten sich virtuell kennengelernt, als Philipp in einem Mordfall um einen zerrissenen Rosenkranz recherchiert hatte. Diese Art Datenaustausch – sonst überhaupt nicht Laubmanns Art – war seinerzeit nötig gewesen, weil Elisabeth Werner als Zeugin befragt werden musste.

«Jetzt habe ich glücklicherweise eine Anstellung an der Universität Erlangen-Nürnberg bekommen, am neu gegründeten ‹Spix-und-Martius-Institut für Ethnologische Studien›.»

Rose Laubmann glaubte diese Namen schon einmal gehört zu haben und fragte nach.

«Beide stammen aus Franken», antwortete Elisabeth sachkundig. «Johann Baptist Spix aus Höchstadt an der Aisch und Carl Friedrich Philipp Martius aus Erlangen. Sie waren im Auftrag des bayerischen Königs Max I. Joseph in den Jahren 1817 bis 1820 in Brasilien unterwegs und haben dort vor allem den Amazonas bis in seine Quellgebiete erforscht.»

Sie werde künftig viel näher als bisher an Bamberg wohnen, nämlich in Erlangen. Jetzt sei sie hergekommen, um Philipp mit der Nachricht zu überraschen; denn trotz ihres regelmäßigen Austauschs von E-Mails habe sie ihm diese bislang vorenthalten.

«Leider ist unser Philipp zurzeit nicht in Bamberg, sondern macht eine Kur in Bad Kissingen», erklärte seine Mutter.

«Zwischen Ostern und dem Semesterbeginn Anfang Mai», ergänzte Irene.

«Ist er krank?» Elisabeth schien besorgt.

Rose beruhigte sie. «Ist nicht so schlimm. Er soll nur was gegen sein Übergewicht tun!»

Mit rollenden Augen signalisierte Irene, dass Rose solche «Intimitäten» nicht ausplaudern möge; Philipp könnte deswegen in Elisabeths Augen unvorteilhaft erscheinen.

Diese hatte es freilich mitbekommen, schwieg aber höflich zu diesem Thema und bedauerte, ihn bisher nicht persönlich angetroffen zu haben. Etwas ratlos hielt sie inne, war sie doch seinetwegen fast direkt aus Neuseeland nach Bamberg gefahren.

«Ich habe eine Idee!» Irene schnippte mit den Fingern. «Warum sollen wir drei Philipp nicht in Bad Kissingen besuchen und die Überraschung damit nachholen?» Sie wollte Elisabeth helfen; denn sie hatte schon bei dieser ersten kurzen Begegnung einen Draht zu ihr gefunden. «Wir buchen gleich fürs kommende Wochenende ein ‹Wellness-Weekend zum Verwöhnen›. Bereits ab morgen Abend, Freitag.»

«Da kann ich leider nicht. Morgen Abend bin ich zu einem Vortrag eingeladen.» Elisabeth musste passen, obwohl sie die Wellness-Idee reizte.

«Wie wär's dann mit einem Aufenthalt von Samstagvormittag bis Montagvormittag? Ich schließe das Geschäft ausnahmsweise mal am Samstag und am Montagvormittag.»

Rose Laubmann hegte Bedenken, und zwar wegen der christlichen Sonntagspflicht. «Gibt's in Bad Kissingen eine katholische Kirche?»

«Bestimmt», meinte Irene, «zumindest einen Kurseelsorger.»

Da alles machbar schien, steigerte sich die Begeisterung der drei für den Kurzbesuch in der Bäderstadt. Nur einen letzten Punkt wollte die besorgte Rose noch geregelt wissen. «Sollte deine Tochter nicht übers Wochenende kommen?» Schließlich war Johanna so etwas wie eine Enkelin für sie, weil von ihrem Sohn Philipp, dem Moraltheologen, diesbezüglich wenig zu erwarten war.

Irene zerstreute die Bedenken. «Die kommt gut allein zurecht. Der Kühlschrank ist voll, und sie trifft sich sowieso lieber mit ihren Freundinnen.»

VII

PHILIPP LAUBMANN WAR BEEINDRUCKT. Die Wände der 1911 errichteten großen Wandelhalle in Bad Kissingens Kurbereich reichten weit nach oben. In strahlendem Weiß gehalten, reflektierten sie das Tageslicht, das durch hoch angebrachte Fenster einfiel. Wie im Hauptschiff einer Kirche. 90 Meter lang, mit Säulenreihen rechts und links, die gewissermaßen Seitenschiffe abtrennten; und dann die kreuzförmig dazu erbaute Brunnenhalle. Auf der Bühne, die wie eine Apsis wirkte, spielte das Kurorchester ein Potpourri aus Walzermelodien.

Laubmann gefielen Kirchenräume, vor allem die geschichtsträchtigen, klassischen. Allein schon deshalb war er von der Wandel- und der Brunnenhalle angetan. Selbst Walzerklänge würden ihn in Kirchen nicht befremden, ungeachtet dessen, dass die katholische Kirche diesen Tanz in seinen Anfangszeiten als unmoralisch abgekanzelt hatte.

Das Kurorchester war wieder vollzählig. Im Winter nämlich nahmen die Musiker Urlaub, sodass sie zu dieser Zeit nur in verminderter Besetzung auftraten. Im Sommerhalbjahr hingegen waren alle Mitglieder anwesend.

Die Bühne war eine Drehbühne. An kalten oder kühleren Tagen war sie nach innen gerichtet; an den warmen Tagen aber konnten die Kurgäste die Konzerte im Freien genießen, draußen im Kurgarten vor den Arkaden.

Die Hallen waren belebt. Viele Patienten saßen an diesem Freitagnachmittag wie an den übrigen Nachmittagen in den zahlreichen Stuhlreihen und lauschten dem Orchester, oder sie gingen bedächtig umher, mit einem Glas in der Hand, und tranken das Heilwasser unterschiedlicher Aufbereitung in kleinen Schlucken. Wie es medizinisch eben angeraten war, und je nach individuellem Leiden.

Dr. Philipp Laubmann ließ sich in der Brunnenhalle von einer der für den Wasserausschank zuständigen Brunnendamen, die im Umgang mit dem Heilwasser und den Kurgästen geschult waren, ein Trinkglas füllen. Trachtenartig gekleidet und vor dem im Sonnenlicht glänzenden Geflecht aus Bronzeröhren stehend, vermochten sie es sehr geschickt, die Kohlensäure aus dem Wasser herauszufiltern, indem sie das kostbare Nass zwischen zwei Gläsern hin- und herschwenkten. Nichts wurde verschüttet, während sich die nicht jedem bekömmliche Kohlensäure in der Luft verflüchtigte. Laubmann beobachtete den Vorgang aufmerksam – und fühlte sich gleichzeitig beobachtet.

Sein Blick traf auf den Blick eines älteren Herrn in seiner Nähe, der noch etwas kleiner war als er und wesentlich schmaler. Der Mann hatte dünnes, ordentlich ausrasiertes bräunlich-schwarzes Haar, das leicht ergraut war, und einen Seitenscheitel. Seine Augen wirkten eingefallen, und sein einfacher schwärzlicher Anzug, mit einem hellen, bis obenhin zugeknöpften Hemd ohne Krawatte darunter, verlieh ihm etwas Priesterliches. Es schien Philipp, als hätten diese Augen den *leeren enttäuschten Ausdruck eines alten Moraltheologen,* wie er das mal bei Wolfgang Koeppen gelesen hatte, dort allerdings bezogen auf ein Pferd.

Laubmann tat einen Schritt auf ihn zu. «Verzeihung, kennen wir uns?»

«Ich überlege auch die ganze Zeit», antwortete der Angesprochene leise und unaufdringlich. «Wenn, dann aus Bamberg,» fügte er hinzu. «Reinhold Müller ist mein Name. Ich bin Mesner in Alt-Sankt-Anna.»

«Daher!», sagte Laubmann freudig. «Ich hab Sie in der Kirche manchmal gesehen.»

Der Blick des Mesners entspannte sich, als er seinerseits eine Frage an sein Gegenüber richtete: «Sie sind an der Universität beschäftigt, sofern ich mich nicht täusche?»

«Dr. Philipp Laubmann, Lehrstuhl für Moraltheologie», und es klang, als hätte er gerne ergänzt: «stets zu Diensten.»

Der Mesner und der Moraltheologe fanden es uneingestanden tröstlich, einen Gesprächspartner und Leidensgenossen aus heimatlichen Gefilden in der Menge entdeckt zu haben. Sogleich sonderten sie sich ein bisschen ab und schlenderten, hin und wieder an ihren Trinkgläsern nippend, auf einen der Ausgänge zu, die zu den Arkaden führten. Schnell war klar, dass beide erst vor wenigen Tagen ihre Kur angetreten hatten.

«Ich hatte bis Ostern in der Kirche viel am Hals. Vorher konnte ich gar nicht weg», bemerkte der Mesner. «Jetzt hilft ein Kollege aus.»

«Mein Chef, Professor Hanauer, hat mir auch nur bis zum Semesterbeginn Anfang Mai Urlaub gegeben, und das nur mit Widerwillen, weil ich mit meiner Habilitation dem Zeitplan hinterherhinke», räumte Laubmann ein. Dabei hatte er noch Glück, dass er sich für die alte Habilitationsordnung hatte entscheiden können, bei der ihm sein Professor als Mentor und somit als persönlicher Ansprechpartner zur Verfügung stand.

Ganz gegen seine sonstige Gewohnheit war der Mesner Reinhold Müller beredsam, da ihm Philipp Laubmanns freundliche Art Vertrauen einflößte. «Sie sind aber nicht nur zu Forschungszwecken hier?»

«Die Redewendung verwende ich meist, wenn ich eine Ausrede brauche.»

«Ich hab Rheuma. Das hab ich mir in den kalten Kirchen geholt, in all den Jahrzehnten», beschwerte sich Reinhold Müller. «Trotzdem übe ich meinen Beruf nicht ungern aus; obzwar, in früheren Zeiten wollte ich mal Priester werden.»

Laubmann mochte sich auf das Thema «Priester», dem er ohnehin in der Regel auswich, nicht einlassen. «Ich unterziehe mich einer privaten Kur; um abzunehmen.»

Der Mesner schaute ihm ohne Vorwarnung auf den Bauch und wiegte den Kopf mit bedenklicher Miene hin und her, sagte dann jedoch: «Da haben Sie's gut; ich bin Kassenpatient. Ihr verdient an der Universität halt entsprechend.»

«Meine Mutter hilft mir aus. So üppig ist das Assistentengehalt nicht.» Philipp erblickte in der Brunnenhalle einen stämmigen Patienten mit einem stattlichen Schmerbauch. Dermaßen arg war's bei ihm nun doch nicht.

Üblicherweise trank man das Heilwasser am Morgen auf nüchternen Magen sowie vor dem Abendessen, wie sie es gerade taten. Je nach Wassertemperatur und Trinkgeschwindigkeit half es sowohl bei Diarrhöe als auch bei Obstipation, Durchfall und Verstopfung. Das gefiel Laubmann, diese Feinheiten der Differenzierung.

Der Moraltheologe knöpfte vorsichtshalber seine mattgrüne Wolljacke zu, als sie hinaus in die Arkaden gingen, die den Kurgarten an zwei Seiten begrenzten. Trotz der Abendsonne befürchtete er, dass es draußen nicht warm genug sei. Die Jacke war schon etwas abgetragen, hatte übergroße Knöpfe vorne und Lederflicken an den Ellbogen.

In den Arkaden waren sie fast unter sich. Ihre Trinkgläser hielten sie noch immer in den Händen, denn von dem Wasser hatten sie ihres Gesprächs wegen kaum getrunken. Und da sie beide zufälligerweise um 17 Uhr einen Moorbad-Termin hatten, beschlossen sie, gemeinsam zum Alten Kurbad zu promenieren, das nahe der Wandelhalle erbaut worden war.

«Was nimmt man für die Gesundheit und gegen das Kranksein nicht alles auf sich», meinte der Mesner.

«Getrennt voneinander sind Gesundheit und Krankheit sowieso nicht zu betrachten», dozierte der Moraltheologe. «Sie sind aufeinander verwiesen. Gesundheit ist keineswegs nur die Abwesenheit von Krankheit. Vielmehr ist die Gesundheit, wie die Krankheit, auch im Bezug zum Tod zu sehen, denn sie kann die Endlichkeit des Daseins nicht aufheben. Außerdem kann sich sogar ein körperlich beeinträchtigter Mensch durchaus gesund fühlen.»

«Nach Ihrer Meinung wäre ich also gesund?»

«Ich will damit bloß zum Ausdruck bringen, dass die Gesundheit nicht allein eine medizinisch, gesellschaftlich oder politisch definierte Dimensionalität hat, sondern sie besitzt für das Individuum ebenso eine soziale, geistige, seelische und nicht zuletzt eine gläubige Tiefe. Für uns Christen etwa kann das ein Aufgehobensein in Gott bedeuten, das über den Hintritt hinausweist.»

«Über den *was*?»

«Den Hintritt – den Tod.»

«Aha. – Aber bei aller Gläubigkeit, Herr Dr. Laubmann, ich halte das Leben schlicht für eine unangenehme Erfahrung.» Reinhold Müllers Äußerung klang nicht ermutigend.

«Sie haben nicht unrecht», gab Laubmann zu, weil er selber bisweilen in ernüchternden Situationen so empfand. «Nur, eine solche Einschätzung hat einen zu bitteren Beigeschmack, der einem die Hoffnung raubt. – Oder haben Sie keine Hoffnung mehr?»

«Ganz so schlimm ist es nicht um mich bestellt. Freilich, wenn man älter wird, bleibt einem nicht mehr viel Zeit, Fehler zu korrigieren. Und manches im Leben muss dann als endgültig hingenommen werden.»

Laubmann ließ sich nicht irritieren. «Dennoch schließen schlechte oder irreversible Erfahrungen eine Gesundung im erweiterten Sinne nicht aus. In der Philosophie der Antike gibt es den Begriff der *Diätetik*. Darunter ist nicht nur eine vernünftige Lebensführung zu verstehen, sondern auch eine Balance des Lebens, bei der keine der uns bewegenden Lebensdimensionen ausgeschlossen ist und keine überwiegt. Gleichwohl ist in der modernen Zeit die *Diätetik* zu einer oberflächlichen und ideologisierten sowie kostensparenden *Diät-Ethik* verkommen. Der personale Mensch als geistig-körperliches und gläubig-hoffendes Wesen droht dabei seine Selbstbestimmtheit zu verlieren.»

***

‹Das war wieder ein hübscher Vortrag meinerseits›, urteilte Philipp Laubmann für sich und nicht ohne Selbstlob. Nichtsdestoweniger kam er sich sofort wie ein typischer Gutmensch vor, der bloß an sich selber dachte und *sein* Wirken in den Vordergrund rückte.

Bereits von der Eingangshalle des Alten Kurbads, das aus den 1920er-Jahren stammte, waren Reinhold Müller und er fasziniert. Ein weitläufiger Rundbau mit der Anmeldung vorne und einer Treppenanlage im rückwärtigen Teil, in deren unteren Bereich die Steinstufen mittig angelegt waren, um sich dann auf halber Höhe zu verzweigen, links und rechts einen eleganten Halbkreis zu vollziehen und auf dem ersten Stockwerk in einer Galerie zu enden. Die Säulen wiesen verzierende Terrakotta-Verkleidungen auf, die bleiverglasten Fenster bestanden aus farbigen Ornamenten.

«Hier würde es meiner Schwester Margarete bestimmt auch gefallen; hier könnt' sie sich erholen von ihrem Verdruss, der sie zur Zeit belastet. So energisch sie ist, so sehr braucht sie doch die Zurückgezogenheit», sagte der Mesner verständnisvoll.

«Ich hab zwar keine Schwester», bedauerte Philipp, «aber meine Cousine Irene ist für Kuranwendungen genauso zu begeistern.» Von ihrem Wellness-Plan hatte er keine Ahnung.

Noch stärker fasziniert als von der Eingangshalle waren Reinhold Müller und Philipp Laubmann indes von den Angeboten, die sie den an der Wand befestigten Tafeln entnehmen konnten: Solebäder, Kräuterbäder, Sprudelbäder, Finnische Sauna, Seifenbürstenmassagen, Unterwasserdruckstrahlmassagen, Wechselgüsse, Kohlensäure-Trockenbäder oder Sisi-Molkekuren, die von Aufenthalten der österreichischen Kaiserin in Kissingen herrührten. Am meisten hatten es Laubmann, obwohl er alles Wässrige nicht so mochte, die verschiedenen Dampf- und Hitzestufen des Römisch-irischen Dampfbads angetan, weil sie mit lateinischen Begriffen versehen waren: Caldarium, Lanconicum und Tepidarium. Irgendwo roch es sogar schwefelhaltig, was in Laubmann, dem Theologen, freilich Höllenbilder wachrief.

Kurz vor 17 Uhr waren der Mesner und er von einem der Hauptgänge im Innern des verzweigten Kurbadkomplexes aus in Umkleidekabinen verschwunden. Gleich darauf kamen sie, nur mit weißen Badetüchern um den Bauch und weißen Badeschlappen an den Füßen, an der gegenüberliegenden Seite der Kabinen im sogenannten «Bedienergang» wieder zum Vorschein. Nur von diesem Gang aus, der parallel zum Hauptgang verlief, waren die einzelnen Räume zu erreichen, in denen sich die Wannen für die Moorbäder befanden. Fünf solcher Räume lagen nebeneinander, drei für die Bäder und zwei mit Liegen ausgestattete, auf welchen sich die Patienten mit Moorpackungen behandeln lassen konnten.

Barbara Brender – die Badegehilfin, die an diesem Spätnachmittag Dienst hatte – hatte schon auf die neuen Gäste gewartet und ihre Vorbereitungen getroffen. Sie war um die dreißig, hatte volles, welliges Haar von dunkelbrauner Farbe und wirkte ein wenig verhärmt, als hätte sie einige Enttäuschungen hinter sich. Ihre schmale Nase mit dem langen ebenmäßigen Nasenrücken verlieh ihr aber das Profil einer klassischen Schönheit. Ihren zarten Händen sah man nicht an, dass sie gut zupacken konnte, wenn es galt, einen Patienten abzustützen. Sie trug einen weißen Kittel.

Und sie reagierte prompt verärgert, denn die beiden Herren, die sie nur böse anblickte und gar nicht zu Wort kommen ließ, hatten ihre halbvollen Trinkgläser in die Moorbad-Abteilung eingeschmuggelt, was gar nicht gern gesehen wurde. Sie schauten die Badegehilfin bloß verdattert an, hatten sie doch geglaubt, dass ein gelegentlicher Schluck beim Baden nicht stören würde. Barbara Brender musste jedoch nach Feierabend die Gläser jedes Mal in die Brunnenhalle zurücktragen.

Zudem huschte eine andere Angestellte durch den Bedienergang, was die Badegehilfin ebenfalls in Rage versetzte. «Immer wird der Gang als Abkürzung verwendet!»; dabei hatte außer ihr und den Patienten hier niemand etwas zu suchen.

Sie half erst Philipp Laubmann in die Wanne, was ihm natürlich unangenehm war, musste er doch das Badetuch ablegen. Er war freilich nicht der erste korpulentere Mann, den sie nackt zu sehen bekam. Und es war ihm auch nicht angenehm, als das schwabbelige Moorwasser seinen Körper zu umschließen begann. Das konnte er nicht einmal mit «Humor» betrachten, weil dieser Begriff im Lateinischen «Feuchtigkeit» oder «Flüssigkeit» bedeutete. Als Philipp aber die entspannende Wärme spürte, fühlte er sich mit einem Mal sehr wohl, was er so nicht erwartet hatte.

«Das Moorwasser hat eine Temperatur von 40 Grad, was trotzdem nicht zu heiß ist, denn die Wärme überträgt sich aufgrund des Moorzusatzes nur sehr langsam auf den Körper, hält hinterher allerdings lange an», erklärte die Badegehilfin. «Sie werden etwa zwanzig Minuten im Wasser bleiben.» Nachdem sie ihn noch auf das Notrufseil aufmerksam gemacht hatte, ließ Barbara Brender den Patienten allein, um Reinhold Müller in der Nachbarkabine zu helfen.

Die Kabine Laubmanns war wie die übrigen Kabinen rundum gefliest und hygienisch rein. Alles war wiederum weiß; die Fliesen, ein vierfüßiger Schemel, auf dem Laubmann sein Trinkglas abgestellt hatte, ein Stapel Handtücher, der sich auf einer Ablage befand. Die Gäste wurden nach dem Bad mit Hilfe eines Wasserschlauchs vom Moore befreit. Die mittlerweile geschlossene Tür zum Bedienergang war aus einem für Blicke undurchdringlichen Milchglas gefertigt. Das Moorwasser selbst wurde im Keller des Alten Kurbads aufbereitet und bei Bedarf zu den Wannen hochgepumpt.

Dr. Laubmann konnte, obwohl er ganz auf sich konzentriert war, hören, dass die Badegehilfin Brender nebenan – und noch immer gereizt – mit Reinhold Müller sprach. An der Trennmauer war oben nämlich auf ganzer Länge ein Luftdurchlass ausgespart worden. Auch der Mesner hatte sein Trinkglas auf einen Schemel gestellt, doch unglücklicherweise stieß Barbara Brender dagegen. Es fiel zu Boden und zersplitterte. Sie erschrak und schimpfte daraufhin heftig mit dem Patienten Müller, der sich eingeschüchtert entschuldigte.

Nun hatte sie die Scherben zu beseitigen, damit sich niemand verletzte. Wütend wie sie war, agierte sie ein wenig zu ungestüm, denn plötzlich war ein Aufschrei zu vernehmen, weil sie sich geschnitten hatte.

Doch Laubmann berührte das nicht mehr so richtig. Die Wärme begann schon zu wirken, und er fing zu träumen an; träumte von einer herbstlichen Moorlandschaft mit aufsteigendem Nebel, der überhaupt nicht kalt war. Die Bilder durchfluteten sein Gehirn im Übergang vom Wachbewusstsein zur Schlafverlorenheit, was ihm aus Schul- und Studienzeiten noch recht vertraut war …

Er musste gedöst haben, denn er konnte auf Anhieb nicht einordnen, wer bei ihm gewesen war. Er hatte nur wahrgenommen, wie ein weißgekleideter Mann die Glastür im Hinausgehen wieder zugezogen hatte. Jemand hatte wohl für einen Moment bei ihm hereingeschaut. Aus der Nebenkabine hörte er die Stimme Reinhold Müllers, der fragte: «Sind Sie auch Badearzt?» Ein «Ja» folgte. Anschließend sagte Laubmanns Nachbar noch: «Ich glaube, das Wasser ist nicht heiß genug.» –

Als Philipp Laubmann zu Ende geträumt hatte und sich seiner Umgebung wieder bewusst wurde, vermochte er die Zeit nicht abzuschätzen, wie lange er bereits in der Wanne saß. Seine Taschenuhr hatte er in seiner Hose in der Umkleidekabine gelassen.

«Ich komme gleich noch mal zu Ihnen, sobald ich nach den anderen Gästen gesehen habe.» Die leicht kommandierende Stimme der Badegehilfin war ihm inzwischen vertraut. Sie sprach mit einer ihm nicht bekannten Frau in einem der Räume, wo die Moorpackungen verabreicht wurden. Jetzt, da er sich im Moorbad eingelebt hatte, hätte er es nicht gegen Moorpackungen eintauschen mögen.

Barbara Brender kam kurz darauf zu ihm. «Bei Ihnen alles in Ordnung?»

«Bestens», gluckste Laubmann.

«Noch fünf Minuten. Ich schaue nur schnell zu Herrn Müller und nehme anschließend Frau Gutwein-Brenner die Moorpackung ab. Dann bin ich für Sie da.»

«Haben Sie sich verletzt?» Der aufmerksame Moraltheologe hatte entdeckt, dass die rechte Hand der Badegehilfin aufwendig verbunden war.

«Herrn Müllers Trinkglas ist heruntergefallen, und ich hab mich an einer Scherbe geschnitten. Kein Wunder, heute ist Freitag, der 13.»

«Ich verspreche Ihnen hoch und heilig, ich werde niemals wieder ein Glas mitbringen.» Laubmann streckte die braun gefärbten Schwurfinger aus dem Wasser. Und als ihn Barbara Brender verlassen hatte, griff er nach seinem Glas auf dem Schemel und trank es aus.

Doch sie kam postwendend zu ihm zurück. «Wissen Sie, ob Ihr Nachbar aus der Wanne gestiegen ist, als ich weg war, um mir den Verband anlegen zu lassen?» So etwas war ungewöhnlich und gefiel ihr gar nicht.

Laubmann verneinte.

Die Badegehilfin Brender versuchte sich zu erinnern. «Er hat jedenfalls nicht am Notrufseil gezogen.» Beunruhigt ging sie erneut nach nebenan und sah genauer hin, denn zuvor hatte sie nur einen raschen Blick in die Kabine geworfen.

Ihr Herz schlug mit einem Mal schneller, bemerkte sie doch an der Wasseroberfläche das mit Moor überzogene Kopfhaar Reinhold Müllers. Sie nahm es wahr und wollte es zugleich nicht wahrhaben. Hektisch trat sie an den Wannenrand und langte zitternd mit der linken Hand ins undurchsichtige Wasser; die rechte Hand war ja verbunden. Sie schaffte es, den Mesner am Kinn anzufassen, und sie neigte seinen Kopf so nach hinten, dass nun sein Gesicht an der Wasseroberfläche zum Vorschein kam. Augen und Mund waren geöffnet, und es schien, als würde die Moorbrühe daraus hervorquellen. Mit einem Aufschrei, ihrem zweiten an diesem Tag, ließ sie den Mesner sofort wieder los, und der Kopf versank langsam im Moorbad.

Ehe sie realisiert hatte, was wirklich geschehen war, und indem sie von der Wanne mit Entsetzen zurückwich, erschrak sie ein weiteres Mal fast zu Tode; denn direkt hinter ihr war eine mit Moorschlamm bedeckte Gestalt aufgetaucht. Ihr wurde schwindelig und übel, und sie konnte sich kaum auf den Beinen halten.

Dr. Laubmann fing sie auf. Neugierig geworden, war er ohne ihre Erlaubnis aus seiner Wanne gestiegen und herübergekommen. Nur das Badetuch hatte er sich um seinen Bauch geschlungen, sich aber nicht gereinigt.

VIII

«MEINE SEHR VEREHRTEN DAMEN UND HERREN, wir schließen unser Bad heute schon etwas früher. Sofern die Kriminalpolizei Ihre Personalien bereits hat und Sie nicht näher befragen möchte, bitten wir Sie, das Gebäude bis 20 Uhr zu verlassen.» Waldemar Vielhauer, der Direktor des Alten Kurbads, hatte seine Lesebrille mit den kleinformatigen, schmalen Gläsern abgenommen, ins Futteral gelegt und dieses in der Seitentasche seines maßgeschneiderten Jacketts verschwinden lassen, ehe er in Absprache mit der Kriminaloberkommissarin Juliane Vogt vor einige der Gäste und Angestellten seines Hauses getreten war, die sich voller Wissbegier und nicht ohne Gafflust in einem der Hauptgänge unweit der Moorbad-Abteilung versammelt hatten. Das Blatt Papier, auf das sich Vielhauer die amtliche Mitteilung der Kommissarin notiert hatte, behielt er in der Hand.

«Wann die Kriminalpolizei ihre Recherchen vor Ort beendet haben wird, wann folglich die meisten unserer Badeabteilungen wieder geöffnet sein werden, kann ich Ihnen gegenwärtig nicht mitteilen. Genaueres mögen Sie in den kommenden Tagen, also ab morgen, Samstagvormittag, bitte den jeweils aktuellen Informationsblättern entnehmen, die im Foyer aushängen werden. Ich danke Ihnen.»

Die Moorbad-Abteilung, und damit der Ort, an dem

Reinhold Müller den Tod gefunden hatte, war derzeit ausnahmslos für die Kriminaltechniker zugänglich. Da es in den Räumlichkeiten eng wurde, wenn mehrere Personen anwesend waren, durften sie vorläufig nicht einmal von den Ermittlungsbeamten der Kissinger Polizeiinspektion betreten werden.

Diese hatten freilich mit der Überprüfung möglicher Zeugenaussagen genug zu tun. Alle, die sich im Umfeld der Tatzeit innerhalb des Alten Kurbads aufgehalten hatten, konnten etwas beobachtet haben, das der Aufklärung des Falles dienlich werden könnte. Das galt für die Angestellten, die genauso weiß gekleidet waren wie die Kriminaltechniker mit ihren Overalls, in gleichem Maße wie für die Badegäste, von denen sich Einzelne nur provisorisch zwei, drei Kleidungsstücke übergezogen hatten, weil sie von den Beamten eilig aus den verschiedenen Badeabteilungen gescheucht worden waren.

Oberkommissarin Juliane Vogt war mit ihren 1,77 gut zehn Zentimeter größer als die Pathologin Valentina Wagner und fast so groß wie der forsche Staatsanwalt Ottokar Geißler, mit denen sie sich am Rande der Versammlung über die ersten Erkenntnisse austauschte. Im Gegensatz zur Pathologin mit ihren aschblonden, kurzgeschnittenen und wirr abstehenden Haaren trug die Oberkommissarin ihr halblanges dunkelblondes Haar sorgsam nach innen gedreht – und ein kühles, unnahbares Wesen zur Schau. Sie war aus Schweinfurt gebürtig, hatte ihr achtunddreißigstes Lebensjahr annähernd vollendet, sich soeben von ihrem Lebensgefährten getrennt und strebte eine örtliche Veränderung an.

«Der hinlängliche Verdacht auf einen gewaltsamen Tod wird sich durch die Obduktion sicher noch erhärten lassen, wie ich Sie kenne.» Juliane Vogt wollte von der Pathologin so bald wie möglich eine hieb- und stichfeste Stellungnahme hören.

«Davon gehe ich aus.» Valentina Wagner ließ sich, zumal sie älter war als die Oberkommissarin, durch diese nicht aus der Ruhe bringen. «Die Fass-Spuren, ergo die Blutunterlaufungen an den Unterschenkeln des Opfers im Bereich der Fersen, sind Hinweis genug, eine unnatürliche Todesursache anzunehmen.»

«Auf unsere Frau Dr. Wagner können wir uns verlassen», sagte Staatsanwalt Geißler gönnerhaft.

«Das Opfer», die Kommissarin schaute auf eine Notiz, «Reinhold Müller, laut Personalausweis aus Bamberg und laut Aussage eines Dr. Philipp Laubmann Mesner von Beruf, dürfte also von einer Fremdperson an den Fersen gepackt und ruckartig unter Wasser gezogen worden sein? Können wir uns das so vorstellen?»

Die Pathologin nickte bestätigend. «Wenn jemand in einer mit Wasser gefüllten Wanne sitzt und mit einem Angriff nicht rechnet, kann er sich dessen kaum erwehren. Die Beine zeigen, wenn das Opfer an den Fersen gepackt und unter Wasser gezogen wird, nach oben; der ganze Oberkörper und somit der Körperschwerpunkt befinden sich also unter Wasser. In einer solchen Lage wird man sich mit den Armen wohl nicht hochstemmen können, und die Hände werden an der glatten Wannenoberfläche keinen Halt finden. Zudem war der Getötete von kleinerer Statur und wahrlich kein Schwergewicht.»

«Hat sich unser Opfer überhaupt gewehrt?», wollte der Staatsanwalt von der Pathologin wissen.

«An den Außenseiten der Hände sind zwar leichte Stoßverletzungen zu erkennen, als hätte das Opfer sie nach oben gehalten und gegen den inneren Wannenrand geschlagen, doch das war sicher keine gezielte Handlung mehr. Sie müssen bedenken, dass ein schockartiges Einatmen von Wasser zu einem unwillkürlichen Stimmritzenkrampf führt, der zwar das Wasser daran hindert, in die Lunge einzudringen, der aber auch einen Sauerstoffmangel zur Folge hat. Und wenn der Krampf nicht rechtzeitig behoben wird oder sich von selbst lösen kann», Valentina Wagner machte eine bedauernde Miene, «tritt unweigerlich der Tod ein.»

***

«Exhaustus!» Dr. Philipp Laubmann war der lateinische Begriff eben mal so eingefallen, und er hatte ihn seinem Badearzt Dr. Rüdiger Pabst geradezu hingeworfen, weil er dachte, ein Arzt müsse Latein verstehen. Pabst verstand Laubmann aber nicht, ja hatte nicht die geringste Ahnung, was dieser Moraltheologe von ihm wollte.

Philipp repetierte: «Exhaustus! – Erschöpft! Partizip Perfekt!». Er wollte den Arzt unbedingt von seiner sprachlichen Versiertheit überzeugen. «Exhaustio – die Erschöpfung!» Trotz schwang in der Stimme mit. «Ich bin erschöpft! Das Moorbad hat mich körperlich erschöpft!» – Doch von seinem Arzt erfolgte keine Reaktion, abgesehen von einem kaum merklichen Kopfschütteln.

Dabei entsprach Laubmanns Selbstdiagnose der Wahrheit. Die Moorbadwärme wirkte, wie angekündigt, in seinem Kreislauf nach. Er hatte seine Brille auf dem Nasenrücken nach vorne geschoben, damit die Gläser nicht an der Innenseite beschlugen. Zudem hatte Laubmann, in Hemd und Hose, der inneren Hitze wegen seine Wolljacke wohlweislich abgestreift und über die Stuhllehne gehängt. Mit gerötetem Gesicht und Schweißperlen auf der Stirn, die ihn zum Stofftaschentuch greifen ließen, saß er neben Dr. Pabst in der Runde der Zeugen.

Außer ihnen war die Badegehilfin Brender anwesend, die mit der linken Hand die verbundene rechte hielt, um sie zu schützen. Tatsächlich aber schien Barbara Brender eher in ihrer Psyche verwundet zu sein. Das unselige Ereignis in der Moorbad-Abteilung hatte sie angegriffen. Ihre Dienstkleidung war noch immer moorbeschmutzt. Dr. Pabst, der den toten Reinhold Müller als Erster untersucht hatte, hatte seine verschmutzte Arztkleidung zwischendurch gegen eine saubere Garnitur getauscht.

Der Badegehilfin zur Seite hatte ihre Patientin Dr. Ida Gutwein-Brenner Platz genommen, die auf die Anwendung von Moorpackungen schwor. Die selbstbewusste 53-Jährige besaß in Düsseldorf eine Apotheke in günstiger Lage. Sie hatte Kapital zur Verfügung und war fortwährend an lukrativen Investitionen interessiert. Auch in Bad Kissingen. So ließ sich die angenehme private Kur vielleicht mit dem Nützlichen verbinden. Ida Gutwein-Brenner war verheiratet, doch die Apotheke gehörte ihr allein. Brille, Handtasche und Kostüm waren modisch und teuer. Ihre pechschwarz gefärbten schulterlangen Haare hatte sie für die Behandlung zu einem Zopf geflochten und nicht wieder gelöst.

Der spärlich, ja steril eingerichtete Aufenthaltsraum für das Kurbad-Personal hatte düstergrau gestrichene Wände und besaß den Charme einer Aussegnungshalle. Das Licht der Deckenspots hob die Sterilität zusätzlich hervor, anstatt sie zu dämpfen. Früher hatte man sich hier wenigstens zu zünftigen Zigarettenzirkeln verabreden können, aber das war längst verboten. Nur der Blick aus dem Fenster auf einen Ausläufer des Kurgartens und auf die Abenddämmerung wirkte ein wenig versöhnlicher. Immerhin konnten Kaffee und Tee zubereitet werden. Diesmal war von Barbara Brender jedoch nur Mineralwasser ausgeschenkt worden. Kein Heilwasser freilich.

Der Raum war einfach langweilig, und die Anwesenden schwiegen. Niemand war auf Laubmanns lateinischen Sprachwitz-Versuch eingegangen. Sie warteten auf kargen Stühlen um einen kargen Tisch. Außerdem befanden sie sich unter Aufsicht. Die uniformierte Polizeiobermeisterin Cordula Hilder war dazu von Staatsanwalt Geißler beauftragt worden. Die Zeugen sollten sich nicht vom Fleck rühren. Für die verheiratete 27-Jährige, die rasch befördert werden wollte, um mit ihrer Familienplanung nicht ins Hintertreffen zu geraten, war dies einer der ersten größeren Fälle, an denen sie als Polizeibeamtin in Bad Kissingen beteiligt war. Sie stand neben der Tür und hatte sich ein wenig an die Wand gelehnt.

Philipp Laubmann betupfte sich zum wiederholten Mal mit seinem Stofftaschentuch die Stirn, das mit seinen blauen und roten Streifen höchstens so aufregend wie ein Küchenhandtuch gestaltet war, als Oberkommissarin Juliane Vogt den Aufenthaltsraum betrat. Sie schloss die Tür und setzte sich auf einen der freien Stühle, um eine eingehendere Befragung der für den Tathergang unmittelbaren Zeugen durchzuführen. Sie schilderte ihnen diesen Hergang, wie sie ihn von der Pathologin erfahren hatte.

Barbara Brender konnte die Beschreibung kaum ertragen; Dr. Gutwein-Brenner gab sich hingegen ungerührt; Dr. Laubmann tat der Mesner leid; und Dr. Pabst reagierte nur als Mediziner.

«So ähnlich habe ich mir den Tötungsvorgang ebenfalls zusammengereimt», tat er der Oberkommissarin kund.

«Sie wissen offenbar bestens Bescheid.»

«Ich habe im Studium gut aufgepasst.»

Juliane Vogt wies ihn zurecht: «Leider haben diejenigen unter Ihnen, die Reinhold Müller tot aufgefunden haben – wozu auch Sie gehören, Herr Dr. Pabst –, eine Menge Spuren hinterlassen und somit gewollt oder ungewollt die Spuren der Tat verwischt.»

Dr. Pabst protestierte sofort: «Als ich geholt wurde beziehungsweise am Tatort eintraf, war von Dr. Laubmann das Moorwasser bereits aus der fraglichen Wanne abgelassen worden», Pabst machte eine Geste in Richtung des Erwähnten, «was im Übrigen vollkommen richtig war. Dieser Herr Müller hätte ja noch am Leben sein können. Dr. Laubmann und ich mussten ihn anschließend aus der Wanne heben, um eventuell notärztliche Maßnahmen einzuleiten. Auf meine Anweisung hin hat Herr Laubmann ihn auch mit blankem Wasser von den Moorschlieren an Gesicht und Oberkörper befreit. Frau Brender wollte ich nicht damit behelligen, weil sie verletzt war, wie Sie sehen.» Die Oberkommissarin blickte kurz auf die verbundene Hand der Badegehilfin. «Aber Herr Müller war bereits tot.»

«Dass Ihre Rettungsversuche angebracht oder berechtigt waren, Herr Dr. Pabst, Herr Dr. Laubmann, bezweifle ich nicht.» Kommissarin Vogt sprach ganz unaufgeregt. «Nur bringt uns Ihre Aussage bezüglich der Spurensituation am Tatort nicht weiter. Auf den Bodenfliesen sind in den angetrockneten Moorresten mehrere Abdrücke zu erkennen. Das heißt, wir müssen die sichergestellten Abdrücke mit den Sohlen der Schuhe vergleichen, die Sie zur Tatzeit getragen haben. Das betrifft alle Anwesenden.»

«Ich habe den Tatort zu keinem Zeitpunkt betreten», wehrte sich Ida Gutwein-Brenner.

Doch Juliane Vogt ließ keine Entschuldigung gelten. «Wie in einem solchen Falle üblich, werden wir auch von Ihnen allen die Fingerabdrücke benötigen.»

Philipp Laubmann kannte das Procedere bereits von seinem letzten Mordfall her, wollte der Oberkommissarin aber lieber nicht verraten, dass seine Fingerabdrücke noch beim kriminalpolizeilichen Erkennungsdienst in Bamberg gespeichert sein dürften. Wer weiß, welche fälschlichen Schlussfolgerungen sie daraus ziehen würde.

Der Badearzt Dr. Pabst opponierte erneut gegen die Kommissarin. «Heißt das, Sie betrachten uns als Verdächtige?»

«Zunächst einmal nur als Zeugen.»

«Dann stehe ich Ihnen selbstverständlich zur Verfügung.» Rüdiger Pabst drückte sich betont höflich aus. «Als Verdächtiger komme ich ohnedies nicht in Frage. Ich bin durch Frau Brender telefonisch aus meinem Behandlungszimmer gerufen worden. Ich hatte Patienten. Den Getöteten habe ich außerdem nicht gekannt; denn ich habe ihn zu Beginn seiner Kur nicht untersucht. Er war bei meinem Kollegen, Dr. Goergen.»

Die Düsseldorfer Apothekerin Ida Gutwein-Brenner nutzte sogleich die Gunst des Augenblicks und bestritt ebenfalls jegliche Beteiligung an dem Mord. «Ich habe den toten Herrn auch nicht gekannt, ihn nie gesehen. Nicht einmal die Leiche habe ich mir angeschaut.»

Kommissarin Vogt blickte streng um sich. *Sie* leitete hier die Ermittlungen, und *sie* bestimmte, wer in diesem Raum zu reden hatte. «So weit sind wir noch nicht, dass ich Sie gehen lasse. Bitte beantworten Sie meine Fragen in der Reihenfolge, in der ich sie stelle. Wir werden zuerst den Tathergang zeitlich rekonstruieren. Daher beginne ich mit Herrn Dr. Laubmann.» Die Kommissarin wandte sich dem

Moraltheologen zu. «Bin ich richtig informiert, Sie haben keinen medizinischen Doktorgrad erworben?»

«Ich bin Doktor der Theologie», antwortete Laubmann geständig.

«Sie sind aber gar nicht wie ein Priester gekleidet.»

«Ich bin nur Wissenschaftler.» Dass Frauen an ihm stets etwas Priesterliches zu erkennen glaubten. Jedes Mal. Hätte er nicht bereits geschwitzt, er wäre jetzt vor Ärger in Schweiß ausgebrochen.

«Kannten Sie den Mesner Reinhold Müller? Wenn ja, woher?»

«Ich habe ihn erst vor etwa vier Stunden in der Wandelhalle während unserer Trinkkur näher kennengelernt, obgleich wir uns aus Bamberg vom Sehen her kannten.»

«Wann hatten Sie einen Termin für das Moorbad?»

«Um 17 Uhr.»

«Wann kamen Sie denn in die Moorbad-Abteilung?»

«Gegen 17 Uhr.»

«Gemeinsam mit Herrn Müller?»

«Zusammen mit ihm. In den Umkleidekabinen waren wir allerdings getrennt.»

«Das hab ich nicht anders erwartet.» Kommissarin Vogt fragte sich, ob dieser Dr. Laubmann überkorrekt war oder sich eher lustig über sie machen wollte. Er sollte es nur versuchen.

Die Kommissarin hatte erst einmal genug von Laubmann und sprach nun die beiden Zeuginnen an. «War außer Ihnen und den zwei Herren aus Bamberg sonst jemand zur fraglichen Zeit in der Moorbad-Abteilung anwesend?»

Barbara Brender gab bereitwillig Auskunft, denn die für diesen Spätnachmittag vereinbarten Therapie-Termine würde sie niemals wieder vergessen. «Von den fünf Kabinen – drei mit Wannen für Moorbäder, zwei mit Liegen für Moorpackungen – waren insgesamt nur drei belegt.»

«In den restlichen zwei Kabinen hat sich also definitiv niemand aufgehalten, auch niemand vom Personal?»

«Nein, niemand. Unter der Woche wechseln sich zwei Kolleginnen und ich in verschiedenen Abteilungen ab; jede ist aber allein in ihrem Bereich.»

‹Das schränkt wenigstens in diesem Sektor die Zahl der Verdächtigen ein›, überlegte die Oberkommissarin. «Haben Sie Herrn Müller gekannt?»

«Nein.»

Juliane Vogt richtete ihren Blick auf die zweite Zeugin. «Zu Ihnen, Frau Dr. Gutwein ...»

«Gutwein-Brenner!»

«... wann hatten Sie Ihren Termin?»

«Ich war gegen 17 Uhr in meiner Kabine, und Frau Brender hat mir gleich die Moorpackung aufgelegt; auf den Rücken.»

«Wie lange dauern die verschiedenen Anwendungen?»

Badegehilfin Brender rückte wiederum in den Mittelpunkt der Befragung. «Gut 20 Minuten. Danach gehen die Patienten für eine halbe Stunde in den Ruheraum, wobei die Moorbad-Patienten vor der Ruhezeit kurz mit Wasser abgespritzt werden und hinterher duschen können.»

«Die Ruhezeit fiel heute flach», bemerkte Philipp Laubmann. «Andererseits hat Reinhold Müller nun seine ewige Ruhe.»

«Nicht sehr hilfreich», raunte die Vogt. Ihre Aufmerksamkeit blieb weiter auf die Badegehilfin gerichtet. «Ab wann waren alle Patienten allein in ihren Kabinen?»

«Ab 17 Uhr 10; Frau Dr. Gutwein-Brenner schon etwas früher.»

«Wo waren Sie und was haben Sie gemacht?»

Barbara Brender war im ersten Moment etwas konsterniert. Mit einer solch unumwundenen Frage nach ihrem Alibi hatte sie nicht gerechnet. «Ich bin wirklich nur versehentlich an das Trinkglas von Herrn Müller gestoßen. Und dann musste ich sofort den Fußboden säubern; dabei hab ich mich geschnitten.»

«Gibt's für den Vorfall einen Zeugen … außer Herrn Müller?»

Laubmann meldete sich wieder: «Ich hab's von meiner Kabine aus gehört.»

«Also keinen Augenzeugen. – Aber noch mal: Wo waren Sie?»

«Der Eimer mit den Scherben und dem Putztuch», fuhr Barbara Brender fort, «steht noch in der Kabine.»

«Den Eimer und das Tuch mussten Sie aber holen?»

«Ja, natürlich, aus einem der Nachbarräume. Kurz bevor ich damit fertig war, hab ich in die Scherbe gelangt. Und die Wunde hat ziemlich geblutet. Dann habe ich eines der Handtücher draufgepresst, hab mit der anderen Hand am Boden das Blut aufgewischt und bin zu meiner Kollegin gelaufen, die als Aufsicht im Solebad war, um mir die verletzte Hand richtig verbinden zu lassen.»

«Der Name Ihrer Kollegin?»

«Giehl; Magda Giehl.»

«Wie lange waren Sie weg?»

«Fünf bis zehn Minuten. Als ich zurück war, hab ich gleich in alle belegten Kabinen geschaut, weil die Zeit für die Anwendungen so gut wie abgelaufen war.»

«Für einen Ihrer Patienten war die Zeit sogar endgültig abgelaufen», gestattete sich Juliane Vogt herablassend hinzuzufügen.

«Sag ich doch», lästerte Philipp Laubmann.

«Das war nicht meine Schuld!», verteidigte sich Barbara Brender.

Und Dr. Pabst reagierte aggressiv: «Damit gehen Sie zu weit, Frau Vogt! Dass Herr Müller tot ist, lag ja nicht an der Verabreichung des Moorbads!»

Am liebsten hätte Juliane Vogt ihren unbeherrschten Ausspruch rückgängig gemacht. Wenn man nur eine kleine Schwäche zeigte, fielen sie über einen her. «Tatsache ist also, dass Frau Dr. Gutwein-Brenner und Herr Dr. Laubmann während der Tatzeit unbeobachtet waren.»

«Ich hatte eine Moorpackung auf dem Rücken», wehrte sich die Apothekerin erneut; «das wissen Sie.»

«Und ich hab ein wenig gedöst», gab Laubmann zu.

«Das sind keine Alibis», konterte die Oberkommissarin. «Ähnliches gilt auch für Sie, Frau Brender. Welcher Zeuge oder welche Zeugin könnte widerlegen, dass das Trinkglas infolge einer… sagen wir, handgreiflichen Auseinandersetzung zwischen Ihnen und Herrn Müller zu Bruch gegangen ist. Womöglich haben Sie sich bloß gewehrt, weil er Sie bedrängt hat, belästigt hat; oder kommt so etwas nicht vor?»

Die Badegehilfin war fassungslos. «So etwas ist mir nie passiert…»

«Ich habe noch gehört», griff Philipp Laubmann ein, «wie sich Herr Müller entschuldigt hat.»

«Wegen der Belästigung?», setzte die Kommissarin nach.

«Wegen des Glases! Er war ein so netter, harmloser Mensch.»

«Wir werden trotzdem in unseren Datenbanken nachsehen, ob Herr Müller diesbezüglich schon einmal auffällig geworden ist. Vielleicht auch unter einem anderen Namen. Unsere Pathologin wird von der Leiche die Fingerabdrücke nehmen.»

Doch dieses Mal ließ Laubmann nicht locker. «Außerdem hat zu der von Ihnen vermuteten Tatzeit für einen kurzen Moment ein Arzt die Tür zu meiner Kabine geöffnet, was ich erst wahrgenommen habe, als er sie fast wieder geschlossen hatte. Und er ist gleich darauf in die Nachbarkabine zu Herrn Müller gegangen. Wenn ich nicht so müde gewesen wäre, hätt' ich besser aufgepasst – bei meiner Seel!»

«Haben Sie *das* wenigstens gesehen, dass dieser angebliche Arzt bei Herrn Müller war?»

«Wiederum nur gehört. Leider.»

‹Oder erfunden›, dachte sich Kommissarin Vogt. Sie fragte anschließend die beiden Angestellten des Alten Kurbads, wer alles Zutritt zu den Kabinen und dem dortigen Durchgang habe. «Wie heißt der Gang noch mal?»

«Der *Bedienergang*», formulierte die Badegehilfin Brender fachgerecht.

Dr. Pabst nahm seine Kollegin verbal aus der Schusslinie, indem er die Ausgangsfrage der Kommissarin beantwortete. «Es sollte zwar nicht sein, aber der Bedienergang wird hin und wieder als Abkürzung benutzt. Im Grunde kann also jede der im Haus tätigen Personen an den Kabinen vorbeigehen. Und somit auch unbekannte Leute; denn die obere Etage ist an Masseure und Krankengymnasten vermietet. Wer da gerade eine Aushilfe oder Vertretung beschäftigt, entzieht sich weitgehend unserer Kenntnis.»

Laubmann war interessiert: «Sie meinen, jemand kann mit dem Gebäude und näherhin mit dem Bedienergang vertraut sein, obwohl niemand vom übrigen Personal ihn oder sie kennt?»

«Richtig.»

Kriminaloberkommissarin Vogt beauftragte nun ihrerseits die Polizeiobermeisterin Hilder, die sich nicht von der Stelle gerührt hatte, draußen nachzuschauen, ob Staatsanwalt Geißler noch im Hause sei. «Richten Sie ihm bitte aus, wir benötigen eine Aufstellung aller hier im Gebäude beschäftigten Personen. Uns liegt bisher nur eine Liste der Angestellten des Kurbads vor. Zudem brauchen wir Durchsuchungsgenehmigungen für die vermieteten Praxisräume.»

Als die Polizeiobermeisterin dienstbeflissen den Aufenthaltsraum verlassen hatte, hakte die Kommissarin bei Philipp Laubmann nach. «Können Sie den Arzt beschreiben, den Sie in Ihrer Kabine wahrgenommen haben wollen?»

Laubmann war sofort eifrig bei der Sache. «Ich hatte natürlich meine Brille nicht bei mir, und er hat im selben Moment die Glastür von außen schon wieder zugemacht, als ich sozusagen wach geworden bin. Aber ich hab doch einiges gesehen.» Er schloss noch einmal die Augen, um sich jene Konstellation zu vergegenwärtigen. «Er hatte ein weißes Hemd an und eine weiße Hose … wie Dr. Pabst hier.»

«Ich bitte Sie, was soll das jetzt?», konterte Pabst gereizt.

«Nein, er hatte eine ganz andere Statur als Sie … massiger. Und er hatte einen dunklen Bart. An seine Kopfhaare respektive ihre Farbe kann ich mich allerdings nicht erinnern … nur an eine getönte Brille … und ich meine, ich habe so einen dieser halb durchsichtigen Handschuhe an seiner Hand gesehen, wie Ärzte sie bei Untersuchungen tragen. – Reinhold Müller, daran erinnere ich mich sicher, hat ihn gefragt, ob er auch Arzt sei; das heißt, Herr Müller hat ihn nicht gekannt. – Ob *ich* den Arzt freilich wiedererkennen würde, weiß ich nicht.»

Der Kommissarin war bei den Worten Laubmanns etwas aufgefallen. «Herr Dr. Pabst, Sie haben im Verlauf dieser Befragung betont, das Opfer nicht gekannt zu haben. Dr. Laubmann sagt nun aus, dass dem Opfer der eintretende Arzt ebenfalls unbekannt war. Lässt das nicht den Rückschluss zu, dass Sie der Arzt gewesen sein könnten?» Sollte dieser Pabst ruhig noch ein bisschen mehr gereizt werden.

Der war nun spürbar aufgebracht und fand, wie schon mehrfach in dieser Runde, für einen wortkargen Mann sehr viele Worte. «Wer, bitte, war dann bei Herrn Laubmann; denn ich war's nicht? Herr Dr. Laubmann hätte mich ja wohl erkannt. Ich habe ihn nämlich zu Beginn seiner Kur untersucht. Also drehen Sie meine Aussage bitte nicht so hin, wie's Ihnen gerade gefällt. Überdies, wer garantiert Ihnen, dass Herr Dr. Laubmann – bei aller Wertschätzung – das, was er gehört haben will, in seinem ‹entspannten› Zustand nicht bloß geträumt hat?»

Fühlte sich Pabst in die Enge getrieben? – Die Kommissarin war nicht unzufrieden. «Möglich», meinte sie, «obwohl ich von Traumanalyse nicht viel halte, zumindest beruflich. Wir haben es in der Praxis eher mit Erfindungsreichtum zu tun. Nicht wahr, Herr Dr. Laubmann?» Sie griff einen ihrer vorherigen Gedanken auf. «Wer garantiert uns wirklich, dass Sie den von Ihnen geschilderten Vorgang nicht bloß erfunden haben, um uns beispielsweise auf eine falsche Spur zu lenken?»

Philipp Laubmann war um eine Antwort nicht verlegen, sondern erklärte luzide: «*Ich* garantiere das, beziehungsweise meine Reputation als Moraltheologe.»

«Nun gut; wir werden sehen. – Um die Befragung zu beenden, wann genau haben Sie zusammen mit Frau Brender das Mordopfer aufgefunden?»

«Ich war nackt ... quasi nackt», erwiderte der Doktor der Theologie, «und deshalb ohne Uhr.» Hilfesuchend schaute er zu Barbara Brender. «Wann wird das gewesen sein?»

«Ich schätze, zwischen 17 Uhr 20 und 17 Uhr 30.»

«Das heißt», folgerte die Kommissarin, «wir können die Tatzeit auf circa 17 Uhr 10 bis circa 17 Uhr 25 begrenzen.»

«Na also! Dürfen wir endlich gehen?» Dr. Pabst war ungeduldig. Und Dr. Gutwein-Brenner fühlte sich ohnehin fehl am Platze.

«Hinterlassen Sie bitte alle, wo Sie in Bad Kissingen tagsüber zu erreichen sind, sofern die Kollegen das nicht bereits notiert haben. Und Sie, Frau Brender, muss ich zusätzlich bitten, sich morgen zu einer Speichel- oder Blutentnahme in der Polizeiinspektion einzufinden, damit wir sicher sein können, dass das Blut am Fußboden der Kabine allein von Ihnen stammt.»

«Ich habe den Boden doch gründlich gesäubert.»

«Wir haben Experten.»

***

«Hab ich's nicht geahnt», klagte die Badegehilfin, als alle aufbrachen, gegenüber Philipp Laubmann, «Freitag, der 13., das bringt Unglück.»

«Und eine Freitagsleiche zieht die nächste Leiche nach sich, wie's in einem abgestandnen Aberglauben heißt.»

Laubmann schüttelte den Kopf. «Nein, darauf gebe ich nichts. Die Dreizehn wird zwar gemeinhin für eine Unglückszahl gehalten, weil sie der vollkommenen Zahl Zwölf folgt oder weil beim Letzten Abendmahl Jesu unter den 13 Anwesenden ein Verräter war, aber in anderen Traditionen gilt die Dreizehn als ausgesprochene Glückszahl. Der Freitag selbst ist, christlich gesehen, durch den Still- oder Karfreitag negativ besetzt. Die Römer jedoch hielten diesen Tag der Woche für einen Glückstag, der ihrer Göttin Venus geweiht war.»

«Sie müssen's ja wissen. Aber was sagen Sie dazu, dass der Moorzusatz in der Wanne aus dem Teufelsmoor hier in der Nähe stammt?» Brenders Gesicht hatte einen schulmeisterlichen Ausdruck. «Wenn Sie mich fragen, das war das reinste ‹Teufelswasser›.»

Laubmann verdrehte nur die Augen.

Die meisten Schaulustigen hatten sich mittlerweile verzogen. Die Hauptgänge waren nahezu leer. Auch viele Beamte der Schutz- und der Kriminalpolizei waren aufgebrochen. Namen und Adressen mussten überprüft werden, Berichte waren zu verfassen, Auswertungen hatten zu erfolgen.

Polizeiobermeisterin Cordula Hilder war allerdings noch zugegen. Sie geleitete eine ältere Dame, der sie im Foyer begegnet war, durch die Gänge und brachte sie zur Oberkommissarin Vogt. Die Kommissarin wollte eigentlich zur Inspektion fahren und nicht mehr behelligt werden, schon gar nicht, wenn es sich um Nichtigkeiten handelte, die andere erledigen sollten.

Philipp Laubmann blieb stehen – natürlich aus Neugier – und sah sich die Dame an. Sie mochte ungefähr Mitte 60 sein und war zurückhaltend gekleidet, hatte aber durch ihre unaufdringlichen Gesten und ihren aufrechten Gang eine hinter ihrer Bescheidenheit verborgene Weltgewandtheit an sich. Sie hatte ergraute Haare, halblang und gelockt, eine feine, gerade Nase und sanft geschwungene Lippen. Unter dem geöffneten dunkelblauen Mantel trug sie ein hellgraues Kostüm. Laubmann hielt sie für eine Professorin, auf jeden Fall für eine gelehrte Frau. Nur ihre Augen drückten Schmerz aus.

Cordula Hilder stellte die Frauen einander vor. «Frau Oberkommissarin Vogt – Frau Gabriela Schauberg. Frau Schauberg hat sich vorne bei der Anmeldung nach Herrn Reinhold Müller erkundigt. Ich habe sie bereits darüber in Kenntnis gesetzt, dass er verstorben ist.»

Ehe die Kommissarin herausfinden konnte, wer Gabriela Schauberg war, setzte die Polizeiobermeisterin ihren Bericht fort, denn sie war keineswegs zu Ende damit. «Die Mitarbeiterin an der Rezeption hat mich darüber informiert, dass heute am Vormittag telefonisch schon einmal jemand nach Herrn Müller gefragt hat, um ihn in einer unaufschiebbaren Angelegenheit zu sprechen. Sie hat gesagt, die Stimme sei die eines Mannes gewesen und hätte so geklungen, als hätte er sich in einer Telefonzelle aufgehalten.»

Laubmann, der mit Technik nicht sonderlich vertraut war, formulierte mehr für sich: «Gibt es die überhaupt noch? Werden die nicht allenthalben durch Edelstahlsäulen ersetzt, die eine entfernte Ähnlichkeit mit Pissoirs haben, als wären sie für die fernmündliche Notdurft vorgesehen?» Doch alle bekamen es mit.

Cordula Hilder war für eine Sekunde irritiert ob Laubmanns unpassender Äußerung. Gabriela Schauberg blickte diesen Herrn, der bisher seinen Namen nicht genannt hatte, so an, als hielte sie ihn für einen seltsamen Vogel. Tatsächlich aber kreisten ihre Gedanken nur um Margaretes Tod und den Tod des Mesners.

Die Kommissarin schließlich wies Philipp Laubmann zurecht, «unterbrechen Sie die Kollegin nicht!», und forderte die Polizeiobermeisterin auf, die Berichterstattung wieder aufzunehmen.

«Ja, auf Drängen des Mannes am Telefon hat ihm die Mitarbeiterin des Alten Kurbads verraten, dass Herr Müller in dem ihr vorliegenden Kalender zu einer Moorbad-Anwendung um 17 Uhr vorgemerkt sei.»

«Das kann ja heiter werden, wenn alle möglichen Leute von seinem Termin gewusst haben.» Juliane Vogt war ganz und gar nicht erfreut. «Die Aussage der hilfsbereiten Mitarbeiterin bekomme ich schriftlich. Da sie's mit dem Datenschutz nicht so genau nimmt, hat sie uns gegenüber die Chance, sich zu rehabilitieren.»

«Werde ich erledigen.» Die Polizeiobermeisterin machte sich gleich auf den Weg zurück zur Anmeldung. So etwas war für ihre Karriere nicht schlecht.

«Zu Ihnen, Frau Schauberg: Was wollten Sie von dem Mesner Reinhold Müller?»

«Ich bin Mitglied des Säkularinstituts ‹Christen in der Welt› in Bamberg», begann Gabriela Schauberg.

«Das kenne ich!», fuhr Laubmann dazwischen. «Das liegt im Bruderwald!»

«Darf ich vorstellen: Herr Laubmann», sagte Kommissarin Vogt leicht enerviert.

«Dr. Laubmann, Mitglied des Lehrstuhls für Moraltheologie an der Bamberger Theologischen Fakultät», korrigierte er mit einer angedeuteten Verbeugung.

«Was also führt Sie hierher?», wiederholte die Kommissarin.

Gabriela Schauberg schilderte in knappen Sätzen, dass die Zwillingsschwester des Mesners vorgestern in Bamberg getötet worden sei.

‹Wo wird dieser Fall bloß enden?›, dachte Juliane Vogt etwas zu melodramatisch, einerseits befürchtend, dass er ihr über den Kopf wachsen könnte, andererseits, dass sie ihn würde abtreten müssen.

«In Absprache mit den zuständigen Kriminalbeamten wollten wir vom Säkularinstitut aus Herrn Müller die Nachricht vom Tod seiner Schwester überbringen, um es ihm etwas erträglicher zu machen. Als unsere Leiterin erfahren hatte, dass er wie ich zur Kur in Bad Kissingen ist, hat sie mich gebeten, dass ich mich hier persönlich an ihn wende.»

«Woher wussten Sie, dass sich Herr Müller im Alten Kurbad aufhält?», fragte die Kommissarin.

«Von seiner Klinik. Die Klinik und das Kurbad arbeiten zusammen. Ich hatte ja eine wichtige Nachricht für ihn.»

«Und Sie selbst waren vorgestern, beim ersten Todesfall, nicht in Bamberg?»

«Nein.»

«Ihnen ist also nicht bekannt, wer die Ermittlungen in Bamberg leitet?»

«Das weiß ich nicht.»

Kommissarin Vogt mutmaßte: «Meiner allerersten Einschätzung zufolge sehen beide Fälle wie ein Doppelmord in Kirchenkreisen aus. Oder gehört ein ... wie haben Sie das genannt ... säkulares Institut nicht zu einer der Kirchen?»

«Wir stehen fest auf dem Boden der katholischen Kirche», erklärte Gabriela Schauberg.

Auch Dr. Laubmann fühlte sich zu einer Anmerkung genötigt. «Die Institution Kirche hält uns gern unter ihren alles umhüllenden Fittichen. Das gilt für das Säkularinstitut genauso wie für mich als Theologen – falls wir's zulassen.»

Die Kommissarin ging nicht darauf ein, sondern wollte von Gabriela Schauberg nur noch erfahren, ob sie in Bad Kissingen bleibe.

«Ja, wahrscheinlich schon.»

Laubmann seinerseits war sich dessen gewiss. «Die Sachlage ist viel zu aufregend, um überstürzt abzureisen.» – Er bemerkte nicht, wie überdreht er seit Stunden reagierte, weil ihm der miterlebte Tod des Mesners doch mehr nahegegangen war, als er glaubte. Es sollte dauern, bis ihm dies bewusster wurde.

IX

SIE HATTEN SICH NICHT VERABREDET. Als Hauptkommissar Glaser am späteren Samstagvormittag in seine Bamberger Polizeidirektion kam, einen mächtigen, frisch renovierten Gebäudekomplex des Historismus, traf er Kommissar Lürmann schon beim Aktenstudium an. Keinem von ihnen ließ der aktuelle Mordfall im Säkularinstitut Ruhe. Und ein dienstfreies Wochenende war in einer so frühen Ermittlungsphase absolut verlorene Zeit. Jetzt fielen die Entscheidungen. Für Ernst Lürmann als Single war das kein Problem; bei Dietmar Glaser jedoch protestierte der Familienanhang regelmäßig.

Ihre geräumigen Büros lagen nebeneinander, und die Verbindungstür stand offen. Glaser hatte seinen Mantel in den Schrank gehängt und mit einem Taschenkamm die Haare geglättet, denn draußen war es windig gewesen, sowie den Oberlippenbart nachgezogen, und zwar vor dem Spiegel über dem Handwaschbecken in einer Ecke seines Büros. Dort lehnte auch sein Stockschirm an der Wand.

Christine Fürbringer, die Sekretärin, war nicht im Vorzimmer, denn sie hatte sich ihr freies Wochenende nicht verderben lassen wollen. Kommissar Lürmann hatte am Faxgerät die ausgedruckten Blätter selber abgeholt. Eine Anfrage der Oberkommissarin Vogt aus Bad Kissingen.

Lürmann zeigte dem Kollegen Glaser die Faxausdrucke, nachdem er mit einer Tasse Kaffee in der Hand zu ihm ins Zimmer gekommen war. «Die Kollegin vermutet eine Verbindung zu unserm Fall. In Kissingen gab's nämlich auch eine Wasserleiche – eine Moorwasserleiche.»

«Moorflächen dort wären mir neu.» Glaser schaute skeptisch.

«Kein Moor, sondern eine Wanne voller Moorwasser mit einer Leiche drin.»

«Schöne Abwechslung für die Kollegin. – Und worin besteht die Verbindung zu uns?»

Ernst Lürmann lächelte wissend. «Der Tote, Reinhold Müller, war Mesner in Bamberg, in Alt-Sankt-Anna.»

«Ist dieser Müller nicht der …?»

«… genau, der Zwillingsbruder unserer Toten aus dem Säkularinstitut!»

«Hatten nicht die Frauen des Instituts vor, ihn darüber zu informieren, dass seine Schwester tot ist?»

«Das hat diese Frau Schauberg, mit der wir auch reden wollten, gestern anscheinend versucht. Aber sie ist um ein paar Stunden zu spät gekommen.» Lürmann ging kurz nach nebenan in sein Büro und holte einen Eckspanner mit der Bamberger Mordakte darin sowie zwei weitere lose Blätter aus dem Faxgerät, um sie seinem Kollegen zu präsentieren. Auf den beiden Blättern waren die Vorder- und die Rückseite des Personalausweises von Reinhold Müller abgebildet.

«Seine Identität ist uns doch schon bekannt.» Glaser wunderte sich, dass Lürmann damit so wichtig tat.

«Ich habe die Ausdrucke vom Ausweis des zweiten Opfers mit dem Ausweis des ersten Opfers, der sich bei den im Säkularinstitut sichergestellten Unterlagen befunden hat, verglichen», erläuterte Kommissar Lürmann, ließ die Gummizüge des Eckspanners oben wie unten zurückschnellen und zog aus der mitgebrachten Akte den Personalausweis der Margarete Müller.

Kommissar Glaser betrachtete die Ausweise – den einen als Kopie, den anderen im Original – mehrere Sekunden lang eingehend und mit geschultem Blick. «Jetzt weiß ich, was Sie meinen.»

«Die amtlich eingetragenen Geburtsdaten sind bereits an sich auffällig. Zudem fällt auf, dass sie sich unterscheiden. Bei Margarete Müller steht *00.00.1943 Berlin* und bei Reinhold Müller *00.00.1942 Dresden.*»

«Das dürfte erstens bedeuten», meinte Glaser, «dass die exakten Geburtsangaben unbekannt sind, und zweitens, dass Margarete und Reinhold Müller womöglich gar keine Zwillinge waren, weil andernfalls die Jahreszahlen und die Geburtsorte nicht voneinander abweichen dürften.»

«Und wenn es sich um Schreibfehler handelt?»

«Bei den Endziffern vielleicht, nicht aber bei den Ortsangaben. – Das müssen wir über das Einwohnermeldeamt abklären. Beide Ausweise wurden ja in Bamberg ausgestellt.»

Glaser wollte sich mit den Erkenntnissen zufriedengeben und dachte, dass ein möglicher Doppelmord überraschend genug für einen Tag war. Doch Lürmann hatte *noch* eine Überraschung parat.

«Oberkommissarin Vogt frägt darüber hinaus an, ob uns einer ihrer Hauptzeugen bekannt sei. Nun raten Sie mal, wer das sein könnte. Sie werden nicht draufkommen.»

Kommissar Glaser brauchte erst gar nicht zu raten. «*Er* schon wieder? … Das kann nicht Ihr Ernst sein!»

«Es handelt sich um unseren moralisierenden ‹Kollegen› Dr. Philipp Erasmus Laubmann.»

«Uns bleibt auch nichts erspart.»

Glaser war weniger gut auf den Moraltheologen zu sprechen als Lürmann. Jedes Mal war dieser Laubmann so ganz absichtslos in Mordfälle verwickelt, die sich im kirchlichen Milieu ereigneten. Und jedes Mal hatte Glaser den vorwitzigen Laubmann quasi wie einen Sachverständigen für kirchliche und theologische Angelegenheiten akzeptieren müssen, weil ihm und Lürmann die religiösen Interna nicht hinreichend vertraut waren. Das störte ihn. Obgleich, manchmal hatte Laubmann doch einen nicht unbedeutenden, minimalen Hinweis zur Aufklärung der Fälle beigesteuert. Aber wirklich nur manchmal und nur minimal.

«Für die Kollegin Vogt scheint unser Dr. Laubmann nicht unverdächtig zu sein.» Lürmann grinste diebisch.

«Mir drängt sich hin und wieder der Verdacht auf», sagte Glaser unwirsch, «dass Dr. Laubmann solche kirchennahen Morde inszenieren lässt, nur um als theologischer Detektiv brillieren zu können, weil es universitär nicht so gut für ihn läuft.»

X

EBENFALLS AM SAMSTAGVORMITTAG – sogar schon früher als die Kommissare im Büro – trafen sich Gabriela Schauberg und Philipp Laubmann bei einer historisch anmutenden Postkutsche. Sie hatten vor, von Bad Kissingen aus gemeinsam eine touristisch angebotene Kutschfahrt ins wenige Kilometer nördlich gelegene Bad Bocklet zu unternehmen. Sie wollten miteinander über das Vorgefallene reden, ja sie hatten das Gefühl, sich kennenlernen zu müssen, um die Hintergründe der Todesfälle besser beurteilen zu können.

Gabriela Schauberg war der Theologe bei der ersten Begegnung wirklich unsympathisch erschienen. Erst als sie danach ins Gespräch gekommen waren, hatte sich das geändert, denn sie hatte gespürt, wie durcheinander er war. Und Laubmann war es noch immer nicht so recht bewusst, wie angespannt er gestern nach dem Mord gewesen war. Er reagierte darauf weit weniger gelassen, als er es sich eingebildet hatte.

Die Kutsche hatte einen schwarzen Boden und ein schwarzes Dach; ansonsten war sie gelb angestrichen. Die ebenfalls gelben Holzspeichenräder waren mit Eisenreifen beschlagen. Die Insassen freilich wurden einigermaßen behutsam transportiert, da eine Federung die gröberen Stöße abfing. Außerdem war der Untergrund des geschichtsträchtigen Postwegs, den die Kutsche befuhr, eingeebnet und gut befestigt.

Alles war möglichst originalgetreu und stilvoll gehalten. Die beiden Kutscher hatten rot-weiße Uniformen an, zu denen schwarze Zylinder mit Federbüschen gehörten; die vier vorgespannten Schimmel trugen außerordentlich gepflegtes Zaumzeug, «ein ‹Geschirr› also», wie Philipp überaus belustigend meinte, «das im Gegensatz zu Tassen und Tellern beim Runterfallen *nicht* zerbricht». Die Innenausstattung der Kutsche wies eine luxuriöse Vertäfelung auf, und die Reisenden saßen auf bequemen Lederpolstern mit Knopfbesatz.

Die Pferde setzten sich auf den Zuruf eines der Kutscher hin in Bewegung. Gabriela Schauberg und Philipp Laubmann genossen es, dass sie bei dieser ersten Kutschfahrt des Tages die einzigen Gäste waren. So konnten sie sich uneingeschränkt ihrem Gespräch widmen.

Die umgebende Landschaft störte das altertümliche Bild keineswegs, das der sprichwörtlichen Postkutschenzeit entnommen schien. Der Weg führte nämlich entlang der Fränkischen Saale durch Wiesengründe, beidseitig von sanft ansteigenden Wäldern begrenzt. Der Fluss bewegte sich zu großen Teilen gewunden zwischen Bäumen und Gebüsch. Selten war eine Scheune, ein Wohnhaus oder ein Dorf zu sehen.

«Kennen Sie die Saaleflüsse?», fragte Philipp in der ihm eigenen «Unaufdringlichkeit».

Als Gabriela Schauberg verneinte, erklärte er, dass die Fränkische Saale in zwei Quellen an der Grenze zu Thüringen entspringe und bei der unterfränkischen Stadt Gemünden in den Main fließe. Die Sächsische Saale hingegen habe ihre Quelle im Fichtelgebirge, überschreite aber bald die Grenze nach Thüringen und münde schließlich in die Elbe.

Laubmann beschäftigte sich nur zu gern mit allem Fränkischen, sei es in Büchern, Filmen oder bei Ausflugsfahrten.

Sie passierten eine besonders reizvolle Flusspartie, gerade als die Kutsche in einer Kurve notgedrungen langsamer fuhr. Dichtstehende Bäume ließen, weil sie noch kaum belaubt waren, einzelne Durchblicke auf die Wasseroberfläche frei, über der stellenweise Nebelfetzen hingen. Aber mehr und mehr kam die Sonne zum Vorschein. Laubmann dachte sich, wie kitschig die Realität doch manchmal sei – und genoss trotzdem den Anblick. Denn besser kitschig als so entsetzlich wie gestern.

Gabriela Schauberg hatte wie Philipp Laubmann die erste von drei Kurwochen in Bad Kissingen nahezu hinter sich; und wie er finanzierte sie ihre Kur privat. Um unabhängiger zu sein und, falls es nötig war, kurzfristig nach Bamberg entwischen zu können. Sie erzählte ihm von ihren Herzproblemen, die der Grund für ihren Kuraufenthalt waren.

«Mit meinem Herzen habe ich, außer wenn ich mich wahrhaft verlieben sollte, keine Beschwerden», erläuterte der Moraltheologe betont sachlich; «schon eher mit dem Kreislauf, weil ich mich zu wenig bewege.» Deshalb habe er gestern auch zum ersten Mal in seinem Leben ein Moorbad genommen – und dann gleich in unmittelbarer Nähe zu einem Mordfall. «Eine bemerkenswerte Koinzidenz.»

«Ich hatte schon am Dienstag einen Moorbadtermin», erwähnte Gabriela beiläufig, «an meinem ersten vollen Tag hier… einen Tag vor Margaretes Tod.» Sie sah bedrückt aus dem Kutschenfenster hinaus auf die Landschaft. «Ich hätte doch an dem Abend mit ihr sprechen sollen.»

Philipp Laubmann verstand nicht, worauf Gabriela Schauberg in ihrem letzten Satz anspielte.

Deshalb berichtete sie ihm, dass Margarete Müller eine Kandidatin für die Wahl zur Leiterin des Säkularinstituts gewesen und als solche für starke Veränderungen eingetreten sei und dass Margarete sie im Institut angesprochen habe, um über etwas sie Bedrängendes mit ihr zu reden. «Am vergangenen Mittwoch war das, als ich die Kur wegen des Conciliums unterbrechen musste. Wenn ich das geahnt hätte, dass sie getötet wird, ich wäre in Bamberg geblieben, und vielleicht wäre alles gar nicht geschehen.»

Oder *beide* Frauen wären ermordet worden, weil Gabriela Schauberg zufällig mit Margarete Müller zusammen gewesen wäre, überlegte sich Laubmann. Er behielt seinen unausgereiften Gedanken jedoch für sich, um seine neue Bekannte nicht noch mehr zu beunruhigen.

Stattdessen stellte er Fragen zur Lebensgeschichte Margarete Müllers und erfuhr so, wie vertraut sie mit ihrem Zwillingsbruder, dem Mesner, gewesen sei oder dass sie einen unehelichen Sohn habe und als ausgebildete Sekretärin mit für die Verwaltung des Säkularinstituts im Bruderwald zuständig war.

Laubmann hätte sich vieles davon aufgrund seiner kriminalistischen Neigung gerne notiert, doch die Kutsche wackelte zu sehr. Er gedachte Goethes. Der hatte mit Bleistift eine ganze Elegie während einer Kutschfahrt niedergeschrieben, im September des Jahres 1823, bei seiner Rückkehr aus dem böhmischen Marienbad und unglücklich verliebt in die junge Ulrike von Levetzow. Goethe war es also gelungen, trotz des Ruckelns der Kutsche zu schreiben.

«Von Ihren ‹kriminellen› Interessen hab ich schon gehört.» Gabriela Schauberg betrachtete Philipp nicht ohne Ironie.

«So was spricht sich herum.»

«Sie sind doch eigentlich Theologe. Und vielleicht möchten Sie Priester werden.»

Wieder der wunde Punkt, und wieder eine Frau, die danach fragte. «Ein heikles Thema für mich.» – Laubmann lenkte lieber ab. «Wie sind *Sie* zum Säkularinstitut gekommen? Und was haben Sie vorher gemacht?»

Noch einmal begann Gabriela Schauberg zu erzählen, und das beständige, gleichmäßige Rütteln der Kutsche versetzte ihre Erzählweise in einen eigentümlichen Rhythmus. Sie habe Germanistik und Geschichtswissenschaften fürs Lehramt studiert, sich aber vom Journalismus verführen lassen. Bald darauf habe sie sich häufig im Ausland aufgehalten und für Hochglanzmagazine über die High Society und deren schrecklich tiefgründige Verwicklungen berichtet.

Laubmann hatte von Anfang an für die ihm weltgewandt erscheinende Art Gabriela Schaubergs etwas übrig. Er sah Gabriela in seiner Phantasie als eine ‹Grande Dame› auf internationalem Parkett.

«Mit den Jahren bin ich dieser ‹feinen› Gesellschaft einfach überdrüssig geworden», gestand die Schauberg, «ihrer Oberflächlichkeiten. Bei einem mittelalterlichen Mystiker habe ich damals den Satz gefunden: *Der Mensch wälzt sich elendiglich und zügellos wie ein Schwein im Trog der Reichtümer dieser Welt.*»

Zunehmend habe sie sich mit religiösen Gedanken auseinandergesetzt und schließlich eine radikale Umkehr vollzogen. Sie habe ihren journalistischen Beruf aufgegeben, sei Mitglied des Säkularinstituts geworden und habe eine Stelle als Lehrerin für Deutsch und Geschichte an einer kirchlichen Privatschule übernommen. Seit ihrer Pensionierung widme sie sich caritativen Aufgaben oder helfe Ausländern, mit der deutschen Sprache zurechtzukommen. «Am liebsten hätte ich, im Nachhinein betrachtet, Theologie studiert wie Sie, vielleicht auch in Bamberg.»

«Das ließe sich für Sie immer noch bewerkstelligen. Wenn ich eine Professur innehätte, würde ich Sie gleich als wissenschaftliche Assistentin zu mir nehmen.» Laubmanns Angebot klang großzügig.

«Sofern das in Zukunft noch möglich ist, Herr Dr. Laubmann.» Gabriela Schauberg machte eine bedenkliche Miene. «War nicht zu lesen, dass in Bayern Theologische Fakultäten geschlossen werden?»

«Geistigkeit ist den Allmächtigen in Staat, Kirche und Wirtschaft seit jeher suspekt», antwortete der Theologe nicht ohne heiligen Zorn. «Dabei ist Geisteswissenschaft immer Grundlagenforschung, allerdings nur, wenn sie frei bleibt von den Gängelungen der Effizienz. – Aber keine Sorge, wir in Bamberg sind nicht von einer Schließung betroffen. Im Gegenteil. Bei uns hat sich die Kirchenleitung mit Zähnen und Klauen gewehrt.

Unser Dekan konnte deshalb vor kurzem verkünden, dass unsere Fakultät sogar erweitert wird, und zwar durch Lehrstühle für die Kirchengeschichte Frankens, für die Jugendpastoral und die Theologie der Ökumene. Und weil der jetzige Fakultätsstandort dafür zu beengt ist, wird ein Teil der Fakultät in der ehemaligen Benediktinerabtei auf dem Michelsberg untergebracht werden – wahrlich eine würdige Nachfolge für ein in der Säkularisation aufgelöstes Kloster.»

Gabriela Schauberg freute sich, dass ihre Befürchtungen so glanzvoll ausgeräumt werden konnten. Die Kutsche war längst an Schloss Aschach vorbeigekommen, von wo aus ein Weg zum vormaligen Zisterzienserinnenort Frauenroth führte, und verlangsamte nahe der Endstation in Bad Bocklet ihr Tempo.

«Nur die theologische Bibliothek könnte besser ausgestattet sein», monierte Laubmann, denn er war gedanklich noch immer bei seiner Bamberger Fakultät. «Da wird staatlicherseits zu sehr an Personal, Büchern und wissenschaftlichen Zeitschriften gespart – und infolgedessen bei geistigen Inhalten!»

***

Die Kutsche kam zum Stehen. In Bad Bocklet wartete bereits eine Touristengruppe, um eine Fahrt nach Bad Kissingen anzutreten. Bocklet war kleiner und überschaubarer als Kissingen, reizte jedoch durch seine biedermeierliche Ausstrahlung. Gabriela Schauberg und Philipp Laubmann gingen zu den Kuranlagen, um die Gebäude und den Park zu besichtigen. Laubmann hatte sich informiert. Gabriela hatte ihren dunkelblauen Mantel über ihr elegantes hellgraues Kostüm gestreift, Philipp einen grauen Mantel über die geschmacklose mattgrüne Wolljacke, die ihm seine Cousine Irene seit längerem auszureden versuchte. Er hatte sie entgegen ihrem Rat gekauft.

Gabriela und er besahen sich den Fürstenbau, der aus dem Jahre 1766 stammte. Von da wandelten sie, einer Allee folgend, langsamen Schrittes auf einen Brunnentempel von 1787 zu. Als Gabriela und Philipp dort ankamen, vermischten sich die Klänge eines Kurkonzerts mit dem Plätschern des Wassers. Sie blieben stehen und schauten in die Parklandschaft, die sich zur Fränkischen Saale hin erstreckte und zu früherer Zeit in der Fläche die Form einer

Mitra, einer Bischofsmütze, hatte, weil Bocklet ein unter Würzburger Domherren geschätzter Aufenthaltsort gewesen war.

«Die Geschichte Bad Kissingens reicht freilich weiter zurück als diejenige Bad Bocklets», referierte Laubmann. «Im Jahr 801 wurde Kissingen erstmals urkundlich erwähnt und bereits im 13. Jahrhundert als ‹Stadt› bezeichnet; hab ich gelesen. Die älteste Quelle ist der Maxbrunnen; außerdem gibt es noch den Pandurbrunnen, den Rakoczybrunnen oder den Luitpold- und den Schönbornsprudel.» Philipp wollte der ‹Grande Dame› imponieren.

«Und Bad Kissingen hat schon viele berühmte Kurgäste gesehen, das sollten Sie nicht vergessen.» Gabriela hatte sich, entsprechend ihrer früheren Profession, nämlich vorwiegend mit jenem Teil der Ortsgeschichte beschäftigt, in dem von mancherlei Berühmtheiten die Rede war. Philipp Laubmann sollte ruhig merken, dass er nicht der Einzige war, der Bescheid wusste.

Sie zählte auf, was in der Gästeliste einst Rang und Namen hatte: Reichskanzler Otto von Bismarck, der in Kissingen knapp einem Attentat entgangen sei, die deutsche Kaiserin Auguste Viktoria, Kaiser Franz Joseph von Österreich nebst seiner Gemahlin Elisabeth sowie Zar Alexander II. von Russland mit seiner Gemahlin Maria Alexandrowna, die Könige Ludwig I., der II. und der III. von Bayern, Prinzregent Luitpold von Bayern, die Dichter Theodor Fontane, Leo Tolstoi, Victor von Scheffel und George Bernard Shaw, der Maler Adolph von Menzel oder der Komponist Gioacchino Rossini.

«Hört sich an wie ein Who's who des 19. Jahrhunderts.»

Philipp erzählte seinerseits von einem tragisch geendeten Kuraufenthalt in der Geschichte Bad Bocklets. Im Jahre

1800 nämlich hatte Caroline von Schlegel-Schelling, die Dichterin aus dem Kreis der Jenaer Romantik, mit ihrer Tochter Auguste den Badeort aufgesucht. Doch Auguste war plötzlich schwer erkrankt und bereits wenige Tage darauf gestorben.

Nach diesen wechselseitigen historischen Belehrungen jedoch hatten beide das Bedürfnis, endlich versonnen zu schweigen und dem Spiel des Kurorchesters zu lauschen, das Swingmelodien im Repertoire hatte. Laubmann, dem für einen winzigen Moment nichts Lokalgeschichtliches mehr einfiel, tupfte verlegen mit dem Zeigefinger auf die Wasseroberfläche im Brunnenbecken. Gabriela Schauberg hingegen grübelte darüber nach, ob sie Bad Kissingen gleich verlassen und wieder nach Bamberg gehen solle.

Sie könne sich, sagte sie schließlich, nach dem Vorgefallenen nicht mehr entspannen und auf die Kur konzentrieren. Das Säkularinstitut und die Gemeinschaft in Bamberg würden ihr Sorgen bereiten; denn die internen Konflikte könnten nun der beiden Morde wegen umso stärker aufbrechen. Außerdem könnten untereinander Verdächtigungen entstehen, weil einige der alten Mitglieder nicht gutgeheißen hätten, dass Margarete Müller einen unehelichen Sohn hatte.

«Am liebsten würde ich die Kur abbrechen und zurückkehren», meinte Gabriela Schauberg und wischte gleichsam abwehrend etwas Wasser vom Rand des Brunnens. «Wenn mir nur klar wäre, was Gott mit all dem bezweckt. Wenn ich irgendein Zeichen bekäme!»

«Ich wünschte mir auch so manches Mal, Gottes Stimme wäre verständlicher zu vernehmen», äußerte Philipp Laubmann mehr gläubig-zweifelnd als theologisch. «Martin Buber etwa beschreibt eine Gotteserscheinung, die der Prophet Elija hatte, als eine *Stimme verschwebenden Schweigens.*»

«Er hat bestimmt recht – allein im Schweigen ist Gottes Nähe verborgen.»

«Jedenfalls sollten wir vor Gott niemals kapitulieren, wie es der jüdische Mystiker Abraham Joshua Heschel formuliert», ergänzte Laubmann, jetzt wieder ganz Theologe.

Er schlug vor, für die nächsten zwei Wochen zwar in Kissingen zu bleiben, aber nicht ausschließlich. Denn die Morde an dem Zwillingspaar könnten, kriminalistisch betrachtet, durchaus zusammengehören. Folglich könnten Bad Kissingen und Bamberg für die Aufklärung des Falles gleichermaßen relevant sein. «Wir sollten uns also an beiden Orten umsehen. Wenn wir unsere Kuraufenthalte schon privat finanzieren, können wir uns auch jederzeit Auszeiten nehmen.» Detektivische Recherchen, das wisse er aus Erfahrung, seien für den Kreislauf mindestens so anregend wie Moorbäder. Andererseits täte ihm ein wenig Abstand ebenfalls ganz gut.

Sie beschlossen daher, gleich am Nachmittag zum Säkularinstitut nach Bamberg zu fahren und sich dort bis Montagvormittag aufzuhalten, sofern er, Laubmann, als Besucher im Institut willkommen sei.

«Wir sind auf Gäste eingestellt», versicherte ihm Gabriela Schauberg. «Bei einem Theologen mit Ihren Qualitäten habe ich da sowieso keine Bedenken.»

Dr. Philipp Laubmann war hocherfreut. «Dann haben wir den ganzen Sonntag Zeit. Sie hätten Gelegenheit, den möglichen Konflikten innerhalb des Instituts nachzuspüren, und ich könnte den Tatort im Park begutachten.» Er bot sogar an, Gabriela zu fahren.

«Dann aber mit *meinem* Wagen!», verfügte sie.

«Wieso», fragte Laubmann erstaunt, «kennen Sie meinen weißen Opel schon?»

***

Nachdem sie zur Mittagszeit mit der erneut in Bad Bocklet eingetroffenen Postkutsche, die nun bei jeder Fahrt vollbesetzt war, von ihrem Ausflug wieder nach Bad Kissingen zurückgekehrt waren, begleitete Philipp Laubmann Gabriela Schauberg zu ihrem Hotel.

Das gediegene, herrschaftliche Haus verfügte über eine gläserne Drehtür, die alle Hast in die gewünschte Ruhe und Behaglichkeit zu wenden schien. Innen erwartete den Gast eine großzügige Lounge mit Sitzgruppen aus mächtigen Sesseln, die eine frühlingsgrüne Samtbespannung aufwiesen. Kronleuchter hingen von der Decke. Im rückwärtigen Teil wurde die Lounge von einer dezent beleuchteten Bar abgeschlossen. Diese Bar war freilich auf alkoholfreie Säfte spezialisiert.

Kaum waren sie eingetreten, wies ein jugendlicher Page, zu dessen goldbetresster blauer Livree dünne blütenweiße Stoffhandschuhe gehörten, Frau Schauberg darauf hin, dass der Portier an der Rezeption eine Nachricht für sie habe.

Herr Eckhardt, der keineswegs schmächtige Portier, der tagsüber Dienst hatte und unter anderem auch das Wiener «Hotel Sacher» gut kannte, unterrichtete sie davon, dass vor gut einer Stunde – «genau um 10 Uhr 58», las er von einem Notizblock ab – ein jüngerer Mann nach ihr gefragt habe. Er habe sich als Anton Müller vorgestellt und sei ziemlich erkältet gewesen.

«Das ist der Neffe des Mesners Müller», erklärte Gabriela.

«Ist er mit Ihnen bekannt?», erkundigte sich Philipp.

«Nur ganz flüchtig.» – Gabriela Schauberg forschte beim Portier nach: «Hat Herr Müller einen Grund genannt, warum er mich sprechen wollte?»

«Das nicht. Er hat lediglich angemerkt, er werde sich mit Ihnen schon in Verbindung zu setzen wissen», antwortete Herr Eckhardt zurückhaltend.

«Das klingt ziemlich ernst», sinnierte Gabriela Schauberg.

Philipp Laubmann verwunderte das jedoch nicht. «Bei zwei ungeklärten Todesfällen in der Familie.»

«Aber was will er von mir? Ich kenne ihn wirklich kaum.»

XI

DAS STATTLICHE NICHTSTAATLICHE THERMALBAD in Bad Kissingen verfügte über eine Innen- und eine Außenanlage, die durch eine Glasfront voneinander getrennt waren. Alle Bereiche der in den Werbebroschüren genannten «Badelandschaft» waren an diesem Sonntagnachmittag gut besucht: das Planschbecken für Kinder, das 50-Meter-Becken für Sportschwimmer, das kleeblattförmige Areal mit salzhaltigem, teils sprudelndem Wasser, von dem ein kleiner Kanal in die Außenanlage führte, sowie das «Erlebnisbad» mit Wellengang.

Angrenzend an die Wasserbecken fanden die Gäste Ruhezonen mit Liegestühlen oder Massage- und Gymnastikräume vor. Die Becken selbst waren teilweise von steinernen, angewärmten Bänken gesäumt. Darüber hinweg ragten die Zweige einiger Palmen, die in runde Holzkübel gepflanzt waren. Die Pflanzen gediehen in dem künstlichen Tropenklima offensichtlich gut.

Auf einer dieser Bänke, am Rande des «Erlebnisbads», hatten sich drei reizvolle Frauen in Badekleidung niedergelassen, um sich etwas auszuruhen: Irene und Rose Laubmann sowie ihre Begleiterin Elisabeth Werner. Sie hatten sich am gestrigen Samstagmittag in einem ansehnlichen Hotel Bad Kissingens eingemietet und während der folgenden 24 Stunden ihr «Wellness-Wochenende» schon recht abwechslungsreich gestaltet – hatten die Sauna besucht, sich danach eine Massage gegönnt, in einem hoteleigenen Schönheitssalon ihre Haut pflegen lassen und bei einer Trinkkur auch ihre Verdauungsorgane. Am Samstagabend und am Sonntagmittag hatten sie in einem feinen Restaurant stilvoll gespeist. Und mit dem Besuch der katholischen Messfeier am Sonntagvormittag war nicht zuletzt etwas für das Seelenheil getan worden.

Nur Philipp Laubmann hatten sie nirgends angetroffen. Er war wie verschollen. Mehrfach hatten sie in seiner Pension angerufen. «Außer Haus», hieß es dort; wohin Herr Dr. Laubmann gegangen oder gefahren sei, das könne man nicht sagen. Sein Handy hatte der Moraltheologe anscheinend wieder einmal zu Hause in Bamberg gelassen.

Elisabeth war enttäuscht, dass sie Philipp nicht treffen konnte; Irene war enttäuscht, dass der Überraschungsbesuch, den sie sich so schön ausgemalt hatte, nicht klappte; und Rose war enttäuscht, weil sie nicht prüfen konnte, ob sie ihr Geld für die Kur Philipps gut angelegt hatte und ob vielleicht schon die ersten Erfolge bei seinen Bemühungen um das Abnehmen zu erkennen waren. Schließlich hatte er die Woche über Zeit gehabt.

Doch trotz dieser Enttäuschungen ließen sich die drei das Vergnügen nicht verderben. Die schlanke, attraktive Elisabeth, am ganzen Körper nahtlos gebräunt, hatte sich einen knapp sitzenden rotgrünen Bikini aus Neuseeland mitgebracht. Am oberen Saum des Höschens war das kleine Abbild einer Kiwifrucht eingestickt. Irene war eher hellhäutig und hatte einen klassischen, marineblauen Badeanzug mit schmalen, weißen Saumlinien bevorzugt, der besonders am Rücken tief ausgeschnitten war. Roses silbergrauer, den gesamten Oberkörper weitgehend bedeckender Badeanzug ließ dagegen ausschließlich züchtige Zurückhaltung erkennen. Alle drei trugen die zu ihrer jeweiligen Badekleidung passenden Badekappen und begaben sich nach ihrer Ruhepause noch einmal ins Wellenbecken.

Auch ein katholischer Priester aus Bamberg, Prälat Albert Glöcklein, nutzte seine Freizeit am Sonntagnachmittag, um sich den Annehmlichkeiten des Thermalbads zu widmen. Er wollte allerdings bloß ausgiebig baden gehen, machte also keine richtige Kur, denn eine solche wäre ihm in seiner priesterlichen Position eher kurios vorgekommen. Sein Trachten galt mehr einem gesunden Glauben.

Freilich wirkte allein sein Aufzug bereits kurioser als ihm bewusst war. An einer Wand neben dem Schwimmbecken war eine Hakenstange befestigt, und an den Haken baumelten paarweise Schwimmflossen, zur freien Verfügung der Badegäste. Die Schwimmflossen waren schwarz. Das gefiel dem Prälaten, und er hatte sich ein Paar an die Füße geschnallt.

Glöcklein dachte, es gehöre sich, dass ein Priester immerfort angemessen gekleidet sei. Deshalb hatte er auch eine übergroße tiefschwarze Badehose angezogen, die seinen vollkommenen Bauch gleich mit umfing, und eine ebensolche Badekappe auf dem Kopf, die sogar seine Ohren umschloss. Der modischen Badekleidung der Gegenwart vermochte er nämlich nichts abzugewinnen. Am liebsten hätte er einen Badeanzug für Männer getragen, wie er weiland üblich gewesen. Auf Fotografien aus der Zeit um 1900 hatte er die damals gesitteten Herren-Badetrikots gesehen, die bis zu den Knien reichten, halblange Ärmel hatten und bis unter den Hals zugeknöpft waren.

Jetzt stapfte er mit seinen Schwimmflossen – wenn auch ohne seine Goldrandbrille, denn die hatte der weitsichtige

Prälat draußen gelassen – auf den Rand des Wellenbeckens zu.

«Das ist doch ... hallo, Herr Prälat, hier unten, im Wasser!»

Ein wenig blind und taub wie er war, reagierte Glöcklein nicht sofort, obwohl er religiös beständig darauf hoffte, dass ihn ein Ruf ereile. Er musste erst seine Badekappe an den Ohren hochschieben und mit zusammengekniffenen Augenlidern um sich schauen, bevor er Rose Laubmann im Wasser erkannte. «Frau ... Laubmann, wenn ich mich recht entsinne?»

«Ja, die Mutter von Philipp!» Sie war mit sichtlicher Freude über das Wiedersehen auf ihn zugeschwommen.

An Philipp Laubmann, seinen wiederholten theologischen Widersacher, wurde Albert Glöcklein jedoch nicht gern erinnert.

Rose wandte sich ihren Begleiterinnen zu und rief laut in die «Brandung» hinein: «Prälat Glöcklein ist hier!»

Rose und Irene Laubmann war der Herr Prälat aus Bamberg von zwei Kriminalfällen her wohlbekannt, in die sich Philipp Laubmann nach Meinung Glöckleins zu sehr eingemischt hatte; und damit zu sehr in amtskirchliche Zuständigkeiten. Solche Einmischungen sah Albert Glöcklein, als bischöflicher Vikar, der im Sinne einer inoffiziellen Aufsicht den Kontakt zur Katholisch-Theologischen Fakultät in Bamberg pflegen sollte, grundsätzlich ungern – sofern sie nicht gerade den Interessen der Diözese dienten. Doch bisweilen entzog sich etwas seiner Kontrolle, und die wollte er durchwegs behalten.

Die Richtschnur für das Verhalten des 61-jährigen Prälaten waren meist seine eigenen klerikalen Vorstellungen, also seine Interpretation dessen, was zum Wohle der Kirche zu geschehen habe. Insgesamt jedoch war seine oftmals würdevoll-auftrumpfende Art für Laubmann und alle anderen Dozenten erträglich, weil Glöcklein nicht unbedingt ein Diamant in der Krone der Wissenschaften, der Theologie, war. Außerdem war er zum Beispiel dem irdischen guten Essen zu sehr zugeneigt, als dass er absolute Strenge und Selbstbeherrschung hätte predigen können.

Die drei Damen entstiegen dem Wasser, nahmen ihre Badekappen ab, schüttelten ihr Haar aus und griffen nach ihren Badetüchern. Glöcklein war ob des Anblicks der dreifachen Weiblichkeit reichlich verlegen – und ob seines Daherkommens in Schwimmflossen erst recht. Er zog seinerseits die Badekappe wie einen Hut vor den Damen. Rose, Irene und Elisabeth näherten sich ihm ganz unbekümmert, mussten aber, als sie den Einstieg zum Wellenbecken für andere Badegäste freigaben, aufpassen, dem Herrn Prälaten nicht auf die Flossen zu treten.

Rose Laubmann machte sogleich Dr. Elisabeth Werner aus Neuseeland und Albert Glöcklein aus Bamberg miteinander bekannt und betonte, wie viel Gutes der «Herr Prälat» für die Kirche tue und wie hervorragend – «wirklich hervorragend» – er mit ihrem Philipp zusammenarbeite!

«Wir wollen mal nicht übertreiben», korrigierte der solchermaßen gepriesene Kirchenmann.

Rose bestand jedoch darauf. «Wenn mein Fipps von Ihnen spricht, ist er immer ganz aufgeregt!»

«Er regt auch mich manchmal ungebührlich auf», murmelte der Herr Prälat.

«*Fipps?*» Elisabeths Stimme hatte des Vokals wegen naturgemäß eine höhere Tonlage angenommen. «Ist das etwa Philipps Spitzname?»

Irene rollte wiederum die Augen, weil Rose einfach alles ausplaudern musste.

«Mein verstorbener Mann Friedrich und ich haben Philipp in seinen Kindertagen so genannt», erzählte Rose Laubmann, «in Anklang an die Geschichte von Wilhelm Busch über ‹Fipps, den Affen›.»

«Eine gewisse Übereinstimmung lässt sich nicht verleugnen», murmelte erneut der Herr Prälat. Doch die Wellen und die Leute im Becken waren ziemlich laut.

Irene Laubmann dirigierte die kleine Gruppe weiter zu den Liegestühlen. Für Glöcklein gab es kein Entrinnen, was ihm einerseits sichtlich unangenehm war; andererseits fühlte er sich durch die Gesellschaft der Damen geschmeichelt.

«Mein Sohn», berichtete Philipps Mutter beiläufig, «hat Frau Dr. Werner über … wie heißen diese Erscheinungen doch gleich? … Emils kennengelernt».

«Über wen?», fragte der Prälat erstaunt.

«Meine Tante meint E-Mails», erklärte Irene.

Und Elisabeth fügte Richtung Glöcklein hinzu: «Philipp hat mir darin auch von Ihnen geschrieben.»

«Nach Neuseeland? So weit?» Der bischöfliche Vikar war verunsichert. «Und was treibt *Sie* dorthin?»

Elisabeth setzte ihm auseinander, dass sie als Ethnologin die Kultur der Maori erforscht habe und jetzt eine Stelle an der Universität Erlangen-Nürnberg antrete.

«Mein Interesse bezüglich Neuseelands gilt höchstens der christlichen Missionsgeschichte», antwortete Prälat Albert Glöcklein ausgesprochen trocken, denn er war noch gar nicht im Wasser gewesen.

Sie hatten gemeinschaftlich die Liegestühle erreicht. Die Damen legten ihre Badetücher beiseite und streckten sich sofort auf den Liegestühlen aus. Glöcklein hingegen, der im galanten Umgang mit Frauen ungeübt war, traute sich das nicht und stand untätig, ja sich ein bisschen genierend, herum.

«Darf ich fragen, was Sie in Bad Kissingen machen? Sind Sie als Kurgast hier?» Irene Laubmann war neugierig.

«Mitnichten. Ich bin katholischer Kurseelsorger in Stellvertretung. Mein hiesiger Amtskollege ist leider erkrankt und fällt für einige Zeit aus. Deshalb hat mich der hochwürdigste Herr Erzbischof auf Ersuchen seines Amtsbruders aus Würzburg gebeten, die Vakanz zu füllen.»

‹Was Ihnen bestimmt gut gelingt›, dachte Irene angesichts der Leibesfülle dieses Mannes. Doch kaum dass dieser Gedanke zu Ende gebracht war, tat ihr der Prälat bereits leid. Was hatte einer wie er schon im Leben, um mit der Einsamkeit fertigzuwerden; denn bloß auf Gott zu bauen, das wusste sie aus eigener bitterer Erfahrung, war ein schwieriges Unterfangen.

«Ich bin sozusagen an die Diözese Würzburg überstellt worden», sprach er weiter. «Der Priestermangel macht sich überall bemerkbar.»

«Dann sind Sie vielleicht Philipp schon begegnet», sagte Rose Laubmann erwartungsvoll. Er sei auch in Bad Kissingen, einer Diätkur wegen, aber sie könnten ihn nirgendwo finden.

Doch Glöcklein verneinte, ja er hatte bisher überhaupt nichts vom Aufenthalt des Moraltheologen in Kissingen gewusst. Ihm kam freilich ein Verdacht. «Vorgestern hat sich ein merkwürdiger Todesfall in einem der Moorbäder ereignet. Ich hoffe, Dr. Laubmann befindet sich nicht wieder auf kriminalistischen Abwegen.»

«Das sähe ihm ähnlich!», tönte es von Seiten Irenes und Elisabeths unisono, und sie lächelten einander verständnisinnig zu.

XII

GABRIELA SCHAUBERG UND DR. PHILIPP LAUBMANN waren noch am Samstag in Bad Kissingen losgefahren und spätabends bei der Bamberger Niederlassung des Säkularinstituts *Christen in der Welt* angekommen. Die anwesenden Frauen des Instituts waren ob der Nachricht von Reinhold Müllers Tod ganz durcheinander gewesen, denn sie alle hatten ihn persönlich gekannt. Sie konnten es nach dem Schock über Margaretes Tod nicht fassen, dass auch ihr Bruder ermordet worden war. Gabriela Schauberg hatte bereits Freitagnacht in Bamberg angerufen, nun aber Näheres berichten können.

Gemeinsam mit ihm hatte sie danach ein für seine Verhältnisse frugales, um nicht zu sagen, karges Abendessen eingenommen – ein paar Brotscheiben mit Aufschnittwurst, dazu Früchtetee. Freilich, als Philipp alle vorbereiteten Brotscheiben verzehrt hatte, war Gabriela in die Küche gegangen, um einen frischen Laib Brot für ihn anzuschneiden, wobei sie vorab mit der Spitze des Brotmessers drei Kreuze auf der Unterseite des Brotlaibs angedeutet hatte. Damit hatte sie das Brot in Dankbarkeit gesegnet und der Dreifaltigkeit gedacht.

Gabriela Schauberg war, ihrer Gewohnheit entsprechend, bald schlafen gegangen. Philipp Laubmann hatte sich in die Schlosskapelle zurückgezogen, um im Brevier zu beten, wie *er* es sich angewöhnt hatte.

Der Kirchenraum war dunkel gewesen, nicht einmal von Kerzen erleuchtet. Mattes Licht hatte nur vom Eingang aus hereingeschienen, weil die Flügeltür geöffnet war. Allein der wie ein abgesägtes Balkenstück auf dem Boden neben der Tür platzierte hölzerne Opferstock mit seinem Vorhängeschloss war deutlich sichtbar geblieben. Doch wer sollte dort Almosen einwerfen, da die Kapelle wie das gesamte Anwesen für die Öffentlichkeit in der Regel nicht zugänglich war?

Die Kühle in der Kapelle hatte Philipp gutgetan. Er hatte seinen Blick durch die Finsternis schweifen lassen, ohne dass ihm bange geworden wäre. An den Nischen der hohen Kirchenfenster hatte er erkannt, dass die Mauern sehr dick waren. Die Scheiben, gedämpft beschienen von einer Laterne an der Außenwand, waren stellenweise von Kalkablagerungen überzogen, weil seit langen Jahren immer wieder Wasser durch die eisernen Halterungen herabgesickert war.

Er hatte geglaubt, er sei für sich, hatte aber unversehens erkennen müssen, dass eine weitere Person, die ihm unbekannte Agnes Zähringsdorf, still und wie leblos in einer der seitlichen Kirchenbänke kniete. Sie war so ins Gebet versunken gewesen, dass sie Laubmann nicht gleich bemerkt hatte. Doch als sie gespürt hatte, dass er sie wahrnahm, hatte sie sich erhoben und die Kapelle verlassen, als habe der Fremde sie gestört. Ihr Gesicht hatte im spärlichen Lichtschein einen fahlen Ton.

Gertrud Steinhag, die Leiterin des Instituts, hatte Dr. Laubmann für die Nacht in einem der Turmzimmer einquartiert, was ihm als Romantiker sehr gefiel. Die niedrige Tür und die beinahe schießschartenförmigen Fenster waren in Mauern eingelassen, die noch dicker waren als diejenigen in der Kapelle. Die drei Fenster gingen zum Park hinaus, wobei dem mittleren innen in der Fensternische rechts und links Sitzbänke vorgelagert waren, wie Philipp sie aus alten Burgen kannte. Von seinem Bett aus hatte er die Schatten der hochragenden Bäume ausmachen können, deren Kronen sich immerzu majestätisch langsam bewegt hatten.

Er hatte herrlich geschlafen, und am folgenden Morgen, dem Sonntagmorgen, sah er nach dem Aufwachen einen Buchfinken außen auf dem Mauervorsprung an einem der Fenster. Ein *Buch*-Fink, meditierte er, sei, selbst wenn die sprachliche Herleitung so nicht stimme, die einem Bücherfreund gebührende Begrüßung.

Die Frühmesse in der Schlosskapelle, an der Philipp Laubmann teilnahm, zelebrierte der Geistliche Rat Kautler, der die ihm angebotene Möglichkeit der Messfeier im Säkularinstitut immer gerne wahrnahm, obwohl ihm die Fahrt im eigenen Wagen hierher schwerfiel. Denn Kautler war über 80 und im Alter gebrechlich geworden. Er war sehr konservativ und ein Freund der lateinischen Messe. Zu seinem Bedauern durfte er sie nur selten zelebrieren. Denn diese liturgische Form war seit dem Zweiten Vatikanischen Konzil in den 1960er-Jahren von Seiten der römischen Amtskirche nicht mehr als ordentlicher Messritus vorgesehen. Doch am liebsten hätte der Geistliche Rat sogar die Predigt auf Latein gehalten.

Kautler hatten die Ergebnisse des Konzils mit fortschreitendem Lebensalter immer weniger behagt. Er war in seiner Bewertung ein Beharrender, verwechselte aber Beharren mit Erstarren. Er sah sich in seiner priesterlichen Aufgabe anders, als es dem Geist des Konzils entsprach, wollte als Vorsteher der Gemeinde und mit dem Rücken zu ihr am Hochaltar zu Gott aufblicken, also nicht an einem modernen Volksaltar dem Kirchenvolk zugewandt sein. Als hätte er Angst, das Volk könne ihm auf die Finger sehen. Es verschaffte ihm ein Gefühl der Genugtuung, dass der Vatikan die Einschränkungen bezüglich des lateinischen Messritus neuerdings wieder gelockert hatte. Ja, in ihm machte sich mehr und mehr der zufriedenstellende Eindruck breit, Rom werde die menschen- und weltorientierten Aufbrüche des Konzils niemals so ganz ernst nehmen.

Als Mesner und Ministrant fungierte in Kautlers Gottesdienst Franz Schaffer, der zweite Mesner von Alt-Sankt-Anna, der mehr oder weniger regelmäßig im Säkularinstitut aushalf. Laubmann erfuhr jedoch erst hinterher, dass Schaffer der unmittelbare Kollege des vor zwei Tagen getöteten Mesners Reinhold Müller war; denn sonst hätte er gleich nach dem Gottesdienst detektivisch mit ihm geplaudert. Franz Schaffer musste außerdem direkt im Anschluss an den Institutsgottesdienst zurück nach Alt-Sankt-Anna, um dort für die erste Sonntagsmesse zur Verfügung zu stehen; und für Laubmann hatte zu dieser Zeit das Frühstück Priorität. Er fühlte sich ausgehungert. An die eucharistische Nüchternheit vor dem Kommunionempfang nämlich hielt man sich im Säkularinstitut noch unverbrüchlich.

Am gestrigen Abend hatte Gabriela Schauberg ihren Gast nur der Institutsleiterin vorgestellt. Nun lernte Laubmann auch die übrigen Frauen persönlich kennen, alle in ihrer taubenblauen Tracht, und konnte einige Worte mit ihnen wechseln: die Seniorinnen Kunigunda Mayer und Dorothea Förnberg sowie die gelernte Altenpflegerin Agnes Zähringsdorf, der er bereits des Nachts in der Kapelle begegnet war. Sie überragte ihn beinahe um einen Kopf, und ihre Gesichtshaut hatte noch denselben fahlen Ton wie in der Dunkelheit.

Nach dem Frühstück, also zu einem Zeitpunkt, als sich in Bad Kissingen Rose, Irene und Elisabeth schon wieder ihrem Wellness-Programm zu widmen begannen, zeigte ihm Gabriela Schauberg das Schloss. Sie führte ihn, vom Treppenhaus des Mitteltraktes aus, durch die Flure der Dreiflügelanlage, durch den Spiegelsaal, die Bibliothek, in der sich Laubmann bei anderer Gelegenheit gern länger aufgehalten hätte, und die sonstigen Turmzimmer. Nur den Klausurbereich mit den privaten Zimmern der Frauen im Dachgeschoss des linken Flügels durfte Philipp Laubmann nicht betreten. Das war ausnahmsweise nur der Polizei gestattet gewesen. Das Zimmer der Ermordeten war zudem versiegelt.

Bald verfielen sie in einen kriminalistischen Gedankenaustausch darüber, wie der Mord im Park abgelaufen sein konnte, und sie knüpften an ihr Gespräch in Bad Bocklet an, sprachen über die möglichen Motive eines Täters oder einer Täterin. Laubmann erwähnte anbei die vier im Säkularinstitut verbliebenen Frauen, was Gabriela Schauberg ganz und gar nicht gefiel. Sie erachtete es für völlig ausgeschlossen, dass eines der Mitglieder des Instituts zu einer solch frevelhaften Tat fähig wäre.

«Man muss bei einem Mord auch immer Eventualitäten bedenken, die nicht ins Schema passen», erwiderte Laubmann.

Natürlich ließen sich, gestand Gabriela ihm zu, aus den vorhandenen Konflikten Motive konstruieren, etwa dass Margarete bei der anstehenden Wahl um den Vorsitz im Institut für Gertrud bekanntermaßen eine ernsthafte Konkurrentin gewesen wäre; oder dass Agnes zukünftig mehr Ordensähnlichkeit für das Institut anstrebe, wogegen sich Margarete gesträubt habe, weil ihr die Öffnung nach außen ein besonderes Anliegen gewesen sei.

«Und Ihre beiden Seniorinnen», spekulierte Laubmann, «waren sie es nicht, die der Vergangenheit Margarete Müllers kritisch gegenüberstanden?»

«Das stimmt; aber mein lieber Herr Dr. Laubmann, Sie müssen begreifen, wir leben hier zusammen, pflegen eine Gemeinschaft, und das unter christlichen Vorzeichen. Wir sind alles andere als gewalttätig!»

«Vielleicht steckt eine unerträgliche Verzweiflung hinter dem Mord, weil sich jemand in der Gemeinschaft eingesperrt fühlt, oder ein gegenseitiges Verletztsein.»

«Dazu kennen wir uns viel zu gut. Und wir vertrauen uns!»

Laubmann gab nicht nach. «Vielleicht eine Manipulation von außerhalb oder ein Komplize.»

«Nun ist es aber genug!» Gabriela Schauberg reagierte aufgebracht. «Ich möchte jetzt von etwas anderem reden. Oder ich kann mich zurückziehen, wenn Sie wollen.»

«Nein, bleiben Sie bitte. Ich entschuldige mich auch für meine penetrante Fragerei. Meine Schwäche ist das Ergründen der Wahrheit.»

«Das sollte Ihre Stärke sein.»

Sie waren indes wieder im Treppenhaus des Mitteltraktes angelangt, und Laubmann wollte versöhnlich wirken.

«Sofern es Ihnen nichts ausmacht, würde ich gerne noch mehr über die Geschichte des Schlosses erfahren.» –

«Also gut.» Gabriela Schauberg hatte ihm schon verziehen. Sie bot ihm an, sich mit ihr im kirchenstillen, lauschigen Innenhof auf eine Bank zu setzen. Der Buchfink, sein Bekannter, flog aufgescheucht davon.

«Ursprünglich hat der Wald hier um uns herum der Dombruderschaft St. Georg gehört, also den Bamberger Domherren.»

«Deshalb ‹Bruderwald›?»

«Richtig. Und ein Propst der Bruderschaft hat, wohl hauptsächlich für sich selbst, im Wald dieses Domherrenstifts ein frühbarockes Wasserschloss erbauen lassen. In der Säkularisation ab Ende des Jahres 1802 sind Wald und Schloss an das Kurfürstentum und nachmalige Königreich Bayern gefallen, und das hat solchen Besitz natürlich gern ‹versilbert›. Ein Händler für feine Tuchwaren hat ihn 1824 als Familiensitz erworben. Die Wassergräben ließ er trockenlegen. Soweit ich weiß, hat einer seiner Enkel eine Bekleidungsfabrik gegründet, die vor ungefähr 25 Jahren von der Familie aufgegeben wurde. Danach wurde alles verkauft. Abgesehen von dem Schloss allerdings. Das ging als Schenkung in das Eigentum des Säkularinstituts über, weil zwei mittlerweile verstorbene Frauen aus der Familie seinerzeit Mitglieder des Instituts waren. Uns gibt es also seit 23 Jahren im Bruderwald.»

«Ein nobles Geschenk», lobte Laubmann. «Erinnert an die Gepflogenheiten bei den Damenstiften im späten Mittelalter.»

«Leider hat die Sache einen Haken, und der bereitet uns erhebliche Probleme», schränkte Gabriela Schauberg ein. «Das Schloss war damals unrenoviert und ist es im Wesentlichen geblieben. Die Baulast ist sehr hoch und angesichts der kritischen Finanzlage des Instituts eigentlich überhaupt nicht zu bewältigen. Die Gemeinschaft denkt seit geraumer Zeit über den Verkauf der Immobilie nach, zumal ernsthafte Kaufangebote vorliegen.»

Über das weitere Vorgehen seien die Meinungen bei den Mitgliedern allerdings sehr gespalten. Die einen wollten das Zentrum hier bewahren, das ihnen gewissermaßen durch «göttliche Fügung» zugekommen sei; und die anderen wollten gerade durch eine einschneidende Veränderung die Ziele des Säkularinstituts aufrechterhalten!

«Wer steht denn im Einzelnen auf welcher Seite?», wollte Philipp Laubmann wissen.

«Gertrud und unsere Seniorinnen sind wie ich selbst gegen einen Verkauf. Agnes Zähringsdorf ist dafür, aber nur deshalb, weil sie sich von einer Neugründung an einem anderen Ort jenes Mehr an Ordensstruktur verspricht. Bei den Auswärtigen ist die Meinung ziemlich genau fünfzig zu fünfzig geteilt. Margarete Müller freilich hätte sich als neue Leiterin *für* einen Verkauf eingesetzt.»

«Und wie sehen diese Kaufangebote aus?»

«Sie beginnen mich schon wieder auszufragen», ermahnte ihn Gabriela Schauberg. Philipp zog theatralisch den Kopf ein. «Aber darüber kann Ihnen unsere Leiterin ohnedies bessere Auskünfte geben. Sie hat ein paar Prospekte zur Hand.»

Unterdessen war die Mittagszeit nähergerückt. Laubmanns Magen war durch den vom Wind herangetragenen Klang einer fernen Bamberger Kirchenglocke hellhörig geworden und freute sich knurrend auf Deftiges.

***

Das festliche Mittagessen behagte Philipp Laubmann sehr, denn es gab Schweinebraten, und er wurde beim Essen von den Frauen umsorgt. Moraltheologisch ignorierte er das Laster der Gefräßigkeit vorübergehend. Und er negierte völlig, was ihm ein Theologe mal über einen Vorlesetext aus einem der griechischen Athos-Klöster berichtet hatte, nämlich dass der Magen Luzifer selbst sei. Philipp konnte es sich jedoch nicht verkneifen, die Frauen auf die bissige *Ab-*

handlung über Schweinebraten des englischen Essayisten Charles Lamb hinzuweisen, der darin die Ansicht kundtat, dass das unschuldige Ferkel im Unterschied zum verworrenen Charakter des Menschen durch und durch gut sei.

Nach der mittäglichen Ruhezeit und dem darauffolgenden Kaffeetrinken hatte Gertrud Steinhag Dr. Laubmann in ihr Büro mitgenommen. Philipp fiel sofort die gealterte mechanische Schreibmaschine auf, und er spürte, wie er die in Büros vormals üblichen klappernden und klingelnden Geräusche vermisste, waren moderne Computertastaturen dagegen doch bloß ein Hauch von Nichts.

Die Leiterin des Instituts holte aus einem ihrer Karteikästen die erbetenen Prospekte heraus und legte sie dem Theologen vor. Einer hatte einen festeren, aber durchsichtigen Kunststoffumschlag mit grün schimmernder Farbgebung, ein anderer, eierschalenfarben, erinnerte eher an die Speisekarte eines vornehmen Restaurants, und ein weiterer, in Schwarz, Blau und Gold gehalten, kam dem Stil der Kurbad-Werbung in Bad Kissingen recht nahe.

Jeder Prospekt war mit Namen, Foto und Kompetenznachweis des Projektmanagers respektive der Projektmanagerin versehen und enthielt Pläne, Skizzen und Fotomontagen sowie Gewinnversprechen für mögliche Investoren, wodurch klar wurde, dass die jeweilige Projektleitung auf diese Weise Geldgeber von außerhalb anwerben wollte.

«Wenn ich das richtig verstanden habe, wurde seitens des Säkularinstituts noch keinerlei Entscheidung gefällt», bemerkte Laubmann. «Warum, frage ich mich, existieren dann bereits alle diese Prospekte der Unternehmen, so als seien die Projekte schon viel weiter gediehen?»

«Die Frage haben wir den Unternehmern auch gestellt», pflichtete Gertrud Steinhag ihm bei, «und es hieß übereinstimmend, das sei notwendig, um potentiellen Investoren oder den Banken eine handfeste Planung vorlegen zu können.»

Sie nahm die Prospekte wieder an sich, um sie ihrem Gast im Einzelnen zu erläutern. «Das erste Angebot kam direkt von unserm Hausarzt, der schon lang über unsere finanziellen Sorgen im Bilde war. Er hat uns ganz am Anfang überhaupt erst auf den Gedanken gebracht, einen Verkauf in Erwägung zu ziehen.» Als ihnen der Arzt schließlich sein ausformuliertes Angebot unterbreitet hatte, habe sich das offensichtlich in Investorenkreisen sehr schnell herumgesprochen, denn bald darauf seien zwei weitere Angebote eingegangen.

«Das Projekt unseres Hausarztes, Dr. Anselm Walther, heißt ‹Projekt Bruderwald›. Er will hier in der Abgeschiedenheit ein an christlichen Werten orientiertes Sanatorium gründen. Das soll hydrotherapeutische Behandlungen umfassen, in die auch die sogenannte ‹Teufelsloch-Quelle› einbezogen werden soll, die zum Schlossbesitz gehört. Außerdem sieht er für die Hausgäste ein akademisches Angebot mit Referaten und Kursen vor. Wir Frauen des Säkularinstituts müssten freilich das Schloss verlassen und könnten eventuell in einen noch zu errichtenden Neubau am Rande des Parks ziehen, dürften diesen dann aber als Alterssitz behalten und uns in die Akademie-Arbeit mit einbringen.»

Der zweite Projektvorschlag, erklärte Gertrud Steinhag, stamme von Frau Elisabeth Hartlieb – Elli Hartlieb, wie sie sich nenne –, einer Mineralwasserproduzentin aus Oberbirnenbach im Steigerwald, die dort einen ansehnlichen Abfüllbetrieb ihr Eigen nenne. Sie sei jedoch ausschließlich am bereits erwähnten Quellgrund und den darunter vermuteten wasserführenden Schichten interessiert. Sie würde die ganze Immobilie aufkaufen, diverse Brunnenbohrungen vornehmen und eine Abfüllfabrik für Mineralwasser darauf bauen lassen. Dem Säkularinstitut biete sie an, dass es mit einem langfristigen Mietvertrag im Schloss bleiben könne.

Die Leiterin des Instituts blätterte ein drittes Mal in ihren Unterlagen. «Ein weiteres Projektangebot kommt von dem Frankfurter Bauunternehmer Friedolin Engel; und das ist die lukrativste Offerte. Für Bamberg – er plant außerdem in Bad Kissingen ein Hotelprojekt –, für Bamberg also stellt er sich ein Luxushotel in unserem Schloss vor, das laut seiner Beschreibung speziell auf Senioren hin ausgerichtet sein würde, denen zugleich die Ruhe des Bruderwalds und die Nähe zur Stadt zugutekämen. Dafür würde er dem Säkularinstitut in Frauenroth bei Bad Kissingen ein abgelegeneres großes Grundstück überschreiben, das sich derzeit in seinem Besitz befindet. Er würde uns dort auch, für das Institut kostenlos, eine neue Niederlassung bauen, die dann in den Besitz der Gemeinschaft übergehen soll.»

Immerhin wäre das an einem Ort, an dem schon einmal ein Kloster bestanden habe, nämlich das Zisterzienserinnenkloster Frauenroth. Das sei im Mittelalter von dem Minnesänger und Kreuzritter Otto von Botenlauben und seiner Gemahlin Beatrix von Courtenay gegründet worden.

Philipp Laubmann war erneut verblüfft, wie konkret und durchdacht diese Kaufangebote waren. Die Interessenten hatten sich tatsächlich Mühe gegeben und standen untereinander anscheinend in einem nicht unerheblichen Konkurrenzkampf um die Gunst der Frauen. «Bevorzugen Sie eines der Angebote?»

«Das Projekt unseres Hausarztes, Dr. Walther, scheint uns am vertrauenswürdigsten und inhaltlich am ehesten akzeptabel zu sein», antwortete Gertrud Steinhag ohne Zögern. «Wir haben uns ja schon selbst überlegt, ob wir hier nicht ein christlich-spirituelles Zentrum gründen sollten, das in der Zielsetzung einer Akademie gleichkäme. Aber dazu benötigt man viel Geld, das wir, Gott sei's geklagt, nicht haben.» Ihr Gesicht zeigte trotz des frischen rosigen Teints Bedauern. «Zudem dürfte Ihnen bekannt sein, dass im kirchlichen Bereich schon viele ähnliche Einrichtungen existieren, weil man mit etlichen alten Gebäudekomplexen die gleichen Probleme hatte.»

«Sie lassen sich also nicht von dem Namen ‹Engel› beeindrucken, als wäre er ein ‹Sendbote Gottes›?»

«So leicht lassen wir uns nicht für dumm verkaufen.» Sie schmunzelte.

«Haben Sie mit den im Mordfall ermittelnden Beamten über die Kaufangebote gesprochen?»

«Mit Kommissar Glaser? Nein, das Thema stand nie zur Debatte.»

«Aber die Angebote der scharf konkurrierenden Kaufinteressenten könnten ein Grund für die Morde gewesen sein.»

Jetzt reagierte die Leiterin des Instituts geradezu abweisend, als klopfe das Böse an ihre Tür: «Ich sehe keine Anzeichen dafür; und ich will über so etwas auch nicht nachdenken!»

Gertrud Steinhag legte ihre Unterlagen aufeinander, um sie wegzuräumen. Doch Laubmann kam ihr zuvor und bat sie darum, die Prospekte für eigene «Ermittlungszwecke» behalten zu dürfen.

Die Leiterin hatte nichts dagegen und händigte sie ihm aus. «Wir haben noch welche davon.»

***

Da es Philipp untersagt war, die Klausur zu betreten, begab sich Gertrud Steinhag an seiner statt zu Gabriela Schaubergs Zimmer, um sie zu holen. Laubmann hatte seine mattgrüne Wolljacke angezogen, denn er wollte in Gabrielas Begleitung das Teufelsloch in Augenschein nehmen. Vorher jedoch ließ er sich von ihr, trotz ihres Widerstrebens, zum Teich führen, in dem Margaretes Leiche gefunden worden war. Sie blieben an der Polizeiabsperrung stehen.

«Ich weiß wirklich nicht, wie die Situation am Tatort war», äußerte Gabriela; «und ich glaube, ich möchte es auch gar nicht wissen.» – Wieder diese Abwehr.

Laubmann blickte auf das Schilf, das alttestamentlich zum Beispiel im Buch Exodus als Bild vom Schilfmeer in Erscheinung tritt und als ein Verweis auf das Gottesgericht interpretiert wird. Für Philipp kennzeichnete es hier am Teich jedoch den Übergang vom Leben zum Tod.

Er empfand den Ort als schaurig, ja beinahe schaurigschön; Gabriela dagegen schaute den Teich nur mehr mit Schrecken an. Im selben Moment gewahrten sie auf dem Feldweg vor dem Gartenzaun einen älteren Mann mit Fahrrad, der einfach nur dastand und sie beide betrachtete.

«Das ist unser Gärtner, Herr Kornfeld», sagte Gabriela. «Er weiß bestimmt mehr.»

Nachdem sie ihn freundlich gerufen hatte, lehnte Kornfeld sein Fahrrad an den Zaun und ging bedächtig auf das Gartentor zu, das wie üblich unverschlossen war. Er hatte am Wochenende frei, war aber trotzdem zum Institut gefahren – um auf dem Laufenden zu bleiben. Der untersetzte, stämmige Mann näherte sich dem Teich auf einem der Schotterwege. Seine dünnen grauen Haare waren nach hinten gekämmt, und man konnte darunter die sonnenverbrannte Kopfhaut erkennen.

«Herr Kornfeld ist bei uns fast schon so lange tätig, wie das Säkularinstitut besteht», würdigte ihn Gabriela Schauberg und stellte ihm Dr. Laubmann vor.

Doch Kornfeld konnte das, was Laubmann am meisten interessierte, nur dem Hörensagen nach beschreiben, nämlich wie die Leiche im Wasser gelegen hatte, weil sie neulich morgens bei seinem Dienstantritt schon weggebracht worden war. Diese Aussage war also für Philipp nicht viel wert. Der Gärtner des Instituts war nicht der Zeuge, den er sich gewünscht hatte.

Er machte sich deshalb, wie vereinbart, zusammen mit Gabriela Schauberg auf den Weg zum Teufelsloch. Sie spazierten durch einen gepflegten Bestand aus hohen Fichten- und Laubbäumen, der sich rechts an den Park anschloss und das Institut mit kühlender Waldluft versorgte.

Philipp sog mit Bedacht die verschiedenen Waldaromen ein: das Harz von frisch geschnittenem Holz, vermischt mit Waldmeister-, Fichtennadel- und Rindenduft. Vogelstimmen erfüllten die Umgebung, als wäre der Wald eine hohe Halle.

«Zum Besitz des Schlosses gehören, außer dem Park und dem Wald um das Teufelsloch, auch noch anderswo Waldabteilungen, Äcker und Karpfenteiche. Die land- und forstwirtschaftlichen Grundstücke sind freilich verpachtet, und die Einnahmen helfen uns, das Institut zu unterhalten, auch wenn die Einkünfte bei weitem nicht ausreichen.» Gabriela Schauberg wirkte erneut besorgt. «An den Teichen hat das Säkularinstitut übrigens einen Fischanteil. Darauf greifen wir regelmäßig in der Fastenzeit zurück.»

«Ich kann mir gut vorstellen», meinte Philipp Laubmann, «dass die diversen Projektmanager dieses Fleckchen Erde für ihre Investitionen als besonders lukrativ einschätzen.

Was für ein blendendes Geschäft ließe sich da anbahnen, ein Geschäft mit der Gesundheit und mit der Krankheit; wobei sie beides so miteinander verquicken würden, dass sich ein jeder sträflich krank vorkommen muss, der nicht auf ihre Gesundheitsangebote eingeht.» Er war fast wieder mal zornig geworden.

Gabriela Schauberg stimmte Dr. Laubmann zu. «Ich glaube, Gesundheit ist ebenso wenig ein Ideal wie Krankheit eine Strafe. Ich gebe allerdings zu, dass in der Tradition des Christentums die Leiblichkeit häufig mit Triebhaftigkeit, also mit Schwäche gleichgesetzt wurde, worin etwa Friedrich Nietzsche eine Ablehnung der Gesundheit durch das Christentum sieht. Aber das bringt uns im Konkreten nicht weiter, denn letztlich wird man einem kranken Menschen doch nur gerecht, wenn man sich seiner erbarmt.»

«Keine leichte Aufgabe», gestand Laubmann ein.

«Krankheit und Leid erscheinen uns ja eher als etwas Sinnloses, je nach Schwere, nach Dauer, oder wenn sich die Unausweichlichkeit des Todes manifestiert, wenn uns ein Unglück schlagartig aus allem herausreißt. Günstigenfalls lassen uns eine Krankheit oder ein Leid innehalten, sofern wir nicht bloß nach dem Warum, sondern nach einem Wofür fragen, wofür das vielleicht gut sein mag. Aber aus uns selbst heraus werden wir höchstens nur einen relativen Sinn dahinter entdecken. Im Grunde besteht unsere einzige Perspektive darin, uns darauf zu verlassen, dass in Gott und in Jesus Christus bereits alle Fragen beantwortet sind.»

«Sofern wir es vermögen, uns darauf zu verlassen, uns also nicht nur verlassen fühlen.»

Aufwärts am Hang wurden sie einer knapp den Boden überragenden Steinbegrenzung ansichtig, zu der sie hingingen: Aus einer Felsspalte quoll Wasser herauf, wurde von einem steinernen Becken aufgefangen und lief seitlich an einer Vertiefung zwischen den Steinen wieder aus demselben heraus. Außerhalb des Beckens versickerte es und durchfeuchtete stark den Waldboden, ja hatte ihn modrig werden lassen, ohne einen kanalisierten, irgendwie begrenzten Wasserlauf zu bilden.

«Das ist also die Teufelsloch-Quelle.» Gabriela Schauberg verharrte einen Moment schweigend. «Sie hat ihren Namen von einer Sage. – Ein Priester soll nämlich an diesem Ort den Anfechtungen des Teufels nicht widerstanden haben. Und deshalb ist er in der Quelle zu Tode gekommen. Mag schon sein, dass man hier irgendwann einen Priester oder einen religiösen Einsiedler tot aufgefunden hat. Die Geschichte mit dem Teufel aber ist bestimmt nur eine Ätiologie, ein Erklärungsversuch, weil niemand es besser wusste.»

Laubmann spekulierte: «Ich will ja nicht den Teufel an die Wand malen, aber eine fatale Übereinstimmung mit dem Mord an Margarete Müller und dem Mord an ihrem Zwillingsbruder sehe ich schon. Beide sind im Wasser getötet worden.»

«Sie werden doch nicht allen Ernstes behaupten wollen, jemand hätte sich diese Sage zum Vorbild genommen. Oder glauben Sie an böse Wassergeister?»

Noch ehe Laubmann zu einer Entgegnung ansetzen konnte, machte ihn Gabriela Schauberg auf eine schwere Holztür aufmerksam, die hinter der Quelle in den Felsen eingelassen und mit einem Riegel fest verschlossen war. Der Riegel trug ein ähnliches Vorhängeschloss wie der Opferstock in der Kapelle. Gabriela nahm einen Schlüssel aus der kleinen Seitentasche ihrer taubenblauen Kostümjacke, öffnete nach einigen Versuchen das Schloss und schob den Riegel zurück.

Dunkelheit und feuchte Luft schlugen ihnen entgegen. Tiefer drinnen waren Geräusche tropfenden Wassers zu hören. Gabriela Schauberg holte aus ihrer anderen Jackentasche eine flache Taschenlampe in der Größe eines Zigarettenetuis, knipste sie an und beleuchtete die Wände: grünlich-grauer Sandsteinfels, aus dem man diese Höhlung einst herausgeschürft hatte. Ein schmaler Durchgang geleitete beide zu einem etwas größeren Raum. An seiner Rückwand befand sich das Relief einer Kreuzigungsgruppe, die freilich nur noch schwer erkennbar war; die Verwitterung war arg fortgeschritten, alles war durchfeuchtet. An einer Stelle jedoch, genau dort, wo man sich die Seitenwunde Jesu vorstellen musste, tat sich eine absichtlich ausgekratzte Furche auf.

«Bei Regen tritt hier nämlich Sickerwasser aus», behauptete Gabriela, wobei sie den Strahl der Taschenlampe auf die Furche richtete.

«Wurde dem Born jemals die Wirkung nachgesagt, Gebresten zu heilen?» Philipp lächelte schelmisch, stolz auf die selten verwendeten Worte.

«Was meinen Sie damit?»

«Eine Quelle, die Krankheiten heilt.»

«Mir ist nichts bekannt.»

Draußen tauchte die Sonne bereits in die Bäume ein. Es war also Zeit aufzubrechen, um das baldige Abendessen nicht zu versäumen.

Hernach war für Philipp Laubmann noch so etwas wie ein Empfang im Gemeinschaftsraum vorgesehen. Die Frauen kredenzten ihm einen edlen Portwein und ebensolche Zigarren, die im Schloss eigens für männliche Gäste vorrätig gehalten wurden. Philipp zündete sich eine der Zigarren mit einem längeren Streichholz an und ließ den Rauch genüsslich ausströmen, zumal er registrierte, wie sehr es die Mitglieder des frommen Säkularinstituts, die sich um ihn versammelt hatten, erheiterte, eine dermaßen anheimelnde Atmosphäre im Hause zu haben.

«Das staatliche Rauchverbot bezieht sich Gott sei Dank nicht auf private Bereiche», seufzte Laubmann. «Konsequenterweise müsste man auch den Weihrauch verbieten; denn Kirchen sind wie Kneipen private Räume, die öffentlich genutzt werden. Im Übrigen ist der Weihrauch, genauso wie der Tabak, ein veredelter pflanzlicher Rohstoff.»

XIII

DA SICH DER GESTRIGE TAG DES HERRN als sehr aufschlussreich erwiesen hatte, hatte Philipp Laubmann aus Dankbarkeit heute in aller Herrgottsfrüh die gemeinschaftliche Gebetszeit in der Schlosskapelle wahrgenommen. Und nicht nur das hatte ihm gutgetan, sondern auch das nachfolgende Frühstück, das er ausgiebig genossen hatte. Zwar sollte er Diät halten, aber erstens befand er sich auf einer Art Dienstreise und zweitens im Patientenstreik. Denn wenn Ärzte in den Ärztestreik traten, stand ihm als Patient im Sinne moralischer Gerechtigkeit auch der Patientenstreik zu.

Bevor er an diesem Montagmorgen das Säkularinstitut verließ, um zunächst in seiner Bamberger Wohnung nach dem Rechten zu sehen und sodann mit Gabriela Schauberg nach Bad Kissingen zu fahren, wollte er einen abschließenden Rundgang durch den Schlosspark unternehmen, obgleich das Wetter nicht so einladend war wie am Vortag. Erde und Pflanzen rochen nach kalt-dunstiger Feuchtigkeit, wiewohl sich die Nebel schon verzogen hatten. Die dem Schiefergrau ähnliche Bewölkung war regensatt.

Laubmann betrachtete die Gebäude nach den sonntäglichen Gesprächen mit anderen Augen. Er bemerkte, melancholisch berührt, jetzt ihren maroden Charme, den Verfall als Zeitmaß der Vergänglichkeit. Denn die Feuchtigkeit lag nicht nur in der Luft, sondern sie war im Gemäuer gewissermaßen konserviert. Die Kälte in den Innenräumen freilich machte einem Laubmann nichts aus.

Rechts an der Zufahrt zum Hauptportal des Schlosses erhob sich das Wirtschaftsgebäude, eine Fachwerkscheune aus dem 19. Jahrhundert, die auf der parkzugewandten Seite ein großes quadratisches Holztor aufwies und an den übrigen Seiten von altersknorrigen und kaum bis zu den Dachrinnen reichenden Birnbäumen umgeben war. Das Tor der Scheune, das nicht ganz geschlossen war, gab den Blick frei auf einen abgenutzten Traktor und einen fahrbaren Rasenmäher, die angesichts der Grundstücksgröße kein Luxus waren.

Nahe der Scheune erblickte Philipp Laubmann den Gärtner des Instituts, der in einem Blumenbeet arbeitete, es offensichtlich neu gestaltend. Philipp ging freudig auf ihn zu. Eine Plauderei konnte nicht schaden. Gärtner Kornfeld, der von Ferne einem Isegrim glich, einem mürrischen Menschen, war mit seinen grünen Gummistiefeln in den schweren Boden eingesunken, den er umgestochen hatte. Arbeitshandschuhe benötigte er nicht, denn er hatte genügend Hornhaut an den knotigen Händen. Neben dem Beet war eine Schubkarre abgestellt, und der Spaten stak im Erdreich. Über den Griff des Spatens hatte Kornfeld seine Arbeitsjacke gehängt. Ihm war trotz des kühlen Morgens zu warm geworden, hatte Laubmann den Eindruck.

Der Gärtner verrichtete also seine Tätigkeit, indem er mit einer Hacke die Erdklumpen zerkleinerte, im bloßen Hemd, die Manschetten umgeschlagen. Doch als er sich zudem mit einem großen Stofftaschentuch über Stirn und Nacken fuhr, fühlte Laubmann fast so etwas wie eine Geistesverwandtschaft. Auch einer, dem es stets zu heiß war.

Als er bei Heinrich Kornfeld angelangt war, sagte er statt eines morgendlichen Grußes: «Hinsichtlich der Wundertaten des heiligen Paulus wird in der Apostelgeschichte berichtet, dass man ihm sogar seine ‹Schweiß- und Taschentücher› vom Körper weggenommen habe, um sie den Kranken aufzulegen. *Da wichen die Krankheiten, und die bösen Geister fuhren aus*, heißt es.» Dr. Laubmann war in seinem Element, als Mensch und als Theologe. «Was lernen wir daraus? – Stofftaschentücher sind ein Segen!»

Gärtner Kornfeld schaute zuerst sein fleckiges Taschentuch, dann den belehrenden Laubmann an und verstand auf Anhieb nicht so recht, was dieser Kirchenmann wollte.

Gottlob fragte Kornfeld nicht weiter nach. Dr. Laubmann hätte sich sonst bloß in einem wüsten Erklärungsversuch verheddert. So hingegen konnte er leutselig bleiben: «Viel zu tun im Frühjahr?»

Der Gärtner schien ein wenig verlegen zu sein: «In einem Park gibt's das gesamte Jahr über was zu tun, je nach Jahreszeit. Und wenn's mal nicht so viel ist, führ ich Reparaturen aus.»

«Machen Sie das alles allein?»

«Bei den größeren Arbeiten krieg ich Hilfe von außerhalb, zum Beispiel bei der Baumpflege.»

«Hat Ihnen Margarete Müller, die Ermordete, auch manchmal geholfen?» In Laubmann kam der Detektiv zum Vorschein.

Kornfeld zögerte nicht. «Sie hat in letzter Zeit mit mir zusammen ein verwildertes Stück Park gerodet, um einen Rosengarten anzulegen. – Dahinten!» Er wies mit einer Kopfbewegung auf einen entfernten Winkel des Parks nahe des Monopteros, wo Laubmann auf diese Distanz nur einen Haufen Gartenabfälle ausmachen konnte.

«Die Kriminalpolizei – ein Herr Lürmann –», rapportierte Kornfeld weiter, «hat mich sogar über die aufgerauten Hände der Toten befragt. Das kommt von der Gartenarbeit, hab ich ihm gesagt; sie wollte partout keine Handschuhe tragen. – Worauf die von der Polizei so achten.» Er wunderte sich.

«Das müssen die; die müssen so pedantisch sein», erläuterte Laubmann. Er verhielt sich ja selbst nicht anders. Und als hätte er es zu beweisen, setzte er hinzu: «Da Sie so gut im Park Bescheid wissen, woher kommt denn das Wasser für den Teich, in dem die Tote gefunden wurde? Nur vom Regen?» Er schaute dabei zu den bedrohlichen Wolken auf.

Der Gärtner wiegte den Kopf hin und her. «So genau ist das nie untersucht worden. Wahrscheinlich stammt das Wasser aus dem Gebiet unserer Quelle im Wald, dem Teufelsloch. Ich glaube, unter dem Teich ist irgendwo ein Zulauf, aus dem das Wasser an dieser Stelle nach oben kommt. Die Quelle im Wald muss meiner Meinung nach ebenfalls irgendwo einen alten Zulauf haben. Denn auf dem Schloss liegt ein Wasserrecht, das heute noch Gültigkeit hat. – Vor Jahren», fuhr der Gärtner fort, «hat die Stadt Bamberg Rohre im Wald verlegt, und dabei ist die Quelle versiegt und der Teich ist ausgetrocknet. Die Frauen haben dann bei der Stadtverwaltung protestiert. Dort hat man zwar alles abgestritten, aber buchstäblich über Nacht war das Wasser wieder da. Also meiner Einschätzung nach hat jemand wahrscheinlich vergessen oder vergessen wollen, irgend so eine Sperre aufzumachen, die sie vorher bei den Bauarbeiten geschlossen haben. Oder der Zufluss ist bei den Bauarbeiten beschädigt worden. Offiziell zugegeben hat natürlich keiner was. Das Schloss-Grundstück ist nämlich auch ans städtische Netz angeschlossen.»

Trotz der ausführlichen Schilderung des Gärtners war Philipp Laubmanns Wissensdurst nicht gelöscht. «Und was ist mit dem Überlauf im Teich? Wohin fließt das Wasser ab?»

«Kann sein, dass es wieder in den Boden sickert, kann sein, dass es zur Regnitz läuft.» Kornfeld spekulierte nur. «Zum Fluss sind's bloß ein paar hundert Meter. Auf den stoßen Sie gleich hinter der Anhöhe im Wald.»

Nach wie vor lag Laubmann mit seinen Erkundigungen dem Gärtner in den Ohren. «Das Wasser ist ja nicht unbedeutend …»

«Wir sparen bei der Bewässerung des Parks die Kosten für das städtische Wasser.»

«… das auch; aber ich meine vor allem wegen der Kaufangebote. Wenn die Mineralwasserproduzentin Brunnen bohren lässt, wird das Wasser richtig wertvoll.»

«Kann schon sein.» Kornfeld wurde einsilbig.

«Dürfen Sie darüber nicht sprechen?»

Heinrich Kornfeld kam aus dem Beet, lehnte seine Hacke an die Schubkarre und näherte sich Dr. Philipp Laubmann, als wolle er ihm etwas anvertrauen. Er sah sich vorsichtig um, ob sie jemand beobachtete.

Als sich Kornfeld sicher wähnte, fing er mit gedämpfter Stimme zu sprechen an. «Ich hab läuten hören, Sie kennen sich mit der Sachlage ziemlich gut aus, was den Mord angeht …»

«Das ist überzogen.» Laubmann übte sich in Bescheidenheit.

«… und weil Sie doch so was wie ein Priester sind …»

«Das ist stark überzogen. Ich bin Theologe. Mit Sündenvergebung kann ich nicht dienen.»

«Egal.» Kornfeld kam nun ganz nahe an Dr. Laubmann heran, als stünde ihm tatsächlich der Sinn nach einer Beichte. Er hielt sich leicht geduckt, und Laubmann konnte nicht unterscheiden, ob dies ein Anzeichen für Ängstlichkeit war oder ob ihn einfach die langjährige Arbeit gebeugt hatte.

Aber sofort wurde klar, dass den Gärtner seelisch etwas bedrückte. «Ich mache mir Sorgen, in die polizeiliche Schnüffelei hineinzugeraten. Wo ich doch eine Loyalität gegenüber den Frauen habe, weil ich schon so lang hier beschäftigt bin … sie haben mich nämlich immer ordentlich behandelt …»

‹Aha›, dachte Philipp Laubmann, ‹wieder mal ein überfordertes Gewissen.›

Heinrich Kornfeld atmete tief durch. «Also das war so: Hier am Schloss haben sich in den letzten Monaten allerhand Leute rumgetrieben … na ja, und sie haben mich auf ihre Seite zu ziehen versucht. Ich soll Augen und Ohren offenhalten und ihnen berichten, was sich bei den Verkaufsabsichten der Frauen und bei den anderen Kaufinteressenten tut.»

«Lassen Sie mich raten», unterbrach ihn Laubmann, «dahinter steckt die Sprudelfirma.»

«Die Chefin sogar selber; und nicht nur die. Sie lässt mir seit Monaten immer wieder Getränke liefern, ohne dass ich was bezahlen muss. Die Fahrer reden von Werbegeschenken und tun so, als dürften sie kein Geld dafür nehmen. Ich weiß gar nicht, wohin mit den Kästen. In der Scheune steh'n sie und bei mir zu Haus im Keller. Wollen Sie nicht welche?»

Laubmann schüttelte den Kopf. «Die Frauen wissen nichts davon?»

«Um Gottes willen, nein. Den Firmen-Lkw lass ich nicht mehr aufs Gelände. Beim ersten Mal haben sie's im Schloss zwar mitgekriegt, aber sie haben geglaubt, ich hab mir selber was bestellt.»

«Und wer sonst? Wer versucht Sie noch auf seine Seite zu ziehen?»

«Der Kompagnon unseres Hausarztes; Weisinger … Peter Weisinger. Ist ein Immobilienmakler oder so was Ähnliches. Hat mir gleich ein paar 50-Euro-Scheine in die Jackentasche geschoben. Hab ich gar nicht sofort gemerkt.» Das sollte redlich klingen.

«Die Scheine haben Sie hoffentlich aufbewahrt.» Philipp zweifelte.

Gärtner Kornfeld war es peinlich. «Ehrlicherweise muss ich zugeben, die sind nicht mehr vollzählig.» Er rieb sich mit den erdbeschmutzten Fingern die Nase. «Aber am aufdringlichsten war der Assistent dieses Bauunternehmers Engel aus Frankfurt; so einer mit einer Narbe an der Schläfe und einer leisen Stimme.»

«Sagt mir nichts.»

«Er hat mir nicht mal seinen Namen verraten. Nur zugeraunt hat er mir, wenn ich mich als zuverlässig erweisen würde, könnt' ich beim Verkauf der Immobilie an seinen Chef trotz meines Alters damit rechnen, die Stelle als Gärtner zu behalten.»

«Klingt erpresserisch.» Philipp Laubmann konnte sich sehr wohl ausmalen, wie stark man die Frauen des Säkularinstituts mit Geld und Vergünstigungen gelockt haben mochte. Vielleicht waren auch Drohungen darunter. «Seit wann geht das so?»

«Seit gut einem halben Jahr, seitdem uns das Thema Verkauf beschäftigt.»

«Und welche Informationen haben Sie weitergegeben?», fragte Laubmann den Gärtner ganz direkt.

«Nur, was mehr oder weniger schon allgemein bekannt war. Ich hab nichts ausgeplaudert, wenn Sie das meinen.»

Die Antwort brachte Heinrich Kornfeld nicht in Verlegenheit, schien also der Wahrheit zu entsprechen. «Außerdem waren alle bereits ausgezeichnet über die Konkurrenz auf der Käuferseite und über unser Institut im Bilde. Vor drei Jahren nämlich ist zum 20-jährigen Jubiläum des Instituts eine Festschrift aufgelegt worden, in der alle Mitglieder, auch die auswärtigen, in Text und Bild aufgeführt sind. Hab den Eindruck gehabt, dass die Leute, von denen ich ausgefragt worden bin, die Festschrift gekannt haben. – Ich hab noch einige Hefte.» Kornfeld zeigte mit dem Daumen über seine Schulter nach hinten auf die Scheune.

«Hat sich denn an dem Tag, als Margarete Müller zu Tode gekommen ist, jemand von den Kaufinteressenten oder ihren Handlangern hier herumgetrieben?»

«Ich hab keinen gesehen.»

«Und in der Nacht, der *Mordnacht?*», betonte Laubmann.

Kornfeld strich sich über die verschwitzten grauen Haare. «Das wollte einer von den Kommissaren auch schon von mir wissen. – Ich war in meiner Wohnung.»

Philipp Laubmann ließ nicht nach – in seiner gerechtfertigten Befragung, wie er fand. «Wann haben Sie von dem Mord am Zwillingsbruder der getöteten Margarete Müller erfahren?»

«Gestern, vor der Sonntagsmesse im Schloss. Wenn Sie sich erinnern, die Frauen haben für beide Opfer gebetet.» Laubmann nickte. «Unter anderem einen sehr schönen Psalm, obwohl einem der Sinn nicht gleich aufgeht», meinte Kornfeld. «Ich hab ihn nachgelesen. Psalm 124.» Er zitierte etwas stockend: «*Unsere Seele ist wie ein Vogel* oder so … *und ist dem Netz des Jägers entkommen. Und das Netz ist dann zerrissen, und wir sind frei.*»

Dr. Laubmann imponierte das Stegreif-Zitat des Gärtners. «Haben Sie ihn gut gekannt, den Mesner, Reinhold Müller?»

«Wie einen Kollegen. So was in der Art waren wir ja. War ein außerordentlich netter, umgänglicher Mensch.»

«So hab ich ihn auch wahrgenommen», offenbarte Laubmann.

Heinrich Kornfeld wurde noch einmal ganz vertraulich. «Was ich Ihnen vorhin so erzählt habe, glauben Sie, das geht die Polizei was an?»

«Doch, das glaub ich schon. – Aber ich verfüge über ausgezeichnete Kontakte. Da kann ich Ihnen helfen, falls es nötig ist.»

«Und die Frauen im Schloss ... müssen die was davon erfahren?» Den Gärtner trieb offenbar mehr die Furcht um, seine Stellung zu verlieren, als sein schlechtes Gewissen.

«Also von meiner Seite aus nicht», beruhigte ihn Laubmann.

«Da wär ich Ihnen sehr verbunden.» Kornfeld wirkte erleichtert. «Sie können, wie gesagt, auch von den Getränken was abhaben; Bier, Cola, Limonade, alles vorhanden.»

Philipp lehnte ab. «Das wär zu viel des Guten.» Allerdings ließ er sich von Gärtner Kornfeld ein Exemplar der Festschrift aushändigen, eins von denen aus der Scheune. A5, 52 Seiten, größtenteils schwarzweiß. Die Restexemplare waren in Spinnweben gehüllt und staubig. Das Papier hatte sich gewellt, weil winters wie sommers Nässe durch die Ritzen der Wände drang.

XIV

AUF DEM WEG ZU SEINER WOHNUNG in Bambergs Altstadt benutzte Laubmann die allerverwinkeltsten Gassen und nahm sogar Umwege in Kauf; denn er wollte keinesfalls von seinem Chef, Professor Dr. Raimund Hanauer, gesehen werden, der in seinen Augen ein Universalgelehrter war, ein Polyhistor. Zur Not hätte Philipp seinen Parapluie aufgespannt und ihn sich schräg vors Gesicht gehalten, auch wenn der Regen fehlte. Offiziell war er ja zur Kur in Bad Kissingen, obwohl es Professor Hanauer lieber gewesen wäre, sein Assistent hätte die mit ihm vereinbarten drei Wochen der wissenschaftlichen Arbeit statt der Kur gewidmet.

Da Laubmann nun schon seit einer Woche abwesend war, wollte er zu Hause seine Post abholen. Gabriela Schauberg hatte ihn um neun Uhr in der Stadt abgesetzt und wollte ihn in zwei Stunden wieder treffen, um zur Mittagszeit in Kissingen zu sein. Die Briefkästen für die Bewohner waren im Eingangsbereich des jahrhundertealten Hauses angebracht, in dessen rückwärtigem Teil Philipp Laubmann seit langem eine Dachwohnung gemietet hatte. Kaum hatte er die lästigen Werbedrucksachen, ein paar Briefe und die neueste Ausgabe von *Christ in der Gegenwart* aus dem Briefkasten herausgenommen, als Johanna Laubmann, die Tochter seiner Cousine Irene, die enge Kopfsteinpflasterstraße entlangkam.

Sie sah ihn in der offenen Haustür stehen und begrüßte ihn begeistert. Die 15-jährige Johanna konnte ihren Onkel nämlich gut leiden, denn er nahm sie immer ernst. Doch weil Philipp schnell aus dem Einzugsbereich der Straße verschwinden wollte, schlug er Johanna vor, auf einen Tee mit hinauf in die Wohnung zu kommen.

Johanna Laubmann war hübsch, mittelgroß und hatte das Mädchenhafte schon fast abgelegt. Sie trug ihr schwarzes Haar lang und offen über die Schultern herabhängend. Den Wollsachen aus dem mütterlichen Geschäft war sie weniger zugetan. Ihr helles T-Shirt unter dem kurzen, auf Taille geschnittenen weißen Blazer stammte jedenfalls nicht von dort.

Sie folgte Laubmann durch einen Gang im vorderen Gebäude hin zum Hof und danach zum Hinterhaus, wo er die Tür zu einem verschachtelt wirkenden Treppenhaus öffnete, mit Auf- und Abstiegen, Absätzen und gedrechselten Geländern. Johanna hatte immer wieder Spaß daran, die Drehungen und Wendungen des Aufstiegs geistig-spielerisch mitzuvollziehen. Von den Fenstern aus schienen die vier Türme des Bamberger Doms greifbar nahe zu sein.

Auch in der Dachwohnung des moraltheologischen Onkels guckte sie sich gerne um. Ihr Blick fiel auf die zahlreichen Bücherstapel, die seit ihrem letzten Besuch abermals gewachsen waren, obwohl sie damals schon gedacht hatte, dass keine Aufstockungen mehr möglich seien. Anschließend betrachtete sie sich prüfend in einem Spiegel mit Palisanderrahmen. Dann riskierte sie es sogar, in einen der Schränke zu spitzen, in dem ihr Onkel seine heimlich erworbenen Priestergewänder aufbewahrte. Er war in Johannas Augen ein besonders ausgeprägtes Exemplar dieser merkwürdigen Erwachsenenwelt.

Während das Teewasser kochte, teilte sie Philipp auf dessen neugierige Nachfrage hin mit, dass sie trotz der Osterferien in der vergangenen Woche bereits im Internat gewesen sei, um für ihre Prüfungen zu lernen. Fürs Wochenende sei sie nach Bamberg gefahren und habe sich mit Freundinnen getroffen. Und heute, am ersten Tag nach den Osterferien, hätte sie frei, wegen eines wichtigen Arzttermins. Von dem sei sie gerade zurück.

Laubmann erkundigte sich, was ihr fehle.

Johanna wurde ein wenig rot: «Ich war bei meiner Frauenärztin.» – Sie war eben kein Kind mehr. Das hatte Laubmann bisher noch gar nicht so recht wahrgenommen.

Ganz unbefangen bestaunte Johanna die Gelehrsamkeit ihres Onkels, die aus vielen Einrichtungsgegenständen zu sprechen schien: den Büchern, die mit Notizzetteln und Lesezeichen gespickt waren, den Batterien von Karteikästen, dem Stehpult oder dem breiten Schreibtisch, der so sehr mit Manuskripten, Stiften und Ordnern belegt war, dass kaum Platz zum Schreiben blieb. In einer der Bücherwände war so etwas wie ein Alkoven ausgespart, in dem ein weich gepolsterter Ohrensessel für Laubmanns Ruhezeiten zur Verfügung stand.

«Deine Jacke riecht nach Rauch», bemerkte Johanna, woraufhin Philipp zugab, dass er gestern im Säkularinstitut eine Zigarre geraucht habe. «Und zwischen deinen Büchern sind Wollmäuse.»

«Ja», sagte er gedehnt, «aber die gräulichen Staubflocken vermehren sich wie von selbst, als seien sie lebendig.»

Sodann servierte Philipp seiner Nichte schwarzen Tee, obgleich er ansonsten mehr für Kamillen- oder Pfefferminztee zu haben war. Er liebte es, geladenen Gästen Speisen, Getränke und Geschirr möglichst in ein und derselben

Farbe zu kredenzen. Und diesmal war weiß an der Reihe: Den Tee gab's mit Sahne, dazu weiße Zuckerwürfel, weiße Servietten und zwei weiße Teller für die auf einer silbernen Etagere gereichten weißen Plätzchen. Der Etagere obenauf lagen zudem kandierte und mit Puderzucker bestäubte «Zingiber-Stückchen».

«Das Wort hab ich ja noch nie gehört.»

Onkel Philipp war auf diese Rückfrage gefasst. «Eine untergegangene Bezeichnung für Ingwer; kommt aus dem Lateinischen ...»

«Ingwer mag ich.» Johanna nahm sich eins der Stückchen.

«... ursprünglich sogar aus dem altindischen Wortschatz. ‹Zingiber› bedeutet ‹hornförmig› und beschreibt die Form der Ingwerwurzel.»

«Du bist sehr gebildet.»

«Das stimmt.» – Warum auch sollte er sich verstellen?

In einem Bamberger Trödel-Laden hatte Laubmann einmal Teelöffel mit weißen Plastikgriffen gesehen und natürlich sofort zugelangt. Diese vervollkommneten jetzt das Arrangement. Johannas weißer Blazer passte ebenfalls dazu; nur Philipps mattgrüne Wolljacke nicht.

Angeregt durch Tee und Ingwer plauderte Johanna Laubmann, die auf dem Sofa neben dem Teetischchen saß, munter drauflos und schwärmte, dass ihre und Philipps Mutter in Bad Kissingen ein Wellness-Wochenende verbracht hätten, heute aber wieder in Bamberg eintreffen wollten.

Laubmann war verblüfft.

«Bist du ihnen gar nicht begegnet?»

Er verneinte stumm.

«Außerdem hat eine Elisabeth aus Neuseeland sie begleitet.» Johanna lächelte erstaunlich hintergründig für ihr

Alter. Sie hatte Elisabeth am Samstagvormittag kennengelernt. «Ich glaube, die hätte dich gern in Bad Kissingen überrascht!»

Das machte Philipp nun vollends perplex.

Zu allem Überfluss begann die pubertierende Johanna ihren Onkel auch noch über Elisabeth auszufragen, woher er sie kenne, ob sie ihm gefalle, ob er vielleicht gar in sie verliebt sei und ähnlich schwerwiegende Dinge.

Philipp hatte keine Ahnung, was er antworten sollte. «Davon weiß ich bisher gar nichts.»

«Aber du bist doch älter als ich.»

«Na ja, ich weiß schon was darüber.» In seiner Bedrängnis suchte er Zuflucht bei einer unverfänglichen Geschichte. «Auf meinem Sofa, das früher in der Wohnung meiner Eltern war, hat zum Beispiel mal ein Mädchen namens Sophia Platz genommen, das ich ein wenig verehrt habe. Die zarte Sophia. Ich hab mich damals ihr zuliebe an einem Gedicht versucht, von dem mir freilich nur noch der Titel geläufig ist: *Auf dem Sopha mit Sophia – Sopha,* in der früheren Schreibweise mit *p* und *h*.»

«Du willst dich bloß rausreden.» Johanna blieb stur wie eine Erwachsene.

Glücklicherweise läutete im selben Augenblick das Telefon in seinem Arbeitszimmer. Philipp fühlte sich wie befreit, sprang von seinem Stuhl auf, ging hinüber und hob den Hörer ab. Es war Kommissar Lürmann, dem Philipp ein erleichtertes «Hallo Ernst!» zurief.

Ernst Lürmann war jedoch missgestimmt und warf Philipp vor, dass er telefonisch nie zu erreichen sei. «Zuerst hab ich's bei deiner Pension in Bad Kissingen versucht – nicht da; dann übers Handy, aber das hast du anscheinend wieder mal irgendwo liegenlassen.»

Laubmann und Lürmann duzten sich, seit ihn der Kommissar, im Rahmen eines Kriminalfalls, an einem Grab nahe der Bamberger Babenburg vor einem herabgestoßenen Felsbrocken in letzter Sekunde gewarnt hatte.

«Woher weißt du, dass ich derzeit eigentlich nicht in Bamberg, sondern in Bad Kissingen bin?», fragte er Lürmann.

«Uns liegt eine dienstliche Anfrage aus Bad Kissingen vor, und zwar bezüglich eines ominösen Todesfalls in einer Moorwanne, bei dem du als Zeuge genannt wirst. Und jetzt fürchtet die dortige Oberkommissarin, dass du möglicherweise flüchtig bist, weil du etwas auf dem Kerbholz hast.»

Das klang selbst für Laubmann schlüssig.

«Ich hab mich natürlich für dich verbürgt und versprochen, dass ich dich auftreiben werde», fügte Lürmann edelmütig hinzu.

Des Weiteren berichtete der Kriminalkommissar, dass es sich vielleicht um einen Doppelmord handle und dass man deswegen die Ermittlungen von Bamberg aus führen werde; denn auch im Bamberger Säkularinstitut *Christen in der Welt* sei eine Frau umgebracht worden, und zwar die Zwillingsschwester des Toten in der Wanne.

Laubmann verdrehte ungeduldig die Augen, weil ihm das nicht neu war, und sah dabei sein Handy auf der Kommode liegen.

Doch Lürmann war mit seiner Rede noch nicht zu Ende: «Innerhalb der Sonderkommission ‹Zwillinge› bin ich als Verbindungsbeamter eingesetzt worden. Zwischen Bamberg und Bad Kissingen. Deshalb werde ich mir in Kissingen ein Zimmer nehmen. – Ab wann bist du wieder dort?»

«Wir fahren heute, etwa in einer Stunde.»

«Wir?»

Der Theologe kam nicht umhin, ja er hatte regelrecht darauf gebrannt, von seiner neuen Bekannten aus dem Säkularinstitut zu erzählen. «Außerdem hab ich schon was läuten hören, dass ihr, Glaser und du, in den Fall involviert seid.»

Lürmanns Laune hatte sich nicht gebessert. «Du bist ja wieder mal trefflich informiert», brummte er.

«Reiner Zufall.»

«Oder eigensinnige Neugierde. – Jedenfalls sollten wir uns morgen oder übermorgen in Bad Kissingen zusammensetzen. Du musst mir den Tathergang im Moorbad genau schildern; ich will einen Bericht aus erster Hand. Und die Oberkommissarin will dich auch unbedingt sprechen.»

Derartig bestimmend hatte Laubmann den Kriminalkommissar selten erlebt. Vielleicht wäre es doch angebrachter gewesen, in Bad Kissingen zu bleiben. Allerdings zu einigen Informationen, die er als Privatmann im Säkularinstitut hatte in Erfahrung bringen können, dürfte die Polizei nur schwerlich Zugang haben.

Nachdem Philipp Laubmann aufgelegt hatte, bestürmte ihn seine Nichte Johanna gleich mit Fragen, denn sie hatte ein bisschen was aufgeschnappt. «Welche Morde? Und von welcher neuen Bekannten hast du gesprochen?»

Philipp blieb jedoch einsilbig – rein aus erzieherischen Gründen. «Ein andermal mehr davon», versprach er Johanna und bat sie beim Abschied, gegenüber «den Müttern» nichts auszuplaudern, was seinen Aufenthalt in Bamberg, die Mordfälle und seine Verstrickung darin betraf.

Das würde nur zu unnötigen Komplikationen führen, dachte er sich. Denn für Elisabeth hatte er in dieser Lage ohnehin wenig Zeit, und seine Mutter war sicher der Meinung, er sei unermüdlich mit der Gewichtsabnahme beschäftigt. Als sie die Wohnung verlassen hatten, war sein Handy abermals liegengeblieben.

Um zu dem mit Gabriela Schauberg verabredeten Treffpunkt zu gelangen, ging Laubmann den Domberg hinauf und wieder hinab und kam, fast absichtslos, an der Elisabethenkirche vorbei. Die für Bamberger Verhältnisse recht kleine gotische Kirche – eine ehemalige Spitalkirche – hatte als Patronin Elisabeth von Thüringen, seine bevorzugte Heilige. Laubmann hatte sie für sich als seine Schutzpatronin auserkoren, weil sie – wie die Detektive – unter anderem als Beschützerin der unschuldig Verfolgten galt.

Daher betrat er die Kirche, steckte an einem Opferkerzentisch drei lange weiße Kerzen vor einem Bildnis Elisabeths auf und entzündete sie mit bereitliegenden Streichhölzern; eine aus Dankbarkeit – was er schon lange vorgehabt hatte –, weil die Heilige ihn mit Unterstützung Lürmanns auf der Babenburg aus Todesgefahr errettet hatte; eine zweite für Elisabeth Werner, die aus Neuseeland angereist war; und schließlich eine dritte für sich selbst.

XV

«ALT-SANKT-ANNA WAR vordem eine Klosterkirche des Franziskanerordens… und ist jetzt also eine *ehemalige* Franziskanerkirche. In der Säkularisation wurde das Kloster den Franziskanern vom bayerischen Staat weggenommen und zu einem ‹Aussterbekloster› erklärt, was heißt, dass man hier die Insassen mehrerer Klöster zusammengeführt hat… nein, nicht die ‹Insassen›, sondern die Ordensleute; ist ja nicht von Gefängnissen die Rede.»

Ernst Lürmann, obwohl eigentlich Kriminalkommissar, erläuterte wie ein Gästeführer des Amtes für Tourismus, was es mit der Geschichte dieser Kirche an der Bamberger Schranne und der sich anschließenden Klostergebäude auf sich hatte. Er hatte sich anscheinend der kulturgeschichtlichen Geistesrichtung eines Philipp Laubmann angenähert, war aber ungeübter darin.

Niemand der sonst Anwesenden hörte so recht zu. Weder Dietmar Glaser noch Juliane Vogt glaubten, dass die Geschichte dieser alten Klosterkirche für den Kriminalfall, den sie zu bearbeiten hatten, irgendwie von Belang sein könnte.

«In dieses ‹Aussterbekloster› also mussten die Mönche einziehen, die andere enteignete Niederlassungen des Ordens hatten verlassen müssen. Und dann konnten sie hier bis zu ihrem Tod verbleiben. Das Kloster hat so lang existiert, bis der letzte Mönch gestorben war – daher der Begriff ‹Aussterbekloster›. Neuaufnahmen waren nicht erlaubt. Seit der Säkularisation ist die Kirche eine schlichte Pfarrkirche und der Klostertrakt größtenteils ein profanes Ämtergebäude.»

Die Bamberger Kommissare hatten an diesem Dienstagvormittag die Kollegin aus Bad Kissingen zu Gast. Sie wollte sich im Fall des getöteten Mesners von Alt-Sankt-Anna vor Ort selbst einen Eindruck verschaffen und angelegentlich vorfühlen, ob sie sich auf eine freie Stelle in Bamberg bewerben könnte. Sie war mit einem zivilen Dienstfahrzeug hierhergekommen und hatte Glaser und Lürmann bei der Polizeidirektion abgeholt. Nun parkte der Wagen vor der Kirche im Halteverbot, was die drei Kommissare jedoch nicht bekümmerte. Sie alle trugen Regenmäntel, obwohl sich die Bewölkung aufgelockert hatte.

Lürmann gefiel die dunkelblonde Oberkommissarin auf Anhieb. Er hatte ihr sofort alle Sehenswürdigkeiten der Stadt präsentieren wollen, was sie und Glaser allerdings mit Nachdruck abgelehnt hatten. Im Anschluss an die Ortsbegehung von Alt-Sankt-Anna war freilich geplant, dass Lürmann ihr nach Bad Kissingen folgen sollte, damit er dort seinen Dienst als Verbindungsbeamter der Sonderkommission aufnehmen konnte.

«Ob Sie mich gegebenenfalls durch die Kurstadt führen könnten?», hatte er sanft fragend angedeutet.

Aber Juliane Vogt hatte kühl reagiert. «Nur dorthin, wo's nötig erscheint.» Sie war nach den zermürbenden Erfahrungen mit ihrem vorherigen Freund heilfroh, endlich wieder solo zu sein.

Die im Kern gotische Kirche verdeckte teilweise die angrenzenden barock ausgestalteten Klostergebäude. Auf dem Dach des Chors erkannte man einen kleinen Turm mit zwiebelförmiger Haube. Das Langhaus der Pfarrkirche trug dagegen ein spitzes Türmchen. An der Stirnseite des Langhauses, die zur Schranne wies, befand sich das Eingangsportal. Der Name «Schranne» ging auf einen vormaligen Marktplatz zurück. Der Eingang wurde von zwei Linden umsäumt, die ihre Blätter austrieben.

In der Kirche konnte man ein Hauptschiff und zwei Seitenschiffe unterscheiden, die durch Säulenreihen abgetrennt waren. Sie liefen auf den Chor und, in dessen Zentrum, auf einen großflächigen Kreuzaltar mit drei Bildtafeln zu, die aus dem Spätmittelalter stammten. Sie zeigten Szenen der Kreuzigung Christi und wurden von Fachleuten für ein Hauptwerk der fränkischen Malerei um 1430 gehalten. Der Chor der Kirche war der heiligen Anna geweiht. Eine spätgotische Schnitzfigur der Mutter Mariens war in einem Aufbau über den Bildtafeln angebracht. Die Figur war in späterer Zeit mit einer geschwungenen silbernen Einfassung versehen worden, weil das Silber als Sinnbild der Reinheit gilt und deshalb als Symbol für Maria und ihre Mutter Anna erachtet wird.

Doch Touristen traf man in Alt-Sankt-Anna so gut wie nie an. Sie übersahen die Kirche einfach, da sie in keinem Reiseführer verzeichnet war.

Vor dem Volksaltar erblickten die Kommissare hohe Vasen mit frischen Schnittblumen. Der getötete Mesner Reinhold Müller konnte diese Schnittblumen wohl nicht mehr besorgt haben. An einem der Seitenaltäre, dem *Dreikönigsaltar*, war eine aufwendig verzierte kleine Schrifttafel befestigt, auf der zu lesen war, dass dieser Altar einst durch eine Spende des am 24. Juli 1603 ermordeten Bartholomäus Übelein instand gesetzt worden sei.

‹Sieh an›, dachte Glaser, ‹womöglich noch ein ungelöster Mordfall.›

Hinter dem Hauptaltar im Chor war zwischen der massiven hölzernen und unverzierten Rückwand des Altars und den gotischen Außenfenstern ein Umgang ausgespart, sodass man von den Seitenschiffen aus hinter dem Altarkomplex vorbeigehen konnte. Aus einem niedrigen Einlass mit einer unscheinbaren Holztür, die sich links in der Rückwand des Hochaltars befand und geöffnet war, drang der matte Lichtschimmer einer Glühbirne. Und seltsamerweise waren Geräusche aus dem Inneren des Hochaltars zu hören – die Geräusche eines elektrischen Aufzugs.

«Wohin geht es hier?», erkundigte sich Oberkommissarin Vogt bestimmend, als sei sie die Vorgesetzte der Kommissare, die sich in Bamberg auszukennen und ihr Rede und Antwort zu stehen hätten. Glaser wusste es nicht und strich sich nervös über seinen Oberlippenbart. Er konnte auch bloß nachsehen.

Als sie näher kamen, entdeckten sie einen zwei bis drei Meter breiten Hohlraum zwischen der Schau- und der Rückseite des Hochaltars. Der Raum glich einer trüben Abstellkammer. Es roch muffig nach Holz und Staub. Einfache Gerätschaften für die Instandhaltung eines Gotteshauses wurden dort aufbewahrt: Besen, Eimer, lange Stangen mit aufgesetzten Metallhäubchen zum Löschen höher aufgestellter Kerzen sowie mit Dochten darunter zum Anzünden derselben, ein Staubwedel, Lappen, zwei Schäufelchen für Pflanzenerde, Tücher oder ausgediente Weihwasserkessel und Kerzenständer. Nichts Geheimnisvolles also. Einige der Gegenstände hingen an Nägeln. Ein der Vorschrift entsprechender Feuerlöscher war in unmittelbarer Nähe zur Tür an der Holzwand montiert.

Ein Mann in einer reichlich abgeschabten grauen Arbeitskluft, der an die 40 Jahre alt sein mochte, mittelgroß und Brillenträger war, fettige bräunliche und etwas zu lange Haare hatte, betätigte an einem Schaltkasten einen Aufzug, genauer, ein Gerüst aus Metallverstrebungen, in dem eine Plattform aus Bohlen mittels Stahlseilen auf und ab zu bewegen war. Eine Eisenleiter lehnte außen an den Verstrebungen.

Er drehte sich um und wies die Eindringlinge, die der Enge der Kammer wegen hintereinander standen, zurecht: «Der Zutritt ist für Besucher verboten!»

Kommissar Glaser, der als Erster den Raum betreten hatte, entnahm seinen Dienstausweis der Innentasche seines Regenmantels und stellte sich und sein Ermittlerteam mit knappen Worten vor. – «Und wer sind Sie?»

Der Mann im Arbeitsanzug nannte seinen Namen: «Franz Schaffer.»

«Was machen Sie hier?»

«Ich bin der Mesner!», antwortete Schaffer und fühlte sich sofort angegriffen. «Was soll daran fraglich sein?»

«Der Mesner ist tot», bemerkte Kommissarin Vogt lakonisch.

«Dann eben der zweite Mesner, wenn Ihnen das besser gefällt.» Das klang widerspenstig. «Vorher hab ich nur ausgeholfen, aber jetzt muss *ich* das volle Programm erledigen.»

«Welche Funktion hat dieser Aufzug?» Lürmann meldete sich von ganz hinten zu Wort, ehe die Kommissarin reagieren konnte.

In nicht sehr gewählt klingenden Worten erklärte Franz Schaffer, dass am 1. Mai, dem ersten Tag des Marienmonats, eine Prozession stattfinde. Da werde die Statue der heiligen Anna, der Mutter Mariens, vorneweg getragen. Die abendliche Prozession führe über den Schrannenplatz und die Mühlbrücken, also weitläufig um die Klostergebäude herum. Und er prüfe gerade die Funktion des Aufzugs, mit dem die Figur von ihrem erhöhten Platz am Hochaltar heruntergefahren werde.

Kriminalkommissar Ernst Lürmann zeichnete den Raum, die Gebrauchsgegenstände und die Aufzugskonstruktion mit vereinfachenden Strichen auf eine Doppelseite seines himmelblauen Notizbuches.

«Sie kommen her, um was über den Kollegen Müller rauszufinden. Hab ich recht?» Schaffer wischte sich mit einem verschmutzten Lappen über die fettigen Haare. Er hatte ungepflegte, kräftige Hände.

«Seit wann respektive von wem wissen Sie, dass Ihr Kollege tot ist?», fragte Glaser zurück.

Der Mesner gab das Säkularinstitut als Quelle an. «Ich hatte am Sonntag die Frühmesse zu betreuen.»

Die Oberkommissarin war recht erstaunt, dass das Institut diese Informationen so freimütig weitergab.

«Diese Frauen sind uns anscheinend immer einen Schritt voraus», räumte Glaser ein, «und leider hab ich das prinzipiell gestattet.»

Juliane Vogt schaute ihn befremdet an und übernahm die Initiative, indem sie von Schaffer erfahren wollte, wie er zu Reinhold Müller, seinem Vorgänger, gestanden habe und ob Müller für ihn ein Konkurrent gewesen sei.

«Wir sind ordentlich miteinander ausgekommen.»

«Aber warum waren Sie nicht der erste Mesner, sondern nur eine ‹Aushilfe›? Fehlt Ihnen die nötige Qualifikation?»

«Ich bin gut ausgebildet und ich hab Erfahrung. Herr Müller hatte eben die älteren Rechte. Es war seine Stelle.»

«Das heißt, Sie könnten vom Tod des Kollegen profitieren; jetzt, da eine Planstelle frei geworden ist?»

«Was bitte …?» Schaffer versuchte sich zu wehren.

Lürmann beruhigte ihn und meinte, dass kein dringender Tatverdacht gegen ihn bestünde.

Ungeachtet dessen setzte die Oberkommissarin ihre Befragung fort. «Wo waren Sie zur Tatzeit, also am vergangenen Freitag etwa zwischen 15 Uhr 30 und 19 Uhr?», wobei sie die mögliche Fahrzeit nach und von Bad Kissingen mit eingerechnet hatte.

Schaffer war ratlos. «Ich werd' zu Hause gewesen sein.»

«Kann das jemand bezeugen?»

«Keine Ahnung … nein … wahrscheinlich nicht.»

«Besitzen Sie ein Fahrzeug?»

«Ja, einen Kleinwagen.»

«Ein Kleinwagen genügt, um nach Bad Kissingen zu gelangen.»

Der Mesner besann sich für einen Moment. «Ich habe schon eine Zeugin. Ich war nämlich an dem Nachmittag *doch* kurz mal hier in der Kirche. Gegen 17 Uhr wird das gewesen sein. Unsere Putzhilfe war zu der Zeit in der Sakristei und hat den Fußboden gewischt; Frau Holzmann. Ich hab sie gesehen.»

«Haben Sie mit ihr gesprochen?»

«Ich glaube nicht. Aber sie wird mich auch gesehen haben.»

Juliane Vogt bat Ernst Lürmann, die Personalien des Mesners zu notieren sowie die Personalien der Reinigungskraft zwecks der Alibiüberprüfung. Lürmann tat dies äußerst bereitwillig – für die hübsche Oberkommissarin. Sein Notizbuch hatte er ja bereits zur Hand.

Im selben Moment ging, im rechten Seitenschiff und nur unweit vom Chorumgang, die schwere Eichentür zur Sakristei auf, und ein priesterlich-schwarz gekleideter Herr mit würdevollem Gesicht rief nach dem Mesner. Er hatte Stimmen vernommen; Stimmen menschlicher Natur allerdings. Er war ein Mann, der sich demütig darein schickte, was der himmlische Vater in seinem göttlichen Ratschluss für ihn vorgesehen haben mochte.

Die Gruppe um die Oberkommissarin drängte, mit Franz Schaffer am Ende, aus der Kammer des Hochaltars. Schaffer ließ das Licht an und die Tür offen, weil er nachher weiterarbeiten wollte.

Erneut nahm Glaser seinen Dienstausweis aus dem Mantel und stellte das Ermittlerteam vor. «Sind Sie der Pfarrer von Alt-Sankt-Anna?»

«Monsignore Siegbert Herold; ein Herold Gottes sozusagen», scherzte der Priester, was er immer so machte, und reichte den Besuchern die Hand. Sein Alter von 50 Jahren war ihm trotz der Mittelglatze nicht anzumerken. Die verbliebenen, hellbraunen Haare waren akkurat nach hinten gekämmt.

«Ich habe mir schon gedacht, dass Sie von Amts wegen hier sind. Ich muss gestehen, dass ich Ihre Ankunft vom Pfarramt aus beobachtet habe. Und wie ich sehe, hat Sie Herr Schaffer bereits in unsere ‹Geheimnisse› eingeweiht.»

«Nur in die sichtbaren», ließ Juliane Vogt verlauten.

Pfarrer Herold lächelte dazu, denn er konnte nicht einschätzen, wie ernst das gemeint war. «Ich würde Sie gerne hinüber in mein Büro bitten. Wenn Sie mir folgen möchten.»

***

Kommissar Lürmann war noch mit den Personalien beschäftigt und sollte nachkommen. Vogt und Glaser begaben sich zusammen mit dem Monsignore durch die Sakristei in den ehemaligen Klostertrakt, einen herrschaftlichen, U-förmigen Gebäudekomplex, dessen Seitenflügel an das rechte Seitenschiff der Klosterkirche stießen. Ein kleiner Teil des jetzigen Ämtergebäudes diente als Pfarrhaus. Im Innenhof war der frühere Kreuzgang des Franziskanerklosters nur mehr in Ansätzen zu erkennen.

Sie durchschritten einen weitläufigen Gang, den linker Hand hoch aufragende Fenster und rechter Hand portalartige Türen säumten. Die Decke war mit üppigem, farbig übermaltem Stuck verziert; florale Ornamente. Das vorletzte Portal führte ins Pfarramt, wobei Siegbert Herold seinen Gästen das Sekretariat nebenan ersparte und sie direkt über einen vorgelagerten Zwischengang in sein saalartiges Büro eintreten ließ. Er begab sich mit ihnen zu einer neueren, wenn auch altmodischen Sitzgruppe, deren Bezug aus grauweiß gesprenkeltem, grobem Stoff gefertigt war. Von einem Erker aus blickte man auf den Kirchenvorplatz sowie auf den Eingangsbereich der Kirche. Glaser und Vogt legten ihre Regenmäntel ab.

Herolds Schreibtisch war freilich ein Barocktisch, der wahrscheinlich aus den Klosterbeständen stammte. Darunter hatte man links und rechts zwei moderne, fahrbare Schränkchen geschoben, um die nötigen Schreibwaren und Papiere unterzubringen. Oben auf dem Tisch stand eine Figur der heiligen Anna, sozusagen eine Miniaturausgabe der Skulptur am Hochaltar. Daneben lagen sauber nach Farben sortierte Stifte und handbeschriftete Ordner.

Die Wände des sicher mehr als 40 Quadratmeter umfassenden Saals, worin man sich recht verloren vorkam, waren angefüllt mit einem hohen Regal, das wertvolle sakrale Bücher bewahrte – wohl ebenfalls aus Klosterbesitz – sowie mit Gemälden von religiöser Thematik und nachgedunkelten oder verblichenen Porträts vormaliger Priester der Pfarrei. Vor einem silbernen Kruzifix auf einem Podest erhob sich eine mit feinem purpurnem Samt überzogene barocke Kniebank, welche der Pfarrer bestimmt zum Beten nutzte. Glaser hatte den Eindruck, dass Monsignore Herolds Büro selbst Prälat Glöckleins Büro in den Schatten zu stellen vermochte. Letzteres kannte er bereits von einer früheren Ermittlung her.

«Für Donnerstagabend habe ich eine Rosenkranzandacht angesetzt, in der wir für das Seelenheil unseres verstorbenen Mesners beten wollen», verkündete der Monsignore. Reinhold Müller sei in der Gemeinde sehr beliebt gewesen. Sie alle seien voller Trauer. «Deshalb wäre es mein Wunsch, den Trauergottesdienst und die Beerdigung zelebrieren zu dürfen.»

«So schnell wird die Leiche nicht freigegeben werden.» Oberkommissarin Vogt war weiter um Sachlichkeit bemüht.

Dietmar Glaser erging es ähnlich. «Wo hat Herr Müller denn gewohnt?»

«Genau wie meine Haushälterin und ich hier im Pfarrhaus», erklärte Siegbert Herold. «Er hatte die Dachwohnung inne.»

«Die Wohnung wird versiegelt; und der Erkennungsdienst wird sie später untersuchen.»

«Unsere Frau Holzmann putzt die Wohnung aber einmal pro Woche», sagte der Pfarrer, worauf Glaser entgegnete, dass dies vorerst unterbleiben müsse.

«Ist Herr Schaffer allein in der Lage, die Verantwortung für die Kirche zu tragen?», wollte die Kommissarin wissen.

«Wir sind grundsätzlich dankbar für jede helfende Hand.»

«Das beantwortet meine Frage nicht.» Der milde Ton in Herolds Stimme missfiel ihr.

Glaser hakte nach. «Könnten Sie sich vorstellen, dass Herr Schaffer den freien Mesner-Posten bekommt?»

Pfarrer Herold zögerte ein wenig. Reinhold Müller wäre Mitte des Jahres sowieso in Rente gegangen, hatte aber vor, danach noch einige Jahre ehrenamtlich weiterzuarbeiten, auch um seine Wohnung beibehalten zu können; ab dem Eintritt der Rente jedoch gegen einen adäquaten Mietzins. «Durch eine freiwillige Mitarbeit hätte er uns Geld gespart», seufzte Herold. «Herr Müller war nun mal unserer Pfarrei sehr verbunden.»

«Sie brauchen jetzt aber einen Nachfolger – und den Kandidaten dafür haben Sie ja.» Der Kommissar ließ nicht locker.

«Ich halte eine solche Überlegung für verfrüht. Herr Schaffer kann sich natürlich nach einer angemessenen Frist auf die Stelle bewerben.»

Die Oberkommissarin wunderte sich. «Das klingt so, als wären Sie von ihm nicht sehr überzeugt.»

Pfarrer Herold holte tief Luft. «Im Vertrauen: Herr Schaffer möchte die Stelle schon gerne haben, gerade hier in einer der Stadtpfarreien. Bisher hat er überwiegend Aushilfen gemacht und gemeinsam mit Ehrenamtlichen ein paar Kirchen auf dem Land betreut. Im Rahmen einer Halbtagsstelle.»

«Das beantwortet meine Frage wiederum nicht.»

«Ich habe so etwas nicht in eigener Regie zu entscheiden», wich Herold erneut aus.

«Also warum wollen Sie ihn nicht haben?» Juliane Vogt wurde ungeduldig.

Pfarrer Herold holte noch einmal Luft. «Ganz unter uns – und das muss unter uns bleiben: Da gab es vor einigen Monaten wohl Mauscheleien mit einer Gärtnerei. Herr Schaffer war für den Blumenschmuck in der Kirche zuständig, und möglicherweise hat die Gärtnerei Brender nicht so viele Pflanzen geliefert, wie auf den Rechnungen angegeben waren. Er hat wohl über längere Zeit die Pflanzen mehr oder weniger absichtlich falsch gezählt und die Lieferscheine abgezeichnet.»

«Und Sie sind ihm auf die Schliche gekommen?»

«Um ehrlich zu sein, Herr Müller hat einen Verdacht gehegt und mir das mitgeteilt. Aber direkt konnten wir nichts beweisen und wollten auch üble Nachreden in der Pfarrei vermeiden. Wir haben dann nur die Gärtnerei gewechselt, und Herr Müller hat den Einkauf selber übernommen.»

«Wie war der Name der zuerst genannten Gärtnerei noch mal?», forschte Glaser nach.

«Brender», wiederholte der Pfarrer.

«Der Name ist mir auch aufgefallen», meinte die Kommissarin. «Ich werde mich darum kümmern.»

«Darf ich fragen, warum Sie sich dafür interessieren.» Pfarrer Herold war verwundert.

«Weil es eine Zeugin gleichen Namens gibt», deutete Glaser an.

Herold bereute seine vorherige Aussage fast schon wieder.

«Um Gottes willen, ich will niemanden unter einen falschen Verdacht stellen.»

Die Kommissarin verfuhr pflichtgemäß streng dienstlich: «Monsignore Herold, darf ich Sie nach *Ihrem* Alibi fragen? Wo waren Sie am Freitag, dem 13. April, zwischen 15 Uhr 30 und 19 Uhr?»

«Ich weiß nicht …» Der Pfarrer war ganz verstört. «Ich hatte, glaube ich, noch einen Krankenbesuch und nachher habe ich wohl an meiner Sonntagspredigt gearbeitet.»

«Über welches Thema?»

«Verzeihen Sie, Frau Kollegin, aber das tut nun wirklich nichts zur Sache», unterbrach Glaser sie und dachte, dass eine solche Frage eher dem Theologen Laubmann gut anstünde.

Bereits seit einer halben Minute drang ein hallendes, abgehacktes Klopfen vom Gang aus bis zu ihnen, das stetig näher kam, um schließlich an ihrer Tür zu enden. Auf das «Herein!» des Pfarrers hin erschien Ernst Lürmann, etwas abgekämpft, im Büro. Er hatte sich gewissermaßen von Tür zu Tür geklopft, weil er nicht genau informiert gewesen war, in welchem der Räume sie sich aufhielten. Er kam zur Befragung des Monsignore zu spät.

XVI

NICHT ALLZU WEIT ENTFERNT von der Frauenrother Kirche, doch bereits verborgen am Waldrand, lag ein ansehnlicher Teich, dessen Wasseroberfläche, weil sich der Himmel darin spiegelte, blau leuchtete, und der auf drei Seiten von Wiesen umgeben war. Der Wald dahinter stieg leicht an und bildete eine natürliche Grenze des Areals. Auf der anderen Seite reichte die Wiesenlandschaft fast bis an die ehemalige Klosterkirche heran.

«Wie der Teich in unserem Schlosspark, nur etwas größer.» Gabriela Schauberg bewunderte gemeinsam mit Philipp Laubmann das Grundstück. Sie konnte es kaum glauben, wie einfühlsam Friedolin Engel, der Bauunternehmer aus Frankfurt, die mögliche Ersatzfläche für das Säkularinstitut ausgesucht hatte – falls ihre Gemeinschaft das Schloss verkaufen und das Zentrum an dieser Stelle neu bauen lassen sollte.

«Insgesamt ähnelt die Landschaft unserem stillen Tal im Bamberger Bruderwald sehr. Und hier im Ort gab es schon einmal ein Frauenkloster. Das waren Zisterzienserinnen. Die Tradition bekommen wir also umsonst dazu.» Die einstige Lehrerin erfreute sich am Zusammenspiel von Natur und Kultur. «An der Mecklenburgischen Seenplatte besitzt unsere Gemeinschaft übrigens eine Niederlassung aus jüngerer Zeit, die auch in der Nähe eines ehemaligen

Zisterzienserklosters liegt: ‹Himmelpfort›. Obwohl, davon ist nur noch eine Kirchenruine übrig.»

Beide, Schauberg und Laubmann, sogen das Bild, das sich ihnen hierselbst bot, geradezu in sich auf: Wald, Teich, Wiesen und das alte Klosterdorf Frauenroth, auch wenn außer der Kirche keine Klostergebäude mehr zu erkennen waren. Philipps mattgrüne Wolljacke passte hervorragend dazu. Gabriela mochte trotz der angenehmen Temperatur nicht auf ihren dunkelblauen Mantel verzichten. Vom Waldrand her blinkte es, als würde ein Katzenauge, das an einem Ast aufgehängt war und das Wild davon abhalten sollte, den Wald zu verlassen, einen Sonnenstrahl reflektieren.

Sie entschlossen sich, durchs Dorf zu gehen, zumal sie den Wagen dort geparkt hatten, Gabrielas Wagen. Die Bauernhöfe standen nicht zu eng aneinander. Der Platz vor der Klosterkirche wirkte sogar großzügig und umfasste eine gepflasterte Fläche, in die man verschiedenfarbige Steine eingelassen hatte, um die Grundmauern der früheren Klostergebäude nachvollziehbar zu machen. Gabriela Schauberg und Philipp Laubmann, die ältere Dame und der jüngere Herr, wurden von einigen Bewohnern neugierig aus Türen und Fenstern heraus betrachtet.

Genauso neugierig war ein Beobachter, der sich soeben in den Schutz des Waldes zurückzog und sein Fernglas wieder ins Futteral schob. Dass eine der Linsen im Sonnenlicht aufgeblitzt war, hatte er gar nicht bemerkt. Er war Ende 40, gut 1,85 groß und einigermaßen durchtrainiert. Er hatte kurze braune Haare mit einem Mittelscheitel, wobei ihm eine Strähne ins blasse Gesicht hing. Eine feine, dünne Narbe zog sich schräg über die linke Schläfe. Er trug eine schwarze Jeans und eine schwarze Lederjacke.

«Wir sollten es auf keinen Fall versäumen, die Kirche zu besichtigen», beharrte Philipp Laubmann. «Sie enthält ein Juwel.»

Gabriela willigte ein, und Philipp durfte ihr die schwere Eingangstür von Sankt Blasius aufhalten. Sobald sie die Andacht des romanischen Kirchenraums umfing, bekreuzigten sie sich mit Weihwasser und nahmen den ersten Eindruck bedächtig in sich auf. Der Innenraum war unschwer zu überblicken, denn er bestand nur aus einem schlicht gestalteten, recht langen Kirchenschiff ohne Seitenschiffe.

Laubmann kaufte sich bald, wie es seiner Gewohnheit entsprach, einen heftförmigen Kirchenführer an einem aufgestellten Regal. Die Münzen klimperten laut beim Einwerfen im eisernen und wohlverschlossenen Geldkasten. Er war leer gewesen.

Nachdem er den Einleitungstext überflogen hatte, trug er einzelne Sätze aus dem Kirchenführer vor. Er ging selbstverständlich davon aus, dass sich seine Begleiterin dafür interessieren würde. Und er ergänzte die Sätze durch Angaben aus einem mitgebrachten Kulturführer über Frankens Kurbäder. Frauenroth lag ja nur einige Kilometer von Bad Kissingen und Bad Bocklet entfernt.

«Beatrix von Courtenay war die Gemahlin des Minnesängers Otto von Botenlauben, der um 1175 geboren wurde und dem einflussreichen fränkischen Adelsgeschlecht der Henneberger entstammte. Beatrix und Otto haben das Kloster der Zisterzienserinnen im Jahre 1231 gegründet. Otto von Botenlauben zählt zu den Kreuzrittern und hat über 20 Jahre seines Lebens im Heiligen Land verbracht. Dort hat er die Ehe mit Beatrix geschlossen, der Tochter des Seneschalls von Jerusalem. Mit ihr zusammen ist er 1220, nach dem Verkauf seiner Besitztümer in Palästina, hierher nach Franken zurückgekehrt.

Gut zehn Jahre später hat er seine Burg, die heute noch als Ruine über Bad Kissingen erhalten ist, veräußert und die letzten Lebensjahre mit seiner Gemahlin im Kloster Frauenroth verbracht. 1244 ist er gestorben; nicht lange Zeit danach auch seine Gemahlin. Die Grabstätte der beiden befindet sich in dieser Kirche, und zwar hinter dem Hochaltar. Das Kloster wurde, bedingt durch Verwüstungen im Bauernkrieg, 1574 aufgehoben. In einer Sage heißt es, Beatrix habe ihren Schleier auf der Burg Botenlauben vom Wind davontragen lassen, und da, wo er niedergesunken sei, seien die Kirche und das Kloster erbaut worden.»

Gespannt wandelten Gabriela und Philipp in Richtung Hochaltar, der das schmale Kirchenschiff in zwei Bereiche unterteilte. Sie gingen um den Altar herum und sahen am Boden die Grabplatte mit den realistisch gestalteten Reliefs des adeligen Stifterpaares, «das Juwel».

Was sie nicht sahen, war, dass draußen derjenige, der sie belauert hatte, in einem schnellen silbergrauen Wagen davonfuhr. Und sie sahen ebenfalls nicht, dass im selben Augenblick Prälat Albert Glöcklein und Dr. Elisabeth Werner durch die Kirchentür hereinkamen. Rose und Irene Laubmann waren von ihrem Wellness-Wochenende nach Bamberg zurückgekehrt. Elisabeth Werner blieb hingegen noch etwas länger in Bad Kissingen, weil sie nach wie vor hoffte, Philipp dort anzutreffen. Mit ihrer Größe und ihren hohen Schuhen überragte sie den kirchenfürstlichen Herrn Prälaten.

Zum Zeitvertreib und um sich wieder an das Leben «in Europa» zu gewöhnen, war sie am Ende des Thermalbadbesuchs auf den Vorschlag Glöckleins eingegangen, einen Ausflug zu unternehmen und die Stätten des Kreuzritters

Otto von Botenlauben aufzusuchen. Daher hatten sie zuerst die Burgruine Botenlauben besucht und waren dann mit Glöckleins Auto weiter nach Frauenroth gefahren. Sie hatten sich währenddessen über einen zurückliegenden Mordfall um einen zerrissenen Rosenkranz unterhalten, in den sowohl Albert Glöcklein als auch Elisabeth Werner vor einiger Zeit verwickelt gewesen waren.

Nun wollte Prälat Glöcklein der weltgewandten Frau das «Botenlauben-Grab» zeigen. Auch sie gingen um den Hochaltar herum – und trafen unerwartet auf das Paar, das soeben die Reliefs auf der Grabplatte genauer studierte.

Glöcklein erschrak, als er Laubmann erblickte; und Laubmann erschrak, als er Elisabeth sah. ‹Das muss sie sein!›, schoss es ihm durch den Kopf, obwohl er Elisabeth nur von Fotos her kannte. Er hatte ihr noch nie von Angesicht zu Angesicht gegenübergestanden.

«Herr Dr. Laubmann, wenn ich nicht irre?» Auch Elisabeth Werner erkannte ihn. Ihre Begrüßung wirkte eine Idee zu sehr der Form geschuldet und hatte einen Hauch zuviel an Ironie, als dass sie von Philipp ganz natürlich hätte aufgenommen werden können. Er nickte deshalb nur starr. Und Elisabeth wartete vornehm ab. Dabei waren sie in ihren virtuellen Gesprächen doch bereits bei den Vornamen angelangt, obgleich sie sich noch siezten.

Lächelte sie etwa spöttisch? – Laubmann war erheblich verunsichert, konnte aber die Augen nicht von Elisabeth wenden, von ihrem ausdrucksstarken Gesicht, ihren schwarzen Locken. Er war regelrecht gelähmt und verstummt. Und wie konnte sie bloß mit diesem dickleibigen Glöcklein anbandeln?

«Grüß Gott!», schmetterte der Prälat fast genüsslich in die Runde, denn er hatte sich mittlerweile von seinem

Schrecken erholt. Er hob abwehrend die rechte Hand gegen Philipp Laubmann: «Sie brauchen mich nicht vorzustellen, Herr Dr. Laubmann; Frau Schauberg und ich sind uns schon einmal in Bamberg begegnet. Das war bei einem Geburtstagsempfang unseres hochwürdigsten Herrn Erzbischofs.»

Nun blieb Philipp notgedrungen nichts anderes mehr übrig, als die Damen miteinander bekannt zu machen. Er hatte jählings ein schlechtes Gewissen gegenüber Elisabeth, als hätte er sie hintergangen. Deshalb versuchte er wortreich darzulegen, warum er sich mit Frau Schauberg nach Frauenroth begeben habe. Das sei sozusagen kein kultureller oder romantischer Besuch, sondern ein geschäftlicher hinsichtlich eines eventuellen Grundstücktausches in Zusammenhang mit einem angedachten Bauprojekt und eines daraus folgenden Umzugs des in Bamberg ansässigen Säkularinstituts hierher …

Elisabeth Werner ließ ihn zappeln. Sollte er sich ruhig bemühen. Heute war bereits Dienstag. Vor drei Tagen war sie hergekommen, und nicht nur der Gesundheit wegen, und er hatte sich überhaupt nicht nach ihr erkundigt. Sie war drauf und dran abzureisen. Selbst jetzt stellte er sich an, als hätte er ihr niemals Avancen gemacht und als hätten sie schriftlich nicht längst zu einem vertrauteren Ton gefunden.

Glöcklein zwinkerte immerzu boshaft mit den Augen und sinnierte sarkastisch: ‹Schau an, der ganz und gar nicht zölibatäre Dr. Laubmann.› Ihn irritierte einfach, dass sich die Damenwelt so sehr für Laubmann interessierte.

Schließlich gab Philipp es auf, weitere Erklärungen vorzubringen, und meinte frustriert: «Ist ja egal.» Dabei war er hauptsächlich von sich selbst enttäuscht.

Ein wenig bereute Elisabeth ihr förmliches Verhalten, wurde jedoch das Gefühl nicht los, dass er sich ihr entzog, zumal er überhaupt nicht auf sie zugegangen war. Er war halt ein Sonderling, wenn man's gütig betrachten wollte, ein Sonderling in einer abgetragenen mattgrünen Wolljacke.

Gabriela Schauberg ahnte, welche «Tragödie» sich soeben für ihren Bundesgenossen abspielte, und hielt sich diplomatisch klug im Hintergrund.

Glöcklein dagegen nicht. Wann hatte er den besserwisserischen Moraltheologen schon mal in einer dermaßen delikaten und schwachen Position vor sich. «Mir ist kürzlich zu Ohren gekommen, Sie hätten sogar eine Freundin in Mainz. Susanne Hertz. Sagt Ihnen der Name etwas?»

Jetzt war Laubmann richtig verärgert. «Sie und Ihre Spitzel! Gehört das für Sie mit zur Priesterausbildung?» – Dann wiegelte er rasch ab, als sei ihm eine Antwort unwichtig: «Susanne ist nur eine universitäre Bekannte. Sie schätzt im Übrigen meine Teufelsfiguren-Sammlung mehr als meine theologischen Ansichten.»

«Sie ist eben eine lutherische Pastorin.»

«Ich bin jedenfalls nicht, wie Sie es sind, ökumene- und frauenfeindlich.» Glöcklein kam ihm gerade recht als «Blitzableiter» für seine momentane Enttäuschung.

«Halten Sie sich etwa für unwiderstehlich?», entfuhr es dem Prälaten.

«Ich leide keineswegs unter Dysmorphophobie. – Sie vielleicht?» Das war böse.

Glöcklein verstand nicht so richtig, was der Fachausdruck bedeutete, und hätte am liebsten spitzfindig nachgefragt. Doch Elisabeth Werner wollte nicht, dass sich ein handfester Streit entwickelte, und drängte ihn zum Gehen. Darin, nämlich dass es besser sei, sich gleich wieder voneinander zu verabschieden, war sie sich mit Gabriela Schauberg einig. Das Aufeinandertreffen war daher so schnell vorbei, wie es zustande gekommen war.

Philipp schwieg auf der Rückfahrt nach Bad Kissingen. Gabriela saß am Steuer. Er bedauerte es, kein echtes Rendezvous mit Elisabeth vereinbart zu haben. Aber die Stimmung war nicht danach gewesen. Dabei hatte er Elisabeth geradezu als «verstörend betörend» empfunden und kam sich im Vergleich mit ihr keineswegs wie *Philipp der Schöne* vor. ‹Nun gut›, dachte er ausweichend bei sich, ‹ich würde ja auch nicht wie der Herzog von Burgund *Johanna die Wahnsinnige* von Kastilien ehelichen wollen›. Er fuhr sich mit seinem Stofftaschentuch über die Stirn, und ihm fiel erneut der Begriff «Dysmorphophobie» ein.

Doch wenn er ganz ehrlich war – und ein Moraltheologe sollte das sein –, dann hatte er vorhin einfach Angst vor dieser Frau aus Neuseeland gehabt. Und so sehr er sich ein Treffen mit ihr bisweilen gewünscht hatte, so wenig war ihm klar gewesen, wie er sich dabei geben solle. Für eine Liebesgeschichte war er derzeit nicht bereit; das war ihm schlagartig bewusst geworden. Ja, irgend so ein schmeichlerisches Geplänkel auf die Entfernung, das war eine willkommene Träumerei, und man konnte sich anbei manche Gefühlsregung einreden. Aber dieser Frau, dieser phantastischen Frau in der Realität zu begegnen, das war eine andere Sache.

Außerdem hatte er momentan gar keine Zeit. Und das verstand sie wohl nicht. Sie hatte ihm, fand er, so überhaupt kein Verständnis entgegengebracht. Und wahrscheinlich war diese Frau auch nicht zu verstehen; Frauen generell.

Zum Schluss tröstete er sich mit einem Gedanken, den er in Flauberts Roman *Lehrjahre des Gefühls* gelesen hatte: *Die Herzen der Frauen sind wie die kleinen Möbel mit Geheimfach, voller ineinandergeschachtelter Schubladen; man müht sich, bricht sich die Nägel ab und findet dann im Innern eine vertrocknete Blume, Staubfäden oder die Leere!* – Gabriela Schauberg schüttelte, wenn auch verständnisvoll, den Kopf, denn Philipp Laubmann hatte den Satz zu laut geflüstert.

Prälat Albert Glöcklein sah, an seinem Dienstsitz in Bad Kissingen angelangt, sogleich in einem Fremdwörterbuch nach, was der ihm unbekannte Fachausdruck genau bedeutete. Er las: «Dysmorphophobie: Der Wahn, extrem hässlich zu sein.»

XVII

SEIN DERZEITIGES LEBEN verlief über die Maßen aufregend, empfand er. Was waren die theologischen Forschungen für die Habilitation schon im Vergleich zu den hintergründigen Sondierungen in einem Mordfall, zudem in einem doppelten. Manchmal rieb er sich heimlich vor Freude die Hände. Philipp schoss, obwohl er noch müde war und ganz im Gegensatz zu seiner üblichen Gewohnheit, voller Tatendrang aus dem Bett, als sein Reisewecker klingelte. Er hatte sich am Vorabend, nach dem unglücklichen Erlebnis in Frauenroth, mit Gabriela Schauberg bis nach Mitternacht in einem Kissinger Weinlokal verlustiert und nach ein paar Schoppen Frankenwein rührselig von seiner E-Mail-Bekanntschaft Elisabeth Werner geschwärmt.

Doch die Oberkommissarin Juliane Vogt wollte ihn spätestens um neun Uhr in ihrer Polizeiinspektion sehen. Deshalb hatte sich Kommissar Ernst Lürmann mit ihm bereits um acht Uhr vor einer Konditorei in der Fußgängerzone Bad Kissingens verabredet, die um diese Zeit öffnete und ein Frühstücksbuffet anbot. Die auf Diät gesetzten Kurgäste sollten die Gelegenheit haben, sich für die nachherigen Anwendungen zu wappnen.

Gabriela Schauberg wollte sich ab heute wieder verstärkt ihrer Kur zuwenden, wohingegen sich Laubmann wohl erneut davor drücken musste. Dr. Rüdiger Pabst, sein Badearzt, hatte ihn kürzlich schon ganz und gar durchdringend angeschaut.

Philipp hatte sich nur schnell die Zähne geputzt sowie «oberflächlich» gewaschen – ‹wie denn sonst?›, dachte er; ‹ich wasche mich immer nur an der Hautoberfläche› –, hatte sich trocken rasiert, seine Alltagskluft übergestreift und seine Pension ohne Frühstück verlassen. Er war als Erster an der Konditorei und bewunderte gleich durchs Schaufenster das breitgefächerte Buffet, das gerade seinen letzten Schliff erhielt. Lürmann kam ein bisschen zu spät und wirkte erschöpft.

«Du siehst ziemlich *verwelkt* aus, und das im Frühjahr und nicht im Herbst» – wollte Laubmann sagen, sagte es aber nicht, sondern nur: «Hast du gestern etwa ein Moorbad genommen?»

«Gestern Abend in meinem Hotel. Die Moorbad-Abteilung im Alten Kurbad ist noch gesperrt.» Ernst Lürmann hatte den Tatort bereits begutachtet. Alle Zugänge waren vom Erkennungsdienst versiegelt worden. Am Eingang, den er benutzt hatte, hatte er das vorherige Siegel durch ein neues ersetzt. «Und nach dem Moorbad war ich kurz in der Sauna.»

«Wellness pur.»

«Ich hab mich überanstrengt.»

In der Konditorei türmte Philipp, zum Erstaunen Lürmanns, vor sich ein reichhaltiges «Déjeuner» auf. «Mein Frühstück.» Er fühlte sich eben tatendurstig und jedes Mal sofort hungrig, wenn er bloß das Wort «Diät» irgendwo las, wie zum Beispiel auf der Titelseite der in der Konditorei ausliegenden Kur-Zeitung. Zudem wollte er auf das Erfrischtwerden durch einen Pfefferminztee nicht verzichten. Mehrfach war er zwischen Tisch und Buffet hin- und hergegangen und hatte schließlich drei wohlgefüllte Teller, zwei volle Kännchen Tee und ein Glas mit frisch gepresstem Orangensaft vor sich stehen, süßte jedoch mit Süßstoff. Der vom Verkaufsraum abgetrennte Frühstücks- und Café-Bereich war bereits gut besetzt, und nicht nur mit Übergewichtigen.

«Bekommt dir so viel am frühen Morgen?» Lürmann begnügte sich mit einem Milchkaffee und einem belegten Brötchen.

«In Abwandlung eines Gedankens von Peter Altenberg, dem Wiener Kaffeehaus-Literaten, behaupte ich, essen ist wie turnen von innen.»

«Ihr Geisteswissenschaftler schafft es immer, euch rauszuwinden.» Der Kommissar schwankte zwischen Neid und Abneigung.

Sie redeten darüber, wie sie geschlafen und was sie in Bad Kissingen schon alles besichtigt hatten. Der Kommissar beschrieb sein Hotel, in dem er ein ordentliches Zimmer bezogen hatte, jedenfalls ordentlicher als seine Wohnung in Bamberg. «Und wie sieht deine Pension aus?»

«Ich hoffe, meine Pension wird großzügig bemessen sein, wenn ich dereinst in den Ruhestand trete.» Laubmann war nun mal zum Scherzen zumute.

«Ich rede von deiner Unterkunft.»

«Die ist nicht so großzügig bemessen.»

Damit war's dann für Ernst Lürmann freilich genug. Er wollte von seinem Gegenüber nun keine Witzeleien mehr hören, sondern Tatsachen. Schließlich ahnte die Oberkommissarin nicht, dass er sich vorab mit ihrem Verdächtigen traf, um ihn, wenn nötig, ein wenig auf ihre Befragung vorzubereiten und sich mit ihm auszutauschen. So erfuhr Lürmann Näheres über den Mord im Moorbad und Laubmann über die Ermittlungen in Bamberg. Der Kommissar wollte den Theologen durchaus auf dem Laufenden halten, weil der hinsichtlich des kirchlichen Umfelds stets Informationen parat hatte. Dennoch ließ sich Laubmann nicht verführen, sofort alle von ihm in Erfahrung gebrachten Einzelheiten aus dem Säkularinstitut preiszugeben. Ahnungen behielt er meistens erst einmal für sich.

Während sich der Moraltheologe bereits an seinen dritten Frühstücksteller ranmachte – es passte ja nicht sonderlich viel auf die kleinen Teller –, entnahm der Kommissar seiner braunen kunstledernen Beamtentasche, die er unter dem Tisch abgestellt hatte, eine Plastikhülle mit einer weißen, linierten Karteikarte der Größe A6 darin. Er legte die Hülle mit der Karte neben Laubmanns Teller.

«Unser Erkennungsdienst hat die Karte in einer Briefablage entdeckt, und zwar im Zimmer des ersten Opfers, Margarete Müller.» Lürmann formulierte korrekt, wie es seine Art war. «Es handelt sich eventuell um ein Beweisstück. Die Fingerabdrücke von beiden Toten wurden darauf festgestellt … Margarete und Reinhold … exakter, Fingerabdrücke, die von den Toten zu Lebzeiten, nein, von den Lebenden zu Lebzeiten aufgebracht worden sind.»

«Ich verstehe.» Laubmann wollte ihn nicht in Verlegenheit bringen.

Lürmann holte aus seiner Beamtentasche zusätzlich eine vergrößerte Fotokopie der Karteikarte, überreichte nun dieses Exemplar Laubmann und zog das echte «Beweisstück» vorsichtshalber wieder ein. Der Theologe hatte fettige Finger.

«Die Kopie kann ich dir überlassen.»

Philipp betrachtete sie und sah darauf nichts als eine handschriftlich eingetragene Buchstabenkombination:

SKRASTA
(R.)

»Wir können mit diesem merkwürdigen Begriff oder diesen Abkürzungen leider nichts anfangen», gestand Lürmann ein. «Aber irgendwie klingt es nach Kirche, irgendwie religiös oder esoterisch, was auch immer. Du könntest in nächster Zeit mal drüber nachdenken. Vielleicht fällt dir was Brauchbares dazu ein.»

«‹Skrasta› – kein mir bekanntes lateinisches Wort.» Laubmann verzog die Mundwinkel nach unten. «Könnte eher Richtung Kryptogramm gehen.»

Lürmann beugte sich vor und wies auf die zweite Zeile: «Das ‹R› könnte auf den Vornamen des zweiten Opfers hindeuten, *Reinhold*. Ob's seine Handschrift ist, werden wir noch untersuchen.»

***

Die Kriminaloberkommissarin Juliane Vogt war überrascht, dass Dr. Philipp Laubmann in Begleitung von Kriminalkommissar Ernst Lürmann bei ihr angeklopft hatte. Und sie war erst recht nicht erfreut, als sie bemerkte, dass die zwei sich duzten. Wo blieb da die professionelle Distanz? Oder hatte dieser Kommissar aus Bamberg vor, den Fall hinterrücks an sich zu reißen und sie auszubooten?

Gleichwohl musste sie ihren Kollegen über die Ermittlungsergebnisse ihres Teams in Kenntnis setzen. So war es nun mal vereinbart. Sie bat Dr. Laubmann betont unterkühlt, für eine Minute draußen auf dem Korridor zu warten. Der erspürte geradezu ihre unnachgiebig wirkenden Gesichtszüge unter der gebräunten Haut. Außerdem war er höchstens genauso groß wie die Oberkommissarin. Kleine Männer werden von Frauen unterdrückt, vermutete er. Aber er tröstete sich mit dem Gedanken, dass es großen Männern oft auch nicht besser erging, nicht einmal Geistesgrößen. Im Übrigen würde ihm Lürmann ohnedies verraten, was hinter der geschlossnen Tür zur Sprache kam.

Juliane Vogt unterrichtete Ernst Lürmann im Stehen über die Ergebnisse. Bezüglich des getöteten Mesners Reinhold Müller und seiner Zwillingsschwester Margarete sei polizeilich nichts registriert. «Sie waren nie auffällig.» Das gesamte Personal des Alten Kurbads – abgesehen von den direkten Zeugen Barbara Brender und Dr. Rüdiger Pabst, die gesondert angehört würden – sei von ihren Mitarbeitern und ihr unter die Lupe genommen worden, ohne dass sie jedoch auf Motive für den Mord gestoßen seien oder auf eine Möglichkeit für eine der befragten Personen – die zur Tatzeit angeblich nicht in der Moorbad-Abteilung waren –, den Mord zu verüben.

Die geringfügigen Blutspuren am Tatort, vor allem in den Spalten zwischen den Bodenfliesen, stammten, wie erwartet, von der Badegehilfin Barbara Brender. Das habe der DNA-Vergleich ergeben. Sie habe sich bekanntermaßen an der Hand verletzt. Eine Polizeiärztin habe auf Anordnung des Ermittlungsrichters die Badegehilfin zudem auf Gewaltspuren hin untersucht, aber nichts entdeckt. Eine sexuelle Nötigung durch den Mesner sei daher auszuschließen.

Was die Apothekerin Frau Dr. Gutwein-Brenner, die Frau mit den Moorpackungen, beträfe, so seien keinerlei Hinweise gefunden worden, dass sie und der Mesner sich gekannt haben. Man könne höchstens spekulieren, dass zwischen beiden eine wie auch immer geartete Verbindung bestanden habe. «Anhaltspunkte für einen derartigen Verdacht liegen uns allerdings nicht vor.»

«Ich kann mir so was kaum vorstellen, also etwa eine Affäre zwischen einem Mesner und einer promovierten Apothekerin», meinte Lürmann skeptisch.

«Wieso, hegen Sie Vorurteile gegen selbstbestimmte Frauen, die sich ihre Begleiter aussuchen?»

Doch bevor Ernst Lürmann etwas Angemessenes erwidern konnte, hatte die Oberkommissarin bereits die Tür zum Gang geöffnet und Dr. Laubmann wieder hereingebeten. Lürmann schnitt, als sie wegschaute, zu Philipp hin eine genervte Grimasse gegen die Vogt.

Diese nahm hinter ihrem Schreibtisch Platz, während sie Dr. Laubmann auf einen unbequemen Stuhl vor dem Schreibtisch verwies. Lürmann saß seitlich zu beiden vor einem Aktengestell.

Die Kommissarin ließ sich Zeit, tat, als wäre sie in Protokolle vertieft, ehe sie sich Laubmann zuwandte. «Hat Reinhold Müller, als Sie mit ihm bei Ihrer Trinkkur gesprochen haben, irgendetwas angedeutet, das uns bei der Frage nach dem Mordmotiv weiterhelfen könnte?»

«Er hat seine Arbeitsbelastung an den Osterfeiertagen und sein Rheuma erwähnt, soweit ich mich erinnere, hat sich beklagt, dass er Kassenpatient sei.» Laubmann dachte nach. «Ja, er hat noch die Andeutung gemacht, dass einem irgendwann nicht mehr viel Zeit bleibe, um Fehler zu korrigieren.»

«Welche Fehler?»

«Keine Ahnung.»

«Sie sollten nicht auf stur schalten», fuhr ihn die Oberkommissarin an.

«Ich bin doch kein sturer Beamter» – wollte Laubmann sagen, sagte es aber nicht, sondern bloß: «Es soll von mir doch nicht heißen, *er hat mehr Zungen als Gehirnkammern,* wie unser fränkischer Dichter Jean Paul das in seinen nachgelassenen Zettel-Notizen zum Ausdruck bringt.» Ein Lieblingsautor Philipps.

Die gewollt gebildet klingende Anmerkung ärgerte Juliane Vogt, denn von Jean Paul kannte sie nichts. «Hat Reinhold Müller etwas über das Säkularinstitut in Bamberg gesagt?»

«Gar nichts. Von seiner Beziehung zum Institut habe ich genauso wie Sie erst nach dem Mord erfahren.»

«Sie kennen aber die Bamberger Niederlassung des Säkularinstituts ‹Christen in der Welt›, wie Sie bei unserem ersten Aufeinandertreffen bereits zugegeben haben?»

«Ich habe das Institut nicht besonders gut gekannt. Erst seit dem letzten Wochenende bin ich etwas besser damit vertraut.»

Kommissar Lürmann mischte sich ein. «Wir sind noch immer nicht sicher, ob die zwei Morde nicht getrennt voneinander zu behandeln sind.»

«Dann bleibt uns für den Mord im Kurbad vorläufig nur der unbekannte Arzt, den Herr Dr. Laubmann gesehen haben will, als Hauptverdächtiger übrig», folgerte die Kommissarin, indem sie Lürmann ironisch anblickte; «sofern Ihr Herr Laubmann nicht selbst der Täter ist.»

«Das bin ich nicht!», empörte sich Philipp. «Ich muss schon bitten!»

«Warum haben Sie sich dann in den vergangenen Tagen aus Bad Kissingen unauffällig entfernt? Hätte Kollege Lürmann Sie nicht aufgespürt, wer weiß, wo Sie abgeblieben wären.»

«Ich habe lediglich meine Bekannte, Frau Schauberg, ins Säkularinstitut begleitet. Sie hat sich Sorgen gemacht.

Schließlich bin ich Theologe. Dass ich mich dort auch umgesehen habe, können Sie mir nicht vorwerfen.»

«Mir ist nicht bekannt, dass Sie seit neuestem Ermittlungsbeamter sind. Am Ende wollten Sie in Bamberg nur Spuren beseitigen. Wo waren Sie denn zur Tatzeit des ersten Mordes? Vergangener Mittwoch, zwischen 21 und 22 Uhr?»

«Hier in Bad Kissingen, in meiner Pension!»

«Philipp, ich meine, Herr Dr. Laubmann, verfügt über einen untadeligen Leumund», verteidigte ihn Lürmann. «Darüber hinaus hat uns Dr. Laubmann manchen wertvollen Dienst erwiesen.»

Die junge Polizeiobermeisterin Cordula Hilder betrat, nach kurzem Anklopfen, das Büro der Kommissarin, blieb jedoch in der Türe stehen. «Wir sind jetzt soweit.»

«Das ist fein, danke», antwortete Juliane Vogt und erhob sich sofort. «Kommen Sie mal mit», bat sie die beiden Herren, unterstützt durch eine auffordernde Geste.

Cordula Hilder ging ihnen im Flur voraus. Sie gelangten in einen der gegenüberliegenden Räume, der abgedunkelt war. In die rechte Seitenwand war eine breite Glasscheibe eingefügt, durch die man in ein kahles Vernehmungszimmer blicken konnte. An einem Tisch saßen einander zwei Männer gegenüber, einer davon offensichtlich ein Kriminalbeamter, der den anderen einer Befragung unterzog. Die Polizeiobermeisterin schob die Tür von innen zu.

«Die Scheibe ist einseitig verspiegelt. Die beiden sehen uns nicht», erklärte die Kommissarin Philipp Laubmann.

«In meiner Wohnung hängt ein Spiegel mit Palisanderrahmen», prahlte dieser, «und ein ebenso gerahmtes Bild der heiligen Elisabeth von Thüringen.»

«Wir können in unserer Inspektion einen solch unchristlichen Luxus nicht aufbieten», konterte Juliane Vogt. Sie war außerdem evangelisch. «Aber zur Sache. Schauen Sie sich bitte mal den Herrn zur Linken an.»

Philipp putzte zuerst seine randlose Brille mit seinem großen Stofftaschentuch, um danach so konzentriert durch die Scheibe zu gucken, dass seine Nase fast das Glas berührte.

«Erkennen Sie den Mann wieder?»

«Nein. Wer ist das?»

«Würde mich auch interessieren», schloss sich Lürmann an.

Der Mann mochte Mitte dreißig sein, war circa 1,80 groß, hatte einen gepflegten Vollbart, lockige, dichte mittelbraune Haare und neigte zur Korpulenz.

Oberkommissarin Vogt wartete noch einen Moment, doch von Laubmann kam keine weitere Reaktion. «Das ist Dr. Gabriel Goergen, der zweite Badearzt am Alten Kurbad. Er hat den Mesner Reinhold Müller bei dessen Kurantritt untersucht.»

«Der Herr ist nie und nimmer, falls Sie darauf anspielen, der unbekannte Arzt, den ich von meinem Moorbad aus gesehen habe.» Für Laubmann bestand kein Zweifel. «Sie erinnern sich bestimmt meiner Aussage, dass Reinhold Müller den Mann, der zu ihm in die Kabine gekommen ist, gefragt hat, ob er auch Arzt sei. Wäre es Dr. Goergen gewesen, hätte Herr Müller nicht zu fragen brauchen.»

Das klang logisch, fand die Kommissarin. «Halten Sie es für möglich, dass die unbekannte Person verkleidet war?»

«... also vielleicht nicht einmal Arzt ist? Ja, weshalb denn nicht? Wenngleich ich nur ein, zwei Sekunden hatte, um etwas wahrzunehmen.» Philipp juckte die Nase. Das musste an der Klimaanlage liegen.

«Könnte es auch eine als Mann verkleidete Frau gewesen sein?»

«Ist das nicht zu weit hergeholt?», sagte Lürmann.

Philipp Laubmann griff jedoch den Gedanken der Kommissarin auf. «Falls wir es mit einer Maskerade zu tun haben, warum dann nicht mit einer vollkommenen? Die Zahl der Verdächtigen wird damit allerdings nicht geringer. Sogar Dr. Goergen käme unter diesem Aspekt in Frage.»

Juliane Vogts Lippen zuckten boshaft. «Ich verstehe durchaus, Herr Dr. Laubmann, dass Sie die Zahl der Verdächtigen nicht verringern möchten. Das Problem ist nur, dass außer Ihnen niemand eine unbekannte Person bemerkt zu haben scheint.»

«Eine Halluzination meinerseits schließe ich aus, Frau Vogt.»

«Aber ich schließe keineswegs aus, dass Sie diese Person bloß erfunden haben.»

Lürmann wollte Laubmann beispringen. «Könnte es nicht doch der Badearzt gewesen sein, der Philipp untersucht hat, dieser Dr. Pabst?»

«Das ist nett von dir gemeint», bedankte sich Laubmann, «aber ich hatte so auf Anhieb nicht den Eindruck. Wenn wir freilich den Aspekt der Maskerade berücksichtigen, werde ich unsicher.»

«Dazu haben Sie auch allen Grund», resümierte Oberkommissarin Vogt. «Sie sind der Einzige unter den Befragten, der von dieser Person gesprochen und der zugleich den Mesner gekannt hat sowie über das Säkularinstitut Bescheid weiß.»

Für die Polizeiobermeisterin Cordula Hilder fügte sie hinzu: «Die Befragung Dr. Goergens kann beendet werden.»

***

Als die Kommissarin allein in ihr Büro zurückkehrte, nachdem sie vor einem Toilettenspiegel die mattrote Farbe auf ihren Lippen mit einem Lippenstift nachgezogen hatte, wartete eine ebenfalls für den heutigen Mittwoch einbestellte Kandidatin auf dem unbequemen Stuhl nahe dem Schreibtisch: Barbara Brender.

Der anwesende uniformierte Beamte, der die Badegehilfin des Alten Kurbads ins Büro begleitet hatte und an der Wand auf einem gepolsterten Stuhl saß, blieb als Zeuge im Raum.

Juliane Vogt setzte sich fast grußlos ihr gegenüber auf die Schreibtischkante, denn sie wollte mit der Brender alles andere als von Frau zu Frau sprechen. «Ich habe einige Fragen an Sie.»

Die Badegehilfin sah mindestens genauso verhärmt aus wie bei der ersten Begegnung mit der Oberkommissarin direkt nach dem Mord an Reinhold Müller. Sie hatte dunkle Ringe um die Augen und weiterhin die rechte Hand verbunden. Es war nicht zu unterscheiden, ob sie noch immer wegen des Mordfalls geschockt war oder darüber, vorgeladen zu sein.

Kommissarin Vogt strahlte wesentlich mehr Selbstsicherheit aus. «Frau Brender, Sie haben bei meiner ersten Befragung verneint, den Mesner Reinhold Müller gekannt zu haben. Bleiben Sie bei dieser Aussage?»

Barbara Brender reagierte nicht sofort.

«Ich erwarte eine Antwort!»

«Nein … das heißt, ja, ich habe ihn nicht gekannt.»

«Wie wollen Sie dann erklären, dass sie am Dienstag, dem 10. April, und somit drei Tage vor seinem Tod, zusammen mit Herrn Müller in den Arkaden am Kurgarten gesehen worden sind? Wir haben Frau Giehl befragt – Ihre Kollegin, die Ihnen die Hand verbunden hat. Sie hat mitbekommen, wie Sie auf ihn sogar heftig eingeredet haben. – Wie stehen Sie dazu?»

Die Badegehilfin starrte an der Kommissarin vorbei auf den Schreibtisch, und ihre Hände verkrampften sich. «Ich hab … ich habe damit doch nur gemeint, dass ich ihn nicht *näher* gekannt habe.» In ihrer Stimme lag ein Zittern.

«Das ist keine Antwort. – Woher also haben Sie ihn gekannt?»

«Ich habe ihn flüchtig aus Bamberg gekannt.» – Mehr sagte Barbara Brender wiederum nicht.

«Sind Sie mit einer Familie Brender in Bamberg verwandt, die eine Gärtnerei betreibt und bis vor kurzem die dortige Pfarrei Alt-Sankt-Anna beliefert hat?»

«Das sind meine Eltern.»

«Und weiter!»

«Wir sind ein Familienbetrieb.»

Die Oberkommissarin gab sich noch resoluter. Barbara Brender sollte nicht glauben, sich mit hinhaltenden Antworten herauswinden zu können. «Nun lassen Sie sich nicht jedes Wort aus der Nase ziehen! Auf dem Stuhl saßen schon ganz andere.»

Die Badegehilfin holte tief Luft. Sie spürte, dass die Kommissarin informiert war. «Herr Müller hat meine Eltern verdächtigt, gegenüber seiner Pfarrei falsche Rechnungen ausgestellt zu haben – meinen Sie das? Und sein Pfarrer, dieser Monsignore, hat danach alle Aufträge storniert.»

«War es das, was Sie mit Reinhold Müller zu besprechen hatten?»

«Sie verstehen das nicht. – Vielleicht ist meinen Eltern ja mal ein Abrechnungsfehler unterlaufen. Aber es wurde nie eine Anzeige erstattet. Und die stornierten Aufträge der Pfarrei sind auch nicht so wichtig. Schlimm ist nur, dass sich dieser Verdacht in der Pfarrei und weit darüber hinaus herumgesprochen hat und deshalb die Kundenzahl drastisch zurückgegangen ist. Wenn das so bleibt, ist unser Geschäft ruiniert.»

«Haben Sie das Herrn Müller vorgeworfen?»

«Sie verstehen das noch immer nicht. – Ich habe zwei Ausbildungen gemacht; einmal in der Gärtnerei meiner Eltern und einmal hier in Kissingen. Ich gehe auf die dreißig zu; meine Eltern wollten mir demnächst die Gärtnerei übergeben. Das ist nämlich mein Traumberuf. Und jetzt kann ich vermutlich alles in den Wind schreiben. *Das* hab ich Herrn Müller ins Gesicht gesagt.» Barbara Brender blickte wütend auf.

«Und er?»

«Er hat nur herumgestottert und mir was von seiner Pflicht erzählt.»

Die Kommissarin begann etwas einfühlsamer mit der Verdächtigen zu reden: «Ich kann Sie schon verstehen. Herr Müller ist nicht auf Ihr Problem eingegangen und hat Sie einfach ignoriert. Sie waren aufgewühlt, Sie waren enttäuscht, und ein paar Tage später stand er in der Moorbad-Abteilung vor Ihnen. Der ganze Ärger kam in Ihnen wieder hoch. Sie haben, möglicherweise aus einem spontanen Impuls heraus, die Gelegenheit ergriffen, sich an ihm zu rächen.» Juliane Vogt sah Barbara Brender in die Augen. Der Beamte im Hintergrund hörte gespannt zu.

«Das ist nicht wahr», flüsterte die Badegehilfin, weil ihr für einen Moment die Stimme versagte. Sie hustete und hob ihre verbundene Hand leicht an. «Sie wissen doch, dass ich mich verletzt hatte. Ich war nicht bei den Kabinen, als er …», sie schluckte, «als Herr Müller getötet wurde. Das kann meine Kollegin bezeugen, und das kann Herr Laubmann bezeugen.» Barbara Brender sah Juliane Vogt jetzt ebenfalls in die Augen.

Die Kommissarin machte kein Zugeständnis. «Beide Aussagen sind nicht allzu belastungsfähig. Zudem decken sie nicht die gesamte in Frage kommende Zeit ab. Eine Lücke bleibt. Sie hätten Reinhold Müller zwischen dem Eintreten Ihrer Verletzung und Ihrem Gang zur Kollegin töten können. Die Glasscherbe hat Sie schließlich nicht bewegungsunfähig gemacht.»

Die Badegehilfin Brender bemühte sich, gefasst zu bleiben. «Aber Herr Laubmann hat doch bestätigt, dass er nach meinem Weggehen Herrn Müller noch hat sprechen hören.»

«Herr Laubmann hat allerdings auch bestätigt, dass er zu diesem Zeitpunkt nicht richtig zurechnungsfähig war. Er könnte sich also getäuscht haben oder getäuscht worden sein.»

Barbara Brender wehrte sich. «Ich habe stark geblutet. Ihrer Ansicht nach habe ich mit der blutenden Hand ins Moorwasser gefasst. Im Wasser war aber kein Blut von mir.»

«Das Wasser war abgelassen, als meine Kollegen und ich eingetroffen sind.»

«Herr Laubmann hat das Wasser abgelassen, weil er Herrn Müller retten wollte!» Barbara Brender war lauter geworden. «Haben Sie denn Blut von mir in der Wanne oder im Abfluss gefunden?»

Die Kommissarin lächelte ein bisschen und meinte nur: «Sie haben dazugelernt. Nein.»

Der Beamte wollte sich bereits erheben, weil er glaubte, die Befragung sei hiermit beendet. Doch Juliane Vogt rührte sich noch nicht und fixierte Barbara Brender erneut, die verlegen wegschaute. «Ich halte es nicht für ausgeschlossen, dass der Mord von zwei Personen ausgeführt wurde; dass Sie also Unterstützung hatten oder jemanden unterstützt haben. Falls das zutrifft, werde ich nachweisen, wer das war, egal, ob eine der anwesenden Personen oder jemand von draußen.»

XVIII

DER KURSEELSORGER IN VERTRETUNG, Prälat Albert Glöcklein aus Bamberg, musste einfach einmal die Spielbank, diese «Höhle des Lasters», von innen gesehen haben. Das war er seiner gegenwärtigen Aufgabe schuldig. Denn wie sonst könnte er das eine oder andere seiner «Schäfchen» vor der Oberflächlichkeit des Spiel-Vergnügens bewahren, wenn er überhaupt keine Ahnung hatte, wie die Regeln waren?

Neugierig und zugleich verunsichert ob der Dinge, die seiner harrten, näherte sich Glöcklein bei hereinbrechender Dunkelheit Bad Kissingens Kasino, das in staatlichen Händen war. Er überschritt eine der Saale-Brücken, deren Laternen, die auf Kandelabern saßen, schon leuchteten, sodass sich die Lichter auf dem Fluss widerspiegelten. Da konnte sich selbst der katholische Geistliche, der aus dem abgelegenen Steigerwald stammte, einer Ahnung von Glamour nicht entziehen.

‹Rein äußerlich sieht die Spielbank gar nicht so verwerflich aus›, dachte der Prälat auf seinem Weg durch die peinlich gepflegten Kuranlagen. Dabei wusste er nicht, dass ein Teil des herrschaftlichen Gebäudes ursprünglich sogar ein die Gesundheit förderndes Badehaus gewesen und als «Actienbad» begründet worden war. Denn die Einwohner Kissingens hatten dessen Erbauung durch den Erwerb von Aktien finanziert.

Vielleicht würde bei seiner Recherche im Kasino ja auch ein Thema für eine geharnischte Sonntagspredigt herausspringen. Und falls er selbst bei einem der Spiele einen bescheidenen Gewinn einstreichen würde, dann würde er ihn natürlich sofort der Kirche spenden, wenigstens einen Teil davon. «Andererseits: Gott würfelt nicht», zitierte Albert Glöcklein leise für sich den Satz Albert Einsteins und beschloss, den Spielerträumen nicht allzu sehr nachzugeben.

Mit dunkler Sonnenbrille im Gesicht, einem schwarzen Hut auf dem Kopf und mit hochgeschlagenem Mantelkragen betrat er das Entree der Spielbank, wobei er vorsichtig um sich blickte, als ob ihn jemand sofort als Priester entlarven müsse und des Hauses verweisen würde. Stattdessen schaute ihn die Dame an der Garderobe nur wenig erwartungsvoll und gar nicht kritisch an. Sie mochte um die 40 sein und hatte braunes Haar mit Dauerwellen-Frisur. Zu ihrer dienstlichen Ausstattung gehörte ein bayerisch-blaues Kostüm, das an den Oberarmen links und rechts mit silbernen Rautenwappen bestickt war, gehalten von silbernen Löwen.

Glöcklein zog seinen schwarzen Mantel aus und legte ihn zusammen mit dem Hut auf die Theke. Nun kam freilich seine Berufskleidung zum Vorschein: der schwarze Anzug eines Priesters mit goldenem Kreuzchen am linken Revers und der entsprechende Stehkragen.

Routiniert hängte die Angestellte den Mantel und den Hut an eines der Hakengestelle hinter der Theke, gab eine Nummer aus und kassierte einen Obolus dafür. «Möchten Sie nur in den Automatensaal oder auch nach oben, zum Roulette, Herr Pfarrer?»

«Woran haben Sie das erkannt?», fragte Glöcklein verdutzt.

«Ich bin katholisch», antwortete sie knapp.

Albert Glöcklein nahm die Sonnenbrille ab, barg sie in der Innentasche seiner Anzugjacke und setzte seine Goldrandbrille auf. Mit ihr sah er ohnedies besser. Da er nun mal enttarnt war, konnte er auf sein Inkognito verzichten.

«Im oberen Saal besteht für Herren allerdings Krawattenpflicht», ließ die Angestellte verlauten und stellte einen Schuber mit diversen Leih-Krawatten und -Fliegen bereit. «Auch ein Sakko wird erwartet, aber da kann ich Ihren Anzug durchgehen lassen.»

Der Prälat war recht angetan von der Aufmerksamkeit, die ihm entgegengebracht wurde. Weil sein Priesterkragen freilich bis über den Kehlkopf reichte und den Krawattengebrauch nicht zuließ, wählte er eine schwarze Fliege mit Gummizug, zahlte die Leihgebühr wie auch den geringfügigen Eintritt für den Roulette-Saal und griff dankbar nach dem Kasinoausweis sowie einem kostenlos ausliegenden Prospekt über die Spielmöglichkeiten im Hause.

Dann suchte er die Toilette auf, denn er mochte die Fliege nicht in aller Öffentlichkeit anlegen. Beinahe hätte er die Tür verwechselt, denn die Piktogramme für die Damen- und die Herrenabteilung waren dermaßen neumodisch «designt», dass sie sich kaum unterscheiden ließen. Die Glamour-Welt brachte Glöcklein noch gehörig durcheinander. Mit Hilfe des Prospekts eignete er sich wenigstens rasch einige aufs Roulette bezogene Fachbegriffe an, um endlich über eine Treppe mit blutrotem Teppich hinauf in die «Spiel-*Hölle*» zu steigen. ‹Streng theologisch müsste sie eigentlich im Keller sein›, dachte er.

Drinnen drang indirektes Licht aus zahlreichen goldverzierten Messingleuchtern, hin- und hergeworfen von allerlei Spiegeln und geschliffenen Gläsern. Edle Hölzer hatten als Wandvertäfelung Verwendung gefunden; die Schritte wurden von weinroten Teppichen gedämpft. Glöcklein wurde umfangen vom Murmeln der Gespräche, den Klängen stimmungsvoller Weisen aus Lautsprechern sowie den Geräuschen rollender Kugeln. ‹Eine hübsche *Hölle;* und die Klimaanlage sorgt für eine angenehme Temperatur.›

Im Zentrum des Saals standen mehrere Roulette-Tische, jeweils umrahmt von Spielern, zwei Croupiers und dem «Chef de Partie», der laut Glöckleins Prospekt die Oberaufsicht über den Spieltisch führte. Auch Black Jack oder Poker waren in anderen Bereichen möglich.

An zwei der Saalseiten befand sich eine um eine Stufe erhöhte Tribüne, die, um eine Ecke laufend, durch Geländer abgesichert war. Hinter den Geländern waren Cocktailtische und Stühle platziert, an denen die Spielerinnen und Spieler, vielfach in Abendkleid und Smoking, eine Pause einlegen und Getränke zu sich nehmen konnten, sofern sie nicht die große einladende Bartheke an der gegenüberliegenden Seite des Saals nutzten. Die Frauenquote war formidabel, fand der Prälat und hoffte, einer solchen niemals innerhalb der katholischen Kirche ausgesetzt zu sein. Durch einen rückwärtigen Ausgang konnte man in ein «First-Class-Restaurant» hinüberwechseln, das freilich auch von außen zugänglich war.

Laut der Anweisung des Prospekts sollte man sich, falls man zu spielen wünschte, an der panzerglasgeschützten Saalkasse zunächst Jetons kaufen, was Glöcklein tat. Er tauschte für 250 Euro Spielmarken ein, selbstverständlich finanziert aus seiner Privatschatulle und keineswegs aus dem Klingelbeutel.

An einem der Spieltische, an dem sich nur wenige Personen sitzend oder stehend aufhielten, betrachtete er eine Weile völlig ungestört das Geschehen. Auf dem Tisch, der mit einem grünen Tuch bespannt war, erkannte er das «Tableau», den Spielplan, und die drehbare Scheibe. Darin waren die Fächer für die Roulettekugel eingelassen, die bei jedem Spiel vor einer der 37 Ziffern zu liegen kam. Ein grünes Fach galt der Null, die anderen waren rot oder schwarz.

Albert Glöcklein wurde klar, dass man auf die verschiedensten Chancen setzen konnte: auf eine bestimmte Zahl, wobei die Wahrscheinlichkeit für einen Gewinn freilich am geringsten war, auf bestimmte Zahlenanordnungen oder auf eine der Farben. Glöcklein entschied sich erst einmal und wie üblich für die Farbe Schwarz – und strich einen kleinen Gewinn ein. Dadurch beflügelt, schwang er sich zu größeren Einsätzen auf, ja entschied sich für die Farbe Rot – und verlor. Daraufhin nahm er sich vor, einen reduzierten Grundbetrag zu halten, den er am Ende wieder einlösen wollte.

Nachdem er auf diese redliche Weise binnen einer halben Stunde bescheidene zehn Euro zu jenem Grundbetrag dazugewonnen hatte, machte er Schluss, begab sich an die Bar und genehmigte sich einen alkoholfreien Longdrink; denn auch diese Atmosphäre glaubte er kennenlernen zu müssen. Niemand nahm Anstoß daran, dass er ein Priester war, nicht einmal der Saalchef oder der Hausdetektiv.

***

Schon nach kurzer Zeit wurde Prälat Glöckleins Aufmerksamkeit auf eine Art Séparée neben der Bar gelenkt, das von einem Vorhang halb verdeckt war. Die Personen, die sich dort eingefunden hatten, wollten anscheinend von den

Vorgängen im Roulette-Saal nicht völlig abgetrennt sein und hatten eine Blickschneise offengelassen.

Glöcklein rückte mit seinem Barhocker weiter nach rechts, um wie zufällig einen genaueren Einblick zu bekommen sowie einzelne Sätze zu erhaschen. Mehrere Herren und eine Dame saßen in bequemen Sesseln beisammen, ja tranken hin und wieder aus Champagnergläsern. Auf einem niedrigen, runden Tisch in der Mitte, dessen Einlegearbeiten an eine Roulette-Scheibe erinnerten, stand die Champagnerflasche, eisgekühlt und zum Nachschenken bereit.

Einen der Herren kannte Glöcklein flüchtig: Im würdigsten Sessel gab sich der Frankfurter Bauunternehmer Friedolin Engel innerhalb dieser Gesprächsrunde als «Chef de Partie». Man merkte es ihm an, dass ihn zwei enorme Spekulationsvorhaben – der Kauf des Bamberger Wasserschlosses im Bruderwald sowie ein gewagtes Hotelprojekt in Bad Kissingen – permanent umtrieben.

Der Prälat war ihm vor kurzem in der Kissinger Stadtverwaltung begegnet, beide unterwegs zu städtischen Ämtern. Engel hatte den Kurseelsorger erkannt, weil Glöckleins Konterfei nach seiner Amtseinführung in der hiesigen Presse abgedruckt worden war. Der Bauunternehmer hatte den Herrn Prälaten gleich in eine freundschaftliche Plauderei verwickelt und ihn ein bisschen über Bamberg ausgefragt, ja er hatte angeboten, beim Ausbau der katholischen und der evangelischen Kurseelsorge finanziell behilflich zu sein. Glöcklein war allerdings nur an einer Unterstützung der katholischen Seite interessiert. Ökumene hielt er für religiöse Romantik.

Friedolin Engel galt als ehrgeizig, zupackend und bestimmend. Er war 56 und von kräftiger Statur. Seine dunkelgrauen, stark zurückgeschnittenen Haare passten zu seinem maßgeschneiderten Anzug und dem Oberhemd mit den vornehmen Manschettenknöpfen. Auch hier im Séparée hatte Engel, wie so oft, eine exquisite Zigarre im Mund, die er allerdings des Rauchverbots wegen nicht anzündete und die er beim Sprechen nicht immer wegnahm.

Die neben ihm sitzende, modisch gekleidete Dame, Dr. Ida Gutwein-Brenner, war Albert Glöcklein nicht bekannt; und er ahnte nicht, dass die Apothekerin aus Düsseldorf sich in unmittelbarer Nähe aufgehalten hatte, als Reinhold Müller – immerhin ein Angestellter in Glöckleins Diözese – getötet worden war. Sie hatte ihre pechschwarz gefärbten schulterlangen Haare heute nicht zu einem Zopf geflochten. Ihre Accessoires – Brille, Handtasche, Armbanduhr und das Diamantcollier – zeugten von einem «sündhaften» Reichtum, wie Laubmann es bezeichnen würde.

Die anderen Herren, die zur Runde gehörten, waren Glöcklein ebenso unbekannt. Der Badearzt Dr. Rüdiger Pabst, der Laubmann untersucht hatte, war fein, wenn auch sportlich gekleidet. Seine Glatze glänzte wie poliert in der Wärme des Saals. Eine goldene Nadel in der Form eines Golfschlägers, an den unten ein Diamant als verkleinerte Golfballattrappe angefügt war, zierte seine Krawatte.

Dieses teuere kitschige Schmuckstück hatte er bei Jacques Grünfeld erworben, einem Kissinger Juwelier, der den Sessel an seiner linken Seite in Beschlag genommen hatte. Der schlanke Grünfeld gab sich wie 35, wirkte wie 40, war aber schon über 45. Seinem beruflichen Standesdünkel entsprechend prunkte an seinem rechten Handgelenk eine im Grunde unbezahlbare Uhr, und seine extravagante Brille war mit Brillanten besetzt.

Der Dreiergruppe gegenüber und *links* von Engel saß dessen «*rechte* Hand», Gunther Schilf – der Mann mit der dünnen Narbe an der Schläfe, dem blassen Aussehen und der leisen Stimme. Dezent befolgte er die Anweisungen seines Arbeitgebers.

Thema des Gesprächs waren natürlich die Bauprojekte Friedolin Engels. Er wollte möglichst nachhaltig auf seine Gäste einreden, um sie zu Investitionen anzuregen. Das Hotel in Bad Kissingen werde die beste Hanglage haben. Außerdem sei das ehemalige Wasserschloss, das er dem Säkularinstitut abkaufen werde, ein ungehobener Schatz.

Als anschließend die Worte «Bamberg» und «Christen in der Welt» fielen, war Glöcklein ganz Ohr. Er vernahm, wie Dr. Pabst kritisch einwarf, dass in Bamberg sein Kollege Dr. Walther, der Hausarzt des Säkularinstituts, ebenfalls ein Projekt für jenes Schloss plane.

Friedolin Engel blieb souverän. «Das Vorhaben Ihres Bamberger Kollegen in allen Ehren; aber sein Plan – respektive der Plan seines Kompagnons Weisinger –, im sogenannten ‹Bruderwald› ein Kurhotel aufzuziehen, steht bei weitem nicht auf solch soliden Füßen wie unser Projekt. Wissen Sie: Bamberg ist keine Kurstadt – was soll dort ein Kurhotel? Unser Hotel im Bruderwald dagegen würde eine Seniorenresidenz werden. Falls Sie also bei meinen Konkurrenten in Bamberg investieren wollen, kann ich nur abraten. Bei mir schlagen Sie zwei Fliegen mit einer Klappe!» – Glöcklein fasste sich beklommen an seine Fliege. – «Ich kann Sie nämlich an beiden Projekten beteiligen, in Bamberg und in Bad Kissingen. Natürlich zu einem höheren Betrag. Höherer Einsatz – höhere Rendite.»

Engel sprach kein Wort zu viel. Doch was er sagte, war mit Verve vorgetragen. «Herr Schilf hält guten Kontakt zu diesem Säkularinstitut in Bamberg. Er hat sich entsprechend kundig gemacht, und ich kann Ihnen versichern, dass unsere Chancen ausgezeichnet sind!»

«In Bamberg scheinen mir noch eine Menge ungenutzter Ressourcen vorhanden zu sein», ergänzte der Juwelier. «Ich habe erst kürzlich von einem dort ansässigen Geschäftsmann, einem langjährigen Kollegen, Edelsteine in bester Qualität erworben.»

«Gesetzt den Fall, wir investieren bei Ihnen, Herr Engel, welche Sicherheiten bieten Sie?» Die Apothekerin aus Düsseldorf war noch nicht endgültig überzeugt und löste anbei eine Kopfschmerztablette – ein Medikament, das sie auch ihren Kunden empfahl – in einem Glas Wasser auf.

«Das wird alles notariell geregelt. Ich biete Ihnen einen verbrieften Anteil am Gewinn, der dynamisch gestaltet werden kann. Außerdem bin ich bereit, weitere Anteile an Sie zum Einstiegspreis abzutreten, wenn sich die Rendite erhöht.»

Das Angebot des Bauunternehmers klang für Ida Gutwein-Brenner und die anderen nun doch recht verlockend. Sogar der lauschende Glöcklein überlegte sich, ob er an dem Bamberger Projekt nicht auch Anteile erwerben solle, und zwar allein schon deshalb, um die Mutter Kirche «im Spiel» zu halten.

«Wie ich mitbekommen habe, ist im Säkularinstitut ein schrecklicher Todesfall zu verzeichnen. Das könnte Ihre Projektplanung beeinträchtigen!» Dr. Pabst leerte sein Champagnerglas in einem Zug.

«Ganz im Gegenteil, mein Lieber. Ich kann Sie beruhigen.» Engel zog gewohnheitsmäßig an seiner Zigarre, obwohl sie nicht brannte, und goss bei seinen Gästen Champagner nach. «Gerade dieser Todesfall könnte die Angelegenheit beschleunigen. Vielleicht sind die Damen des

Instituts ja froh, weil verängstigt, einen solchen Ort des Schreckens baldmöglichst verlassen zu können.»

Seine Gäste rührten sich nicht.

Um die Stimmung nicht absinken zu lassen und seine ungeschickte Bemerkung zu überspielen, schlug Engel vor, auf den sicheren Erfolg anzustoßen. Er drehte sich zur Seite, schob den Vorhang auf und winkte den für die Bar zuständigen Angestellten heran. Großzügig orderte er «noch eine Flasche der Spitzenklasse» und entdeckte dabei den Prälaten Glöcklein.

«Herr Prälat, welch eine Überraschung! Setzen Sie sich doch zu uns, ich würde mich freuen!»

Verlegen, weil er sich beim Lauschen ertappt fühlte, willigte Glöcklein ein und bemühte sich, nicht rot zu werden.

«Und noch ein Champagnerglas für meinen kirchlichen Gast!», rief Engel zum Barmann hin. «Falls Sie ihn, meine Dame, meine Herren, noch nicht kennen, darf ich Sie mit Herrn Prälaten Glöcklein bekannt machen, dem derzeitigen Kurseelsorger in Bad Kissingen. Er wurde von höchster diözesaner Stelle geschickt.»

Glöcklein gegenüber prahlte Engel dann mit Namen, Berufen oder Titeln seiner zukünftigen Investoren, denen diese Schmeichelei sehr wohl gefiel. «Sie haben doch hoffentlich die Einladung zu meinem Galaempfang erhalten?», wandte er sich schließlich an den Kurseelsorger.

«Oh ja, vielen herzlichen Dank. Dieses Ereignis werde ich mir selbstverständlich nicht entgehen lassen!» – Glöcklein hatte sich bei seinen Dankesworten sogar ein wenig verneigt.

XIX

TROTZDEM LEGE GOTTES ZORN SICH NICHT, schimpfte Kunigunda Mayer im Stil des Buches Jesaja, Kapitel 9, Vers 11. Und seine Hand bleibe drohend erhoben, setzte Dorothea Förnberg, die Bibelstelle ziemlich frei interpretierend, fort. Die beiden Seniorinnen des Säkularinstituts bebten wieder einmal gemeinsam vor Wut, und sie zitterten im Spiegelsaal des Säkularinstituts zudem vor Kälte. Obwohl sie saßen, umklammerten sie die Griffe ihrer Gehstöcke. Die Haut an den Händen war mit Altersflecken übersät. Ihre Augengläser hatten sie frisch geputzt und ihre Hörgeräte stärker eingestellt.

Die beiden ehrwürdigen Frauen in den taubenblauen Kostümen glaubten nicht, dass ein Gottesdienst, etliche Gebetsstunden oder einige Fürbitten in Gedenken an die getötete Margarete Müller ausreichten, um Gott zu besänftigen. Sie waren sich dessen gewiss, dass sich die Tote selbst vorzeiten versündigt hatte und der Mord einem Strafgericht Gottes gleichkam.

Die Spiegel an den Wänden und die Scheiben der Fenster schienen noch trüber geworden zu sein, zumal auch der Himmel grau war. Die leere, schwärzliche Höhlung des Kamins hatte etwas Bedrohliches an sich.

«Ich weiß, der Tod Margaretes lastet schwer auf uns», sagte Gertrud Steinhag, die Leiterin, mit einem Ausdruck des Bedauerns. «Und wir dürfen selbstverständlich den Tod ihres Bruders nicht vergessen.» Sie hatte am Kopfende des langen Tisches Platz genommen; und ihre rechte Hand ruhte auf einem kleinen Stapel Akten, den sie aus ihrem Büro mitgebracht hatte. «Aber nicht der weise Zorn Gottes, sondern der blinde Zorn eines mörderischen Menschen hat Margaretes Tod verursacht.»

«Der Mord sollte endlich aufgeklärt werden!», forderte die junge Agnes Zähringsdorf und sah vorwurfsvoll mit ihren grünlichen Augen zu Heinrich Kornfeld hin, als hege sie einen Verdacht gegen den Gärtner, der an diesem Vormittag ebenfalls mit am Tisch saß. Die vier im Institut verbliebenen Frauen waren anscheinend für jede weitere Person dankbar, die sich im Schloss aufhielt.

Heinrich Kornfeld schwieg. Sollte ihn die Zähringsdorf ruhig verdächtigen. Vor ihr hatte er keine Angst. Vor keiner dieser Frauen. Angst hatte er nur davor, wenige Jahre vor der Rente seinen Arbeitsplatz zu verlieren.

«Wir müssen aufhören, uns gegenseitig etwas vorzuwerfen!» Gertrud Steinhag klopfte heftig mit den zur Faust geballten Fingern der rechten Hand auf eine ihrer Akten. Eine solche Reaktion waren die Übrigen von ihr gar nicht gewohnt. «Ich werde meine Ansicht bezüglich des Verkaufs jedenfalls nicht ändern. Ich lehne ihn weiterhin ab.»

«Da haben wir's!», zischte Agnes Zähringsdorf und rückte ihre Haube zurecht. «Hier wird jede Gelegenheit wahrgenommen, um alles zu zementieren.» Ihr war danach, einfach hinüber in die Kapelle zu «ihrem» Gott zu eilen, um den anderen zu zeigen, wer der alleinige Herr des Hauses war.

«So spricht der Herr: Durch Warten und Ruhe sollt ihr gerettet werden. In Stille und Vertrauen liegt eure Kraft.»

Die Leiterin wollte mit einem anderen Jesaja-Wort die Wogen glätten. Sie rieb sich zur Erwärmung die Hände. Ihre ansonsten rosige Gesichtsfarbe war fahl geworden.

«Wir wollen bekannterweise auch keine Veränderung», meinte Kunigunda Mayer einsilbig.

«Wir wären allerhöchstens bereit, das Angebot unseres verehrten Herrn Doktors zu erwägen», ergänzte Dorothea Förnberg.

«Das ist ja interessant! Woher der abrupte Umschwung?» Agnes Zähringsdorf richtete sich zu ihrer vollen Größe auf und stichelte gegen die beiden alten Frauen, die ihr doch eigentlich anvertraut waren: «Bloß weil der Herr Doktor heute wieder da war?»

Mayers und Förnbergs Blicke fielen auf sie; ablehnende Blicke.

In der Tat hatte der Hausarzt des Instituts, Dr. Anselm Walther, am Morgen für das körperliche Wohl der beiden Seniorinnen gesorgt. Zudem hatte sich der Geistliche Rat Kautler anschließend um ihr Seelenheil gekümmert. Solchermaßen gestärkt hatten sie es gewagt, ihre Meinung zu bekunden.

«Durchaus möglich, dass Gott uns mit dem furchtbaren Ereignis auf eine anstehende Veränderung zu unser aller Wohl vorbereiten will», äußerte die Zähringsdorf ein wenig bedächtiger, wenngleich in ihrem ureigensten Sinne.

«Da sollten wir sehr vorsichtig sein!» Gertrud Steinhag versuchte die nach ihrem Verständnis unbedachte Haltung der Zähringsdorf zu unterbinden.

«Vielleicht wollte Gott uns wirklich und wahrhaftig ein Zeichen geben.» Agnes Zähringsdorf ließ sich nicht davon abbringen. «Nämlich dass wir unser Leben noch viel mehr nach ihm ausrichten und uns mehr nach innen wenden. Ich würde alles dafür einsetzen!»

Gertrud Steinhag schüttelte verneinend den Kopf. «Genauso könnte der Todesfall eine Mahnung Gottes sein, damit wir *nicht* aufgeben. Eine Prüfung unserer Standfestigkeit. *Die mit Tränen säen, werden mit Jubel ernten,* heißt es in Psalm 126. Und auch ich würde alles dafür einsetzen!»

«Aber Standfestigkeit beweisen wir genauso, wenn wir woanders weitermachen», trotzte Agnes.

«Weglaufen passt nicht zu unseren Zielen! Und jetzt erst recht nicht mehr!»

Gertrud und Agnes blickten einander an, als würde jede die andere durchschauen.

Reserviert hörte Heinrich Kornfeld dem Schlagabtausch zu. Die Frauen hatten ihn zu ihrer Versammlung hinzugebeten, um ihm ein Angebot zu unterbreiten. Falls sie das Schloss verkaufen, aber nicht wegziehen würden, bräuchte er keine Sorge zu haben, seine Stelle zu verlieren. Sie würden darauf hinwirken, dass er als Gärtner hier bleiben könne. Falls sie jedoch wegziehen würden, zum Beispiel nach Frauenroth, würden sie es gerne sehen, wenn er mitkäme. Sie wüssten freilich noch nicht, zu welcher Entscheidung die ausstehende Abstimmung aller ihrer Mitglieder führen werde.

Die Reaktion ihres Gärtners fiel allerdings weniger positiv aus, als sie gedacht hatten. Er danke ihnen für das großzügige Angebot und er lehne die Vorschläge auch nicht rundweg ab, doch in seinem Alter wolle er sich nicht «verpflanzen» lassen. Gärtner Kornfeld blieb gern bei den Begriffen, die ihm geläufig waren.

Er ließ sich nichts anmerken, aber er konnte sich des Eindrucks nicht erwehren, als wollten ihn die Frauen aufs Glatteis führen. Hatte womöglich der Theologe, dem er sich anvertraut hatte, dieser Dr. Laubmann, geplaudert? Wollten sie ihn etwa unter ihren Fittichen halten, weil sie was zu verbergen hatten und glaubten, er sei darüber im Bilde? Überhaupt fühlte er sich hier, im hoheitlichen Spiegelsaal, nicht wohl. Er kam nur selten in diesen Raum. Sein vertrautes Revier war der Park; da konnte ihn nicht einmal eine Leiche abschrecken. Denn Wachsen und Absterben war er von der Natur her gewohnt.

«Das verstehe ich nicht, Herr Kornfeld.» Gertrud Steinhag tat verwundert. «Wäre es nicht schön für Sie, selbst wenn Sie mal in Rente gegangen sind, in unserer Nähe zu sein? Wir haben Sie immer gut behandelt, Sie hatten immer Ihr Auskommen bei uns und Sie hatten immer unser Vertrauen.»

Heinrich Kornfeld nickte verhalten.

Gertrud Steinhag formulierte es plötzlich schonungsloser: «Wir möchten, dass dies so bleibt! Ich will damit sagen, wir wünschen, dass Sie nichts nach draußen dringen lassen, schon gar nicht in dieser korrupten Weise, wie es in der Vergangenheit geschehen ist!»

Kornfeld war wie vor den Kopf gestoßen. «Was … was soll das heißen?»

«Sie wissen genau, was Sie über uns an die Kaufinteressenten weitergegeben haben. Und ich weiß es auch.»

«Woher wollen Sie das wissen?»

«Das würde mich ebenfalls brennend interessieren», fuhr Agnes Zähringsdorf erstaunt und angriffslustig dazwischen. Kunigunda Mayer und Dorothea Förnberg lauschten angestrengt.

«Ich habe bei unserer Margarete – Gott sei ihrer Seele gnädig – entsprechende Aufzeichnungen gefunden», erklärte Gertrud Steinhag. «Sie muss einiges in Erfahrung gebracht haben.»

«Hast du ihr Zimmer durchsucht?» Agnes Zähringsdorf war empört.

«Nein, natürlich nicht!» Die Leiterin des Instituts schob die obenauf liegende Akte mit dem Titel «Bilanzen» beiseite und breitete die restlichen schmalen Ordner, vier an der Zahl, langsam und gut sichtbar vor sich aus. Auf jedem stand ein Name; die Namen der außer ihr anwesenden vier Personen. «Die Aufzeichnungen sind in unserem Computer gespeichert. Ich habe einige vorsorglich ausgedruckt.»

«Du hast doch gar keine Ahnung, wie man den Computer bedient.»

«Inzwischen schon.» Ein verwegenes Lächeln huschte über Gertruds Gesicht.

«Das heißt», sagte Agnes Zähringsdorf trocken, «Herr Kornfeld hätte einen Grund gehabt, Margarete zu töten. – Hab ich mir's doch gedacht!»

«Das ist eine Frechheit!», protestierte Kornfeld lauthals. «Das muss ich mir nicht bieten lassen, nicht von Ihnen! Sie alle waren auf *Ihre* Margarete nicht gut zu sprechen. Jede hatte an ihr was auszusetzen. Ja, da müssen Sie gar nicht so unschuldig dreinschauen! Ich hab genug mitgekriegt, um den Kommissaren allerhand stecken zu können! Sie sollten sich's also zweimal überlegen, ob Sie mich anschwärzen wollen!»

Die Seniorinnen betasteten ihre Hörgeräte, denn sie hatten das Gefühl, dass sie nun zu stark eingestellt waren.

***

Am Ende der außerplanmäßigen Versammlung, die Heinrich Kornfeld sofort nach dem Eklat siegessicher verlassen hatte, verlangte Agnes Zähringsdorf Einblick in die sie betreffende Akte. Doch Gertrud Steinhag hatte die Ordner bereits wieder an sich genommen und verwehrte Agnes die Erfüllung ihrer Forderung mit der Begründung, dass die Zeit noch nicht reif dafür sei.

«Wer hat das zu bestimmen?», beschwerte sich die Zähringsdorf.

«Ich habe das zu bestimmen, denn ich bin die Leiterin unserer Gemeinschaft», gab ihr Gertrud Steinhag leise und sachlich zur Antwort. «Ich muss dich hoffentlich nicht an deine Gehorsamspflicht mir gegenüber erinnern.»

Für einen kurzen Moment schien es, als wolle Agnes Zähringsdorf gewaltsam nach ihrem Dossier greifen. Aber sie beherrschte sich und ging energischen Schrittes aus dem Saal.

Gertrud Steinhag war sich wieder ihrer Autorität gewiss, hatte zu ihr zurückgefunden, und das sollte so bleiben. Äußerlich unaufgeregt zog sie sich in ihr Zimmer innerhalb der Klausur zurück. Erst dort atmete sie mehrmals tief ein und aus. Niemand war ihr begegnet.

Zwischen zwei gerahmten frommen Ansichtskarten, die Ausschnitte aus Gemälden Alter Meister zeigten – links Jesus, rechts Maria –, lagen auf Gertruds Tisch die übrigen Dossiers der Mitglieder des Instituts, also auch jener, die auswärtig lebten.

Die in den Spiegelsaal mitgenommenen Ordner legte sie dazu und fuhr mit der Hand fast besitzergreifend über den Aktenstapel. Als gegenwärtige Leiterin des Hauses konnte *sie* bestimmen, was damit geschah – und als zukünftige ebenfalls. Sie würde sich nicht scheuen, die Dossiers klug einzusetzen, um ihr Amt zu behalten sowie den Verkauf des Instituts zu verhindern. Die Akte, die sie betraf, hatte sie in ihrem Schrank versteckt, die dazugehörige Datei im Computer jedoch gelöscht, auch im «Papierkorb».

XX

DIESMAL HATTEN SIE SICH VERABREDET, genauer, Glaser hatte Lürmann einer Besprechung und einer Vernehmung wegen für diesen Donnerstag, den 19. April, nach Bamberg beordert. Das machte Ernst Lürmann nicht das Geringste aus; denn in einem solch komplexen Fall hätte er die Verantwortung nicht eigenständig tragen mögen. Gutgelaunt stieg er die historistische Behördentreppe in der Polizeidirektion nach oben, zumal er einen Genossen im Schlepptau hatte, der ihn die Fahrt über, von Bad Kissingen hierher, hatte erheitern können.

Kriminalhauptkommissar Glaser wartete den vormittäglichen Termin in seinem schmucklos gestalteten Büro nicht ohne Anspannung ab, weil er sich von der Zusammenkunft weiterführende Erkenntnisse versprach. Sein Stockschirm lehnte wieder ungenutzt in der Ecke neben dem Handwaschbecken. Glaser wunderte sich nur, dass sein Kollege Lürmann nicht von seinem eigenen Büro aus zu ihm hereinkam, sondern durch die Glastür vom Zimmer Christine Fürbringers, der Sekretärin.

«Wie konnte ich mir bloß einbilden, dass Sie ihn nicht mitbringen würden, unseren Kriminaltheologen.»

Kommissar Lürmann fühlte sich überhaupt nicht kritisiert, sondern lächelte, als hätte er für seinen Weitblick ein sattes Lob erhalten – und Laubmann desgleichen.

«Ihr Duz-Freund ist einer der Hauptverdächtigen; darüber sind Sie sich hoffentlich im Klaren.»

«Aber auch einer der Hauptzeugen», erwiderte Lürmann selbstbewusst.

«Ist Oberkommissarin Vogt wenigstens damit einverstanden?»

«Wir wollten ihr jegliche Aufregung ersparen. Sie ist nervös genug», spöttelte Lürmann.

«Insubordination, wo man hinblickt», murmelte Glaser.

Dr. Laubmann war die Freundlichkeit in Person. «Ich helfe, wo ich kann, besonders wenn Sie sich mit Religiösem befassen.»

«Nicht jeder Mord an einem Kirchensteuerzahler hat automatisch einen religiösen Hintergrund.»

«Bei sinkenden Steuereinnahmen ist dem Kirchensteueramt jeder Kirchensteuerzahler wichtig, egal ob er religiös ist oder nicht.»

Nein, jetzt nur keine Debatte mit dem überschlauen Moraltheologen zu Steuerangelegenheiten. Der wäre imstande, das Motiv der Steuergerechtigkeit geistesgeschichtlich in seine Einzelteile zu zerlegen. Da schluckte Glaser lieber seine Verärgerung hinunter. Gegenüber dem Finanzamt handhabte er's ja auch nicht anders.

Seine Sekretärin schaute ihn durch die Scheibe der Tür mit ihren unschuldig schimmernden Augen fragend an, um zu erfahren, ob Getränke erwünscht seien, doch Kommissar Glaser winkte energisch ab. «Wenn die Herren Platz nehmen würden, wir wollen anfangen.»

Lürmann und Laubmann kamen der Aufforderung unverzüglich nach und stellten ihre Stühle in einer Art Halbkreis vor dem Schreibtisch Glasers auf, um ihre Teamfähigkeit hervorzuheben.

Der Kriminalhauptkommissar hatte die nötigen Ermittlungsakten vorbereitet. «Ich werde Ihnen, Kollege Lürmann, erst einmal die inzwischen vorliegenden Ergebnisse vor allem unserer Recherchen hier in Bamberg mitteilen, damit Sie eingeweiht sind. Kollegin Vogt erhält Kopien. Und Herr Laubmann kann meinetwegen zuhören. Sie würden ihm sowieso davon berichten.»

«Nur, wenn ich's in der konkreten Situation für angebracht hielte», verwahrte sich Lürmann, alldieweil Philipp Laubmann mit Unschuldsmiene den Kopf verneinend schüttelte. Lauter Unschuldige.

«Punkt eins: Aufgrund der Obduktion können wir in beiden Fällen von einem gewaltsamen Tod ausgehen.

Punkt zwei: Die DNA-Proben, die den Leichen entnommen wurden, beweisen, dass die getöteten Personen weder Zwillinge noch in sonstiger Weise näher verwandt miteinander waren. Unsere Ahnung hat sich als richtig erwiesen …»

«Wie ist das denn bitte zu verstehen?» Laubmanns Stimme hatte einen fast vorwurfsvollen Unterton. «Soll das heißen, Margarete und Reinhold Müller haben nicht gewusst, dass sie keine Zwillinge sind?»

«Oder sie haben sich geschickt verstellt.»

«Das wäre … also irgendwie wär das hinterlistig.» Philipp besann sich auf seine Gespräche mit dem Mesner und mit Gabriela Schauberg. Ihre Bemerkungen in dieser Richtung hatten so selbstverständlich und schuldlos geklungen. Von der «Ahnung» der Kommissare hatte er freilich schon durch Lürmann etwas erfahren.

Glaser fuhr in seinem Vortrag fort: «Unter den von uns durchgesehenen Schriftstücken der beiden Opfer haben wir jeweils eine notarielle Beglaubigung aus der unmittelbaren Nachkriegszeit entdeckt, woraus hervorgeht, dass sie Kriegswaisen waren und ihre eigentliche Herkunft unbekannt ist. Die Geburtsjahre wurden geschätzt, und als Geburtsorte wurden *die* Städte eingetragen, nämlich Berlin und Dresden, wo man sie als Kinder aufgefunden hat. Der Junge hatte ein Stück Pappe an einer Schnur um den Hals hängen mit seinem Namen drauf, bei dem Mädchen stand der Name auf einem Zettel, der mit einer Sicherheitsnadel am Innenfutter des Mantels befestigt war. Der Sachverhalt wurde uns auch vom hiesigen Einwohnermeldeamt bestätigt.»

Lürmann war überzeugt, dass sich aufgrund dieser Informationen ein zusätzliches Konfliktfeld ergab, auf das hin die Ermittlungen auszuweiten waren. «Wir müssen also auch andere als verwandtschaftliche Verbindungen der beiden Opfer zueinander berücksichtigen.»

Kommissar Glaser setzte erneut an. «Punkt drei: Margarete Müller hat anscheinend Probleme gehabt; das zeigt ihr letzter Tagebucheintrag.» Er nahm das im Säkularinstitut sichergestellte heftförmige schwarze Buch zur Hand und schlug es bei der Seite auf, die durch einen Papierstreifen markiert war. «Am Ende des Eintrags vom Mittwoch, dem 11. April, also dem Tag ihres Todes, schreibt sie: ‹Ich muss mich jemandem anvertrauen.› Das Wort ‹muss› ist unterstrichen. Darüber hinaus war im Tagebuch jedoch keinerlei Hinweis auf ein Motiv für den Mord an ihr zu finden.»

«Margarete Müller wollte sich Gabriela Schauberg anvertrauen», kommentierte Laubmann, «aber die hatte an diesem Mittwoch keine Zeit für einen abendlichen Rundgang.»

«Frau Schauberg hat mich inzwischen angerufen und beteuert, dass sie am 11. April bereits nachmittags nach

Bad Kissingen zurückgefahren ist. Die Kollegen vor Ort werden sich in ihrem Hotel erkundigen.»

«Ich frage mich», bemerkte Philipp Laubmann, «warum sich Margarete Müller jemandem anvertrauen wollte, obwohl sie doch gewöhnlich alles mit ihrem Bruder … ihrem angeblichen Bruder besprochen hat. Das weiß ich von Frau Schauberg.»

Lürmann erschien dies nicht so fragwürdig. «Vielleicht konnte sie in einer ungewöhnlichen Lage nur auf Hilfe von außen hoffen. Womöglich war Reinhold Müller das Problem und damit die Zwillings-Lüge selbst.»

«Ich hab noch einige Punkte.» Kriminalhauptkommissar Glaser wollte mit seiner Liste fertig werden. «Punkt vier: Unser Pathologe, Dr. Radetzky, hat an Margarete Müllers Händen Ekzeme festgestellt, das heißt, die Haut war rau und rissig und hatte sich stellenweise abgelöst. Das rührt wahrscheinlich von einer ungewohnten Arbeit her.»

Laubmann konnte sich erneut konstruktiv an der Unterredung beteiligen. «Sie war dabei, zusammen mit dem Gärtner des Säkularinstituts einen Rosengarten anzulegen.»

«Dann wäre das ja geklärt. Punkt fünf: Hinsichtlich des Buchstabenrätsels ‹SKRASTA› hat sich nichts Neues ergeben, außer dass die Handschrift auf der Karteikarte definitiv die von Reinhold Müller ist. Er hat die Karte offenbar Margarete Müller übergeben. Seine und ihre Fingerabdrücke sind darauf.»

Laubmann schwieg. Ihm war zu «SKRASTA» bislang nichts eingefallen. In seiner Verzweiflung hatte er sich sogar mal an die Annahme geklammert, dass die Buchstaben *versehentlich* untereinander vertauscht worden sein könnten.

«Punkt sechs: Unsere Spurensicherung konnte bezüglich des ersten Mordes mit keinen verwertbaren Finger- oder Schuhabdrücken dienen; im Gras oder auf dem Grund des Teichs war so gut wie nichts zu erkennen. Lediglich Reifenspuren konnten im Park nachgewiesen werden, und zwar vom institutseigenen Traktor und dem fahrbaren Rasenmäher sowie von Gärtner Kornfelds Schubkarre und Fahrrad.»

«Dass eine Leiche mit einer Schubkarre transportiert worden ist, hat's schon gegeben.» Lürmanns Idee stieß auf wenig Verständnis.

«Erkennungsdienstlich ließ sich also nicht klären, von wo aus der Täter oder die Täterin den Park betreten hat, ob vom Gartentor, vom Haupteingang oder vom Schlossgebäude aus, und welcher Fluchtweg genutzt wurde. Das bedeutet, wir können im Hinblick auf die Spurensituation die Frauen des Instituts nicht aus dem Kreis der Verdächtigen entlassen.

Punkt sieben: Beim zweiten Mord hingegen gibt es zu viele Fingerabdrücke. Obwohl die Behandlungsräume im Alten Kurbad oft und gründlich gereinigt werden, waren noch mehr als genug da. Der Mörder hätte angesichts der Abdruckmenge sogar auf Handschuhe verzichten können.»

«Vermögen Sie denn anderweitig einzugrenzen, ob für die beiden Morde nur ein Täter verantwortlich war oder zwei beziehungsweise mehrere?», hinterfragte Philipp Laubmann den Vortrag des Kommissars.

«Überhaupt nicht», bedauerte Glaser.

Gemeinsam entwickelten sie deshalb mögliche Szenarien, wobei Ernst Lürmann Stichworte auf einem Flip-Chart, einem nahe dem Fenster stehenden Gestell mit einem überdimensionalen Papierblock darauf, unter Zuhilfenahme eines dicken roten Filzstifts in Blockschrift notierte:

2 MORDE, 1 TÄTER (TÄTERIN), 1 MOTIV
2 MORDE, 1 TÄTER, 2 MOTIVE
2 MORDE, 2 TÄTER, 1 MOTIV
2 MORDE, 2 TÄTER, 2 MOTIVE

Auch Reinhold Müller könne den ersten Mord verübt haben, ob er nun mit Margarete Müller verwandt war oder nicht. Das müsse man mit einkalkulieren. Falls er der Täter war und die Morde zusammenhingen, könne sein Tod ein Racheakt gewesen sein; spontan allerdings, denn zwischen den Tötungsdelikten lägen nicht einmal 48 Stunden. Oder der Mesner sei zum Mord an seiner angeblichen Zwillingsschwester angestiftet und nach der Tatausführung beseitigt worden.

«Wir haben übrigens die Anrufe kontrolliert, die seit dem 9. April, dem Tag seiner Abreise nach Bad Kissingen, auf dem Anrufbeantworter des Mesners eingegangen sind.» Dietmar Glaser zog ein Protokoll zu Rate. «Am 12. April, dem Tag nach dem ersten Mord, wurde ein Anruf von Gertrud Steinhag aus dem Säkularinstitut aufgezeichnet, wobei sie nur gesagt hat, sie werde ihn in Kissingen zu erreichen versuchen. Am selben Tag kam ein zweiter Anruf, und zwar aus einer Bamberger Telefonzelle. Der Anrufer oder die Anruferin hat jedoch nach der Ansage des Mesners, er sei zur Kur weg, aufgelegt. Der Anruf aus der Telefonzelle lässt sich leider auf niemanden konkret beziehen, weil der Anrufer nicht beobachtet worden ist. Am Montag schließlich, dem 16. April, ist eine Anfrage von einer Firma gekommen, die mit liturgischen Gerätschaften handelt und Weihrauchgefäße im Sonderangebot hat.»

Zu guter Letzt rückte Philipp Laubmann noch mit einer für die Kommissare unerwarteten Information heraus, indem er ihnen die Prospekte der Kaufinteressenten präsentierte, die er aus dem Säkularinstitut mitgenommen hatte. Er erläuterte die Pläne, und wer die Initiatoren seien, ja er deutete an – weil er es nun für geboten hielt –, dass diese Heinrich Kornfeld, den Gärtner, ungebührlich bedrängt hätten.

***

«Der hauptsächliche Anlass, warum ich Sie hergeholt habe», ließ Glaser gegenüber Lürmann verlauten, «sind neue Verdachtsmomente, die besonders aus einer Alibiüberprüfung resultieren: Franz Schaffers Alibi. Sie waren mit dabei, als der momentan einzige Mesner von Alt-Sankt-Anna angegeben hat, er sei zum Zeitpunkt des zweiten Mordes, also am Freitagnachmittag, in der Kirche gewesen. Wir haben Frau Adelheid Holzmann befragt, die Frau, die in der Sakristei geputzt hat und die von ihm als Zeugin benannt worden ist. Sie behauptet jedoch, ihn nicht gesehen zu haben. Schaffer hat also kein Alibi.»

«Kollegin Vogt verfolgt meines Wissens einen anderen Ansatz», äußerte sich Lürmann. «Sie hat Barbara Brender in Verdacht.»

Kommissar Glaser ließ keine Diskussion darüber zu. «Soll sie sich um die Badegehilfin kümmern; wir halten uns an Schaffer.»

«Frau Brender war immerhin zur Zeit des zweites Mordes in der Moorbad-Abteilung zugegen», sagte Ernst Lürmann ein wenig pikiert.

Doch auch Franz Schaffer konnte nach Bad Kissingen gefahren sein, da er einen Wagen besaß, «gebraucht gekauft».

«Das finde ich nicht schlimm», meinte Laubmann; «ich fahre gleichfalls einen Gebrauchtwagen.»

Glaser ignorierte den Theologen. «Gestern – und somit kommt der Ansatz der Kollegin am Rande doch noch zu seinem Recht – hatte ich ein Telefongespräch mit Frau Steinhag, der Leiterin des Säkularinstituts: Die Gärtnerei Brender, der die Pfarrei Alt-Sankt-Anna wegen Schaffers Mauscheleien den Vertrag für die Lieferung des kirchlichen Blumenschmucks aufgekündigt hat, ist kurz darauf beim Institut vorstellig geworden, um einen Ersatzauftrag an Land zu ziehen. Sie wollte auf Empfehlung des geschäftstüchtigen Franz Schaffer zukünftig die Schlosskapelle mit ihrem Blumenzeug ausstatten. Frau Steinhag hat ausgesagt, dass Margarete Müller das Ansinnen rigoros abgelehnt habe, weil das Institut selber einen Gärtner beschäftige. Sie mag sich außerdem in der Pfarrei umgehört haben, jedenfalls muss sie wegen Schaffer ziemlich verärgert gewesen sein. Frau Müller war wohl der Ansicht, Schaffer wolle das Säkularinstitut ausnutzen.»

«Ich denke mal, Franz Schaffer war auch sauer auf sie», schloss Lürmann daraus.

«Deshalb hab ich ihn vorgeladen.» Glaser blickte auf seine Armbanduhr. «Er dürfte bereits vorne im Vernehmungsraum sein. Das erledigen wir noch vor dem Mittagessen.»

Laubmann hätte das Mittagessen gegebenenfalls vorgezogen, fügte sich aber der Anordnung. Doch er musste zu seinem Bedauern erfahren, dass er im Vernehmungsraum nicht erwünscht war. Daraufhin hatte er wohl so unglücklich dreingeschaut, dass ihn Glaser kurzerhand in den Nebenraum bugsierte.

Diese räumliche Anordnung kannte er schon aus Bad Kissingen: Eine einseitig verspiegelte Glasfront war in die Trennmauer eingefügt. Er sah also, was nebenan vor sich ging, konnte sogar über einen Lautsprecher mithören, jedoch nicht eingreifen. Die Gegensprechanlage zu betätigen, war ihm strikt verboten worden. Er fühlte sich nicht nur wie aus-, sondern auch wie eingeschlossen. Da hatte es ihn nicht einmal getröstet, dass ihm Ernst Lürmann noch schnell eine Fotokopie in die Hand gedrückt hatte: eine Vergrößerung der Doppelseite aus Lürmanns himmelblauem Notizbuch, worauf die Aufzugs- und Abstellkammer hinter dem Hochaltar in der Kirche Alt-Sankt-Anna skizzenhaft erfasst war.

Der Beamte in Zivil, der Franz Schaffer bewacht hatte, nickte den Kommissaren, als sie den Vernehmungsraum betraten, stumm zu und setzte sich halbrechts hinter den zu vernehmenden Mesner. Der Raum war kahl, mit einem grauen Anstrich versehen und künstlich erleuchtet. Eine beruhigende Atmosphäre sollte erst gar nicht entstehen. Über der Tür hing eine metallisch glänzende runde Uhr mit einer Plexiglasscheibe. 11 Uhr 37. Ansonsten war der Vernehmungsraum nur mit einem Tisch und hellen Hartplastikstühlen ausgestattet.

Schaffer wirkte verstört. Er saß den Kommissaren im vorgeschriebenen Abstand von gut eineinhalb Metern am Tisch gegenüber und somit seitlich zu Laubmann, der hinter dem Spiegel wartete. Der sah den Mesner also nur im Profil. Ein «flaches» Profil; nichts stach markant hervor. Nur die starken, ungepflegten Hände fielen ihm auf. Die waren allemal kraftvoll genug für einen Mord.

Ein Aufnahmegerät stand auf dem Tisch bereit. Glaser schaltete es ein, bog die Mikrophone etwas nach unten und überließ Lürmann die Formalitäten. Dieser betete Datum, Uhrzeit sowie die Namen und Dienstgrade der Anwesenden herunter. Zudem wurde der Mesner Franz Schaffer von ihm belehrt, dass er die Aussage verweigern könne und dass er sich oder seine Angehörigen nicht beschuldigen müsse. Falls erwünscht, könne er einen Rechtsbeistand hinzuziehen.

Laubmann gähnte.

«Warum bin ich überhaupt hier?», empörte sich Schaffer.

«Weil Sie verdächtigt werden, Margarete und Reinhold Müller getötet zu haben», stellte Glaser formal und ohne Umschweife klar.

Franz Schaffer erschrak.

«Sie haben kein Alibi für die Tatzeit des Mordes an Reinhold Müller.»

Der Mesner versuchte durchzuatmen. «Für wann ...?»

«Für den Nachmittag des vergangenen Freitags.»

«Und Frau Holzmann? – Ich war doch in der Kirche.»

«Frau Holzmann weiß davon nichts.»

«Und woher hätte *ich* dann wissen sollen, dass sie in der Sakristei geputzt hat?»

«Weil sie das jeden Freitag um die gleiche Zeit macht.»

Lürmann war dran. «Wo waren Sie zwei Tage zuvor, am Mittwoch, dem 11. April, so gegen 22 Uhr?»

«Bei mir verläuft ein Abend wie der andere. Zu Hause werd ich gewesen sein. Wie immer. Ich hab ferngesehen.» Schaffer strich sich durch die fettigen Haare.

«Sie leben allein?»

«Völlig. Und nachts ist meine Anwesenheit in der Kirche nur ganz selten erforderlich; höchstens an Weihnachten oder während der Osternacht.» Mesner Schaffer verlegte sich auf einen mitleidigen Ton. «Ich hatte doch nichts gegen den Kollegen Müller.»

Glaser übernahm. «Aber *er* hatte was gegen Sie in der Hand. Stichwort: falsche Abrechnungen.»

«Das stimmt nicht. Außerdem hab ich lang nicht gewusst, dass mich der Kollege vor unserem Pfarrer schlechtgemacht hat.»

«Also stimmt es doch! Aber das interessiert uns hier nicht, zumal keine Anzeige erstattet wurde.»

Laubmanns Nase juckte erneut allergieverdächtig. Der Raum für die Gegenüberstellungen wurde wie der in Bad Kissingen durch eine Klimaanlage belüftet.

Lürmann fuhr mit der Vernehmung des Mesners fort. «Ein bezüglich des Blumenschmucks versuchtes Kompensationsgeschäft mit dem Säkularinstitut kam nicht zustande. Vielleicht hatte Reinhold Müller das Institut, näherhin Margarete Müller, vor Ihren Machenschaften gewarnt. Jedenfalls hat Frau Müller nichts dergleichen zugelassen.»

«Kenn ich nicht.»

«Sie versehen doch hin und wieder in der Schlosskapelle Mesnerdienste.»

«Ja.» Schaffer war kleinlaut geworden.

«Und da wollen Sie Margarete Müller nicht gekannt haben?»

«Nur dem Namen nach», antwortete Franz Schaffer unwillig.

Laubmann hatte draußen zu seinem Stofftaschentuch gegriffen, weil die Nase noch immer juckte.

Für Kommissar Glaser war anscheinend jetzt schon die Zeit gekommen, auf ein Resümee hinzuzielen. Er wollte wohl zum Mittagessen.

«Nach meinem Dafürhalten hatten Sie die Gelegenheit, die Morde zu begehen», sagte der Kriminalhauptkommissar. «Sie haben keine Alibis, zudem sind Sie kräftig genug, um jemanden niederzuschlagen oder zu ertränken. Mit den Örtlichkeiten im Säkularinstitut sind Sie vertraut. Dass Ihr Kollege in Bad Kissingen war, wussten Sie auch; und sein Moorbadtermin war herauszufinden. Am Freitagvormittag hat sich jemand im Alten Kurbad telefonisch danach erkundigt. Das könnten Sie gewesen sein.»

«Ich war noch nie in Bad Kissingen.»

«In Kissingen ist bestimmt alles sehr gut beschildert», argumentierte Glaser.

Lürmann nickte beipflichtend.

«Kennen Sie eine Barbara Brender?» Dietmar Glaser erwähnte nun doch die verdächtige Badegehilfin, obwohl er Juliane Vogt einen Triumph nur ungern gönnte.

Schaffer stellte sich wiederholt dumm: «Wen?»

«Jetzt tun Sie nicht so, als wäre Ihnen die Gärtnerei Brender kein Begriff.»

«Ach, das Töchterlein. Die treibt sich doch woanders herum.»

«Sie wissen nicht zufällig, wo?»

«Nein.»

Philipp vergegenwärtigte sich, wie schon so oft, die sekundenhafte Erinnerung an den unbekannten Arzt in der Moorbadkabine. Ob das Franz Schaffer war, verkleidet? War ihm das zuzutrauen?

Glaser wandte sich indes wieder seiner Schlussfolgerung zu. «Auf jeden Fall sehe ich folgende Motive bei Ihnen, Herr Schaffer: Sie waren neidisch auf Reinhold Müller, weil er eine feste Stelle innehatte, die Sie gerne gehabt hätten. Sie spielten als Aushilfe stets nur die zweite

Geige. Und sogar nach seiner Verrentung hätte er Ihnen mit einer ehrenamtlichen Tätigkeit den Arbeitsplatz noch streitig gemacht. Zudem wollten Sie sich rächen, weil er Ihnen betrügerische Machenschaften nachgewiesen hatte. Auch Margarete Müller wusste wahrscheinlich Bescheid und hat Ihnen überdies einen Ihrer Zusatzverdienste entzogen. Oder wurden Sie nach der Aufdeckung Ihrer Betrügereien noch einmal als Mesner für die Schlosskapelle angefordert?»

«Nein.»

«Sehen Sie.»

«Letzten Sonntag war ich zum ersten Mal wieder da.»

«Als Margarete nicht mehr da war.»

Hinter dem Spiegel war Philipp Laubmann sehr unruhig geworden. Wenn er nicht mit ernsthaften Schwierigkeiten hätte rechnen müssen, hätte er das Schlussplädoyer Glasers unterbrochen. Er hatte zumindest mal vorsichtig gegen die Scheibe geklopft. Nicht dass er den Mesner für unverdächtig hielt, aber er vermisste die Beweise. Nicht einmal die Indizien waren bis jetzt überzeugend genug. Das musste Glaser doch merken.

Und Glaser merkte es auch. Schaffer war keineswegs reif für ein Geständnis, sondern nur beklommen. Der Kommissar hatte, ehrlicherweise, von Anfang an nicht wirklich geglaubt, dass er ihn mit seiner Argumentation kleinkriegen würde. Er hatte eher im Trüben gefischt, sich zumindest weitere Aufschlüsse über ihn und über die Morde erhofft. Für eine vorläufige Festnahme oder gar einen Haftbefehl jedoch reichte die mehr als dürftige Beweislage nicht aus. Er musste den Mesner Franz Schaffer entlassen. Nicht einmal für eine Observierung gab es eine hinlängliche Begründung.

Kriminalkommissar Lürmann erklärte die Vernehmung unter Angabe der Uhrzeit, 12 Uhr 09, formal für beendet und schaltete das Aufnahmegerät ab.

«Himmelherrgottsakrament!» Glaser tobte, als er mit Lürmann allein war. «Dieser Aushilfsmesner geht mir so was von auf die Nerven!» Er war sich bewusst, dass der Moraltheologe seinen Fluch mitangehört hatte.

XXI

DER REGENTENBAU WAR FÜR SOLCHE ABENDE eine der nobelsten Adressen in Bad Kissingen. Er war in den Jahren 1910 bis 1913 in der Art des Neoklassizismus erbaut und nach dem bayerischen Prinzregenten Luitpold benannt worden. Die monumentalen Säulen an der zur Saale schauenden Rückseite des majestätischen Gebäudekomplexes erweckten den Eindruck, als bewege man sich auf einen antiken Tempel zu. Auf der Vorderseite, zum Kurgarten hin, war dem nach innen gewölbten Hauptbau eine nach außen gerundete Halle mit darüberliegendem Balkon als imposanter Eingang vorgelagert.

Der getäfelte Konzertsaal im Innern wurde wegen seiner Akustik gerühmt. Doch Bühne und Saal ließen sich zudem für Kongresse oder Empfänge nutzen, wobei sowohl die Konzertbestuhlung als auch auf besonderen Wunsch die Zwischenwände links und rechts, zum «Weißen Saal» und zum «Grünen Saal» hin, herausgenommen werden konnten. Und der Bauunternehmer Friedolin Engel hatte diesen Wunsch geäußert. Wenn er sich die Werbung für sein Kissinger Hotelprojekt schon allerhand kosten ließ, dann verlangte er auch das volle Programm. Der «Weiße Saal» war dem Rokoko nachgebildet, der «Grüne Saal» mit seinen Ornamenten an der Decke und den oben trichterförmig auslaufenden Säulen ließ den Jugendstil wiederaufleben.

Am Eingang hatten sich schon vor Beginn des Galaempfangs Reporter, Fotografen und ein Kamerateam des Lokalfernsehens eingefunden, um auf mehr oder weniger namhafte Gäste zu lauern und für den morgigen Samstag zumindest noch einen brandaktuellen Kurzbericht zu liefern. Näheres zur Veranstaltung mochte dann am kommenden Montag gebracht werden. Das Kamerateam hatte zwei leistungsstarke Handscheinwerfer dabei, die, aus der Ferne betrachtet, wie Irrlichter in der Dämmerung umherzuschwirren schienen. Ein Streifenwagen verharrte an der Auffahrt.

Natürlich durften weder ein breiter roter Teppich oder die Begrenzung durch dicke rote Kordeln noch die dezenten Hinweise durch livriertes Personal fehlen. Die 200 geladenen Gäste sollten nach der Ansicht Engels schließlich gleich wissen, wo's langging. Die Neugier der Bürger, Kurgäste und Touristen nahm man geschäftstüchtig in Kauf. Sogar Plakatständer der Investmentgruppe waren gut sichtbar aufgestellt worden. Eine punktuell beleuchtete Werbetafel hing am Balkon.

Die bewährte Prominenz aus Wirtschaft, Politik, Verwaltung, Medizin, Sport und Kultur, welche die Stadt und die Region aufzubieten hatten, traf in weiblicher oder männlicher Begleitung ab 20 Uhr wie nach einem abgesprochenen, festgefügten Ritual ein. Jede und jeder wollte beachtet sein. Sie alle wandelten, festlich gekleidet, durch die Vorhalle, zeigten den von außerhalb engagierten, betont freundlich auftretenden Hostessen ihre Einladungskarten und erhielten von ihnen ein Programmheft sowie die wohlbekannten Prospekte, worin sich das gastgebende Unternehmen mit seinen Projekten vorzüglich zu präsentieren wusste. Auf beiden Seiten des Vestibüls waren Garderoben untergebracht, die selbst wie kleinere Nebenhallen wirkten.

Anschließend gelangten die Gäste in den strahlenden Festsaal. Der hohe Raum schien ein einziges Lichtmeer zu sein, das bis in den letzten Winkel reichte. Der Bühne gegenüber erhob sich die «Königsloge», die ausgewählten Ehrengästen vorbehalten war. Friedolin Engel hatte für seine Person auf die Loge verzichtet, weil er sich lieber unter die bereits gewonnenen und die potentiellen Investoren mischte, um sie persönlich willkommen zu heißen.

Während des Einzugs der Gästeschar spielte auf der Bühne das von Engel für den Galaabend engagierte Kurorchester populäre Liedmelodien aus Operetten und Musicals. Dazu knisterten die Seidenkleider der Damen, Gläser klirrten, das Sprechen und Lachen der geladenen Gäste waren zu hören.

Auch Gabriela Schauberg und Philipp Laubmann waren unter den Gästen. Gabriela war als Vertreterin des Säkularinstituts von den anderen Mitgliedern gebeten worden, der Einladung zu folgen. Und da sie eine Begleitung mitbringen durfte, hatte sie ihrem kriminalistisch-theologischen Bekannten angeboten, diese Rolle zu übernehmen.

Kaum schienen die Gäste vollzählig zu sein, kam ein sich jugendlich gebender Moderator auf die Bühne und unterbrach die Musik, um mittels eines angesteckten Mikrophons das Programm des Abends zu verkünden. Er wies auf diverse Show-Einlagen, das kalte und das warme Buffet im «Grünen Saal» und im «Weißen Saal» sowie auf die Stellwände mit den Plänen und die Vitrinen mit den Modellen hin, die im Festsaal unübersehbar platziert waren und einen Einblick in die Bauvorhaben des «Gastgebers» erlaubten. Zu vorgerückter Stunde werde noch die Möglichkeit zum Tanzen gegeben sein. Wenn jemand bezüglich der Projekte Fragen habe, könnten diese an die Damen und Herren des Unternehmens gerichtet werden.

‹... also an Engel und seine Schranzen›, dachte Laubmann bei sich, denn die aufgetakelte Gesellschaft missfiel ihm moraltheologisch von vornherein.

Höflicher Applaus erscholl, die Musik begann erneut zu spielen und die Stimmung im Saal stieg in Vorfreude auf die verschiedenen Buffets merklich an. Sodann ließ ein nicht ganz unbekannter Pianist auf dem Konzertflügel des Hauses eine Mozart-Variation erklingen. Als er geendigt und der nunmehr begeisterte Applaus sich gelegt hatte, wurde Friedolin Engel von dem emsigen Moderator auf die Bühne gebeten.

In selbstbewusster Manier und mit einer so kräftigen Stimme, dass er sein Mikrophon gar nicht gebraucht hätte, begrüßte Engel seine Gäste, wobei er wie immer mit der Benennung von Rängen und Titeln nicht sparte. Und er erwähnte ausdrücklich den soeben eingetroffenen «Herrn Prälaten Glöcklein, unseren Kurseelsorger», der die Diözese Würzburg und die Erzdiözese Bamberg gleichermaßen würdig vertrete. Engel, im Smoking, bewies demonstrativ ein Herz für die Kirche.

Philipp Laubmann raunte Gabriela Schauberg im Hintergrund zu: «Der ‹Herr Prälat› vertritt doch immer nur sich selbst.»

Glöcklein indes fühlte sich überaus geschmeichelt, lächelte breit und grüßte nach allen Seiten, Bescheidenheit vorschützend. Wie üblich war er priesterlich gekleidet.

Schnell kam Friedolin Engel auf seine «mutigen» geschäftlichen Unternehmungen zu sprechen, die unter anderem auch der Stadt Bad Kissingen zugutekommen würden.

Braver Applaus kam hin und wieder auf, und gefälliges Gelächter erscholl bei vermuteten Bonmots. Überhaupt sei es außerordentlich schwer geworden, erklärte Engel beinahe selbstmitleidig, vernünftig zu investieren. Vielerorts würde das freie Unternehmertum am Hungertuch nagen.

‹Die Ärmsten. Man sollte für sie Altkleiderspenden organisieren›, erwog Albert Glöcklein, diesmal nicht ohne Ironie.

«Unsere Vorhaben freilich fußen auf einer soliden Basis. *Uns* können Sie vertrauen.» Und ganz nach der Devise: «Alles ist ein Geben und Nehmen!», trat Friedolin Engel von der Bühne ab, wenn auch nur von der Bühne des Festsaals.

Laubmanns leiser Kommentar: «Einer nimmt, die Anderen geben.»

«Hätte ich geahnt, dass es Ihnen an Heiterkeit gebricht, hätte ich Sie nicht mitgenommen», flüsterte Gabriela zurück.

Doch Philipp blieb stur.

Die Gäste wandten sich den gedeckten Tafeln zu, beachteten sich gegenseitig nicht ohne Argwohn, tuschelten untereinander, gruppierten sich um die Stehtische oder stolzierten durch die Säle. Derweil stimmte eine Sängerin reiferen Alters ein Lied von Hildegard Knef an: «Für mich soll's rote Rosen regnen». Dann folgten «Eins und eins, das macht zwei» und noch andere Lieder des unvergessenen Stars, was Philipp sehr gefiel, denn er verehrte die Knef.

Gabriela und er hatten sich ebenfalls am Buffet bedient und stießen mit Sektgläsern an, wobei Gabriela ihn charmant anlächelte. Laubmann spürte, dass sie sich trotz ihres überaus christlichen Lebenswandels noch elegant auf einem Festparkett zu bewegen vermochte und keinerlei Vergleich zu scheuen brauchte. Sie war sogar dezent geschminkt und trug ein schwarzblaues, bodenlanges Kleid, das freilich ganz bis zum Hals geschlossen war. Ihr einziger Schmuck bestand aus einer einfachen Silberkette mit einem silbernen Kreuz daran.

Laubmann hingegen war die Wahl der Bekleidung schon schwerer gefallen; wäre er doch am liebsten in seiner üblichen bequemen Hose und seinem karierten Dozenten-Jackett, und am besten ohne Krawatte, erschienen. Weil das aber nicht schicklich gewesen wäre, hatte er sich in seinen dunklen Anzug geklemmt, den er vor Jahren für Beerdigungen und universitäre Feierlichkeiten auf Anraten seiner Mutter und seiner Cousine erworben hatte. Mittlerweile war dieser Anzug anscheinend etwas kleiner geworden und hinterließ den Eindruck eines altertümlichen Kommunionanzugs. Seinen grauen Übermantel hatte er gottlob an der Garderobe abgegeben.

***

Mit Gläsern und Tellern in den Händen begutachteten Gabriela und Philipp die Entwürfe für das geplante Kissinger Nobelhotel. Die Zeichnungen und Modelle waren in der Manier der Architekten mit grünenden Bäumchen, lustigen Männchen und geräuschlosen Autos versehen, als sollte die Realität ausgespart bleiben.

«So wirkt selbst der hässlichste Baukörper oder der monströseste Geldspeicher eines Dagobert Duck putzig wie auf einer Spielzeugeisenbahn.» Laubmann konnte sich über alles ärgern.

Trotzdem fanden sie die Idee eines «Themen-Hotels» reizvoll: möglichst original gehaltene Luxus-Suiten im Stil der berühmten Gäste Bad Kissingens aus früheren Zeiten.

Eine Zaren-Suite wurde im Bild gezeigt, eine Bismarck-Suite, eine Kaiser-Franz-Joseph- und eine Sisi-Suite sowie weitere Räumlichkeiten, die nach Königen oder nach Künstlern benannt und entsprechend historisch ausgestaltet waren; aber eben nicht nur im Sinne der üblichen stilistischen Gepflogenheiten der jeweiligen Zeit, sondern konkret den Privatgemächern, den Arbeitszimmern oder den Ateliers der Persönlichkeiten nachgebildet. Bei der Sisi-Suite stand zur Erläuterung geschrieben: «Für alle, die Elisabeth von Österreich noch immer verehren.»

«Ich verehre, wie Sie wissen, die heilige Elisabeth von Thüringen», verkündete Philipp Laubmann.

«Ich dachte, Sie verehren Ihre Elisabeth aus Neuseeland», spöttelte Gabriela Schauberg.

«Sie ist abgereist», sagte Philipp traurig, worauf ihm Gabriela mitleidig den Arm tätschelte.

In diesem Moment wurde die allgemeine Aufmerksamkeit durch das Abdunkeln des Saals und das Aufleuchten von Scheinwerfern erneut auf die Bühne gelenkt. Ein Zauberkünstler, in Frack und Zylinder, trat zusammen mit einer attraktiven Assistentin auf. Als Einleitung erzählte er, untermalt von alt-wienerischen Melodien, wie er zur Zauberei gekommen sei. Er habe nämlich einst im 1. Bezirk Wiens einen Laden namens «Zauberklingl» entdeckt, in einer Seitenstraße. Einige der dort angebotenen Zauberkunststücke hätten ihn so fasziniert, dass er sich endgültig zum Zauberer berufen gefühlt habe.

Albert Glöcklein mochte den Vorführungen freilich nicht so gern zusehen, weil die Bühnenassistentin des Zauberkünstlers ein enganliegendes sowie ärmelloses glitzerndes Trikot als Auftrittskostüm gewählt hatte und sie somit nach dem Dafürhalten des Prälaten äußerst spärlich bekleidet war.

Er hielt sich bei jedem ihrer Auftritte die Hand vor Augen und war froh, dass er sich zu den Honoratioren der Stadt gesellen durfte, die soeben von einem freien Fotografen der örtlichen Presse abgelichtet wurden. Obwohl er sonst gegen die Journaille zu wettern pflegte, gab er sich jetzt beinahe servil.

Auch Gabriela und Philipp wurden abgelenkt, denn Philipp erkannte seinen Badearzt Dr. Rüdiger Pabst, der gemeinsam mit der Badegehilfin Barbara Brender den Festsaal betrat. Sie waren offensichtlich ineinander verliebt, denn sie hielten sich eng umschlungen. Laubmann registrierte es ohne Erstaunen. Nur die verbundene Hand störte die aufreizende Abendgarderobe der Badegehilfin.

Außerdem war Ida Gutwein-Brenner anwesend. Gabriela Schauberg war die Apothekerin noch aus ihrer Zeit als Reporterin bekannt. «Ihr wurde vor Jahrzehnten eine wilde und aufregende Affäre mit Friedolin Engel nachgesagt. Wussten Sie das nicht? – Dagegen verhält sie sich heute geradezu selbstbeherrscht.»

«Oder von sich selbst beherrscht», meinte Laubmann rabulistisch.

Überaus auffällig war eine kräftige, große Frau mit fleischigem Gesicht, kurzgeschnittenen naturroten Haaren und einem Piercing am linken Ohr, die es gewagt hatte, in einer ordinären blauen Jeans zu erscheinen. «Elli Hartlieb, die Mineralwasserproduzentin aus Oberbirnenbach im Steigerwald», kommentierte Gabriela Schauberg. «In jungen Jahren, als ihr Vater noch den Betrieb geleitet hat, hat sie sich an jeden Mann herangepirscht, den sie haben wollte.»

«Die Konkurrentin unseres Gastgebers, was den Kauf des Säkularinstituts anbelangt?» Laubmann war so überrascht, dass er zu essen vergaß.

«Dieselbe. Sie dürfte indessen auch schon Mitte 40 sein. Früher galt sie als ziemlich rücksichtslos.»

Elli Hartlieb war mit Jacques Grünfeld, dem Juwelier, in ein intensives Gespräch vertieft, der für Gabriela Schauberg ebenfalls kein Unbekannter war. «Er ist in zweiter Ehe mit einer wesentlich jüngeren Frau verheiratet und hat zwei Söhne aus erster Ehe.»

Laubmann kam aus dem Staunen nicht mehr heraus. «Die scheinen einander alle zu kennen.» Und zudem wunderte er sich, worüber Gabriela Schauberg so alles informiert war.

Friedolin Engel schritt durch die Reihen, tat gönnerhaft, klopfte aufmunternd hier und da bedeutsamen Herren auf die Schultern, fuchtelte abermals großspurig mit einer exquisiten Zigarre herum, die wieder nicht brannte, und verteilte Handküsse an aufgedonnerte Damen.

«Freut mich sehr, dass Sie Ihr Kommen ermöglichen konnten und dass somit das Säkularinstitut bei unserer Gala vertreten ist», begrüßte er Gabriela Schauberg jovial. Dabei küsste er ebenfalls ihre Hand und warf einen Seitenblick auf Laubmann.

«Dr. Philipp Laubmann, mein Begleiter, ein Moraltheologe», stellte ihn Gabriela vor.

«Na, das ist hoffentlich nichts Ansteckendes!», rief Engel und lachte schallend. Er wollte Laubmann ganz offensichtlich brüskieren. «Aber, Frau Schauberg, wie steht's in Bamberg? – Sind Sie dort schon einer Verkaufsentscheidung nähergetreten? Natürlich zu unseren Gunsten.»

«Sie werden sich weiterhin gedulden müssen.»

«Wir denken übrigens darüber nach, ob wir in Bad Kissingen unser Hotel- und Gesundheitsangebot um die Sparten Plastische Chirurgie und Gentechnologie erweitern sollten. Schönheits-Operationen und Gentechnik sind ein wachsender Markt.»

Jetzt konnte der Moraltheologe einhaken. «Heinrich Böll würde heute vielleicht, würde er noch leben, statt *Ansichten eines Clowns* genauso gesellschaftskritisch *Ansichten eines Klons* schreiben.»

«Aha!» Engel sah Laubmann entgeistert an und führte seine Zigarre zum Mund. Vom Nobelpreisträger Heinrich Böll hatte er noch nie etwas gelesen.

«Und überhaupt, welche Art Schönheit soll denn da herbeioperiert werden? Die Philosophie nämlich definiert Schönheit neutral als einen Sinneseindruck, der uns gefällt, *ohne dass unsere Begierden gereizt werden.*»

«Die Begierden?» Engel grüßte in seine Umgebung.

«Was man vom ‹wachsenden Markt› der Schönheits-Operationen sicher nicht behaupten kann.» Gabriela Schauberg schwenkte auf Laubmanns Linie ein. «Dort geht es in erster Linie begierig darum, etwas teuer verkaufen und sich etwas teuer erkaufen zu können. Im Sinne Platons aber steht die Idee des Schönen gleichrangig neben dem Wahren und dem Guten.»

Laubmann setzte noch eins drauf. «Und im Sinne Kants ruft Schönheit interesseloses Wohlgefallen hervor, ohne das Besitzstreben unmittelbar zu erregen.»

«Das Besitzstreben?» Engels unkonzentrierte Wiederholungen klangen dümmlich. «Man muss das Leben in *vollen Zügen* genießen, das ist meine Devise!»

«Die *vollen* Züge der Bahn sind nicht dazu angetan, das Leben zu genießen.» Laubmann war gespannt, ob Engel wenigstens dieses Wortspiel registrierte.

Doch dem war nicht nach wortreichen Spielereien zumute. Er wollte sich davonmachen und sich eher um finanzkräftigere Gäste bemühen. «Entschuldigen Sie mich; mein Mitarbeiter, Herr Schilf, wird Ihnen weitere Fragen beantworten.» Engel winkte dem Mann mit der Narbe zu: «Kommst du bitte mal?»

Gunther Schilf unterhielt sich gerade mit einem anderen Gast, denn niemand sollte sich ihnen an diesem Abend entziehen. «In einer Minute!»

Im Weggehen sagte Engel noch knapp: «Den Herrn neben meinem Mitarbeiter müssten Sie eigentlich kennen, Frau Schauberg.»

«Er wurde mir nicht vorgestellt.»

«Das wundert mich; Herr Weisinger ist der Kompagnon Ihres Hausarztes.»

Friedolin Engel wusste offenbar mehr als sie.

***

Schilf drängte es, seinen Auftrag zu erfüllen und sich um die Dame aus dem Säkularinstitut zu kümmern. Er bat seinen Gesprächspartner recht eindringlich, sich ihm anzuschließen, denn Schilf wollte ihn nicht aus den Augen verlieren. Nicht dass Weisinger Investoren, die bereits zu ihnen gewechselt waren, wieder abwarb.

Der Mitarbeiter Engels kam auf Gabriela Schauberg zu und strahlte eine professionelle Zuvorkommenheit aus, die Laubmann gern mit «geschäftstüchtiger Verkommenheit» betitelte. Auch Schilf deutete einen Handkuss an, zumal ihm Gabriela die rechte Hand leicht gesenkt entgegengehalten hatte, sodass er diese zart hatte anheben können.

«Gunther Schilf, sehr erfreut.» Er hatte eine überraschend sanfte, eindringliche Stimme.

«Sie waren schon einmal bei uns auf dem Grundstück, richtig?», antwortete Gabriela Schauberg burschikos.

«Ein bezauberndes Fleckchen Erde. Aber darf ich Ihnen Herrn Weisinger vorstellen; ich glaube, Sie beide kennen sich noch nicht.» Schilf wies auf seinen Begleiter.

«Gestatten, Peter Weisinger.» Er reichte ihr nur die Hand.

Der «Grande Dame» des Säkularinstituts fielen sofort der stechende Blick und der schmale Mund dieses Mannes auf, was ihm etwas Charismatisches verlieh. Nur die breitere Nase und die etwas oberflächliche Aussprache störten sie. Er hatte sehr kurz geschorenes schwarzes Haar und mochte um die 45 sein. Gabriela vollführte ihrerseits eine liebreizende Geste zu Philipp hin: «Mein Begleiter, Dr. Laubmann, der Theologe.»

Die Herren begrüßten ihn per Handschlag.

«Schön, Sie endlich direkt kennenzulernen», sagte Laubmann durchaus doppeldeutig zu Schilf und dachte dabei an Kornfeld. Außerdem hatte er bei der Erwähnung des Namens immer sofort das Schilf am Teich des Schlossparks vor Augen.

Gunther Schilf wandte sich erneut an Gabriela Schauberg. «Ich stehe Ihnen uneingeschränkt zur Verfügung, gewissermaßen stellvertretend für Herrn Engel. Wenn Sie Fragen wegen unserer Projekte haben …»

Gabriela tat interessiert. Für Peter Weisinger jedoch war das die Chance, Schilf zu entkommen. «Dabei will ich nicht stören.» Er neigte rasch den Kopf zum Abschied und verschwand sogleich in der Menge, weil er wie Friedolin Engel Besseres vorzuhaben schien.

Da er Weisinger nicht hatte aufhalten können, konzentrierte sich Gunther Schilf nun voll auf die Vertreterin des

Säkularinstituts. «Sie haben ja schon einiges mit meinem Chef besprochen.»

«Eher Grundsätzliches zum Thema ‹Schönheit›.» Gabriela Schauberg wollte die Debatte eigentlich nicht wieder aufwärmen.

«Mit dem Thema habe ich mich einmal sehr lange auseinandergesetzt», bekannte Schilf ganz ruhig. Es sei ihm bewusst, dass die Plastische Chirurgie oft ablehnend beurteilt werde, doch er habe sehr positive Erfahrungen damit gemacht. Er sei in jüngeren Jahren Privatdetektiv gewesen und habe bei einem schweren Sturz erhebliche Gesichtsverletzungen davongetragen. Aber bis auf die Narbe an seiner Schläfe sei dank medizinischer Mittel sein Gesicht wiederhergestellt worden. Die Narbe halte seither in ihm die Erinnerung daran wach, wie brüchig und vergänglich das Leben sei.

Philipp war beeindruckt; eine solche Tiefgründigkeit hatte er Schilf nicht zugetraut. Er dachte sogar noch darüber nach, als sie sich längst von Engels «rechter Hand» verabschiedet hatten.

«Von diesem Herrn Weisinger habe ich im Institut schon gehört», sagte Gabriela Schauberg zu Laubmann, «aber ich habe ihn heute zum ersten Mal gesehen. Und trotzdem kam er mir nicht ganz unbekannt vor.» Sie grub in ihrem Gedächtnis nach Bildern aus ihrer Zeit als Journalistin.

«Vielleicht gab's über ihn ein ähnliches Gerede wie über die anderen. Vielleicht etwas mit Bestechung.» Laubmann hatte erneut Kornfeld vor Augen.

«Ich habe alle meine Unterlagen weggegeben, als ich mich für das Leben im Institut entschieden hatte. Aber falls ich daran denke, frage ich einen ehemaligen Kollegen, wenn ich irgendwann mit ihm telefoniere.»

Flotte Tanzmusik wurde gespielt. Laubmann häufte sich unterdessen zum zweiten Mal unmäßig Speisen auf seinen Teller, wobei das Prinzip seiner Auswahl leicht zu erkennen war: Alles war auf dem Teller nämlich nach Farben sortiert; rote Wurstsorten in einem Segment, gelbe Käsestücke in einem anderen, außerdem grüne Gemüseteilchen.

«Und was ist mit Ihrer Diät?», erkundigte sich Gabriela Schauberg.

«*Post rem devoratam ratio – Diät halten erst* nach *dem Schlemmen*, schreibt der römische Komödiendichter Plautus.»

XXII

DER GALAEMPFANG WAR noch lange nicht zu Ende, obwohl die Mitternacht bereits vergangen war. Gabriela Schauberg hatte freilich genug, und sie hatte genug wahrgenommen. Beim Essen und Trinken allerdings hatte sie sich weitaus gemäßigter verhalten als Philipp Laubmann. Nun empfand sie das Bedürfnis, ihr Hotel aufzusuchen, um der Schläfrigkeit nachzugeben.

Laubmann, ihr Kavalier, hatte selbstverständlich vor, sie dorthin zu geleiten. Sie waren schon im Aufbruch begriffen und hatten sich an der Garderobe eingefunden, als sich ausgerechnet Prälat Albert Glöcklein zu ihnen gesellte und Dr. Laubmann unaufschiebbar zu sprechen wünschte; unter vier Augen, sofern es möglich sei. Er war ihnen nachgeeilt. Philipp war fast grimmig ob der Dringlichkeit, mit der Glöcklein auftrat. Doch Gabriela meinte verständnisvoll, es mache ihr nichts aus, alleine zu gehen; es sei ja nicht so arg weit. Denn warten mochte sie nicht. Der Herr Prälat habe sicher triftige Gründe.

Glöcklein war ihr dankbar.

Er bat Laubmann nach draußen, weg von dem Trubel. Sie durchquerten den zum großen Saal hin offenen «Weißen Saal», in welchem sich noch viele der Gäste prahlend oder räsonierend aufhielten, und gingen hinaus in den «Schmuckhof», der von Arkaden umgeben war. Hier war niemand. Das Licht aus dem «Weißen Saal», das durch die hohen Glastüren schien, beleuchtete die Skulpturen, die antiken Gottheiten nachgebildet waren, nur indirekt. Das Außenlicht war abgeschaltet. Glöcklein und Laubmann setzten sich in einer künstlerisch gestalteten Muschelgrotte auf eine gedrechselte Bank aus «Spessart-Eiche». Die wohltuende Dunkelheit und die empfindliche Kühle der Nacht umfingen sie. Gut, dass Philipp bereits seinen grauen Mantel übergestreift hatte.

Der Prälat redete leise, als würde er Spitzel befürchten, und erzählte Laubmann sehr zurückhaltend, als müsste er auf dessen Spott gefasst sein, von seinem Besuch in der Spielbank.

Philipp Laubmann lachte auch prompt laut auf, obgleich ihn bei Glöcklein nichts verwunderte. «War nicht im Gebäude, in dem die Spielbank residiert, einstmals ein Kurbad untergebracht? Sie haben wahrscheinlich geglaubt, Sie könnten dort in Geld *baden.*»

Aber Prälat Glöcklein ließ sich nicht beirren. «Ich habe mich als Seelsorger – ganz im Gegensatz zu Ihnen als Theologen – um alle Schäflein zu kümmern, gerade wenn sie sich verirrt haben. Sogar um die theologisch verirrten.» Eine Spitze gegen Laubmann. «Die Sünde und den Teufel kann man nur dann erkennen und bekämpfen, wenn man weiß, wo sie einem begegnen.»

Der Theologe in Laubmann fühlte sich herausgefordert. «Ein vergessener mittelalterlicher Mystiker hat geschrieben, die Nasenscheidewand des Menschen sei ein Zeichen dafür, dass er befähigt sei, das Gute vom Bösen zu unterscheiden. Der Teufel besitze dagegen nur ein *einziges* Nasenloch. Logisch, er braucht keinen Unterschied zu machen.»

«Was wollen Sie damit andeuten?»

«Dass Sie glauben, Ihre Nase überall reinstecken zu müssen, um zwischen gut und böse unterscheiden zu können. Wir wissenschaftlichen Theologen nutzen mehr den Verstand.»

«Als ob Sie nicht ebenfalls herumschnüffeln würden. Sie geben doch nur zu gern den begnadeten Kriminalisten.» Glöcklein musste sich beherrschen, um nicht vollends in Wut zu geraten.

«Touché!», sagte Laubmann, obwohl ihm die geistigen Auseinandersetzungen mit dem Prälaten allzeit gefielen. «Aber ich nehme an, Sie möchten mit mir über etwas anderes sprechen.»

«Ja, das ist richtig», gestand Albert Glöcklein. «Ich habe nämlich in der Spielbank völlig unbeabsichtigt Kenntnis von einem konspirativen Treffen erhalten. Herr Engel, unser Gastgeber, hatte sich dort mit einigen Investoren verabredet, und ich musste feststellen, dass er und seine rechte Hand, dieser Schilf, anscheinend wenig Skrupel haben, wenn es um die Durchsetzung ihrer Kapital-Interessen geht.»

«Sie denken dabei an die Morde?»

«So weit will ich mich nicht vorwagen, aber möglich ist alles.»

«Haben Sie etwas gehört, das der Sonderkommission ‹Zwillinge› bei ihren Mord-Ermittlungen weiterhelfen könnte?»

«Gott sei Dank nicht. Nur, die Herrschaften haben mich leider dabei ertappt, dass ich sie ein wenig belauscht habe. Ich betone noch einmal: völlig unbeabsichtigt.»

«Ich weiß, wie so was geschieht», gab Laubmann zu. «Mir passiert das auch gelegentlich.»

«Und wie verhalten Sie sich dann?» Der Prälat wirkte verunsichert.

«Ich versuche mich geschickt aus der Affäre zu ziehen – manchmal sogar mit einer Unwahrheit.»

«Wie grausig!» Glöcklein war sich nicht im Klaren, ob er mehr über seinen eigenen Lauschangriff oder über Laubmanns Eingeständnis, der Unwahrheit zu frönen, schockiert sein sollte.

«Ganz offen gefragt, Herr Prälat: Haben Sie Angst?»

Albert Glöcklein fiel es schwer, unbefangen zu antworten. «Ich werde unter Druck gesetzt. – Vorhin haben mir zwei Herren, die mir nicht bekannt sind, überdeutlich zu verstehen gegeben, dass sie meinen Spielbankbesuch – der rein seelsorgerische Ursachen hatte! – meinem Bischof als etwas furchtbar Verwerfliches schildern würden. Anonym natürlich. Sie würden mich hinstellen wie einen im höchsten Grade Spielsüchtigen, und ich hätte folglich die Konsequenzen zu tragen.»

«Schöne Bescherung. – Und was haben die Herren von Ihnen verlangt?» Laubmann gab sich lässiger, als er sich fühlte.

Glöcklein blickte ihn bass erstaunt an. «Sie kennen sich offensichtlich damit aus.»

«Alles Übung. Also was?»

«Sie haben unverhohlen von mir gefordert, dass ich meinen Einfluss in der Diözese und im Säkularinstitut geltend mache, damit die Investorengruppe um den Bauunternehmer Engel das Geschäft mit dem Institut zu einem positiven Abschluss bringen kann.»

‹Glöcklein, Glöcklein›, dachte Laubmann, ‹da hast du deine Nase einmal zuviel in was reingesteckt›. – «Was werden Sie tun?»

«Das frage ich Sie, was ich tun soll.» Prälat Glöcklein zitterte. «Kann ich Polizeischutz beantragen?»

«Das halte ich für übertrieben. Aber wenn Sie erlauben, werde ich den Kommissaren Glaser und Lürmann über den Erpressungsversuch Bericht erstatten. Ich bin sicher, einem von beiden fällt was ein.»

«Wenn bloß mein Bischof nichts davon erfährt», lamentierte Glöcklein. Und obzwar er sich sonst nur zu gern den Mächtigen oder denen, die sich mächtig für was hielten, andiente, begann Prälat Albert Glöcklein in einem unerwarteten Ausbruch von Schwermut und Zorn zu wettern, dass Geldgier und blindwütige Wirtschaftsinteressen allenthalben überhandnähmen. Ein von prahlerischer Maßlosigkeit bestimmter Moloch, den er als ein der Transzendenz zugewandter Kirchenmann nicht gutheißen dürfe.

Er schaute in eine imaginäre Ferne. «Allein wenn ich an meine jungen Jahre in Bamberg denke, was war das doch für ein gemütliches Städtchen. Und was ist daraus geworden? Eine Unmenge Budenzauber mit gewinnverheißender Massenabfertigung, der dreist die Etikette ‹Kultur› und ‹Romantik› angeheftet werden. Und dennoch ist es nichts als Gelärme und Hast.»

«‹Moloch›, die unersättliche Macht, die alles auffrisst», dozierte Laubmann mehr für sich. «Höchstwahrscheinlich eine altorientalische Gottheit.»

«Nur, an anderen Orten ist es nicht besser. Der Götze ist überall!»

«Ich gebe Ihnen recht, das Leben ist lebensfeindlicher geworden. Aber ich hege die Hoffnung, dass sich die Maßlosigkeit eines Tages selber verschlingt.» Laubmann wollte Glöcklein aufmuntern. «*Vitium est ubique, quod nimium est – In jeder Übermäßigkeit verbirgt sich auch ein Fehler;* frei nach Quintilian.»

«Danke, ich verstehe Latein.»

Unvermutet war Friedolin Engel durch eine der Glastüren nach außen getreten, zwangsläufig mit einer *engelsgleichen* Blondine im Arm. Er hatte für die Gala ursprünglich eine Misswahl vorgeschlagen, und seine momentane Begleiterin wäre seine Favoritin gewesen, doch seine Mitarbeiter hatten ihm das unangemessene Vorhaben ausreden können, zumal andernorts bei der Festveranstaltung eines Honigfabrikanten einige Wochen davor eine junge Dame zur «Bienen-Königin» gewählt worden war, was nicht nur positive Schlagzeilen gebracht hatte.

«Ah, ich sehe, die Herrn Theologen haben sich zu einem wissenschaftlichen Meinungsaustausch verzogen. So ist's recht; wir pflegen unsere Geschäfte und Sie Ihre Theorien!», rief Friedolin Engel ihnen hemdsärmelig zu.

«Der lässt auch keine Trivialität aus», raunte Philipp Laubmann. Er spürte freilich, dass es dem Bauunternehmer ernst damit war.

XXIII

DER PARKPLATZ WAR GUT AUSGELEUCHTET. Nur dort, wo er von niedrigen Laubbäumen und von Buschwerk durchsetzt war, bildeten sich dunklere Winkel. Aber die ließen sich meiden. Gabriela Schauberg lief, wo es ihr die geparkten Pkws, meist Nobelkarossen, erlaubten, quer über den Platz.

Die Investoren und Honoratioren bevorzugten tristes Silbergrau und trostloses Schwarz als Wagenfarbe. Dieses Schwarz sei natürlich nicht zu vergleichen mit dem lebensfrohen Schwarz der Kirche, sowie jenes Silbergrau – bei aller Reinlichkeit – nicht mit dem Silber als religiösem Symbol der Reinheit gleichzusetzen sei, wie ein Laubmann das komplex und kompliziert ausdrücken würde. Gabriela Schauberg war klar geworden, dass sich an der Blasiertheit der Schickeria seit ihrer Zeit als Reporterin nicht das Geringste geändert hatte. Im Gegenteil; nicht selten war zu wenig vornehme Zurückhaltung zu spüren.

Gewiss, manche fühlten sich gezwungen, mitzuhalten. Aber wie oft zählte Ansehen mehr als Leistung, obgleich sich die Begüterten doch nur zu gern Leistungsmaximen verschrieben. Für sie selbst, fand Gabriela, zählte in ihrem Leben nichts dergleichen mehr, sondern nur die christlich gewagte Menschlichkeit.

Sie hatte zum Schluss einfach gehen wollen. Sollte Philipp Laubmann ruhig mit Albert Glöcklein ausgiebig reden. Die zwei waren ihr noch munter genug vorgekommen. Sie selbst fror vor Müdigkeit und zog ihren dunkelblauen Mantel enger um sich. Leichter Wind kam auf, drüben von der Saale her. Fast hätte Gabriela sich geängstigt, als sie am Rande des Platzes jemanden in einem der luxuriösen Wägen wahrnahm. Sie sah zuerst nur den Rücken eines vornübergebeugten Mannes, erkannte dann aber rasch, dass er nicht allein war. Barbara Brender und Dr. Rüdiger Pabst küssten sich heftig. Ihre lustvolle Liebe schien sehr jung zu sein. Das war bereits im Festsaal zu erkennen gewesen. Barbaras verbundene Hand lag auf seinem Rücken.

Gabriela Schauberg war ein bisschen irritiert und hatte nicht zu dem leidenschaftlichen Paar zurückgeblickt. Mochte sein, dass sie von den beiden gesehen worden war. Es war nicht mehr ihre Welt, obgleich ihr Liebeleien vor ihrer Entscheidung für das Säkularinstitut nicht fremd gewesen waren. Aber sie hatte für sich jener oberflächlichen Welt aus Überzeugung abgeschworen.

Mit nächtlicher Beleuchtung geizte man in Bad Kissingen nicht. Überall verströmten die Straßenlaternen und die Auslagen der Geschäfte Helligkeit. Dennoch war außer Gabriela kein Mensch mehr unterwegs. Vielleicht hätte sie doch auf Laubmann warten sollen. Der Wind war stärker geworden, fegte über die Straße und durch die Vorgärten einiger villenartiger Gebäude. Seltsamerweise fuhr nicht einmal ein Auto vorüber. Ohne das Rauschen des Windes wäre es ganz still gewesen.

Kaum aber hatte sie sich an sein Rauschen gewöhnt, vernahm sie Schritte hinter sich auf dem Gehsteig. Sie bog in eine Gasse ab, die eine Abkürzung zu ihrem Hotel war. Hier waren nur ihre eigenen Schritte zu hören; nicht einmal der Wind strich durch diese schmale Straße. Kaum dass sie bis zur Hälfte der Gasse vorangekommen war, mischte sich unter den Hall ihrer Schritte das Geräusch eines zweiten, schnelleren Schrittpaares. Sie drehte sich um, wagte diesmal einen Blick; nur, die Gasse war in Ermangelung von Schaufenstern bei weitem nicht so hell wie die breiteren Straßen. Das Licht der beiden Laternen – eine am Anfang, eine am Ende der Gasse – war zudem schwächer.

Eine dunkle, düstere Gestalt lief ihr vom Anfang der Gasse her nach. Sie war schwarz gekleidet. Ein schwarzer Mantel oder Umhang, schwarze Handschuhe. Und absurderweise war selbst der Kopf zur Gänze schwarz.

Jetzt bekam es Gabriela Schauberg wirklich mit der Angst zu tun. Instinktiv begann sie davonzulaufen. Welchen Weg sie einschlug, darauf achtete sie nicht mehr, zumal die Person, von der sie verfolgt wurde, sie bald eingeholt haben würde. Die Schritte kamen näher. Doch Gabriela kannte sich in der Stadt kaum aus, hatte lediglich einmal eine Besichtigungstour unternommen.

Zum wiederholten Mal änderte sie die Richtung, wie bei einem Zickzacklauf, und plötzlich stand sie fast völlig in der Finsternis. Sie hatte einen Fehler gemacht. Sie war ganz real, und nicht nur sprichwörtlich, in einer Sackgasse gelandet, in einer Art Hinterhof, einer Zufahrt zu einem Rückgebäude.

Wenige Sekunden blieben. Sie erspähte an einer der fensterlosen Wände eine Tür mit einer kleinen, schräg ansteigenden Rampe davor. Doch ehe Gabriela darauf zustürzen konnte, hatte die schwarz gekleidete Erscheinung ebenfalls die Sackgasse erreicht und versperrte ihr endgültig den Rückweg.

Der Haltung und dem Körperbau nach musste es ein Mann sein. Und sein absonderlich schwarzer Kopf erwies sich als eine bis zum Hals heruntergezogene Wollmütze, mit ausgeschnittenen Augenlöchern.

Der Unbekannte hielt für einen Moment inne, atmete schwer, und fixierte sein Opfer stumm. Das Messer in seiner rechten Hand war beinahe nicht zu erkennen. Eine ruckartige Bewegung durchfuhr ihn, ehe er auf Gabriela losstürzte.

Ihre einzige Fluchtmöglichkeit konnte nur die Tür sein, eine eiserne Tür. Ein flehendes Gefühl in Gabriela schrie nach Gott, dass diese Tür nicht verschlossen sein möge. Gabriela rüttelte in ihrer Panik an der Klinke, anstatt sie niederzudrücken, und wollte, als sich nichts bewegte, schon aufgeben. Dann zerrte sie noch einmal an ihr. Die Tür ließ sich nach außen öffnen. Gabriela riss sie auf und glaubte bereits, den Körper des Angreifers zu spüren und das Messer, wie es durch Luft schnitt. Sie wollte nichts anderes, als nur hinein in die absolute Dunkelheit des dahinterliegenden Raums.

Mit all ihrer Kraft zog sie die Eisentür mit beiden Händen von innen zu. Die scharfe Klinge des Messers, das auf sie niederstach, blieb zwischen der Tür und dem eisernen Rahmen stecken und brach ab. Angsterfüllt suchte sie mit zitternden Händen den Metallriegel an der Innenseite, den sie beim Aufreißen der Tür wahrgenommen hatte. Denn sie wusste, dass derjenige, der sie töten wollte, im nächsten Moment die Tür ebenfalls aufbekommen würde. Als ihre Hände endlich den Riegel fanden, schob sie ihn mit aller Gewalt vor, was einen dumpfen Knall verursachte.

Der Angreifer schlug im selben Augenblick von draußen wie irrsinnig mehrfach auf die Klinke und trat mit dem Fuß gegen die Tür. Aber das ließ Gabriela mit einem Mal erstaunlich kalt. Der Wandel in ihr hatte sich von einer Sekunde zur anderen vollzogen. Sie fühlte sich plötzlich behütet, als würde Gott seine Hand über sie halten, als wäre sie in seiner Güte aufgehoben.

Nach einer langen Zeit des Lauschens und des Verharrens in der Dunkelheit hatte Gabriela Schauberg einen Lichtschalter nahe der Tür ertastet. Sie hatte sich in einen Lagerraum geflüchtet. Die überstandene Todesangst zeigte Wirkung; Gabriela fühlte sich schwach, hatte Atemnot, empfand den Schmerz in ihrem Herzen. Die Spitze der Klinge war noch immer auf sie gerichtet.

XXIV

PHILIPP HATTE ERST WENIG SCHLAF GEFUNDEN, als das Telefon klingelte. Verstört wollte er aufstehen, um zum Apparat in seinem Arbeitszimmer zu gelangen, bis er wahrnahm, dass er ja nicht daheim, sondern in einer Pension in Bad Kissingen war. Und hier schellte dieses Ding auf dem Nachtkästchen, direkt neben ihm.

«Hallo.» Laubmanns Stimme war rauh.

«Gabriela Schauberg. Verzeihen Sie, dass ich so früh anrufe, aber mir ist etwas Scheußliches passiert. Ich habe die ganze Nacht kein Auge zugetan und war stundenlang auf dem Polizeirevier. Jemand hat mich verfolgt und angegriffen. – Können wir uns bitte treffen?» Gabriela rief von ihrem Hotel aus an. Auch ihre Stimme klang mitgenommen.

Philipp gähnte vor Schreck und rieb sich mit der freien Hand die Augen, um wach zu werden. «Ich muss mich aber erst anzieh'n.» Dennoch sagte er zu, in Kürze zum Maxbrunnen im Kurgarten zu kommen.

Sein Schlaf war unruhig gewesen. Die Gala-Nacht hatte sich durch Glöckleins Problem in die Länge gezogen. Und danach hatten beide wieder Hunger verspürt und sich an feinsten Süppchen sowie süßlichem Wein gütlich getan. Freilich waren nun, um drei viertel sieben am Morgen, alle Eindrücke der Nacht sehr verschwommen.

Laubmann erhob sich soeben von seiner Lagerstatt, als ihm sein handliches Diktiergerät von der Bettdecke rutschte und zu Boden fiel. Da erinnerte er sich, dass er in der vergangenen Nacht, bereits auf dem Bett liegend, noch ein paar theologische Gedanken zum Thema «Nacht, Tag und Schlaf» hatte festhalten wollen. Es heiße zwar «carpe diem», aber warum sollte der Spruch nicht auch – für Nachtmenschen und positiv erwogen – in «carpe noctem» umgewandelt werden können?

Jetzt bemerkte er, dass das Band des Diktiergeräts voll war. Das Gerät hatte sich am Ende automatisch abgeschaltet. Neugierig steckte er einen Hörknopf in die Ohrmuschel, spulte das Band ein wenig zurück und hörte kurz rein – doch er vernahm nichts anderes als durchdringende Schnarchgeräusche. Das empfand er als so blamabel, dass er während der Morgentoilette das ganze Band, ohne weitere Prüfung, löschte.

Der Himmel war grau, als Philipp sich auf den Weg machte, was seiner eigenen melancholischen Stimmung vollkommen entsprach; und nicht nur heute. Es gefiel ihm auch, dass an diesem frühen Samstagmorgen im Kurbereich noch alles so still war: der Rosengarten oder die Kuranlagen an der Saale und bei der Wandelhalle. Noch nicht einmal Kehrmaschinen waren unterwegs.

Der Maxbrunnen – ein Sauerbrunnen und die älteste der Kissinger Heilquellen – war wie ein kleiner Tempel gestaltet und nach dem bayerischen König Max I. Joseph benannt. Gabriela Schauberg, in ihrem dunkelblauen Mantel, wartete schon auf Philipp Laubmann. Sie schilderte ihm ihr unerfreuliches Erlebnis. Blass und übernächtigt sah sie aus. Aber sie hatte den Mut bewiesen, allein von ihrem Hotel aus hierher zum Maxbrunnen zu kommen, denn sie wollte sich nicht einer sich unkontrolliert gebärdenden Angst ergeben. Polizeischutz hatte sie abgelehnt.

Laubmann, im grauen Mantel, verspürte Gewissensbisse. Er konnte sich selbst den Vorwurf nicht ersparen, dass er Gabriela nicht begleitet und stattdessen Glöckleins Drängen nachgegeben hatte. In einer Übersetzung des mittelalterlichen Textes *Die Wolke des Nichtwissens* hieß es: Der Teufel versuche die Menschen nicht mit etwas, das vordergründig böse sei; nein, er mache sie vielmehr emsigen *Prälaten* ähnlich. Der Gedanke ging Philipp durch den Kopf, und er hätte deswegen beinahe Glöcklein eine Schuld am nächtlichen Geschehen zugeschrieben.

Philipp empfahl Gabriela, gemeinsam mit ihm die Wandelhalle aufzusuchen, weil sie dort geschützter sei. Der Täter könne eventuell noch einmal einen Anschlag auf sie verüben.

Weder die Wandel- noch die Brunnenhalle hatte freilich schon geöffnet; aber eine der Damen, welche für die Heilwasserausgabe zuständig waren und ihren Dienst gerade begonnen hatten, schloss eine der hohen verglasten Türen unter den Arkaden für sie auf. Schauberg und Laubmann konnten sogar etwas von dem heilsamen Nass erhalten und nippten vorsichtig an ihren Gläsern, weil sie befürchteten, das Wasser sei auf nüchternen Magen nicht so bekömmlich.

Außer ihnen waren noch keine Kurgäste anwesend. Die in großer Anzahl vorhandenen Stuhlreihen waren leer. Und das Kurorchester hatte ohnehin erst viel später als Laubmann schlafen gehen können.

Ein Bedrücktsein kroch in Philipps Seele, als ihm bewusst wurde, wie er vor nicht allzu langer Zeit mit dem Mesner Reinhold Müller hier gestanden hatte, genau vor denselben bronzeblitzenden Brunnenröhren. Gabriela Schauberg konnte ihn verstehen. Sie fühlte sich heute Morgen kaum anders.

Philipp brauchte ein wenig, um sich wieder auf aktuellere Fragen einlassen zu können. Doch dann war er ganz der Alte.

«Auf dem Weg hierher habe ich darüber nachgegrübelt, ob nicht vielleicht der erste Mordanschlag in Bamberg, also der tödliche Anschlag auf Margarete Müller, in Wirklichkeit Ihnen beiden gegolten haben könnte. Schließlich wollte sie *zusammen* mit Ihnen den Spaziergang unternehmen. Das könnte jemand spitzgekriegt haben. – Womöglich existiert ein Komplott gegen Sie *und* Frau Müller.»

«Ich war doch in der entsetzlichen Nacht gar nicht in Bamberg.»

«Deshalb der Anschlag auf Sie in der letzten Nacht, weil der Täter oder die Täterin Sie damals nicht vorgefunden hat.»

«Aber ich habe keine Feinde; um Gottes willen!»

«Sie haben die Welt geseh'n in Ihrer Zeit als Reporterin, sind durchaus weltgewandt – und warum sollte Sie im Institut nicht jemand darum beneiden? Oder jemand hält es in Anbetracht Ihres Vorlebens für unpassend, dass Sie Mitglied des Säkularinstituts sind. Ähnliches mag im Übrigen auch auf Margarete Müller zugetroffen haben.»

«Ich bitte Sie, nach so langer Zeit. Margaretes Vorleben und mein Vorleben liegen weit zurück. Außerdem habe ich Sie schon einmal davon unterrichtet, dass es bei uns keinen Neid gibt. Und so schlimm war ich nun wirklich nicht, wie Sie sich das ausmalen!»

Laubmann wollte sachlich bleiben und trank deshalb einen Schluck des gesunden Heilwassers. «Ich wiederhole mich: Wäre allein Margarete Müller gemeint gewesen, dann wäre auf Sie kein Anschlag verübt worden.»

Gabriela Schauberg reagierte verärgert. So weit hatte es dieser Moraltheologe wieder einmal gebracht. «Logischerweise bedeutet das – und gerade Sie akzentuieren die Logik immer –, dass in der vergangenen Nacht jemand aus dem Institut auf mich losgestürzt ist. – Ja, dann frage ich Sie, wer denn bitte? Das ist einfach irrwitzig.»

Philipp versuchte Gabriela zu beruhigen. «Ich gebe zu, dass ich keine Lösung dafür anbieten kann. Vielleicht ist inzwischen für irgendjemand auch ein ganz neues Motiv entstanden, sodass wir uns mittlerweile um drei Motive zu kümmern hätten; eines für den ersten Mord, eines für den zweiten Mord und eines für den Anschlag auf Sie.» Er trank vor lauter Aufgeregtheit noch einen Schluck. «Oder es gilt eben für alle drei Anschläge *dasselbe* Motiv, zum Beispiel der Verkauf des Schlosses respektive des Schlosses und der Quelle. Letztendlich sind Sie dagegen.»

«Da hätte ein Täter viel zu tun», widersprach Gabriela Schauberg angestrengt. «Dann müssten nämlich *alle* umgebracht werden, die dagegen sind. Wie Sie wissen, sind auch alle unsere auswärtigen Mitglieder an der Entscheidung beteiligt.»

Laubmann antwortete wieder streng logisch und daher etwas kaltschnäuzig: «Ein Täter wäre nur so lang damit beschäftigt, bis sich das Mehrheitsverhältnis zu seinen Gunsten neigt.»

«Aber Margarete hat ja *für* den Verkauf gestimmt! Und wenn wir sie zur Leiterin gewählt hätten, hätte sie mit ihrem Veto-Recht eine den Verkauf ablehnende Entscheidung blockieren können. Mit ihrem Tod hat sich also, nach Ihrer Theorie, Herr Laubmann, die Lage keineswegs zugunsten des Täters gewendet. Außerdem: Warum wurde dann Margaretes Bruder umgebracht? Er hatte gar kein Stimmrecht bei uns.»

Philipp Laubmann tat so, als müsste er Gabrielas Argumente gedanklich verarbeiten. Er schwieg jedoch, weil ihm eines klar geworden war: Sie wusste nicht, dass die Getöteten keine Zwillinge waren. ‹Oder verstellt sie sich etwa? Und wenn ja, wieso?› – Philipp zog es vor, Gabriela Schauberg noch nicht zu informieren.

Hinsichtlich seiner Mutmaßungen gab er allerdings nicht nach, selbst wenn sie ihr nicht gefielen. «Ich meine, es könnte sehr wohl so etwas wie ein interner Machtkampf dahinterstecken.»

«Niemals! Sie kennen eben unsere Gemeinschaft nicht wirklich, was ich sehr bedauere. Wir fühlen uns, egal wie eine Entscheidung ausfällt, zur Zusammengehörigkeit verpflichtet. Und wir haben Gehorsam gelobt. Im Übrigen, Herr Laubmann, wir sind nur *Frauen* im Säkularinstitut; und das war ein Mann, der mich mit dem Messer angegriffen hat. Das führt Ihre Neid- oder Machtkampf-Theorie ad absurdum.»

«Ich habe eine Unterstützung von außerhalb, die ein Täter oder eine Täterin gehabt haben könnte, in meinen Erwägungen nie ausgeschlossen.»

Gabriela wollte die unergiebige Diskussion beenden und machte darum innerlich einen Schritt auf Laubmann zu. «Mir ist vorhin auf meinem Weg hierher auch etwas eingefallen: Margarete und Reinhold Müller hatten einen sehr engen Freund, der ab und zu sogar im Säkularinstitut war. Der müsste in der Nähe von Bamberg wohnen. Den Namen und die Adresse finde ich heraus. Mag doch sein, dass er Antworten auf die eine oder andere unserer Fragen hat.»

Philipp Laubmann horchte auf. «Das könnte ein neuer Ansatzpunkt sein.»

«Ich möchte», sagte Gabriela vertraulich, «nach dem, was heute Nacht passiert ist, sowieso liebend gerne weg von hier. Wenn Sie mich begleiten mögen, könnten wir ihn zusammen besuchen.»

«Das würde ich gerne. In der nächsten Woche mal. Ich hab allerdings am Montag eine Verabredung mit Herrn Lürmann. Aber bald danach bestimmt; von Bamberg aus, oder auch von hier aus. Falls Sie's noch so lange in Bad Kissingen aushalten.»

Und da Gabriela Schauberg nach wie vor sehr blass aussah, drängte Laubmann sie, gleich heute einen Arzt aufzusuchen; «damit sich Ihre Herzbeschwerden nicht verschlimmern.»

Sie stellten ihre Gläser ab, aus denen sie kaum getrunken hatten. Die Brunnen- und die Wandelhalle waren jetzt geöffnet worden, und einige Kurgäste, denen eine Trinkkur verordnet war, kamen herein. Sie interpretierten die annähernd vollen Gläser, die Laubmann und Schauberg stehengelassen hatten, im Sinne der Unbekömmlichkeit, weshalb sie sich nur sehr zögerlich an die Wasserausgabe herantrauten.

XXV

AM HEUTIGEN MONTAG HATTE LÜRMANN zwei Dienstfahrten zu absolvieren: nach Frankfurt am Main und nach Oberbirnenbach im Steigerwald. In Frankfurt war der Bauunternehmer Friedolin Engel, in Oberbirnenbach die Mineralwasserproduzentin Elli Hartlieb zu befragen. Am selben Tag wollten Glaser und Vogt in Bamberg bei Dr. Anselm Walther und dessen Kompagnon Peter Weisinger eine Befragung zu den Mordfällen durchführen. So sollten die Aussagen aller am Kauf des ehemaligen Wasserschlosses Interessierten aktenkundig werden.

Glaser hatte bereits am gestrigen Sonntag bei Lürmann in Bad Kissingen angefragt, ob es ihm etwas ausmache, alleine unterwegs zu sein, was Lürmann verneint hatte. Doch der hatte, ohne Glaser oder Vogt zu informieren, wieder mal Philipp Laubmann mitgenommen. Und das nicht nur zur Unterhaltung. Die akademisch-kriminalistische Sichtweise seines theologischen Bekannten war nun mal in früheren Fällen so förderlich gewesen, dass er ungern darauf verzichten wollte.

Philipp seinerseits hatte sich Kommissar Ernst Lürmann natürlich gern angeschlossen. Wie immer plagte ihn die Neugier. Das Verhalten der Verdächtigen, ihre Ausreden und Rechtfertigungen, das beschäftigte ihn bei solch schweren Kriminalfällen andauernd, denn er glaubte, darin am besten die Moral der Menschen erkennen zu können, ihre Beweggründe.

Den Sonntag hatte er in seiner Pension vorwiegend verschlafen. Erst am Abend hatte er mit Gabriela Schauberg, die allein im Thermalbad gewesen war und Albert Glöcklein dort angetroffen hatte, gemeinsam die abendliche Sonntagsmesse besucht. Der Herr Prälat habe Schwimmflossen an den Füßen gehabt, wusste sie zu berichten; wohlgemerkt im Thermalbad, nicht im Gottesdienst.

Schon zeitig am Morgen waren Lürmann und Laubmann mit dem Dienstwagen auf der Autobahn in Richtung Frankfurt unterwegs. Sobald sie die Höhen des Spessarts erreicht hatten, fielen Lürmann, dem Kriminalbeamten, die Geschichten von den Räubern ein und die vom *Wirtshaus im Spessart*, wobei er sich letztlich lieber das Wirtshaus als die Räuber vergegenwärtigte.

Der Verkehr war flüssig. Hinter dem Frankfurter Stadtwald tauchte die Silhouette der Hochhäuser auf. Trotz des Navigationssystems im Dienstwagen gelangten sie rasch ins Zentrum. Laubmann sah lange auf den Messeturm und erzählte Lürmann von der herbstlichen Buchmesse, die er als Theologe bereits mehrfach besucht hatte, vom alljährlichen wirtschaftlichen Triumph des Buches oder von den Eitelkeiten, denen er dort begegnet war. Er träumte jedoch davon, seine Habilitationsschrift auch irgendwann auf der Messe gedruckt offerieren zu dürfen.

Nachdem sie zweimal ziemlich verkehrswidrig gewendet hatten, waren sie in der richtigen Straße. Engel hatte seinen Firmensitz und seine Wohnung im obersten Stockwerk eines Hochhauses, das inmitten von Bankgebäuden lag, und das *er* gebaut hatte. Die beiden Besucher aus Bamberg durften, nach vorheriger Vereinbarung, in der hauseigenen Tiefgarage parken und dann mit dem Lift bis hinauf zum Penthouse fahren.

Im Flur oben wurden sie von einer Empfangsdame begrüßt, die streng gekleidet und streng frisiert war. Sie beachtete Lürmanns Dienstausweis gar nicht weiter, sondern bat die Herren eilfertig, für einen Moment Platz zu nehmen. Die Dame lächelte so gekünstelt, als wolle sie nur ihre makellosen Zahnimplantate vorzeigen. Dem Namensschild auf der Empfangstheke war zu entnehmen, dass sie Lore Hämmerlein hieß. Sie ging dienstbeflissen und raschen Schrittes zu Engels Büro, um die Gäste anzumelden.

Ernst Lürmann kam sich übergangen vor. «Sehr eifrig, die Dame. Hält sich wohl für den guten Geist des Penthauses.»

«Nomen est omen», raunte Laubmann, und Lürmann wartete wenig gelassen seine Erklärung ab. «*Meister Hämmerlein* ist ein, freilich veralteter, Ausdruck für einen unsichtbaren hilfreichen Hausgeist, also einen sagenbehafteten Kobold, der jedoch, in Rage versetzt, als ein *Klopf- oder Poltergeist* die Hausbewohner zu ärgern vermag.»

Hier war es allerdings erstaunlich ruhig. Die Türen in den breiten Gängen links und rechts waren geschlossen. Lürmann und Laubmann hatten in der Tiefgarage ihre Mäntel übergestreift, weil sie's für vornehmer hielten, im Mantel zu erscheinen; Laubmann in seinem grauen Überzieher, Lürmann in seinem ältlichen Stoffmantel mit grau-weißem Fischgrätenmuster. Sie entledigten sich ihrer Mäntel, indem sie diese an die Garderobe hängten. Anschließend begaben sie sich zu einer schwarzledernen Sitzgruppe vor einer gläsernen Außenwand.

Der Blick der beiden Wartenden in ihren Ledersitzen schweifte alsbald durch die Glasfront über die Stadt: die nahen Banktürme, die Eigenheim-Siedlungen in den Vorstädten und die Waldgebiete des Taunus in der Ferne. Laubmann griff gleich nach mehreren Schokoladen-Stückchen, die in einer Schale lagen, riss die Aluverpackungen auf und aß die Süßigkeiten unverzüglich. Er hatte die gesamte Fahrt über gehungert.

«Herr Engel möchte Sie jetzt sprechen», sagte die zurückgekehrte Empfangsdame, schon wieder lächelnd.

«Falsch», antwortete Lürmann; «wir möchten *ihn* sprechen», und ihr Lächeln gefror.

Er und Laubmann erhoben sich mühsam aus den tiefen Sesseln und betraten gleich darauf das riesige Büro ihres Gastgebers. Die Empfangsdame ließ die Tür von außen leise ins Schloss gleiten.

‹Rein in die Höhle des Baulöwen›, sinnierte Philipp, obwohl er sofort bemerkte, dass der lichte Raum mit dem weiten Ausblick so gar nicht einer Höhle glich. Das Büro wirkte eher wie ein Ausstellungsraum: Baupläne an Stellwänden und ganze Stadtteilmodelle unter Glasstürzen waren zu besichtigen. Das erinnerte an die Gala im Kissinger Regentenbau. Der Schreibtisch war aufgeräumt, fast leer.

Friedolin Engel, im maßgeschneiderten Anzug, legte eine brennende Zigarre auf den Rand eines Marmoraschenbechers und kam mit großen Schritten auf seine Gäste zu, um ihnen die Hand zu geben. «Herr Kriminalkommissar Lürmann, wenn ich nicht irre. – Ihre Ermittlungen in Frankfurt sind mit der hiesigen Polizeibehörde ja abgesprochen, wie ich erfahren habe.»

Lürmann nickte nur stumm.

Engel wandte sich Philipp Laubmann zu: «Und Herr Dr. Laubmann. Freut mich, Sie wiederzusehen. – Ich hab mich übrigens umgehört. Wenn's an irgendwas mangelt bei der Ausstattung Ihres zukünftigen Lehrstuhls, können Sie jederzeit auf mich zählen.»

Laubmann nickte ebenfalls nur stumm.

«Was möchten die Herren trinken? Der Herr Kommissar sicher nichts Alkoholisches.»

Ernst Lürmann wählte eine Apfelsaftschorle.

«Für den Herrn Theologen vielleicht doch etwas Geistiges», fragte Engel ein wenig zu spöttisch.

Philipp brauchte einen Moment, um sich auf seine Bestellung zu konzentrieren. «Nein danke. Lieber eine Heiße Schokolade, wenn es möglich wäre.» Von der kalten hatte er momentan genug.

Als Engel sie zu einer Sitzgruppe mit feinstem Wildlederbezug geleitete, holte Laubmann verstohlen sein Stofftaschentuch hervor, wischte sich unbeobachtet damit kurz über den Mund und wurde einiger Schokoladenreste gewahr. Überaus peinlich. Und zwischen den Zähnen hatte er gleichfalls welche. Wie hieß es doch in Psalm 78 so treffend: *Noch hatten sie ihre Gier nicht gestillt, noch war die Speise in ihrem Mund.*

Schließlich saßen sie einander gegenüber; Ernst Lürmann sowie Philipp Laubmann auf der einen Seite und Friedolin Engel sowie Gunther Schilf, der aus einem Nachbarraum dazugekommen war, auf der anderen Seite. Die Getränke waren inzwischen serviert. Engel hatte Schilf dazugebeten, zumal Lürmann auch nicht allein gekommen und Schilf an der Bamberger Kaufaktion beteiligt war. Ernst Lürmann und Gunther Schilf wurden einander vorgestellt.

Lürmann begann mit der Befragung, wobei er – wie es seiner Gewohnheit entsprach – das himmelblaue Notizbuch benutzte. Ab und zu schrieb er einige Worte hinein oder brachte Häkchen hinter bereits erledigten Fragen an. Dass Engel und Schilf Bad Kissingen gut kannten, war klar; sogar das Alte Kurbad, wo der zweite Mord geschehen war. Sie hatten sich ihres geplanten «Themen-Hotels» wegen über die städtebauliche Situation und die gesamten medizinischen Angebote informiert. Und beiden war aus ähnlichen Gründen das Säkularinstitut in Bamberg bekannt. Das gaben sie freimütig zu. Ihre Kaufabsichten bezeichneten sie als realistisch und fair.

Ernst Lürmann ging die Fragen sachlich und der Reihe nach durch. Er wollte die Liste zügig abarbeiten, welche die drei Kommissare gemeinsam für alle heute zu Befragenden vorbereitet hatten. Als er zum Thema Alibi kam, wirkten Engel und Schilf präpariert. Die Terminkalender wurden gezückt und genau verlesen: An bewusstem Freitag, dem 13. April, hatten Engel und Schilf Punkt 17 Uhr eine Pressekonferenz hier im Büro veranstaltet. Ein Bauvorhaben in Frankfurt. Außer den Vertretern und Vertreterinnen der regionalen Presse waren eine Sekretärin und eine weitere Mitarbeiterin dabei gewesen.

«Das werden die Frankfurter Kollegen überprüfen», kommentierte Lürmann und kam auf die Mordopfer zu sprechen.

Engel und Schilf hatten ihren Angaben zufolge weder Reinhold Müller noch Margarete Müller persönlich gekannt.

«Aber Sie haben sich doch bei dem Gärtner des Säkularinstituts, Herrn Kornfeld, nach den Mitgliedern des Instituts erkundigt?», stichelte Laubmann gegen Schilf.

«Wir haben über Frau Müller nur gehört, dass sie eine aussichtsreiche Kandidatin für den Leitungsposten im

Institut gewesen sei», antwortete Engel, auch im Namen Schilfs. «Und dass sie sich gegebenenfalls für den Verkauf des Objekts eingesetzt hätte.»

Am Mittwoch, dem 11. April, zwischen 21 und 22 Uhr, zum Zeitpunkt des ersten Mordes also, hatte sich Friedolin Engel in Bad Kissingen bei seiner Lebensgefährtin aufgehalten. Was selbstverständlich nachgeprüft werden könne. Gunther Schilf dagegen war in Frankfurt geblieben und hatte keine Zeugen vorzuweisen.

Der Bauunternehmer fragte nach: «Aus welchem Grund benötigt mein Freund Gunther denn überhaupt ein Alibi?»

Lürmann reagierte gelassen: «Aus demselben Grund wie Sie ein Alibi benötigen: Vielleicht haben Margarete und Reinhold Müller, die einander vertraut haben, zu viel gewusst und nicht so gespurt, wie es von ihm oder Ihnen erwartet wurde.»

«Sehr allgemein.» Friedolin Engel schüttelte bedächtig den Kopf. «Zu allgemein.»

Was den Anschlag auf Gabriela Schauberg betraf, so beschworen Engel und Schilf, die Gala vor ihrem Ende in den frühen Morgenstunden nicht verlassen zu haben.

«Ich bin Ihnen doch um Mitternacht unter den Arkaden im Innenhof begegnet, Herr Dr. Laubmann», tönte Engel, «Ihnen und Ihrem Freund, dem Herrn Prälaten.»

«Wir sind nicht befreundet», wehrte Philipp Laubmann ab. «Es sah nur so aus, weil er Angst hatte, erpresst zu werden.»

«Von wem, bitte?»

«Von zwei Herren, die ihre Namen nicht genannt haben.»

«Bei *meinem* Fest?» Engel tat entrüstet.

«Nicht nur Prälat Glöcklein, auch wir sähen es nicht gerne», meinte Kommissar Lürmann, «wenn er bei seinem

Bischof wegen einer seelsorgerischen Erkundung in einer Spielbank anonym angeschuldigt würde.»

«Also ich kenne keinen Bischof», verneinte Engel kategorisch. «Du etwa?» Er blickte zu Schilf.

«Ich genauso wenig», sagte Schilf mit gewohnt leiser Stimme.

«Gut, ich gebe zu», verkündete Friedolin Engel, «bei der Einweihung eines Großprojekts kann schon mal ein Bischof anwesend sein. Das kommt vor. Aber ich für meine Person lege keinen Wert auf solchen Firlefanz mit Ansprachen und Segnungen. Ich baue im Zweifelsfall für Anteilseigner, nicht für Menschen.»

«Möchten Sie sich denn nicht hin und wieder selbst ein Denkmal setzen?», erkundigte sich Laubmann spitzfindig.

Engel lachte auf. «Ich gehöre nicht zu denen, die Autobahnen bauen und anschließend davon träumen, mal unter einem Autobahn-*Kreuz* bestattet zu werden, um es religiös auszudrücken.»

In der Tiefgarage angelangt, flüsterte Lürmann, weil er befürchtete, mittels einer Überwachungseinheit belauscht zu werden: «Irgendwie ist er ein extraordinärer Mensch, dieser Engel.»

«Oder er gibt sich extra *ordinär*, um seine Gesprächspartner hinters Licht zu führen», erwiderte Laubmann. «Engel ist einer, der sich nur dann selber demaskiert, wenn er sicher ist, nicht erkannt zu werden.»

***

Oberkommissarin Juliane Vogt war zum zweiten Mal offiziell nach Bamberg gekommen, um vor Ort neue Erkenntnisse zu gewinnen – über die Mordfälle und über ihre möglichen Bewerbungschancen. Sie war im Kissinger Dienstwagen mit Dietmar Glaser zusammen auf dem Weg zum Hausarzt des Säkularinstituts. Der Hauptkommissar hatte diesmal nicht seinen Stockschirm vergessen, vor allem um ihn der Kollegin anbieten zu können, falls es regnen sollte. Aber es regnete nicht, und im Wagen war der Schirm ohnehin nutzlos.

Das Haus Dr. Walthers, ein schmuckloser Bungalow, lag in einer der Bamberger Wohngegenden, die man in den 1960er-Jahren als «Neubaugebiet» bezeichnet hatte, wobei Praxis und Wohnung nebeneinander untergebracht waren. Von seinem geräumigen Sprechzimmer aus hatte der Arzt einen Zugang zu seinem Garten.

Dr. Anselm Walther war ein Mittfünfziger, mittelgroß und eher ein wenig stämmig. Sein bräunliches Haar war an den Rändern schon grau geworden. Er war sehr beliebt in seinem Viertel, und man hatte keine Scheu, ihn auch in der Nacht zu rufen.

Da Vogt und Glaser während der Mittagspause eintrafen, waren weder Angestellte noch Patienten in der Praxis für Allgemeinmedizin. Sie hatten an der Eingangstür läuten müssen. Und weil Walther vor der nachmittäglichen Sprechstunde ein paar Hausbesuche machen wollte, hatte er es sehr eilig. Er bat die Beamten, nachdem er sich ihre Dienstausweise hatte zeigen lassen, daher gleich ins Sprechzimmer. Seines Arztkittels hatte er sich bereits entledigt und seine kleine goldfarbene Lesebrille hatte er abgenommen.

Das Zimmer war in klassischer Weise ausgestattet; mit einer Liege für Untersuchungen, einem mit Krankenakten, losen Blättern, aufgerissenen Kuverts, Stiften, Briefklammern, einem Stethoskop und einem Blutdruckmessgerät angefüllten Schreibtisch, mit einem offenstehenden Schrank, in dem zahlreiche Medikamente lagerten, sowie mit Regalen, auf denen sich medizinisch-wissenschaftliche Zeitschriften und Fachbücher befanden. Zwischen den Büchern stand ein weißer Styroporkopf mit einem Toupet darauf, welches – dem Kopfhaar des Arztes sehr ähnlich – unten aus grauen und oben aus bräunlichen Haaren gefertigt war. Der Computer war mitsamt dem Drucker auf einen fahrbaren Nebentisch gestellt worden. An einer freien Wandfläche hingen eine längliche Karte, die den Muskelaufbau des Menschen zeigte, ein leicht abstraktes Landschaftsbild und das Foto einer nachdenklichen jüngeren Frau.

Walther, der nahe der Tür stehen geblieben war, blickte den Beamten ungeduldig nach. Glaser und Vogt sahen sich jedoch erst einmal im Sprechzimmer um. Sie gaben sich zurückhaltend, versuchten aber möglichst vieler Einzelheiten gewahr zu werden.

«Sind Sie Toupet-Träger?», fragte der Hauptkommissar ungeniert.

«Ja, und viele meiner Patienten wissen das», respondierte Dr. Walther genauso ungehemmt. «Etliche haben ihre Probleme mit dem Rückgang des Haupthaars, und ich will den Patienten mit meiner Offenheit die Hemmungen nehmen.»

Das konnte Glaser gut nachvollziehen, indem er an sein eigenes Haar dachte, das auch schon dünner wurde.

«Das im Regal ist mein Ersatz-Toupet.»

Glaser schaute noch einmal genauer hin.

«Ist das Ihre Frau?» Juliane Vogt deutete auf das Foto an der Wand.

«Meine erwachsene Tochter, zu der ich allerdings wenig Kontakt habe. Ich bin im Übrigen geschieden.»

Dr. Walther gegenüber kam ebenfalls die gemeinsam entworfene Fragenliste zum Einsatz. Oberkommissarin Vogt verwahrte sie in ihrem dünnen Mantel und fühlte sich für die Notizen zuständig, weil sich Hauptkommissar Glaser wie ein Gentleman-Detektiv benahm, der scheinbar nur mit dem Kopf arbeitete. So ein blasiertes Verhalten gefiel ihr nicht. Sie wollte nicht die Sekretärin spielen, tat es aber notgedrungen.

Nach seinen Alibis gefragt, gab Walther mit Hilfe seines Terminkalenders an, am 11. April, jenem Mittwoch, am Abend und in der Nacht zu Hause gewesen zu sein. Ohne Zeugen. Am 13. April, jenem Freitag, hätte er am späten Nachmittag hier an seinem Schreibtisch gesessen. Er habe durch das Fenster gesehen, wie seine Nachbarinnen, Frau Stettner und ihre Tochter, in ihrem Garten Blumen gepflanzt hätten – so wie jetzt auch. «Die Grundstücke grenzen direkt aneinander.»

Glaser und Vogt konnten durch das Fensterglas zwei Frauen im Nachbargarten einigermaßen deutlich wahrnehmen. Die Vorhänge würden nur zugezogen, wenn Sprechstunde sei.

«Meine Praxis war, wie gewöhnlich, Freitagnachmittag geschlossen; die Hausbesuche hatte ich bereits hinter mir.»

Ob er die beiden Opfer gekannt habe.

«Natürlich. Frau Müller war meine Patientin. Und ihrem Bruder bin ich im Institut gelegentlich begegnet.»

Ob er Bad Kissingen und dort speziell das Alte Kurbad kenne.

«Ich kenne die Stadt recht gut. Ich überweise immer wieder Patienten dorthin. Und vor vielen Jahren habe ich während meiner Ausbildung ein Praktikum in Bad Kissingen gemacht.»

Glaser kam zu einem weiteren Gesichtspunkt. «Sie haben einen Kompagnon?»

«Nicht in meiner Haupteigenschaft als Arzt.»

«Das ist mir schon klar. Aber welche Funktion hat Herr Weisinger bei Ihrer Projektentwicklung?»

«Peter Weisinger ist in der Immobilienbranche tätig und hat im Gewerbegebiet ein Büro. Er vermittelt teilweise Objekte wie ein klassischer Makler, bietet aber auch Anlageberatungen an. Das ‹Projekt Bruderwald› haben wir zusammen aus der Taufe gehoben.»

«Woher kennen Sie sich?», wollte Juliane Vogt wissen.

«Schon aus Jugendzeiten. Wir waren in derselben Handballmannschaft.»

«Waren Sie am vergangenen Freitag, genauer, in der Nacht vom 20. zum 21. April, in Bad Kissingen?»

«Warum sollte ich?»

«Die Festveranstaltung des Herrn Engel, Ihres Konkurrenten.»

Der Arzt dachte kurz nach. «Weisinger war da; ich war nicht eingeladen. Ich habe friedlich geschlafen.»

***

Nachdem sie Dr. Walther und die Praxis verlassen hatten, beschwerte sich Juliane Vogt bei Glaser, dass er sie wie eine Sekretärin behandle.

Dietmar Glaser tat dies mit sorglosem Erstaunen ab: «Mitnichten, Frau Kollegin. Meinetwegen müssen Sie nicht mitschreiben. Falls wir ausgefeilte Protokolle brauchen, werden wir die Zeugen vorladen.»

Sie machten einen Abstecher in den Nachbargarten. Sieglinde Stettner stand zusammen mit ihrer Tochter Miriam in Gartenarbeitskluft zwischen den Beeten hinter ihrem Haus. Die Mutter sah um Jahre älter aus, als sie tatsächlich war, trug eine Brille, Gummihandschuhe und ein giftgrünes Kopftuch, aus dem glatte Haarsträhnen hervorschauten. Sie hatte rissige, trockene Lippen.

Miriam war ähnlich gekleidet und trug ebenfalls eine Brille. Sie war wie ihre Mutter nicht besonders groß und hatte die glatten, strähnigen Haare von ihr geerbt. Sie hatte sich, nur für die Gartenarbeit, ihre Lippen mit einem mattrosa Lippenstift geschminkt. Die beiden Frauen hielten Pflanzen in den Händen, die sie einsetzen wollten. Verstreut um sie herum lagen Gartengeräte.

Kommissar Glaser zeigte vorschriftsgemäß seinen Dienstausweis und kam gleich auf den Mittwochabend und den Freitagnachmittag zu sprechen, indem er jeweils genau Datum und Uhrzeit nannte. «Haben Sie Dr. Walther zu diesen Zeiten gesehen?»

Die Damen Stettner plauderten sofort munter drauflos, nämlich dass der «Herr Doktor» oft an seinen freien Nachmittagen am Schreibtisch sitze, wo er von hier aus gut zu erkennen sei, sofern er die Vorhänge aufgezogen habe. Da erledige er seine vielen Schreibarbeiten.

«Und die werden immer mehr, klagt er oft.» Sieglinde Stettner wirkte richtig besorgt.

Dann riefen sie sich die betreffenden Tage in die Erinnerung zurück. «Wir waren jedenfalls den ganzen Freitagnachmittag bis Sonnenuntergang im Garten.» Und während dieser Zeit sei der «Herr Doktor» ganz bestimmt am Schreibtisch gewesen.

«Können Sie das bestätigen?», fragte Glaser zusätzlich die Tochter. Er konnte vom Nachbargarten aus nämlich nicht erkennen, ob der Arzt an seinem Schreibtisch saß.

Vielleicht hatte Walther ja bereits das Haus verlassen, ohne sich bei ihnen abzumelden.

Miriam Stettner nickte. «Ich hab ihm noch einen Teller vor die Haustür gestellt, mit ein paar Kuchenstücken drauf in Frischhaltefolie.»

«Warum vor die Haustür?»

«Ich wollte ihm eine Freude machen, aber er hat wieder mal nicht geöffnet. Ich hab auch nur einmal geklingelt; ich weiß schon, dass er manchmal mit einem kleinen Kopfhörer Musik hört, weil er nicht gestört werden will.»

«Am Samstag hat er den leeren Teller zurückgebracht und sich bedankt», ergänzte Sieglinde Stettner.

«Und an besagtem Mittwoch in der Nacht, also am 11. des Monats?»

An diese Nacht konnten sich die beiden nicht so recht erinnern.

«Es könnte sein, dass in seinem Wohnzimmer Licht war», grübelte die Mutter; «er lebt ja so gut wie allein. Hat zwar eine Freundin, aber die kommt fast nie hierher.» Sieglinde Stettner schien das zu bedauern.

Oberkommissarin Juliane Vogt hatte nichts mitgeschrieben.

***

Ihre Rückfahrt aus Frankfurt unterbrachen Lürmann und Laubmann im Steigerwald, um ein kräftigendes Mahl einzunehmen. Für seinen Bärenhunger hatte Laubmann einen fränkischen Landgasthof ausgesucht. Er lag in dem Dorf Weingartsgraben, gegenüber einem zur Barockzeit neu gestalteten Schloss mit Karpfenteich. Hier gab es für Lürmann ein sorgfältig zubereitetes Wildbret und für Laubmann eine frische Schlachtschüssel, die *vor* Ostern als «Fastenbrecher» gegolten hätte. Doch sie hatten nun mal diese anstrengenden Befragungen abzuleisten – und das trotz Laubmanns ebenso anstrengender Kur.

Solcherart gestärkt fuhren sie weiter ins 20 Kilometer entfernte Oberbirnenbach, zur Befragung der Mineralwasserproduzentin Elli Hartlieb. Die Straße wand sich durch einen Hochwald, vorbei an mächtigen Laubbäumen, die wie graue Säulen Spalier standen. «Der hiesige Laubwald ist unter Forstspezialisten berühmt, weil er aus zahlreichen hochgewachsenen und wertvollen Buchen besteht, die bis zu dreihundert Jahre alt sind», erläuterte Laubmann. «Die Waldabteilung trägt den Namen ‹Kleinengelein›.»

«Wohl weil sie dem ‹großen› Engel aus Frankfurt nicht gehört.» Lürmann erlaubte sich einen Wortwitz, und das in Gegenwart Dr. Laubmanns.

Der Ort Oberbirnenbach hatte nur wenige Häuser aufzuweisen und lag inmitten einer Rodungsinsel, das heißt einer Lichtung, die von Wald umgeben ist. Die Fabrikations- und Lagergebäude der Wasserfirma dominierten den Ort völlig und passten so überhaupt nicht zur Vorstellung von einem Waldidyll. Die Glasfront des runden flaschenartigen Büroturms blendete die Heranfahrenden mit gleißendem Sonnenlicht. Lürmann parkte neben einem feuerwehrroten Sportwagen mit geschlossenem schwarzen Verdeck, der wohl – das Schild *Firmenleitung* wies darauf hin – der Mineralwasserproduzentin gehörte.

‹Wie passt die stämmige Person da hinein?›, überlegte Laubmann. Er hatte ihre Erscheinung noch von der Gala her im Gedächtnis.

Aus einer der Hallen drangen die Maschinengeräusche einer Abfüllanlage. Automatisch weiterbeförderte Flaschen stießen aneinander, wurden gewaschen, wiederbefüllt und verschlossen. Der Fahrer eines Gabelstaplers lud palettenweise Wasserkästen auf einen firmeneigenen Lkw.

Die Chefin des Betriebs residierte im Büroturm. Nach der Vorlage von Lürmanns Dienstausweis wurden sie zu ihr geleitet. Elli Hartlieb, die Frau mit den kurzen naturroten Haaren, dem kräftigen Gesicht sowie dem Piercing am linken Ohr kam ihnen entgegen und begrüßte sie mit starkem Händedruck. Sie trug erneut eine blaue Jeans und überragte mit ihren 1,79 den Theologen Laubmann. Er fühlte sich ihr aber gewachsen.

«Nur keine Hemmungen, kommen Sie rein!» Ihre derbe Stimme hatte einen befehlenden Tonfall. Die Wände ihres Büros waren mit gerahmten Werbeplakaten der Firma aus den vergangenen Jahrzehnten geschmückt.

An Philipp Laubmann konnte sich Elli Hartlieb erinnern, an Kommissar Lürmann nicht.

«Ich war nicht bei der Gala», entschuldigte sich Lürmann.

Mit ihren fleischigen Fingern wies sie auf die Stühle, die um einen Konferenztisch standen und kredenzte ihren Gästen dort höchstpersönlich Mineralwasser der von ihr hergestellten Marke *Waldsprudel*. Das Markenlogo – ein durch drei blaue Wellenlinien angedeuteter Fluss und ein durch drei grüne schematisierte Nadelbäume angedeuteter Wald – prangte ja riesig über dem Büroturm.

Und auch Elli Hartlieb sprudelte förmlich, als sie berichtete, wie phantastisch das Quellwasser im Bamberger Bruderwald sei und wie gern sie es nutzen würde. «Als Markenbezeichnung haben wir dafür den Namen ‹Silvanus› entwickelt.» Sie steckte sich genüsslich eine Zigarette an und schnipste das Streichholz in einen silbernen Aschenbecher, der in überdimensionierter Weise dem Schraubverschluss einer Mineralwasserflasche nachgebildet war.

«Es stört Sie hoffentlich nicht, wenn ich rauche.»

Lürmann und Laubmann hatten freilich nicht den Eindruck, dass sie wirklich Rücksicht üben wollte. Sie lehnten die angebotenen Zigaretten ab.

Beim Inhalieren des Rauchs vollführte Elli Hartlieb die Grimasse einer altgewohnten Raucherin, indem sie, die Zigarette vom Mund wegnehmend, die Oberlippe leicht nach oben zog und dabei eine Reihe gelblicher Schneidezähne entblößte. «Ursprünglich wollte meine Marketing-Abteilung das neue Produkt ‹Birnenwasser› taufen, wegen Ober*birnen*bach. Das klingt jedoch zu sehr nach Schnaps, oder? Später kam als Vorschlag der Name ‹Bruderquelle›, wegen des Bamberger Bruderwalds – aber wo bleiben da die Frauen? Schließlich haben wir's mit den Begriffen ‹Heilige Quelle› und ‹Teufelsquelle› probiert, was uns dann zu religiös war. Wir haben's also bei ‹Silvanus› belassen. Die Bezeichnung stimmt auch mit unserer bisherigen Marke ‹Waldsprudel› besser überein.»

«Silvanus – der Waldgott der römischen Mythologie», merkte Laubmann hochgelehrt an.

«Würden wir den Namen ‹Teufelsquelle› verwenden, könnten wir allerdings den Kunden eine Teufelsfigur in Kleinformat als Bonus mitgeben, wenn sie einen ganzen Wasserkasten kaufen.»

Philipp horchte auf, denn solche putzigen Teufelchen sammelte er.

«Ich sehe, Sie haben schon einiges in Ihr ‹Bruderwald-Projekt› investiert», stellte Lürmann fest. «Ist das nicht etwas verfrüht? Die Frauen des Säkularinstituts haben sich noch überhaupt nicht entschieden.»

«Wenn man ein Geschäft ernsthaft betreibt, kann man gar nicht früh genug Marketingkonzepte entwickeln.»

«Das heißt aber auch, dass sich der Erfolgsdruck erhöht.»

«... was ein Tatmotiv wäre!» ergänzte Laubmann und dachte, dass diese Frau ihrer Statur nach kräftig genug wäre, um einen Mord auszuführen. Er hatte Mühe, die Kohlensäure zu unterdrücken, denn das ausgeschenkte Mineralwasser war keineswegs «still».

Elli Hartlieb wies den Verdacht entschieden zurück «So weit würde ich nie gehen! So was mach ich einfach nicht!»

Bei den nachfolgenden Fragen Kommissar Lürmanns, der wiederum sein Notizbuch aufgeschlagen hatte, gab die Mineralwasserproduzentin an, dass sie nur Margarete Müller, nicht aber Reinhold Müller gekannt habe. – Im Institut *Christen in der Welt* habe sie schon einige Male vorgesprochen; das kenne sie. Ebenso kenne sie Bad Kissingen; denn sie sei dort öfter zugegen, um ihr Mineralwasser zu vermarkten. Zuletzt habe sie den Gala-Abend des Herrn Engel besucht. – Auch das Alte Kurbad sei ihr vertraut, weil sie sich vor einiger Zeit im dortigen Römisch-irischen Dampfbad habe «verschönern» lassen wollen.

Als Alibi für Mittwochnacht, der Nacht des ersten Mordes, führte sie an, dass sie bei einer Party in Bamberg gewesen sei. Daran könne sie sich gut erinnern. Sie habe die Party jedoch schon früher verlassen, so gegen zehn, weil sie ja noch nach Hause habe fahren müssen.

«Die Kollegen werden das überprüfen», sagte Lürmann schnörkellos.

Am Freitagnachmittag, dem Tag des zweiten Mordes, war Elli Hartlieb nach eigenen Angaben in ihrem Büro in Oberbirnenbach. Das Blatt in ihrem Kalender sei nämlich leer. Freilich sei sie am Nachmittag hier ohne Zeugen gewesen, denn die Damen des Sekretariats hätten bereits Feierabend gehabt.

Und während des Anschlags auf Frau Schauberg, wovon sie bisher nichts gewusst habe, sei sie im Festsaal gewesen.

«Nicht jede Quelle ist ergiebig», äußerte Laubmann beim Weggehen.

***

Das Unangenehme an diesem Bamberger Gewerbegebiet war nicht so sehr das übermäßige Verkehrsaufkommen, sondern die Zerstückelung, also der mangelnde Überblick, die fehlende Struktur und Ästhetik. Juliane Vogt glaubte, sich in der Bamberger Altstadt mit ihren verwinkelten Gassen schneller zurechtfinden zu können als hier. Dabei hatte ihnen Dr. Walther genau beschrieben, wo das Büro seines Kompagnons Peter Weisinger lag.

Doch der Firmensitz des Immobilien- und Finanzberaters war alles andere als ein gut sichtbares Schmuckstück. Es handelte sich schlicht um einen Büro-Container, der sich, nach hinten versetzt, auf einem ungepflegten Grundstück befand. Und dieses glich am ehesten einer Baustelle. Sogar ein ausrangiertes Baufahrzeug war vorhanden, ein Schaufelbagger. Daneben erhoben sich wahre Türme aus Holzpaletten, deren Bretter feucht und teilweise durchgebrochen waren. Wie zum Hohn glänzte neben der Eingangstür des Containers ein blank geputztes Messingschild mit Weisingers Namen und Dienstleistungsangeboten.

‹Wie so manches Internet-Portal: aufgemotzt und nichts dahinter›, kam es Glaser in den Sinn. Seinen Stockschirm hatte er wieder im Wagen gelassen.

Die Klingel schnarrte, als Vogt sie betätigte.

Peter Weisinger öffnete selbst. Er war nachlässig gekleidet: Seine Wildlederjacke war reichlich abgeschabt, die Cordhose lange nicht gebügelt worden. Sein stechender Blick sowie das kurz geschorene schwarze Haar wirkten in jenem Moment weniger charismatisch denn abweisend. An den Händen trug er braune fingerlose Wollhandschuhe.

Glaser und Vogt zückten wie üblich ihre Ausweise, nannten den Grund ihres Besuchs und begaben sich, mit Erlaubnis Weisingers, ins Innere des Containers, bestehend aus einem Gang, der zu einem Hauptraum mit Büro, einem Nebenraum, einem Bad, einer Toilette und zu einer kleinen Küche führte. Gleich am Anfang erfuhren sie, dass Weisinger in dem Container auch wohnte, nämlich im Nebenraum, wo er ein Bett und ein Fernsehgerät hatte. Ein sich im Durchgang befindender Kleiderständer, mit Regenjacke, Mantel und Hut, wurde vom Firmeninhaber rasch weggerückt. Trotzdem blieb es eng.

Bei den Routine-Fragen nach den Alibis sagte Weisinger aus, dass er sich zu beiden Tatzeiten hier in seinem Büro beziehungsweise seiner Wohnung aufgehalten habe. Er zog wie Dr. Walther und Elli Hartlieb einen Terminkalender zurate. Sie könnten sich auch bei seinen Nachbarn zur Linken erkundigen, den neugierigen Ast-Heyderbachs. – Ja, beim Säkularinstitut sei er ein paar Mal gewesen, habe es sich von außen angesehen, weil er sich für das mit Dr. Walther gemeinsam entwickelte Projekt habe kundig machen wollen. – Bad Kissingen sei ihm wegen gelegentlicher Immobilien-Geschäfte vor Ort nicht unbekannt. Über das Alte Kurbad aber wisse er nichts Näheres.

Dietmar Glaser war nun doch froh, dass seine Kollegin einiges notierte.

«Sind Sie mit Frau Schauberg bekannt?», fragte die Oberkommissarin den Immobilienmakler.

«Sie wurde mir vor wenigen Tagen bei einem Gala-Empfang in Bad Kissingen vorgestellt.»

«Und wo waren Sie an diesem Gala-Abend um Mitternacht?», hakte Juliane Vogt nach.

«Im Regentenbau», antwortete Weisinger ohne Zögern. «Warum?»

«Weil auf Frau Schauberg ein Mordanschlag verübt wurde.»

«Also von einem Mordanschlag hab ich nichts mitbekommen. Was denken Sie von mir?»

«Da Sie mit dem Säkularinstitut vertraut sind, Herr Weisinger», ergriff Hauptkommissar Glaser das Wort, «sind Sie dort auch Margarete und Reinhold Müller begegnet?»

«Sie kenne ich dem Namen nach, ihn überhaupt nicht.»

«Sie sind beide tot. Wussten Sie das nicht?»

«Jetzt, wo Sie's erwähnen … doch, ich meine, davon gehört zu haben.»

***

Das benachbarte junge Ehepaar Ast-Heyderbach besaß ein Bürohaus mit zwei Stockwerken und flachem Dach. Im Parterre wurde gearbeitet, im Stockwerk darüber befand sich die Wohnung. *Heyderbach & Ast – BüroSoftwareEntwicklung* war auf dem Firmenschild, das eher an eine Steuerkanzlei erinnerte, zu lesen. Als Vogt und Glaser das Büro betraten, flimmerten mehrere Computer-Bildschirme. Der Raum war akustisch angefüllt mit dem Summen der Geräte und dem Schnurren der Drucker.

Christian Ast-Heyderbach, der blonde, nach hinten gefönte Haare hatte, saß an einem mittig platzierten Schreibtisch seiner Frau gegenüber, Doris Ast-Heyderbach, die ebenfalls blond war und die Haare zu einem Pferdeschwanz zusammengebunden hatte. Dass die Polizei bei ihnen hereinschaute, beunruhigte die beiden Ehehälften im ersten Augenblick ziemlich.

Zudem erkundigte sich dieser Kommissar Glaser sofort nach der richtigen Schreibweise ihres Nachnamens. «‹Heyderbach und Ast› wie auf dem Firmenschild oder ‹Ast-Heyderbach› wie auf dem Klingelschild?»

«Als wir die Firma gegründet haben», beteuerte Christian Ast-Heyderbach, «waren wir noch nicht verheiratet, ja nicht mal verliebt ineinander.»

Die Antwort stellte die Kommissare offenbar zufrieden, denn sie kamen unverzüglich auf ihr eigentliches Anliegen zu sprechen, nämlich ob Herr Weisinger am späten Abend des 11. Aprils sowie am späten Nachmittag des 13. Aprils von dem Ehepaar in seinem Büro gesehen worden sei. Auch jetzt konnte man Weisinger drüben im Container erblicken.

Die Ast-Heyderbachs öffneten an ihren Computerbildschirmen den professionellen Terminplaner und betrachteten die aufgerufenen Seiten eingehend.

«Ich hatte am Donnerstag, dem 12. April», begann Christian Ast-Heyderbach, «eine wichtige Präsentation in einem metallverarbeitenden Betrieb, das heißt, ich habe in der Nacht davor noch an der Software gebastelt. – Wir haben den Auftrag übrigens bekommen!»

«Ja und, haben Sie Herrn Weisinger Mittwochnacht gesehen?» Die Oberkommissarin wurde ungeduldig.

«Ja, hier von unserem Büro aus. Ich hab mir gedacht: Der schafft auch noch was, der Komiker!»

«Wieso ‹Komiker›?»

«Na ja, weil er wieder mal mit Mantel, Hut und Handschuhen dasaß. In *der* Nacht ist es kalt geworden.»

«Warum macht Herr Weisinger das?» Glaser wunderte sich.

«Ein uralter Container, schwache Heizung, schlechte Isolierung.»

«Außerdem muss er an der Heizung sparen. Der bewegt sich doch immer am Rand der Pleite», behauptete Doris Ast-Heyderbach. «Sein ganzes Grundstück ist verlottert, und wir müssen mit der Mäuseplage fertigwerden.» Das klang wütend.

«Normalerweise sind nicht zu viel, sondern zu wenig Mäuse ein Motiv für ein Verbrechen.» Glaser versuchte sich in Ironie.

Juliane Vogt ließ sich davon nicht anstecken. «Und Sie, Frau Ast-Heyderbach, konnten Sie Herrn Weisinger auch beobachten?»

«Am Mittwochabend war ich bereits in unserer Wohnung oben und hatte die Rouleaus heruntergelassen. Und am Freitagnachmittag, dem 13. April, sind mein Mann und ich weggefahren, weil wir einen Abendtermin hatten. Wir mussten ein komplexes Programm installieren und kamen erst nachts um elf zurück, was heißen soll, wir konnten Herrn Weisinger am Freitag beim besten Willen nicht beobachten, selbst wenn er in seinem Büro war. Licht hat im Container jedenfalls noch gebrannt bei unserer Rückkehr, obwohl der Herr Nachbar auch Strom sparen muss.»

***

Dr. Laubmann und Kriminalkommissar Lürmann genehmigten sich im Steigerwald noch ein deftiges Abendessen, wobei die Anregung dazu von Laubmann ausgegangen war. Nach einem fränkischen Landgasthof mit dem entsprechenden Angebot mussten sie nicht lange suchen.

XXVI

ERNST LÜRMANN HATTE in Bamberg übernachtet, jedoch bei weitem nicht so entspannt wie in seinem Kissinger Hotelzimmer. Nachbarschaften waren Zwangsgemeinschaften mit gegenseitigem Bescheidwissenmüssen über private Gewohnheiten, fand er. Seine Nachbarn waren hyperaktiv. Immerzu musste er ihr Schaben, Scharren, Scheppern, ihr Brummeln, Brabbeln, Blöken mitanhören. Selbstverständlich hatte er sich schon andeutungsweise beschwert, aber sie gaben nach wie vor ungeniert ihr Privatleben preis. Seinen Dienstgrad ignorierten sie. Schlechter erginge es nur noch Leuten, pflegte er zu sagen, die neben Bauwütigen, Heimwerkern oder Musikern ausharren müssten.

Auch Philipp Laubmann war in Bamberg geblieben und hatte in seinem eigenen Bett endlich mal wieder erholsam geschlafen. Lürmann war von ihm telefonisch und mit dem Ausruf «heureka – ich hab's gefunden!» aus dem Schlaf gerissen worden. Der Kommissar hatte sein Mobiltelefon verflucht, das er der dienstlichen Erreichbarkeit wegen auf dem Nachttisch abgelegt hatte.

Sie trafen sich am Dienstagvormittag in aller Frühe – freilich erst nach dem Frühstück – vor der ehemaligen Franziskanerkirche Alt-Sankt-Anna. Lürmann, der mit dem Wagen gekommen war und zum Fahren hellbraune Lederhandschuhe angelegt hatte, parkte wie vormals die

Oberkommissarin Vogt das zivile Dienstfahrzeug unbekümmert im Halteverbot unter den Linden. Die Schranne war, zumal ihre Funktion als Marktplatz seit langem nicht mehr bestand, einer der wenigen größeren Plätze innerhalb der Bamberger Bürgerstadt, der nicht für den rauschenden Verkehr erschlossen war. Und, was Philipp gefiel, niemand wartete hier auf Touristen, um ihnen geschäftstüchtig irgendetwas überaus Praktisches angedeihen zu lassen. Die Pfarrkirche Alt-Sankt-Anna war durch ihr Fehlen in den Reiseführern und Prospekten noch eine richtige Kirche der *inneren* Einkehr.

Trotzdem wirkte Philipp unruhig; einerseits ob seiner neu gewonnenen Erkenntnis, andererseits, weil er sich ihrer eben nicht ganz sicher war. Er drängte Lürmann sofort in die Kirche, in der außer ihnen wiederum keine Besucher waren, und eilte mit ihm durchs Kirchenschiff Richtung Altarraum.

«Kannst du mir verraten, wohin du willst?» Lürmann war bisher von Laubmann nicht näher über dessen tiefschürfende Erkenntnis unterrichtet worden. Der hatte sich bloß in Andeutungen zum ominösen Begriff «SKRASTA» ergangen und von des Rätsels wahrscheinlicher Lösung gesprochen. Er müsse unbedingt etwas überprüfen.

«Ihr habt doch den zweiten Mesner, Franz Schaffer, in einem größeren Hohlraum hinter dem Hochaltar angetroffen?», erkundigte sich Laubmann, ohne seinen Weg zu unterbrechen.

«Ja; die Tür ist im Chorumgang.»

«Da will ich hin.»

Die unscheinbare Holztür in der Rückwand des Hochaltars stand dieses Mal nicht offen, ja sie war sogar abgeschlossen. Sie war dem Moraltheologen vorher noch nie so recht aufgefallen.

«Die müssen wir aufkriegen.» Laubmann blickte vorsichtig um sich, als würde er ein Brecheisen zu finden hoffen oder als würde er gar eines mit sich führen. Das ließ sich im ersten Augenblick nicht unterscheiden.

«Moment jetzt mal!» Kommissar Lürmann musste Philipps Tatendrang bremsen. «Wir haben keine Erlaubnis für eine Durchsuchung. Außerdem will ich erst einmal wissen, was los ist.»

«Du hast recht; ich bin wieder zu voreilig.» Laubmann schlug Lürmann vor, sich in eine der Kirchenbänke im Hauptschiff zu setzen, um ihm in aller Ruhe seinen Einfall darlegen zu können. Er hätte ihn auch gern in einen Beichtstuhl gebeten, aber das wäre zu anmaßend, wenn nicht gar blasphemisch gewesen. Und wer hätte sich auf dem Priestersitz, wer auf der Armen-Sünder-Kniebank niederlassen sollen?

Philipp Laubmann hatte die Kopie der Karteikarte mit der «SKRASTA»-Aufschrift sowie die Kopie mit der Zeichnung aus Lürmanns Notizbuch dabei, auf welcher der Kommissar den schmalen Raum im Hochaltar dokumentiert hatte.

«Dass die Buchstabenkombination ‹SKRASTA› etwas mit dem Mesner Reinhold Müller zu tun hat, war von Anfang an aufgrund der daruntergesetzten und eingeklammerten Abkürzung ‹R.› zu vermuten», begann Laubmann in der Kirchenbank. «Unser Kollege Glaser hat mich nach der Beendigung von Schaffers Vernehmung mit seinem ‹Himmelherrgottsakrament› darauf gebracht, dass der erste Teil der Abkürzung, also die Buchstaben ‹SKR›, von dem lateinischen Wort ‹sacer› herrühren könnten, das mit ‹heilig› übersetzt wird. Der Begriff ‹Sakrament› ist ein Beispiel dafür. – Womöglich entpuppt sich ja der Fluch unseres Kollegen Glaser noch als wahrer Segen.»

«*Meines* Kollegen Glaser», korrigierte Ernst Lürmann. «Du bist nicht bei der Polizei.»

Laubmann ignorierte den Einwand geflissentlich. «Der verbleibende kryptische Rest ‹ASTA› lässt sich dann leicht durch den Namen ‹Alt-Sankt-Anna› auflösen.»

«Hat was für sich. Den Verdacht hatte ich auch schon mal.» Lürmann flunkerte ein wenig.

«Offensichtlich, denn es ist seine Handschrift, wollte Reinhold Müller seiner vorgeblichen Schwester Margarete eine Information zukommen lassen, falls ihm was zustößt. Er hatte also Angst – und seine Angst war berechtigt.»

«Du glaubst, dass es um etwas geht, das nach seinem und ihrem Willen besser hätte verborgen bleiben sollen.»

«… und das verborgen ist. Wahrscheinlich etwas Gegenständliches; wozu sonst der Aufwand mit der Abkürzung? Bei etwas Ideellem hätten es auch ein abstrakter Begriff oder eine Metapher getan.»

«Und dieses ‹Gegenständliche› soll hier in der Kirche sein?»

«Ganz recht. Ich habe mich deshalb gefragt, wofür ‹SKR› in einer Kirche stehen kann und worin man zugleich etwas verstecken könnte. Ein Sakramentar zum Beispiel, also eine frühe Form des Messbuchs. Aber die Sakramentare wurden bereits im Mittelalter durch die Missalien ersetzt. Das war's nicht. Ein Sakramentshäuschen wäre eine Möglichkeit. Ein solches aus der Zeit der Gotik war zwar in dieser Kirche vorhanden, es ist aber während der Barockisierung entfernt worden. Die Sakristei hinwiederum ist zu groß, um als konkretes Versteck benannt zu werden. Dafür wäre eine ergänzende Angabe nötig. – Doch dann hat mir die Zeichnung aus deinem Notizbuch weitergeholfen. Sie ist gottlob sehr akkurat.»

Ernst Lürmann freute sich. «Ich wusste, sie taugt etwas.»

Philipp entfaltete das Blatt und hielt es so hin, dass sie beide draufschauen konnten. Er zeigte mit dem Finger auf die Stelle, die er meinte. «Du hast hier beim Fußboden des Hohlraums hinter dem Hochaltar eine kleine Abdeckung eingezeichnet. – Siehst du sie?»

Lürmann sah genauer hin. «Ich hab nur skizziert, was da war.»

«Du hast die Abdeckung also nicht untersucht?»

«Nein.»

«Das könnte nämlich ein Sakrarium sein, und womöglich ein ideales Versteck.»

«Und was ist ein ‹Sakrarium›?» Das Wort war Lürmann noch nie untergekommen.

«Ein unauffälliger Schacht mit Tradition, der allerdings nicht in jeder Kirche existent ist», referierte Laubmann. «Wenn benutztes Taufwasser oder verschmutztes Weihwasser weggegossen werden muss, dann wird das nicht einfach achtlos irgendwo hingeschüttet, sondern man gießt dieses geheiligte Wasser ins Sakrarium, also in eine dafür vorgesehene Senkgrube, die meist nicht sehr tief ist, aber bis in den Erdboden hineinreicht, sodass das Wasser in der Erde versickern kann. Auch wenn eine Hostie zu Boden fällt und daher nicht mehr verwendet werden kann, wird sie in Wasser aufgelöst, das dann ebenfalls ins Sakrarium kommt.»

«Und du meinst, so ein Ausguss ist hinter dem Altar?»

«Ich möcht's überprüfen.»

«Das heißt, wir benötigen den Pfarrer oder den Mesner – und einen Schlüssel.»

Kaum dass Ernst Lürmann den Satz ausgesprochen hatte, öffnete sich rechts von ihnen die Tür zur Sakristei und

Franz Schaffer tat ein, zwei Schritte in die Kirche. Als er den Kommissar jedoch erblickte, machte er sogleich wieder kehrt und entschwand in der Sakristei.

Lürmann sprang auf und drängte aus der Kirchenbank. «Nicht so schnell, Herr Schaffer!» Er lief ihm nach.

Der Mesner war in der Sakristei auf der Höhe des schweren Schranks mit den Priestergewändern für die Gottesdienste stehengeblieben und versuchte gar nicht vorzugeben, beschäftigt zu sein. Mit einem Ausdruck des Belästigtwerdens und der Scheu zugleich drehte er sich um. Seine fettigen Haare glänzten.

«Warum laufen Sie vor mir weg?», erkundigte sich der Kommissar nicht ohne Nachdruck.

«Warum wohl?» Schaffer hatte noch von der letzten Begegnung genug. «Wollen Sie mich schon wieder vorladen?»

«Heute nicht.»

«Wieso schleichen Sie dann in meiner Kirche herum?»

«*Ihrer* Kirche?»

«Was wollen Sie denn hier finden?»

Lürmann wurde ironisch: «Ich bedauere, Sie inkommodieren zu müssen bei unserer Suche nach Beweisstücken.»

«Sie tun ja gerade so, als wär der Mord in der Kirche passiert.»

Philipp Laubmann blinzelte durch den Türspalt, bevor er eintrat. «Wir sind uns bereits im Säkularinstitut begegnet, Herr Schaffer.»

Der Mesner vermochte sich auf Anhieb nicht zu erinnern. Und hinter der verspiegelten Trennscheibe des Vernehmungsraums hatte er beim Verhör durch die Kommissare Laubmann ohnedies nicht wahrgenommen.

«Wir möchten Sie nur um eine Gefälligkeit bitten», sagte Dr. Laubmann höflich und erläuterte ihm ihr Anliegen, wobei er noch einmal ausführlich und zum Missbehagen Lürmanns seine Schlussfolgerungen zum Thema «Sakrarium» darlegte.

«Von mir aus», brummte Schaffer und streifte unachtsam an den beiden Detektiven vorbei, um aus dem Hängeschränkchen neben der Schalttafel für die Kirchenbeleuchtung den Schlüssel für die Tür am Altar zu holen.

So hatte für Lürmann rechtlich wenigstens alles seine Ordnung, da Schaffer sie aus freien Stücken den Abstellraum betreten ließ.

«Benutzen Sie das Sakrarium des Öfteren?», fragte Laubmann den Mesner, während jener die Holztür für sie aufsperrte.

«Der Kollege Müller war dafür zuständig.»

«Und was machen Sie jetzt mit dem gebrauchten Taufwasser und ähnlichem?»

«Ich verwende es in Absprache mit Monsignore Herold für die Pflanzen in der Kirche oder die Sträucher im ehemaligen Kreuzgang. So wird's auch der Natur zurückgegeben. Das wird in Kirchen, die über kein Sakrarium verfügen, genauso gehandhabt. Sollte *ich* freilich die erste Mesnerstelle erhalten, werde ich vielleicht die ursprüngliche Tradition wieder aufnehmen.»

Der enge Hohlraum im Hochaltar sah so aus, wie ihn sich Philipp aufgrund der Skizze aus dem Notizbuch vorgestellt hatte. Alle Gerätschaften waren an ihrem Platz. In die hölzerne Abdeckung am Boden war ein Eisengriff eingelassen, mit dem man sie anheben konnte. Den Griff hatte Lürmann nicht eingezeichnet.

Unter der Abdeckung kam ein Schacht zum Vorschein, dessen Öffnung etwa 20 mal 20 Zentimeter groß sein mochte. Das Licht der funktionalen Lampe an der Wand reichte aus, um bis auf den grau wirkenden Erdboden hinabschauen zu können. Der Schacht war einen halben Meter tief; die vier Seitenwände waren aus grobem Stein, aber ziemlich glatt. Laubmann und Lürmann sahen angestrengt hinein und waren enttäuscht, denn der Schacht war leer. Sollte das alles gewesen sein?

«Da drin ist nichts.» Franz Schaffer war unwillig, fast gelangweilt. «Wenn überhaupt, dann wird darin nur Wasser entsorgt.»

Laubmann kniete sich nieder; aus Neugier, nicht vor Ehrfurcht. Er stützte sich mit dem linken Arm ab, beugte sich ganz nach vorne und befühlte mit der rechten Hand die Wände des Schachtes.

Mit einem Mal stockte er. «An einer Seite ist am unteren Ende eine Vertiefung im Stein.» Er befühlte die Stelle vorsichtig, als könne eine Mausefalle zuschnappen, und bekam etwas zu fassen, das kalt und glitschig wirkte. Zu seiner Beruhigung war es aber nur ein kleiner Plastikbeutel, den er schließlich zum Vorschein brachte.

Nachdem sich Laubmann erhoben hatte, strahlte er siegesgewiss. Der Kommissar stieß leise, aber anerkennend, einen Pfiff aus. Sogar Franz Schaffer interessierte, was der Moraltheologe da zutage gefördert hatte.

Der Plastikbeutel war durchsichtig und verschließbar wie diejenigen, die der Erkennungsdienst verwendete. Er sollte wohl vor allem die Feuchtigkeit, die aus der Erde drang, von dem Säckchen aus dunkelblauem Samt fernhalten, das Laubmann aus dem Beutel herausholte. Er zog die Schnur auseinander, mit dem es verschlossen war, und ließ den Inhalt in Lürmanns Hände gleiten, welche dieser wie eine Auffangschale geformt hatte. Der Kommissar hatte vorab seine hellbraunen Lederhandschuhe wieder übergestreift.

Was sie zu Gesicht bekamen, war eine Überraschung für sie, obgleich sie mit etwas Wertvollem gerechnet hatten: ein halbes Dutzend Edelsteine, die blau, grün und rot schimmerten.

Kriminalkommissar Lürmann, der sich in seiner Laufbahn entsprechend seiner Vorliebe für Details schon mit Edelsteinen beschäftigt hatte, nahm die runden Steine sofort im sprichwörtlichen Sinne unter die Lupe. Er strich über ihre Oberfläche, wog sie einzeln in der Hand und hielt sie gegen das Licht der Lampe.

«Mach's nicht so spannend», nörgelte Laubmann, dem vor lauter Wissensdurst der Mund schon trocken wurde. In seiner Aufregung hatte er dem Mesner den Plastikbeutel versehentlich übergeben. Nun waren Schaffers Fingerabdrücke darauf. Laubmanns auch.

«Saphire, Smaragde und Rubine; sehr rein, sehr gut geschliffen und schätzungsweise zwei Zentimeter im Durchmesser», äußerte sich Lürmann mächtig professionell. «Jeder der Steine dürfte an die 15 Karat haben. Bei einem regulären Erwerb wird kaum einer unter 10.000 Euro zu haben sein.»

Philipp Laubmann strahlte noch mehr, fast noch mehr als die Edelsteine. Eine freudige Röte zeigte sich auf seinen Wangen.

Auf Schaffers Gesicht zeigte sich dementgegen eine ausgeprägte Blässe. «Sie können mir glauben, davon hatte ich keine Ahnung.»

«Sofern Reinhold Müller die Steine irgendwo entwendet hat – denn er wird sie wohl kaum geerbt oder gekauft haben –, dann haben wir endlich ein Mordmotiv gefunden. Sei es, dass jemand die Steine vermisst, sei es, dass sie ihm jemand abjagen wollte.» Lürmann wirkte sehr sicher. «Das sind neue Perspektiven, Herr Schaffer. Selbst für den Mord an Margarete Müller würde das Motiv genügen, weil sie offenkundig darüber informiert war.»

«Ich unterbreche dich nur ungern», sagte Laubmann, «aber in dem Säckchen ist noch etwas drin.» Er hielt es nach wie vor in der Hand.

Ernst Lürmann nahm es ihm ab und fischte ein gefaltetes Blatt Papier heraus. Er faltete das Blatt auseinander und las, was maschinenschriftlich darauf vermerkt war.

«Das passt zusammen.» Er gewährte Laubmann einen Einblick. «Eine Liste mit stadtbekannten Juwelieren und Nachlass-Aufkäufern. Adressen, Telefonnummern. Müller wollte die Steine loswerden. Zwei Namen sind durchgestrichen. Bei denen hat er's wohl vergeblich probiert. Ordentliche Leute. Aber hier unter dem Namen *Eberhard Beyer* hat er zwei Eintragungen vorgenommen: *2 Saphire 4000 (15.2.)* und *2 Smaragde 4000 (23.3.)*.»

«Der 23.3. ist mein Geburtstag», empörte sich Laubmann.

«Gratuliere.»

***

Kommissar Lürmann kannte dieses Mal den Weg zum Pfarramt von Alt-Sankt-Anna; das hatte er Philipp Laubmann voraus. Erst durch die Sakristei, danach durch den weitläufigen Gang mit den Stuckornamenten. In diesem Trakt war Philipp noch nie gewesen. Durch das vorletzte Portal auf der rechten Seite betrat Lürmann vor Laubmann jenen dem Sekretariat sowie dem Büro des Pfarrherrn vorgelagerten Zwischengang, der vor Jahrzehnten nachträglich angelegt worden war, und klopfte bei der Pfarrsekretärin an. Doch statt ihrer rief Monsignore Siegbert Herold aus seinem Büro: «Herein!»

Im Sekretariat war niemand. Auf dem Tisch befanden sich nur mehrere verkleinerte Exemplare der heiligen Anna vom Hochaltar der Kirche, neben- und hintereinander. Die Verbindungstür zum saalartigen Büro des Pfarrers stand freilich offen. Siegbert Herold kam ihnen entgegen.

«Seien Sie herzlich willkommen, Herr Kommissar. Ich habe Sie und Ihren Partner vorhin schon vor unserer Kirche gesehen.» Er reichte beiden die Hand zur Begrüßung.

«Mein ‹Partner›, Dr. Laubmann, ist Theologe», bedeutete ihm Lürmann.

«Ein Theologe ist mir nicht weniger willkommen, selbst wenn er gelegentlich Furore macht», erwiderte der Monsignore ebenso freundlich wie hintergründig. «Wundern Sie sich bitte nicht über die Figurenansammlung auf dem Tisch. Der Versand der heiligen Anna ist eine der kleinen, zusätzlichen Einnahmequellen für unsere Pfarrei. Meine Sekretärin bringt gerade einige Päckchen zur Post. – Aber kommen Sie doch weiter.»

Pfarrer Herold bot wiederum an, sich zur Sitzgruppe mit dem grauweiß gesprenkelten Stoff zu begeben. Lürmann lehnte jedoch dankend ab und blieb stehen. «Wir haben soeben mit Herrn Schaffers Hilfe das Sakrarium in der Kirche inspiziert.»

«Das Sakrarium?» Siegbert Herold war irritiert und zog die Stirn kraus. «Aus welchem Grund, wenn ich fragen darf?»

«Einer Spur wegen, die wir zu Recht verfolgt haben. Herr Dr. Laubmann hat uns darauf gebracht.»

Philipp Laubmann schaute höchst zufrieden drein.

Lürmann hatte der Begrüßung wegen den rechten Lederhandschuh rasch abgestreift, ihn aber gleich wieder angezogen. Er zeigte dem Pfarrer ihren Fund: den Beutel, das Samtsäckchen und die Edelsteine.

Monsignore Herold war außerordentlich verunsichert. «Weder Herr Müller noch Herr Schaffer haben mir irgendetwas davon gesagt.»

«Wohl mit Absicht», meinte Lürmann. «Wir müssen leider davon ausgehen, dass Herr Müller die Steine unrechtmäßig entwendet und das Sakrarium als Versteck dafür genutzt hat.»

«Um Himmels willen ...»

«Haben Sie eine Vorstellung, woher die Steine stammen könnten?»

«Woher ...?»

«Zum Beispiel aus Ihrer Kirche?»

Pfarrer Herold dachte vor lauter Schreck angestrengt nach, ohne zu protestieren. In welche kriminellen Machenschaften sollte seine arme Pfarrei denn noch alles verwickelt werden? Er empfand die Verdächtigung als eine neuerliche, von Gott auferlegte Prüfung. «Wir haben auf dem Dachboden einen Schrank voll mit nicht mehr benutzbaren Priestergewändern. Sogar welche aus der Barockzeit sind darunter. Vielleicht hilft Ihnen das weiter. Aber solche Verzierungen an Paramenten oder Reliquienschreinen sind in der Regel nichts wert. Das sind nur farbige Glassteine.»

«Dann sind diese Edelsteine hier die Ausnahme von der Regel.»

Philipp Laubmann meldete sich zu Wort: «Vielleicht gab's zu Zeiten des Klosters oder später in der Pfarrei einen reichen Stifter, der sich damit das Seelenheil verdienen oder der Buße für eine ungesühnte böse Tat tun wollte.»

«Nicht bei uns! Bei uns ist niemand so verrucht!»

«Wie können Sie sich da so sicher sein, besonders angesichts der Morde?»

Kommissar Lürmann unterband die aufkeimende theologische Diskussion und bestand darauf, den Schrank auf dem Dachboden zu untersuchen. Den Beutel, das Samtsäckchen und die Edelsteine hatte er bereits weggesteckt.

Pfarrer Herold fügte sich dem amtlichen Ansinnen. Er holte einen Schlüssel aus dem Sekretariat, führte sie zum Treppenhaus des Klostertrakts und anschließend über zwei Stockwerke sowie eine schwindelerregende Bodenstiege hinauf unters Gebälk. Franz Schaffer schlich ihnen, auf Abstand bedacht, argwöhnisch nach und lauschte, was geschehen würde.

Der Dachboden des klösterlichen Pfarrhauses wurde selten von jemandem aufgesucht. Staubschichten und Spinnweben gediehen prächtig. Durch die ungeputzten Dachfenster drang kaum Tageslicht herein. Und die wahrlich «unscheinbare» Lampe verbreitete noch weniger Helligkeit als diejenige im Abstellraum hinter dem Hochaltar.

Mit Laken abgedeckte Gemälde, eine vernachlässigte Monstranz und eine beschädigte Marienfigur aus Gips waren zu erkennen. Am unteren Ende der rechten Dachschräge sahen sie das Gerippe einer Taube, die sich irgendwann in ihrer Todesschwäche durch einen Spalt im Dach hierher verkrochen haben mochte.

«Hatte Ihr Mesner Reinhold Müller ungehindert Zugang zum Dachboden?», erkundigte sich Ernst Lürmann bei Siegbert Herold.

«Er war wesentlich länger in der Pfarrei tätig als ich oder sonst wer. Wenn einer überall Zugang hatte und sich überall auskannte, dann er. Ich hatte keine Veranlassung, ihm zu misstrauen. Und falls die Steine von hier oben stammen, hätte sie keiner vermisst.»

Der ausladende Barockschrank, auf den Pfarrer Herold ihre Aufmerksamkeit lenkte, hing voller liturgischer Gewänder, die einen muffigen Geruch verströmten. Laubmann übernahm die Durchsuchung, weil Herold seinen schwarzen Anzug bereits beim Öffnen des Schrankes beschmutzt hatte. Lürmann ließ Laubmann gewähren.

Dieser schob die priesterlichen Kleidungsstücke – etwas angewidert von der alten Staubschicht – hin und her. Die Gewänder in seinem Schrank zu Hause waren gepflegter. Er brauchte jedoch nicht lange, um eine historische Priesterstola zu entdecken, die ihre Vermutungen beziehungsweise Befürchtungen bestätigte. Die mit Gold- und Silberfäden eingestickten Ornamente auf dem zuoberst angenähten Brokat waren intakt. An den beiden Enden der Stola allerdings waren Metallfassungen in Kreuzform angestickt, aus denen jemand Pretiosen herausgelöst hatte. So wie es aussah, würden sich die aufgefundenen Edelsteine exakt einfügen lassen.

«An der Stola waren insgesamt zehn Steine befestigt», stellte Laubmann fest. «Sechs davon haben wir, vier wurden bereits veräußert. – Wenn ich meiner Phantasie mal etwas freien Lauf lasse, waren vielleicht, entsprechend der Kreuzform, oben und unten jeweils die blauen Saphire als Symbole für Himmel und Wasser befestigt, rechts und links die grünen Smaragde als Symbole für die fruchtbare Erde und in der Mitte die roten Rubine als Symbole für Gott, das Zentrum des Universums.»

«Ich meine einmal gelesen zu haben», konkretisierte Monsignore Herold die Spekulationen Philipp Laubmanns, «dass der Ornat der alttestamentlichen Hohenpriester mit Edelsteinen geschmückt war.»

Und Philipp ergänzte: «Nach jüdischen Texten wird dereinst die endzeitliche, himmlische Stadt Jerusalem sogar aus Edelsteinen erbaut sein.»

Lürmann unterband die theologische Debatte erneut, ließ sich die Stola aushändigen und versiegelte die Schranktür. Auch die Holztür hinter dem Hochaltar hatte er vor einer halben Stunde mit einem polizeilichen Siegel versehen. Außer der Spurensicherung hatte in nächster Zeit dort niemand etwas verloren.

«Hast du dich schon einmal mit Sphragistik befasst?» Laubmann gab sich, wie gewöhnlich, gebildet.

Doch Lürmann ließ sich nicht darauf ein und verhielt sich, als hätte er nichts gehört.

So war Laubmann als Sammler ausgefallener Begriffe gezwungen, seine Anfrage alleine zu beantworten, was er sowieso getan hätte, weil nicht mal der Monsignore das Fremdwort kannte. «‹Sphragistik› – die wissenschaftliche Siegelkunde.»

***

Auf dem Rückweg vom Dachboden wollte Kommissar Lürmann im Stockwerk darunter schließlich noch einen Blick in Reinhold Müllers Dachwohnung werfen. Das Siegel an der Wohnungstür, das der Erkennungsdienst hinterlassen hatte, entfernte er.

Pfarrer Herold bemerkte spitzzüngig, dass sich Frau Holzmann, die Reinigungskraft, beschwert habe, weil sie die Wohnung Müllers nicht hatte reinigen dürfen.

«Wir konservieren Spuren, sie beseitigt sie», sagte der Kommissar lakonisch.

Er und Laubmann begaben sich zunächst ins Wohnzimmer des getöteten Mesners. Sie erhofften sich aufgrund der veränderten Sachlage neue Indizien. Bevor sich Siegbert Herold einer Religionsstunde in der Hauptschule wegen verabschieden musste, fand er die Muße, ihnen von der Tür aus ein wenig zuzusehen.

Das Zimmer war ohne besonderen Aufwand eingerichtet. Die Möbel waren veraltet und dem Stil nach nicht aufeinander abgestimmt. Auf einem Bücherbord hatte Müller ein paar religiös angehauchte Romane und etwas Fachliteratur aneinandergereiht.

Lürmann besah sich einen der Rückentitel genauer: «*KÜSTER·MESNER·SAKRISTAN* – Besteht da ein Unterschied?»

«Das Buch wurde von Hermann Reifenberg und Adalbert Müller verfasst, und die drei Begriffe bedeuten dasselbe», erklärte Laubmann. «‹Küster› leitet sich vom lateinischen Wort ‹custos› – der ‹Wächter› ab, ‹Mesner› von ‹mansionarius›, womit der neben der Kirche wohnende ‹Hüter des Hauses› gemeint ist, und der ‹Sakristan› kümmert sich um das ‹Geheiligte›.»

«Klingt auswendig gelernt.»

«War's auch mal; für eine Prüfung in Liturgie.»

Laubmann musterte weiter die Buchrücken, während sich Lürmann anderen Einrichtungsgegenständen zuwandte. Plötzlich rief Philipp ihn herbei und hielt einen dünnen Band hoch, den er zwischen dickleibigen Büchern erspäht hatte: «Ein Bestimmungsbüchlein für Edelsteine, und im Inhaltsverzeichnis sind die Rubine, Saphire und Smaragde angestrichen. Zudem hat Reinhold Müller seinen Namen ordnungsliebend vorne hineingeschrieben.»

«Er hat sich kundig gemacht.» Für Ernst Lürmann fügten sich die Indizien zu einem Bild. «Aber das ist noch nicht alles. Neben der Kommode steht eine altmodische Reiseschreibmaschine. Ich wette, darauf hat er sein Verzeichnis der Juweliere getippt.»

«Und das heißt?»

«Das heißt, wir haben ihn überführt. Schade, dass er nicht mehr lebt. Gegen einen Toten gibt es kein Verfahren.»

Laubmann empfand dies als eine Ernüchterung. «Was, wenn Margarete Gewissensbisse hatte und ihn beschworen hat, die Steine zurückzubringen? Hätte Reinhold Müller dann nicht ein Motiv gehabt, sie zu töten?»

Monsignore Herold, den sie gar nicht mehr bemerkt hatten, rief von der Tür her erzürnt: «Aber das können Sie doch nicht wirklich annehmen, dass Herr Müller für den Tod seiner Schwester verantwortlich sein soll! Das ist eine Ungeheuerlichkeit!»

«Etwas von dem Unaussprechlichen, dem Ungeheuerlichen verbirgt sich in uns allen», entschuldigte Laubmann seinen Verdacht. «Eine moralische Binsenweisheit.»

«Trotzdem, Herr Dr. Laubmann …»

«Was haben wir denn da?», fuhr Lürmann dazwischen. Er entnahm dem Schrank des Mesners zwei offensichtlich mit Wasser angefüllte Flaschen; Mineralwasserflaschen aus Weißglas mit Drehverschlüssen. Auf den ersten Blick war daran nichts Auffälliges, aber bei genauerem Hinsehen war zu erkennen, dass die ursprünglichen Etiketten abgelöst und durch weiße Aufkleber ersetzt worden waren, auf die mit einem Tintenstift etwas geschrieben war. Leider in deutscher Schrift. Lürmann konnte sie auf Anhieb nicht entziffern.

Auch Laubmann brauchte einen Moment: «Das heißt... ‹Teufelsloch-Quelle›.»

«Das Etikett kommt mir bekannt vor», überlegte der Kriminalkommissar. »So eine Flasche habe ich im Antiquariat des Herrn Müller gesehen.»

Pfarrer Herold, der voller Wissbegier hinzugetreten war, hatte sofort eine Erklärung dafür. «War Ihnen das nicht bekannt, dass Frau Zähringsdorf, eine der Damen des Säkularinstituts, schon seit Jahren das Wasser aus dem Teufelsloch als Heilwasser an Freunde des Hauses abgibt? Und die beiden Seniorinnen, Frau Förnberg und Frau Mayer, beschriften die Flaschen. – Ob eine Bezahlung des Wassers verlangt wird, kann ich allerdings nicht sagen.»

«Sie meinen, Ihr Mesner, Herr Müller, hatte die Flaschen aus dem Institut?», fragte Laubmann nach.

«Natürlich.»

«Wenn ein christliches Institut mit dem Teufel Werbung macht, dann ist das entweder sehr geschickt oder äußerst naiv.» Philipp Laubmann schaute Ernst Lürmann an: «Und wir haben noch eine handfeste Spur mehr, die uns bisher entgangen ist.»

Lürmann zuckte mit den Achseln. «Ich habe eher das Gefühl, unsere Spuren werden zusehends *wässriger.*»

XXVII

MAN WAR SOZUSAGEN weitläufig miteinander bekannt, obwohl man sich nicht gerne begegnete. Kriminalhauptkommissar Dietmar Glaser war nicht darauf erpicht, den Juwelier Eberhard Beyer aufzusuchen. Doch diesmal ließ es sich nicht vermeiden. Immerhin konnte Glaser sich an diesem Nachmittag das Vorzeigen seines Dienstausweises ersparen.

Meist mussten sich seine Kollegen von der Betrugsabteilung mit dem Juwelier befassen, dem nachgesagt wurde, mit Hehlerware zu handeln, ja sein Juweliergeschäft nur als Fassade zu benutzen. Und dennoch hatte es bis dato nie für einen Haftbefehl gereicht. Beyer war geschickt.

«Die Herren Beamten beehren mich mal wieder, sehr erfreut», witzelte er dünkelhaft, als Glaser und Lürmann eintraten. Eberhard Beyer war allein in seinem Geschäft.

«Nicht nur Sie, auch wir kennen unsere Kundschaft», konterte Glaser.

Der Laden lag in einem Gründerzeitviertel Bambergs, allerdings in einem Rückgebäude, zu welchem Kunden nur durch eine Toreinfahrt zu gelangen vermochten. Die Ladentheke war zwar breit, aber bis auf eine Freifläche von etwa einem Meter, hinter der Beyer die Kommissare empfing, mit halbhohen Vitrinen zugestellt. Zwei bodenlange

Vitrinen standen links und rechts im Kundenraum, an den Wänden waren Schrankvitrinen angebracht.

Trotz der Enge war alles erstaunlich distinguiert und staubfrei. In den Vitrinen wurden die unterschiedlichsten Schmuckstücke mit und ohne Schatulle angeboten, Ringe, Ketten, Anhänger, Broschen oder Anstecknadeln, selbst Uhren waren darunter. Dennoch wirkte das Geschäft nicht übervoll, sondern eher großzügig eingerichtet, und die Ware schien angemessen sortiert zu sein. Ein Durchgang hinter der Ladentheke ermöglichte den Blick auf einen Werkstatt-Tisch, auf dem sich wohlgeordnet eine Lupe, Zangen, Pinzetten und eine Goldwaage befanden.

«Ich habe neue Armbanduhren hereinbekommen; wenn Sie Interesse haben. Garantiert Markenfabrikate, keine Imitationen, keine Raubkopien», versicherte der Juwelier. «So etwas kommt mir nicht auf den Ladentisch.»

«Höchstens darunter», raunte Glaser. Dann sagte er laut zu Beyer: «Nein danke, wir sind an Steinen interessiert.»

«An guten Steinen ist das Angebot immer knapp.»

«Sie wären also nicht abgeneigt, wenn Ihnen jemand Ware anbieten würde.»

«Kommt drauf an, wer.»

Eberhard Beyer ließ sich ähnlich wie Dietmar Glaser einen Oberlippenbart stehen, hatte ihn jedoch an den Mundwinkeln entlang ganz fein nach unten bis zum Kinn ausrasiert. Er hatte bestechend helle Augen, dunkles adrett gelocktes Haar, gepflegte Hände, war 1,84 groß und 54 Jahre alt. Glaser und Lürmann wussten das genau, denn es existierte eine Akte über ihn. Er drehte mit Daumen, Zeige- und Mittelfinger der linken Hand an seinem goldgefassten Siegelring, den er am Ringfinger der rechten Hand trug. Lürmann kam der Begriff «Sphragistik» in den Sinn, mit dem Laubmann ihn vor kurzem aufgezogen hatte.

Kommissar Glaser präsentierte stumm das blaue Samtsäckchen aus dem Sakrarium und ließ die sechs Steine vorsichtig auf die Glasoberfläche der Ladentheke gleiten. Die Edelsteine waren bereits erkennungsdienstlich behandelt worden. Ausschließlich die Fingerabdrücke Reinhold Müllers waren darauf gewesen. Zudem auf dem Blatt mit der Liste der Juweliere.

Beyer warf, ohne sich zu rühren, einen Blick auf die Steine. «Smaragde, Rubine, Saphire. Keine schlechte Qualität, sofern sie echt sind.»

Lürmann wurde ärgerlich. «Die sind echt! Das ist Eins-a-Qualität, 15 Karat und äußerst behutsam aus den Metallfassungen herausgelöst.»

Der Juwelier reagierte gewohnt zurückhaltend. «Wie gesagt, solche Qualität hab ich momentan nicht auf Lager.»

«Aber Sie wüssten jemand, von dem Sie Steine dieser Art erwerben könnten.»

«In unserer Branche sind wir auf gute Kontakte angewiesen.» Eberhard Beyer lächelte verbindlich. «Sie in Ihrer doch auch.»

Glaser hatte eine Kopie des Juwelier-Verzeichnisses aus dem Sakrarium und ein Porträtphoto des Mesners bei sich, das der Erkennungsdienst aus dessen Wohnung mitgenommen hatte. Beides legte er Beyer in umgekehrter Reihenfolge vor. «Trifft es zu, dass Ihnen dieser Herr, Reinhold Müller, am 15. Februar, wahrscheinlich dieses Jahres, zwei Saphire sowie am 23. März zwei Smaragde angeboten hat und dass Sie ihm die Steine für jeweils 4000 Euro, also 2000 pro Stück, abgekauft haben?»

Der Juwelier widersprach keineswegs, denn warum sollte er es abstreiten? Das Leugnen klarer Sachverhalte brachte einem nur Schwierigkeiten ein, die sich lange hinzogen. In einem solchen Fall kam man leichter mit der Wahrheit durch. «Eine vorbildliche Buchführung des Verkäufers. Aber der Preis war nicht unfair. Es soll Händler geben, die nur ein Zehntel des angestrebten Erlöses zahlen. Der Herr wollte allerdings 4000 pro Stein.»

«Er hat offensichtlich gewusst, warum. Die Steine sind das allemal wert.»

Beyer diskutierte nicht über seine Preisgestaltung. «War was nicht in Ordnung mit den Steinen? Herr Müller – hieß er so? – hatte sie von seiner verstorbenen Mutter. Seine Beteuerung erschien mir glaubwürdig. Ich kaufe gelegentlich Nachlässe, wenn die Qualität stimmt.»

«Wo befinden sich die Steine jetzt?»

«Ich habe sie weiterverkauft. Der Markt ist aufnahmefähig.»

Glasers Ton wurde drohender: «Sie sollten kooperativer sein. Der Mann starb eines gewaltsamen Todes.»

Eberhard Beyer griff in eine Schublade, holte eine Visitenkarte heraus und reichte sie dem Kommissar schweigend.

«Oh», Glaser verbarg sein Erstaunen nicht, «ein Juwelier in Bad Kissingen. Jacques Grünfeld. Vornehm.»

«Gutes Kauf-Publikum da.»

Ernst Lürmann sammelte währenddessen die in der Kirche Alt-Sankt-Anna sichergestellten Edelsteine wieder ein und verstaute sie im dunkelblauen Samtsäckchen. Glaser steckte die Visitenkarte weg.

«Sie sagen, der Mann ist tot?», fragte Beyer nach.

«Sie wissen, dass wir nicht mit Betrugsfällen befasst sind», antwortete Glaser nüchtern.

Ohne Vorankündigung, und ehe der Juwelier reagieren konnte, griff Lürmann, indem er sich über die Ladentheke beugte, nach einem Prospekt, der auf Geschäftspapieren bei der Kasse lag. «Sie beteiligen sich auch an Immobilien-Vorhaben, näherhin am ‹Projekt Bruderwald›?»

Beyer fühlte sich durchschaut. Offenbar waren die Kommissare gar nicht mal schlecht informiert. «Eine absolut seriöse Geschichte, die von einem Dr. Walther betrieben wird.»

«Sie kennen Dr. Anselm Walther und seinen Kompagnon Peter Weisinger, den Immobilienberater?»

«Wenn Sie das so nennen wollen.»

«Und Sie haben bereits investiert?»

Der Juwelier blieb gelassen. «Ich habe nichts zu verbergen. Allerdings nur einen kleineren Betrag; ich verdiene nicht die Welt. Und ganz legal. Mein Steuerberater wird Sie im Zweifelsfall darüber belehren.»

Hauptkommissar Glaser war weniger gelassen. «Für mich heißt das im Klartext, Sie kennen Walther und Weisinger gut genug, um ihnen Geld anzuvertrauen; und bestimmt einen nennenswerten Betrag, weil sich das Geschäft für Sie rentieren soll. Außerdem drängt sich mir der Verdacht auf, dass Ihnen der getötete Mesner im Zusammenhang mit dem ‹Bruderwald-Projekt› schon bekannt war, bevor er zum ersten Mal hier bei Ihnen aufgekreuzt ist. Vielleicht kam er ja auf Empfehlung der beiden Herren?»

«Welcher Mesner?»

Glaser fuhr Beyer wütend an: «Stellen Sie sich nicht dümmer …!»

Der Juwelier begriff, dass er sich wehren musste, und das am ehesten wieder mit der Wahrheit. «Ich habe Ihren Mesner, also Herrn Müller, vorher wirklich nicht gekannt. Aber

Peter Weisinger hat ihn gekannt, oder besser: *erkannt*. Er ist zufällig vorbeigekommen, als mir dieser Herr Müller zum zweiten Mal Steine angeboten hat.»

«Oder Sie hatten Weisinger bereits von den Verkaufsabsichten Müllers berichtet?»

«Nein!» Eberhard Beyer war für einen Moment laut geworden. «Kann sein, dass Weisinger ihm hinterherspioniert hat. Jedenfalls hatte er vor, mit Müller zu sprechen, weil dessen Zwillingsschwester Nonne in dem Kloster ist, das er und Dr. Walther kaufen wollen.»

«Es handelt sich um ein Säkularinstitut, und die Frauen sind keine Nonnen», verbesserte Lürmann. Ordnung musste sein.

Kommissar Glaser hielt dem aufgewühlten Juwelier entgegen: «Auch die von Ihnen erwähnte ‹Nonne› ist tot.»

«Ich weiß nicht, ob er's getan hat», äußerte dieser zur Verblüffung der Beamten.

«Wer hat was getan?»

«Ob Weisinger mit Müller gesprochen hat.»

XXVIII

PHILIPP LAUBMANN WOLLTE – ohne Glaser und Lürmann – am selben Nachmittag im Bamberger Stadtarchiv nachsehen, welche Dokumente, Pläne und Karten dort über den Bruderwald, das Schloss des Säkularinstituts, die dazugehörenden Bachverläufe sowie die Wasserversorgung aufbewahrt wurden. Wie schon so manches Mal nahm er seine Zuflucht zu einem Archiv, um der Lösung näherzukommen. Außerdem wollte er seinen Schulfreund, den Stadtarchivar Dr. Urban Denschler, besuchen.

Er wählte absichtlich einen Umweg, um nicht etwa von seiner Mutter oder seinem Chef, Professor Raimund Hanauer, ertappt zu werden, die ihn ja beide in Bad Kissingen vermuteten und glaubten, er würde sich erholen beziehungsweise sein Körpergewicht vermindern. Aus diesem Grund musste Philipp erst recht auf seinen regelmäßigen Rundgang durch die Bibliothek der katholisch-theologischen Fakultät verzichten, was er sehr bedauerte. Nur allzu gern hätte er in neueren Fachzeitschriften nach moraltheologischen Veröffentlichungen zum Thema «Schönheitsoperationen» gefahndet und sich ausführlicher mit der Ästhetik des Körperbaus auseinandergesetzt, theoretisch-wissenschaftlich, versteht sich. Doch prompt kam ihm, gerade als er sich dem Archiv näherte, sein Chef von dort entgegen.

«Ich dachte, Sie seien in Bad Kissingen», bemerkte Professor Hanauer leicht indigniert. Der im priesterlichen Stil elegant gekleidete schlanke Herr, dessen Falten im Gesicht angestrengtes und gelehrtes Arbeiten verrieten, war es grundsätzlich gewohnt, auf die Mitteilungen seiner theologischen Studenten und Studentinnen sowie auf die seines Assistenten Dr. Philipp Laubmann in allen Angelegenheiten vertrauen zu können. Leider konnte Hanauer sich auch darauf verlassen, dass Laubmanns Habilitationsschrift bis auf weiteres kein Ende finden würde und dass so manches andere bei seinem Assistenten vorerst offenblieb – zum Beispiel die Entscheidung für das Priesteramt.

«Ich war schon in Bad Kissingen, die ganze Zeit über, und bin sozusagen auch jetzt dort.» Dr. Laubmann hatte Mühe, mit seinen umständlich erfundenen Begründungen nicht ins Stottern zu geraten. «Allein, ein Problem hat mich beständig beschäftigt, unter anderem bezüglich meiner Habilitation, um das zu klären, ich ohne Archivmaterial nicht zu Rande kommen würde, war ich des Glaubens; denn neben der körperlichen Tortur … will sagen, meiner Kur, die mich nun mal sehr aufreibt, habe ich trotzdem geistige Kapazitäten frei. Deswegen bin ich heute kurz nach Bamberg gekommen, weil mir das einfach keine Ruhe gelassen hat. Sie wissen ja, ich kann dann nicht richtig schlafen, sondern wälze mich im Bett nur hin und her, wenn ich solche Probleme zu bewältigen habe … und das ist gar nicht gut für meine Erholung.» Laubmann versuchte möglichst treuherzig zu blicken.

«Können Sie sich eine Unterbrechung Ihres Kuraufenthalts überhaupt erlauben? Was sagt denn Ihr Arzt dazu?»

«Der kennt mich inzwischen schon zur Genüge. Außerdem fahre ich nachher gleich wieder zurück.»

Professor Hanauer konnte sich nicht so ganz mit Laubmanns Ausrede abfinden. Aber was sollte er tun? Er wünschte ihm weiterhin eine gute Genesung und ließ den kranken Assistenten seiner Wege ziehen.

Dieser hatte das Gefühl, die unerwartete Begegnung einigermaßen glimpflich überstanden zu haben; vor allem deswegen, weil er in seiner Not zu keinen richtigen Lügen hatte greifen müssen. Das wäre so gar nicht seine Sache gewesen. Halbwahrheiten taten's auch.

Das Bamberger Stadtarchiv war vor Jahren in einem Gebäude untergebracht worden, das ursprünglich zu einem größeren Krankenhaus-Komplex gehört hatte. Der ältere Teil des Krankenhauses war am Ende des 18. Jahrhunderts nach den Vorstellungen des fürstbischöflichen Leibarztes Dr. Adalbert Friedrich Marcus erbaut worden. Dieses Hospital galt dank seines ausgeklügelten Entwässerungs- und Belüftungssystems als eines der fortschrittlichsten jener Zeit und wurde bis weit ins 20. Jahrhundert als solches genutzt.

Anfang der 1980er-Jahre hatte man ein neues, weit größeres Klinikum nahe dem Bruderwald errichtet, und damit gar nicht so weit entfernt von der Niederlassung des Säkularinstituts. Das frühklassizistische Krankenhaus-Gebäude des Dr. Marcus aber war in ein Hotel umgewandelt worden, was Laubmann geradezu grotesk fand. Was ihn jedoch so richtig wütend machte, war die Tatsache, dass dieses geschichtsträchtige Gebäude durch die Umnutzung gleichsam sein Gedächtnis verlor. Wenigstens bewahrte der jüngere Teil des früheren Krankenhauses, die um 1900 errichtete Chirurgie, durch den Einzug des städtischen Archivs die stadtgeschichtliche Erinnerung – und seine eigene. Philipp hatte hier im Kindesalter seinen Blinddarm eingebüßt.

Kaum dass er das Archiv betreten hatte, stieß er auf Dr. Urban Denschler, seinen Schulfreund, der gerade mit einem Stoß Archivalien unterwegs war. Er balancierte sie auf seinen vorgestreckten Armen. Denschler freute sich immer, Philipp zu sehen. Er war nur drei Zentimeter größer und drei Tage älter als sein ehemaliger Klassenkamerad, hatte kräftiges, helles Haar und trug wie Philipp eine Brille.

Nachdem sie sich ein wenig über die lange verflossenen Schulzeiten ausgetauscht hatten, gingen sie zunächst in den Lesesaal, wo, um sich bloß nicht zu nahe zu kommen, in jeder Ecke ein in Archivalien vertiefter Forscher saß, und von da aus in *die* Abteilung des Archivs, in der sie die erwünschten Unterlagen zu finden hofften. Wuchtige Metall- und nummerierte Aktenschränke, die bis zur Decke reichten, machten sich gegenseitig den Platz streitig; und Karteikästen gab es hierselbst in allen Größen und Formaten, sei es aus stabilem Holz, sei es banalem Plastik.

Philipp Laubmann betrachtete diese wundersamen Gegenstände voller Sehnsucht und Sammlerneid. Insbesondere die Karteikästen hatten es ihm angetan; denn schon seit vielen Jahren registrierte er alles, was er für seine Geistestätigkeit benötigte, auf Karteikarten und archivierte sie in ebensolchen Kartotheken, bevorzugt aus Holz. Er hatte bereits eine respektable Anzahl solcher Karteikästen zusammengetragen, doch das, was hier vorhanden war, stellte seinen Kartenhort bei weitem in den Schatten.

Schließlich mussten sie doch in den Keller hinab, weil sie oben zu wenig über die Geschichte des Schlosses hatten entdecken können. Im Hauptraum des Kellergewölbes standen breite, hauptsächlich mit Büchern angefüllte Regalreihen auf in den Boden eingelassenen Schienen. Die einzelnen Regale waren jeweils an ihren Längsseiten dicht aneinandergedrängt. An der Schmalseite eines jeden Metallregals war ein schlichtes Rad angebracht, mit Hilfe dessen sich mehrere der Regale auf einmal bewegen ließen, sodass an der gewünschten Stelle ein ausreichend großer Zwischenraum als Laufgang geöffnet werden konnte.

Philipp dachte angesichts dieser Konstruktion laut über einen ungewöhnlichen Leichenfund nach: Ein Besucher des Archivs oder ein Bediensteter könnte versehentlich oder absichtlich zwischen den Regalen eingeklemmt werden und verdursten. Vielleicht in einer selten genutzten Abteilung.

«Bei den Dubletten womöglich», mutmaßte Urban und warf einen unsicheren Blick darauf.

«Die Leiche könnte durch die Umluftanlage quasi ausgetrocknet und somit konserviert werden. Das wäre dann ein echter alter Bamberger.»

«Wir heben alles auf; bei uns kommt nichts weg.» Das Lachen Denschlers klang reichlich gezwungen.

Der Archivar zog eine der Schubladen eines Kartenschranks auf, der sich am hinteren Ende des Gewölbes befand. Die historischen Pläne in dieser Schublade erweckten allesamt Philipps Interesse, doch Denschler blätterte sie schnell und routiniert durch. Nach kurzer Zeit hatte der Archivar zwei Karten des 19. Jahrhunderts ausfindig gemacht, auf denen neben dem Schloss speziell der Wasserlauf vom Teufelsloch zum Teich im Schlosspark feinsäuberlich wiedergegeben war. Ebenso war der Wasserabfluss vom Teich zur Regnitz hinab eingetragen. Es handelte sich dabei wahrscheinlich um ziemlich angejahrte Holzleitungen, die zumindest teilweise noch existieren mussten. Einer anderen, schmaleren Schublade entnahm Philipps Schulfreund eine mehr als hundertfünzig Jahre alte Urkunde, mit welcher den Schlosseigentümern ein Wasserrecht verliehen worden war.

Philipp Laubmann erhielt gut verwendbare Kopien, die Dr. Denschler in seinem Büro angefertigt hatte, nachdem sie wieder aus dem Magazin zurückgekehrt waren. Als Philipp die Kopien zusammenrollte, sah er auf dem Schreibtisch des Archivars einen außergewöhnlich großen Papier-Locher. Er hob ihn an und inspizierte ihn eingehend.

«Solche runden Papierblättchen, die ausgestanzt sind, könnt ich gebrauchen», sinnierte Laubmann. «Für ein Experiment.»

«Hier werden keine Experimente durchgeführt», erwiderte Denschler besorgt. «Wenn du so was brauchst, dann geh zum Schreibwarenladen in der Kapuzinerstraße; *Eugen Müller*. In dem Laden bekommst du alles. *Wenn's keiner hat, der Müller hat's*!»

***

Schon nach zehn Minuten war Philipp auf dem Weg zur nahe gelegene Kapuzinerstraße. Die Straße war nach dem ehemaligen Kloster der Kapuziner benannt, das E.T.A. Hoffmann zu Beginn seiner *Elixiere des Teufels* erwähnt. Und Laubmann mochte Hoffmann.

Von außen wirkte das Geschäft eher unaufdringlich, innen aber war der *Eugen Müller* regelrecht vollgestopft mit Papier- und Schreibwaren sowie Bastelbedarf; und das in einem Labyrinth aus versteckten Vitrinen, geschnitzten Regalen, windschiefen Schränken und unendlich vielen Schubfächern, deren altertümliche Aufschriften vermutlich nur der Ladeninhaber – Franz Müller, der Sohn von Eugen Müller – selbst noch lesen konnte.

Der Verkaufsraum verfügte, ähnlich wie das Wollgeschäft der laubmannschen Cousine, über eine Kurbelkasse und zwei mit verblichener Werbung versehene Neonröhrenlampen darüber. An manchen Stellen waren Drähte und Schnüre gespannt, an denen Lampions, Papiertüten oder Holzlineale hingen. Nach dem Empfinden Laubmanns roch es angenehm nach einer Mischung aus Papier, Tinte und Farben. Er war sehr froh, dass Franz Müller momentan einen Kunden bediente; so konnte er für einige Augenblicke die ausliegenden Waren nach Herzenslust durchstöbern.

Dr. Philipp Laubmann entdeckte Drachenbau-Anleitungen mit den dazugehörigen Materialien, Schreibtafeln für die Schule, Kreide, Tafelschwämmchen, allerlei Stempel, Stempelkissen und Stempeltinten, Füllfederhalter, Schreibfedern, vielerlei Arten von Radiergummis und Bleistiftspitzern, Schnitzmesser, nostalgisch eingebundene Hefte, Brieföffner, Pinsel, Mal-Paletten, Löschwiegen, Zeitungshalter, Reißnägel, Siegellack, Bleistiftverlängerer, Paketschnüre in verschiedenen Farben, Gummikuppen für den zählenden Daumen, Fingeranfeuchter, Tuschegläschen, Kunstkarten, Briefständer und was nicht alles sonst noch.

Als der andere Kunde einen halbrund geschliffenen gläsernen Briefbeschwerer gekauft und das Geschäft verlassen hatte, trug Laubmann seinen Wunsch hinsichtlich der Papierblättchen vor.

«Sie meinen Konfetti», berichtigte ihn der Ladeninhaber freundlich, aber akkurat.

Franz Müller, ein gebücktes, grauhaariges, schmales Männchen unbestimmbar hohen Alters und nicht verwandt oder verschwägert mit den Mordopfern, schmunzelte, wie es seine Art war, und tappte in seinem etwas zu weiten, bläulich-grauen Arbeitskittel in einen Hinterraum, in dem auch Bücher gebunden werden konnten. Dort schichtete er etliche Schachteln um, raschelte, suchte eine Weile und kam schließlich stolz mit einem Karton voller dreieckiger Tüten zurück.

Eine der verblichenen Tüten nahm er aus dem Karton heraus und belehrte Laubmann, indem er sie ihm über die Ladentheke reichte: «In jeder von den Konfetti-Tüten sind tausend Blättchen in verschiedenen Farben.»

Laubmann wollte fünf Tüten erwerben. Der Preis war noch in D-Mark vermerkt. Handschriftlich.

«Wenn Sie sechs nehmen, kriegen Sie eine umsonst.» Franz Müller lächelte verschmitzt und geschäftstüchtig. «Aber die Faschingszeit ist jetzt schon vorbei! Die nächste beginnt erst am 11.11.; vorher soll man die Tüten nicht aufmachen. Und bis dahin sind sie trocken zu lagern.»

XXIX

ANDERNTAGS WAREN SIE wieder in Bad Kissingen, Laubmann und Lürmann. Sie hatten sich am heutigen Mittwoch, vormittags, zur Oberen Saline begeben, die vor den Toren der Kurstadt an der Fränkischen Saale lag und ein Bismarck-Museum beherbergte. Zwar hatte die Saline einst der Salzgewinnung gedient, doch Fürstbischof Adam Friedrich von Seinsheim ließ sich 1767 hier ein schlossähnliches Domizil errichten, in welchem er während seiner Kuraufenthalte residieren konnte.

Ein Jahrhundert später, als es die fränkischen Fürstbistümer längst nicht mehr gab, logierte Reichskanzler Otto von Bismarck in der Oberen Saline. Über viele Jahre hinweg kam er nach Kissingen, seinem bevorzugten Badeort, zur Kur, obwohl bei seinem ersten Besuch 1874 mit einer Schusswaffe ein Attentat auf ihn verübt worden war und die Kugel seine Schläfe nur um ein Weniges verfehlt hatte.

«Frau Schauberg war also nicht die Erste, die in Kissingen einem Mordanschlag mit knapper Not entgangen ist», konstatierte Philipp Laubmann an Bismarcks Bett.

Nach dem Besuch des Museums, wohin sie mit einem Taxi gefahren waren, spazierten der Kommissar und der Theologe leger durch die Saale-Auen in Richtung Stadt und somit auf die weiter südlich gelegene Gradieranlage zu, die sie in Augenschein nehmen wollten. Lürmann im üblichen Fischgrätenmuster, Laubmann in der mattgrünen Wolle. Die Luft war mild, der Himmel leicht bewölkt.

Ihre Unterhaltung war anfangs äußerst matt, denn Kommissar Lürmann wirkte bedrückt und getraute sich nicht so recht, mit der Sprache herauszurücken. Er atmete tief durch. «Um ganz offen zu sein, und weil du sie erwähnt hast, deine Frau Schauberg kommt mir mittlerweile doch auch verdächtig vor. Denn ehrlicherweise muss man zugeben, dass sie bezüglich der beiden Mordfälle in der Nähe des jeweiligen Tatorts war.»

«Ich bitte dich, am 11. April war sie nur zu einer Sitzung in Bamberg und ist lange vor dem Mord an Margarete Müller nach Bad Kissingen gefahren. Und beim zweiten Mord, am 13. April, ist sie erst viel später dazugekommen.» Nach Laubmanns Einschätzung sprach das eindeutig *für* Gabriela Schauberg. «Sie zu verdächtigen, halte ich schlicht für ungerechtfertigt.»

«Ja und nein. Es ist jedenfalls meine Pflicht als Kriminalbeamter, alle Möglichkeiten in Betracht zu ziehen, selbst die unwahrscheinlichsten. Wir haben in alle Richtungen zu ermitteln. Wenigstens, solange wir nichts Überzeugenderes vorweisen können.»

Philipp schüttelte unwillig den Kopf und machte eine griesgrämige Miene.

«Ich will nichts unwiderruflich behaupten, ich will nur zur Vorsicht mahnen. Wir sollten auf alle Eventualitäten vorbereitet sein. Und Zweifel sind erlaubt.»

«Im Zweifel für die Angeklagte.»

Anderen Spaziergängern begegneten sie kaum. Sie hatten die grünenden Saale-Auen fast für sich. Am gegenüberliegenden Flussufer versuchten Angler ihr Glück.

«Diese Fahrt nach Bad Kissingen, am Tag des ersten Mordes», argumentierte Lürmann weiter, «könnte für ein falsches Alibi inszeniert worden sein. Wer garantiert uns denn, dass die Schauberg unterwegs nicht wieder umgekehrt ist, vielleicht aus einem spontanen Impuls heraus? Oder dass sie nur kurz hier in Bad Kissingen war und dass sie sich ihres Alibis wegen an der Rezeption ihres Hotels hat blicken lassen, um am Abend heimlich nach Bamberg fahren zu können? – Nachts, nach dem Mord, ist sie dann nach Bad Kissingen zurückgekehrt. Sie hat ja einen Pkw zur Verfügung.»

«Ist das nicht zu weit hergeholt?»

«Eine Nachfrage der Kissinger Kollegen in ihrem Hotel hat ergeben, dass sie sich spätnachmittags an der Rezeption ausdrücklich erkundigt hat, ob eine Nachricht für sie hinterlassen worden sei. Herr Eckhardt, der Portier, hat das ausgesagt. Er hatte aber erst drei Tage danach, am Samstag, dem 14. April, eine Mitteilung für sie.»

«Die war von Anton Müller, nach unserer Rückkunft aus Bad Bocklet; wovon ich dich unterrichtet habe.»

Lürmann nickte. «Am Mittwochnachmittag jedenfalls, dem 11. April, war für Frau Schauberg keine Nachricht da; und zum Öffnen ihres Zimmer hatte sie eine Chipkarte bei sich, weswegen der Gang zur Rezeption eigentlich überflüssig war.»

«Du meinst», nahm Laubmann den Faden erneut auf, «sie wollte bewusst auf sich aufmerksam machen.»

«Es ist doch merkwürdig», fuhr Lürmann fort, «dass man sich an sie erinnert. Im Hotel ist bis gegen Mitternacht immer viel los, auch an der Bar oder im Restaurant – da fällt es normalerweise überhaupt nicht auf, wenn eine Person das Hotel verlässt oder betritt, zumal der Eingangsbereich ziemlich weitläufig ist. Einerseits war das nachteilig für sie, denn am Nachmittag wollte sie wahrgenommen werden, andererseits war es vorteilhaft, denn ihr mögliches Verschwinden gegen Abend sowie ihr Zurückkommen vor Mitternacht sollten nicht bemerkt werden.»

Laubmann dachte fast verbissen mit, während Lürmann sein gedankliches Konstrukt weiterführte. «Und wer garantiert uns, dass sie beim zweiten Mord nicht in der Kabine des Mesners Reinhold Müller war, um danach gewissermaßen unschuldig von außen her wieder zu erscheinen? Sie war seit Ostermontag in Bad Kissingen und könnte vor dem geplanten Mord selbst schon mal ein Moorbad genommen haben, um sich über die Örtlichkeiten und die Abläufe zu informieren. Vielleicht hat sie Reinhold Müller zufällig in Kissingen gesehen. Oder sie hat von vornherein gewusst, dass er hier war. Das haben andere auch herausgefunden.»

Die Überlegungen Lürmanns stimmten Laubmann nun doch nachdenklich. «Du könntest sogar recht haben. Frau Schauberg hat mir tatsächlich erzählt, dass sie ein Moorbad genommen hat, und zwar einige Tage vor dem zweiten Mord. Außerdem hat sie der Oberkommissarin gegenüber verneint, dass sie am Tag des ersten Mordes in Bamberg war.»

«Siehst du!» Lürmann fühlte sich bestätigt.

«Obwohl… genauer betrachtet ist Gabriela Schauberg von der Oberkommissarin nur gefragt worden, ob sie *beim* ersten Todesfall in Bamberg gewesen sei, und dazu hat sie wohl wahrheitsgemäß *nein* gesagt.»

«Das überzeugt mich nicht.»

«Aber warum ist sie dann am Samstag darauf mit mir nach Bamberg gefahren, damit ich mir vor Ort ein klareres Bild vom ersten Mordfall machen konnte?»

«Um die Situation zu kontrollieren und dich vielleicht mit dem Hinweis auf andere Verdächtige zu täuschen.»

«Das ist nur bedingt zutreffend», warf Philipp ein. «Gabriela Schauberg hat die Frauen des Instituts eher verteidigt und mir erst bei der Gala im Kissinger Regentenbau Negatives über das Vorleben einiger Investoren mitgeteilt.»

«Das erfüllt auch seinen Zweck.»

«Was hat es dann aber mit dem gegen sie gerichteten Anschlag auf sich?»

«Womöglich hat sich deine Frau Schauberg die Szene nur zurechtgelegt, selber ausgedacht und mehrfach im Kopf durchgespielt, um sie glaubwürdig schildern zu können. Die Geschichte klingt mir nämlich zu abenteuerlich. Und es gibt keine Zeugen. Auch die Befragung der Gäste und des Personals der Gala-Veranstaltung hat uns bisher keine Anhaltspunkte für einen Anschlag geliefert. Gut, damit sind wir noch nicht ganz fertig, aber es schaut nicht so aus, als ob dabei etwas herauskäme.»

«Und die Messerspitze, die zwischen dem Türrahmen und der Tür stecken geblieben ist?», präzisierte Laubmann.

«Ein Messer dieser Art ist in jedem beliebigen Haushaltswarengeschäft erhältlich. Sie könnte es sogar bei der Gala entwendet haben. An der Klinge waren keine Fingerabdrücke, und der Griff ist nirgends gefunden worden.» Lürmann brach einen morschen Zweig von einem Baum am Wegrand ab.

Laubmann war nun schon etwas ins Grübeln geraten. «Welches Motiv könnte Frau Schauberg deiner Meinung nach für die Morde gehabt haben?»

«Die internen Streitigkeiten um die Zukunft des Säkularinstituts.»

«Dann passt der Tod des Mesners Reinhold Müller allerdings nicht so recht ins Bild.» Laubmann bezweifelte Lürmanns Hypothese. «Er hatte mit der Zukunft des Säkularinstituts nichts zu tun, zumal er nicht der Bruder der getöteten Margarete Müller war.»

«Woher wissen wir, dass die Schauberg das nicht bereits gewusst hat?» Ernst Lürmann stocherte nebenbei mit dem Zweig im Schilf herum und scheuchte ungewollt ein paar Stockenten auf, die schnatternd ins Wasser flohen. «Warum sollte es nicht eine böswillige Kungelei bezüglich des Schlossverkaufs zwischen den beiden Ermordeten gegeben haben? Übung darin hatten sie ja, wenn sie sich jahrzehntelang als Geschwister ausgegeben haben. Und die Schauberg hat von dieser Kungelei Wind bekommen. Außerdem hat sie Zugang zum Schloss, was bedeutet, sie hätte Margarete Müller auch dort töten können, wenn sie sie nicht im Park angetroffen hätte.»

«Aber der Schlag ins Gesicht des ersten Opfers? Überhaupt die Brutalität und Kaltblütigkeit bei den Morden – so etwas ist Gabriela Schauberg niemals zuzutrauen.»

«Ich halte es nicht für unmöglich, dass sie Unterstützung gehabt beziehungsweise jemanden angestiftet hat. Aus diesem Grund könnte der Anschlag auf sie tatsächlich stattgefunden haben, weil der wahre Mörder seine Mitwisserin beseitigen will.»

Philipp tat sich trotzdem schwer zu glauben, dass Gabriela Schauberg in die Verbrechen verwickelt war. «Wenn sie es nämlich nicht war und der Anschlag nicht erfunden ist, dann schwebt sie nach wie vor in größter Gefahr. Will heißen, wir sollten schon was unternehmen, um sie zu schützen.»

Kommissar Lürmann versprach, sich um Frau Schauberg zu kümmern. «Soweit ich informiert bin, hat unsere

Oberkommissarin bereits einen Plan in die Wege geleitet, mit dem deine ‹Klientin› wohl zugleich überwacht und beschützt wird. Näheres werde ich heute Abend erfahren.»

Lürmann hatte bei der Verwendung des Possessivpronomens «unsere» an Glaser und sich gedacht, Laubmann dagegen an sich und Lürmann.

Die Luft war erfüllt mit dem solehaltigen Geruch, der die beiden Detektive vom nahen Gradierwerk her umwehte. Sie hatten aus der Ferne die Anlage mit ihren hoch aufragenden, überdachten Balkenkonstruktionen längst wahrgenommen.

Bis ins 20. Jahrhundert hinein, erklärte Laubmann, sei im Kissinger Gradierwerk Salz gewonnen worden. Zu diesem Zweck habe man das salzhaltige Wasser, die Sole, nach oben gepumpt und über die dicht an dicht zwischen den Balken befestigten Birken- oder Schwarzdornreiser herabrieseln lassen. Bei diesem Vorgang sei eine Menge Wasser verdunstet, und die so verstärkte, also gradierte Sole sei unten in einer Wanne aufgefangen worden. Zudem habe die mit Mineralien angereicherte Luft eine heilende Wirkung bei Atemwegserkrankungen, weshalb für Kurgäste Bohlen-Gänge zwischen den Wänden aus Schwarzdornreisern angelegt worden seien. Und das funktioniere immer noch so. Deshalb werde das Wandeln in der solegetränkten Luft selbst heutzutage medizinisch empfohlen.

Ernst Lürmann und Philipp Laubmann waren verblüfft über die Größe der beiden Gradiergebäude, die im rechten Winkel zueinander angeordnet waren, um jede Windrichtung zu nutzen. Sie bestaunten die Durchlässe, Treppenanlagen und Galerien. Über drei Stockwerke erstreckten sich innen und außen die Gänge, abgesichert durch Holzgeländer. Einem damit nicht vertrauten Besucher musste dies labyrinthisch erscheinen.

«Wie eine Kathedrale», meinte Philipp in beinah echter Andacht. Das erinnerte ihn an die Wandelhalle im Kurbereich. Doch Lürmann bekam diesen Ausspruch gar nicht mehr mit, denn er war in einem der Gänge verschwunden. Erst bei einem Quergang trafen die beiden nach einiger Zeit und eher zufällig wieder aufeinander. Die Luft im Gradierwerk reinigte nicht nur ihre Lungen, sondern auch ihre Gedanken.

Für den verbliebenen Rückweg in die Stadt hatten sie sich ein besonderes Vergnügen ausgesucht: eine Fahrt mit dem auf der Fränkischen Saale verkehrenden Ausflugsdampfer, der sie bis zum Stadtkern brachte. Rechtzeitig zum Mittagsmahl.

XXX

DIE BEFRAGUNG DER ÜBRIGEN JUWELIERE, die auf der Liste des Mesners Reinhold Müller verzeichnet waren, hatte nichts erbracht. Er hatte, außer bei Eberhard Beyer, zwar bei zwei weiteren angefragt, aber nur telefonisch. Soweit zu ermitteln war, hatten beide sein Angebot abgelehnt. Bei den anderen Juwelieren hatte er es offenbar noch gar nicht probiert gehabt. Darüber hinaus hatte die Kriminalpolizei indessen mit Hilfe einer richterlichen Genehmigung Müllers Bankkonto eingesehen. Im Februar und im März, also nach den Verkäufen der Saphire und Smaragde an Eberhard Beyer, waren jeweils 4000 Euro bar eingezahlt worden.

Der Immobilienberater Peter Weisinger hatte für Mittwoch, den 25. April, eine Vorladung erhalten. Oberkommissarin Juliane Vogt und Hauptkommissar Dietmar Glaser saßen ihm in jenem mit der einseitig verspiegelten Trennscheibe ausgestatteten Vernehmungsraum der Bamberger Polizeidirektion gegenüber. Kommissar Ernst Lürmann war in Bad Kissingen beschäftigt. Der «Beamten-Austausch» innerhalb der Sonderkommission «Zwillinge» klappte nach Glasers Ansicht wunderbar.

Der karge Raum mit dem Tisch, den Hartplastikstühlen und der Uhr war so grau wie ehedem. An diesem Tag jedoch stand niemand hinter der Trennscheibe, es sei denn, jemand aus der kriminalpolizeilichen Führungsriege hatte sich unangemeldet dorthin begeben, um zu prüfen, ob die Oberkommissarin für Bamberg geeignet sei. Das Aufnahmegerät lief bereits. Wiederum hatte sich ein weiterer Beamter in Zivil halbrechts hinter dem Tatverdächtigen platziert und ließ ihn nicht aus den Augen.

Kommissar Glaser begann unumwunden mit der Vernehmung Weisingers: «Wir gehen davon aus, dass Sie schon informiert wurden.»

«Worüber soll ich informiert sein? Außer dass ich von Ihnen gerade über meine Rechte belehrt worden bin, habe ich hier drin keinerlei Informationen erhalten.»

«Darüber, dass wir Ihren Bekannten aufgesucht haben, den Juwelier Eberhard Beyer. Hat er sich bei Ihnen nicht gemeldet? – Nein? Er ist wohl vorsichtiger geworden.»

«Eberhard Beyer ist lediglich einer unserer Investoren. Und dass Sie dort waren, ist mir neu. Geht mich auch nichts an.»

«Vielleicht doch. Wir haben von ihm nämlich erfahren, dass Sie den getöteten Mesner, Reinhold Müller, gekannt haben. Bei unserer ersten Befragung haben Sie das verneint.» Glaser strich sich lässig über den Oberlippenbart.

Peter Weisinger blieb unaufgeregt. Nur unter seinem kurzgeschorenen schwarzen Haar hatte sich etwas Schweiß gebildet, was jedoch der Wärme im Vernehmungsraum zugeschrieben werden konnte. Die Klimaanlage war ausgeschaltet. «Ich kann mich zwar nicht erinnern, ob Sie mich das gefragt haben, aber falls ich es verneint habe, dann deshalb, weil wir einander nie persönlich vorgestellt worden sind. Den Papst in Rom kenne ich schließlich auch, ohne dass ich mit ihm bekannt bin.» Weisinger zog seine verschlissene Wildlederjacke aus und legte sie dreist über den Tisch.

«Sie sind im Juweliergeschäft Ihres ‹Investors› allerdings nicht dem Papst, sondern dem Mesner begegnet.» Glaser fegte die spitzfindige Begründung Weisingers einfach weg.

«Und Sie haben gegenüber Herrn Beyer unmissverständlich angekündigt, mit ihm ein Gespräch führen zu wollen», ergänzte die Oberkommissarin. Sie hob die rechte Hand leicht an, um eine weitere Spitzfindigkeit zu unterbinden: «Mit dem Mesner, nicht mit dem Papst.»

«Sie haben außerdem mitbekommen», sagte wiederum Glaser, «dass Reinhold Müller Edelsteine verkauft hat.»

«Und wir wissen, dass die Steine nicht ‹sauber› waren», fügte die Oberkommissarin hinzu.

«Sie haben also die Gelegenheit genutzt und Müller zu erpressen versucht, damit er Sie beim Kauf des Säkularinstituts unterstützt», fasste Glaser zusammen, wohlweislich verschweigend, dass Margarete und Reinhold Müller gar nicht miteinander verwandt waren.

«Nun mal langsam.» Weisinger hob abwehrend beide Hände. «Als ich Müller beim Juwelier gesehen habe, hab ich sofort gewusst, um wen es sich handelt, das gebe ich zu. Und mir war auch klar, dass mit den Steinen was nicht in Ordnung sein konnte.»

«Herrn Beyer war das angeblich nicht so klar. Warum haben Sie ihn nicht gewarnt?»

Weisinger lächelte schräg. «Was wollen Sie jetzt von mir hören?»

«Alles. – Tun Sie sich keinen Zwang an», ermunterte ihn Glaser.

«Also ich sage nur so viel: Beyer ist der Fachmann für Edelsteine. Wir sind Geschäftsleute; und unter uns Geschäftsleuten erweist man sich gelegentlich eine Gefälligkeit, aber man mischt sich nicht in die geschäftlichen Angelegenheiten des anderen ein. Auf der Ebene müssen Sie das betrachten.»

«Es geht um zwei Morde», gab Juliane Vogt zu bedenken. «Auf der Ebene sollten *Sie* das betrachten!» Sie hatte ihren Stuhl etwas zurückgeschoben und die Beine übereinandergeschlagen, wodurch ihr knapp sitzender Rock noch besser zur Geltung kam. Glaser überlegte, ob es ihr am nötigen Ernst mangle.

«Ich habe ein Alibi», verteidigte sich Weisinger.

«Nur für den ersten Mord. Mich interessiert aber vor allem der Mord in Bad Kissingen; und bei diesem Mord stehen Sie blank da!», erwiderte Vogt.

Peter Weisinger waren der kurze Rock und die wohlgeformten Beine der Kommissarin gleichgültig. «Noch einmal: Ich habe diesen Reinhold Müller, außer im Juweliergeschäft, nie getroffen. Ich gestehe jedoch ein, ihn bald danach mal auf gut Glück von meinem Büro aus angerufen zu haben. Seine Nummer steht im Telefonbuch. Und ja, ich habe ihm, vielleicht ein wenig forsch, auf den Kopf zugesagt, wie merkwürdig ich es finde, dass er so wertvolle Steine verkaufen wolle. – Da hätten Sie ihn mal hören sollen! Der arme Mann ist fast zusammengebrochen, so fertig war er. Er hat mir sogar Steine angeboten. – Ich bin mir sicher, wenn Sie nachsehen, werden Sie noch welche finden.»

«Wir haben unsere Aufgaben diesbezüglich erledigt», merkte Glaser an und dachte an Laubmanns gutes Gespür für religiöse Details.

«Na bitte! – Ich hab mich natürlich auf Müllers Angebot nicht eingelassen.» Weisinger lehnte sich zurück, als gäbe es nichts mehr zu besprechen.

Juliane Vogt war hingegen wieder näher an den Tisch herangerückt. «Wir haben Sie per Computer überprüft: Sie sind wegen Betrugs vorbestraft. Unter anderem Scheckkartenbetrug.»

«Ach kommen Sie, die alte Geschichte! Die ist vergeben und vergessen!» Peter Weisinger schaute für einige Sekunden zur Seite, ehe er einatmete und die Kommissarin mit seinem stechenden Blick fixierte. «Das war eine Dummheit; ich bin dafür bestraft worden und hab meine Zeit abgesessen. Und jetzt lassen Sie mich bitte damit in Frieden! Mein Partner und ich bereiten ein umfangreiches Projekt vor, und Sie haben nicht das Recht, geschäftsschädigende Äußerungen über uns zu verbreiten.»

«Weswegen firmiert dann Ihr Partner, Herr Dr. Walther, als Projektleiter und nicht Sie, obwohl *Sie* doch der Immobilienberater sind?»

«Er hat von der medizinischen Seite des Projekts einfach mehr Ahnung als ich. *Er* ist der Arzt. Die Basis für eine solche Unternehmung kann außerdem gar nicht breit genug sein.»

Kommissar Glaser hatte das Gefühl, sie konzentrierten sich zu sehr auf Reinhold Müller und somit auf den Mord in Bad Kissingen. Der Mord an Margarete Müller im Bruderwald wurde eher vernachlässigt. Es sei denn, beide Morde waren direkt voneinander abhängig – seine Theorie –, sodass die Aufklärung des zweiten Mordes unmittelbar zur Aufklärung des ersten führen würde – oder umgekehrt. Nun gut, die Bevorzugung des zweiten Mordfalls mochte auch an der Anwesenheit der Kollegin aus Kissingen liegen. Eventuell war das mit dem «Beamten-Austausch» doch nicht so optimal.

«Sie haben bisher», klinkte sich Glaser wieder in die Vernehmung ein, «nur ausweichend auf meinen Vorwurf reagiert, den Mesner erpresst zu haben.»

«Er hat mich richtiggehend beschworen, ihn wegen seiner Edelsteinverkäufe nicht zu verraten», entgegnete Weisinger. «Ich glaube, der wollte die Verkaufsaktion noch nicht beenden. Und im Gegenzug habe ich ihn bloß darum gebeten, bei seiner Zwillingsschwester ein gutes Wort für uns einzulegen, damit sie für *unser* Kaufangebot stimmt.»

«Stimmenkauf nennt man das», meinte die Oberkommissarin.

«Ich nenne das nach wie vor Erpressung.» Glaser beharrte auf seiner Einschätzung und strich sich erneut über den Oberlippenbart. «Dass Sie, Herr Weisinger, eine Frau wie Margarete Müller damit in einen Gewissenskonflikt stürzen könnten, das war Ihnen offensichtlich egal.» Der Kommissar dachte an ihren Tagebucheintrag. «Sie war anscheinend so weit, sich jemandem anzuvertrauen.»

Weisinger betonte jedes Wort: «Ich habe ihrem Bruder gegenüber nur eine Bitte formuliert! – Oder haben die beiden etwas anderes behauptet?»

«Wie denn, wenn sie tot sind?»

«Was ich bedauere.»

Glaser setzte nach, wollte sich keineswegs geschlagen geben. Das war das Unbefriedigende an diesem Beruf; man hatte oft zu viele Verdächtige und zu wenig Beweise. «Ich vermute, die beiden hatten Skrupel, und Ihre Erpressung drohte aufzufliegen. Wer im Säkularinstitut hätte dann noch für einen Verkauf an Sie gestimmt? Schließlich gibt's andere Interessenten genug. Und wie hätten sich Ihre Investoren verhalten?»

«Was für ein Unsinn!» Peter Weisinger fuhr zornig auf. «Im Gegenteil, es lief doch alles perfekt: Die Schwester des Mesners hat sich für unser Kaufangebot eingesetzt, und ich bin mir sicher, sogar aus Überzeugung. Denn es handelt sich um ein hervorragendes Angebot und es ist eine große Chance für das Institut, seinen Provinzialismus ein für alle Mal hinter sich zu lassen.»

XXXI

MAN MÜSSE DEM PABST AUF DEN ZAHN FÜHLEN, dem Dr. Pabst, seinem Badearzt, hatte Laubmann gemeint. Der Arzt sei in der Spielbank zugegen gewesen, dann bei der Gala und, was besonders auffällig wäre, als Gabriela Schauberg in der Nacht des Überfalls auf dem Weg zum Hotel war. Zudem dürfe nicht vergessen werden, dass Dr. Pabsts Rolle bei dem Mord im Moorbad bisher nicht hinlänglich geklärt sei. Das Team der Oberkommissarin trat mit den Ermittlungen auf der Stelle.

Laubmann hatte sich gemeinsam mit Lürmann gegen 17 Uhr auf den Weg zum Alten Kurbad gemacht. Sie hatten sich am Ende der Sprechstunde ins Vorzimmer des Untersuchungs- und Behandlungsraums begeben, um sich nach Dr. Rüdiger Pabst zu erkundigen, denn für den Badearzt gab es keinen freien Mittwochnachmittag.

Dr. Pabst sei schon weg, hatte seine Arzthelferin, Karin Dietrich, müde geantwortet, und sie wollte partout mit keiner weiteren Information herausrücken. Lürmann war gezwungen gewesen, ihr seinen Dienstausweis hinzuhalten. Erst dann hatte sie ihnen verraten, dass Dr. Pabst fünf Minuten davor zur Finnischen Sauna gegangen sei, im Rahmen seines persönlichen Fitnessprogramms. Vor dem Abendessen sei er dort meist allein und werde von keinen Patienten angesprochen. Allerhöchstens, dass er mal einen

Geschäftspartner zum Saunagang einlade. Er bemühe sich, unabhängig von seiner Tätigkeit als Arzt, um diverse Kur-Projekte.

Lürmann hatte sich zunächst geweigert, die Befragung des Badearztes in der Sauna durchzuführen, weil das einer Polizeiaktion unwürdig sei. Aber da es in erster Linie um Laubmanns Verdächtigungen ging, tat er ihm schließlich den Gefallen. Philipp Laubmann hatte ihn überzeugt, dass sich ein Verdächtiger gerade in der Sauna ungeschützt vorkommen müsse. Das sei ein Vorteil. Den Nachteil hatte Philipp jedoch nicht bedacht, dass nämlich Lürmann und er ebenfalls nackt sein würden.

Das heißt, nicht ganz. Die Umkleidekabinen hatten sie mit um die Hüften geschlungenen weißen Badetüchern und mit Badeschlappen an den Füßen verlassen. Just in dieser Sekunde kam Ida Gutwein-Brenner, die Düsseldorfer Apothekerin, aus der Sauna, wo sie anscheinend mit Rüdiger Pabst zusammengetroffen war. Sie hielt ihr langes weißes Badetuch über der Brust und am Bauch fest an sich gepresst, sodass nur ihr Rücken unbedeckt blieb, und beachtete die beiden Männer kaum. Die pechschwarz gefärbten Haare hatte sie erneut zu einem Zopf geflochten.

Der Theologe Dr. Philipp Laubmann hatte versucht, seinen Bauch einzuziehen, was ihm jedoch nur kurzfristig und ungenügend gelungen war. Bereits vor dem Betreten der Sauna hatte er wieder Luft schöpfen müssen und beim Eintreten erst recht, weil ihn die Hitze fast erschlug. Aber was tat man als wissenschaftlicher Assistent nicht alles zu Forschungszwecken.

Dem drahtigen Lürmann schien die Hitze kaum etwas anzuhaben. Und der schlanke Pabst saß recht entspannt auf einer der aus Holz gefertigten Etagen. Ihm troff der Schweiß allerdings schon herab, was Laubmann unter anderen Umständen mit Genugtuung zur Kenntnis genommen hätte, da es ihm Freude bereitete, wenn nicht nur er zu schwitzen hatte.

«Ich wollte allein sein», beschwerte sich Rüdiger Pabst und wischte sich mit der blanken Hand die Schweißtropfen von seiner kahlen Kopfhaut.

«Aber Sie selbst haben mir diverse Anwendungen verordnet, auch Saunagänge», entgegnete Laubmann scherzhaft, obwohl es stimmte. Sein Handtuch hatte er der enormen Temperatur wegen sofort freiwillig abgelegt. Er und Lürmann hatten sich im rechten Winkel zu Pabst auf einer hölzernen Sitzstufe niedergelassen.

«Ihr Körpergewicht scheint sich aber noch nicht reduziert zu haben.» Dr. Pabst sah Dr. Laubmann bei dieser Bemerkung jedoch nicht einmal an, so, als sei das Gewicht des Patienten allgemein bekannt.

«Bei einer solchen Fürsorglichkeit wird mir ganz warm ums Herz und schwindlig im Kopf.» Philipp fuhr sich mit dem Stofftaschentuch über seine hohe Stirn. Er hatte es sicherheitshalber mitgebracht, damit ihm keine salzigen Schweißperlen in die Augen rannen. Doch es half nicht viel.

«Dass dir warm wird, liegt eher an den Aufgüssen», meinte Lürmann. Er schwitzte noch immer nicht so stark.

«Und am Körperumfang.» Pabst hätte die beiden Eindringlinge am liebsten der Sauna verwiesen.

Laubmann zeigte dezent auf Lürmann und tat so, als wolle er mit der Amtsbezeichnung angeben: «Er ist Kriminalkommissar.» Hauptsächlich aber wollte er schnell auf den Anlass für ihren Saunagang zu sprechen kommen, um der Hitze bald entgehen zu können, denn über deren Intensität hatte er sich vorab auch keine Gedanken gemacht.

«Kommissar Lürmann», stellte sich Ernst Lürmann vor.

Rüdiger Pabst stellte sich nicht vor, sondern spöttelte nur: «Haben Sie einen Dienstausweis?»

Lürmann versuchte automatisch, in die Innentasche seines Mantels zu greifen …

Pabst lächelte boshaft und wurde plötzlich direkt: «Hat Sie diese Kommissarin zu mir geschickt?»

«Wir sind unabhängig», schimpfte Laubmann, «was man von Ihnen nicht gerade behaupten kann.»

«Was bilden Sie sich ein!»

«Als einer von Engels Investoren sind Sie darauf angewiesen, dass seine Projekte Gewinne abwerfen.»

«Was geht Sie das an?»

Ernst Lürmann ergriff die Initiative, denn schließlich war er *dienstlich* hier, auch wenn man es ihm äußerlich nicht ansah. «Die kriminalpolizeilichen Ermittlungen in den Mordfällen ‹Müller› und ‹Müller› reichen längst bis in die Investoren-Kreise hinein.»

Dr. Pabst hatte geahnt, dass deswegen irgendjemand in seinen Privatangelegenheiten herumschnüffeln würde. «Sie wollen mich doch wohl nicht jetzt und hier vernehmen? – Was sind das für Methoden?» Er wischte sich erneut mit der Hand über die Kopfhaut.

«Wir passen uns nur den Gegebenheiten an. Die Mordfälle haben schließlich auch mit Wasser zu tun», erwiderte Ernst Lürmann nicht ohne Ironie.

«Das hier ist eine Sauna!»

«Wir stellen bloß ein paar Fragen», begütigte Dr. Laubmann Dr. Pabst scheinheilig. «Außerdem ist Wasserdampf ebenfalls Wasser, und Schweiß sowieso.» Philipps Stofftaschentuch war bereits durchnässt wie ein feuchter Lappen.

«Wir können das durchaus ändern, Herr Dr. Pabst, wenn Sie das wünschen» drohte Lürmann. «Ich kann Sie auffordern, mich zur hiesigen Polizeiinspektion zu begleiten.»

Rüdiger Pabst wollte selbstverständlich kein Aufsehen. «Von mir aus; dann stellen Sie mir eben Ihre Fragen. Aber bitte im Ruheraum um die Ecke. Da sind wir um diese Zeit auch unter uns. Ein zu ausgedehnter Aufenthalt in der Sauna ist nicht gesundheitsfördernd.»

Ein Gefühl unendlicher Dankbarkeit durchströmte Laubmann. Sie verließen die Sauna, kühlten sich in einem Tauchbecken ab und griffen sich frische Badetücher. Der Theologe war erstaunlicherweise als Erster damit fertig, obwohl er doch am meisten geschwitzt hatte. Er machte sich nicht viel aus Baden.

«Ich geh schon mal fürbass», sagte er nebenher.

«Für was …?» Lürmann kletterte soeben aus dem Wasserbecken.

«Ich geh schon mal weiter.»

Im Ruheraum angekommen, legten sie sich auf Liegestühle. Das heißt, Laubmann und Pabst streckten sich aus, während Lürmann sich nur setzte, um seinem behördlichen Auftreten mehr Nachdruck zu verleihen. Laubmann, dessen Stofftaschentuch zum Trocknen über der linken Armlehne hing, lag schräg hinter ihm; Pabst befand sich im Abstand von zwei Metern ihnen gegenüber.

Der Moraltheologe zitierte, unter der Nachwirkung der Saunawärme leidend, aus der Bibel: «*Bei Tag fraß mich die Hitze, bei Nacht der Frost, und der Schlaf floh meine Augen.* – So beschwert sich Jakob bei seinem Schwiegervater Laban im Buch Genesis. Und in der Offenbarung heißt es zuversichtlich: *Sie werden keinen Hunger und keinen Durst mehr leiden, und weder Sonnenglut noch sengende Hitze wird auf ihnen lasten.*»

Kommissar Lürmann achtete nicht darauf und fing ohne Spruchweisheiten an, den Badearzt zu befragen. «Ist es zutreffend, dass Sie in das Projekt Ihres Kollegen Dr. Walther, Hausarzt des Säkularinstituts, bereits Kapital gesteckt haben – oder hatten?»

«Und wenn?»

Lürmann fasste die Gegenfrage des Badearztes als Eingeständnis auf: «Also ja.»

«Ich habe nichts zu verbergen.»

«Ist es zutreffend, dass der Bauunternehmer Friedolin Engel Sie beziehungsweise Ihr Kapital abgeworben hat?»

«Sein Angebot ist besser.»

«Also ja.»

Laubmann war neugierig: «Was hält denn Ihr Kollege Dr. Walther davon?»

Pabst grinste: «Der ist nicht mehr so gut auf mich zu sprechen.»

«Ist es zutreffend» – Kommissar Lürmann blieb bei seiner förmlichen Fragestellung –, «dass Sie nicht der einzige Investor sind, der von Walther und seinem Kompagnon Weisinger zu Engel gewechselt ist?»

Pabst zog eine skeptische Miene: «Das kann ich so nicht behaupten, aber ich halte es für möglich.»

«Ist es weiterhin zutreffend, dass auch Schwarzgelder in die Projekte fließen?»

«Woher soll ich das wissen?»

Laubmann hakte nach: «Also ja?»

Und Lürmann desgleichen: «Womöglich sogar durch Sie, Herr Dr. Pabst?»

Der Badearzt reagierte wütend: «Was fällt Ihnen ein, mich dermaßen zu beschuldigen! Mein Geld ist ehrlich verdient!» Er hatte sich in seinem Liegestuhl aufgerichtet, wobei er sich auf den Armlehnen abstützte.

«Wir können das untersuchen lassen, und so etwas ist nicht angenehm. Am Ende könnte Sie das Ihre Anstellung kosten und Ihre Approbation.»

Pabst wirkte nervös und saß jetzt, wie Kommissar Lürmann und diesem zugewandt, auf dem Rand des Liegestuhls. «Ich bitte Sie, was bedeutet das schon, nebenbei mal eine private Beratung? Das sind doch Bagatellen.»

Lürmann war nicht seiner Meinung. «Mord ist keine Kleinigkeit.»

Und Laubmann war Lürmanns Meinung. «Schwarzgelder sind ein Motiv.»

«Wieso ein Motiv?», fragte Pabst gereizt.

«Ein Motiv für Mord.»

«Jetzt gehen Sie aber wirklich zu weit!» Der Badearzt wehrte sich vehement. «Sie beide werden mir nicht nachweisen können, dass ich Herrn Müller oder seine Schwester gekannt habe, weil ich nämlich nie im Leben irgendeinen Kontakt zu ihnen hatte!»

«Außer in der Moorbad-Abteilung», widersprach Laubmann sophistisch.

«Ich wurde von Frau Brender über das Haustelefon zu Hilfe gerufen und konnte nur den Tod des Opfers feststellen; das wissen Sie ganz genau.»

«Sie haben soeben auch die Schwester Reinhold Müllers erwähnt ...»

Pabst ließ Laubmann gar nicht erst ausreden: «Das hat sich überall herumgesprochen, dass seine Schwester auf ähnliche Weise ermordet worden ist.»

«Wir haben inzwischen ermittelt», wechselte Lürmann das Thema, «dass Peter Weisinger, der Kompagnon Dr. Walthers, Druck auf Reinhold Müller ausgeübt hat, um das eigene Immobilienprojekt voranzubringen. Wer sagt uns denn, dass er Reinhold Müller nicht dazu gebracht hat, gewissermaßen als Mittelsmann zu fungieren und Sie eindringlich zu warnen, weil Sie Ihre Investitionen zurückfordern wollten oder sogar schon zurückgefordert hatten?»

«Ein kleiner Hinweis beim Finanzamt auf Ihre Einnahmen aus den ‹privaten Beratungen›, die wahrscheinlich nicht versteuert worden sind, hätte für Sie zu einem schönen Schlamassel werden können», ergänzte Philipp Laubmann. Er hatte sich in seinem Liegestuhl gleichfalls aufgerichtet, wobei er aufpassen musste, dass ihm das Badetuch nicht über die Hüften nach unten rutschte.

«Und Ihr Alibi für den Mord im Moorbad», fügte Lürmann hinzu, «ist nicht ‹wasserdicht›, um beim Thema zu bleiben.»

«Das ist an den Haaren herbeigezogen.» Dr. Pabst schüttelte den kahlen Kopf.

«Meine Kollegin, Oberkommissarin Vogt, hat Ihre Arzthelferin, Frau Dietrich, befragt und erfahren, dass Sie zur fraglichen Zeit, entgegen Ihrer Aussage, keine Patienten mehr hatten, weil die beiden letzten – einer unentschuldigt, einer entschuldigt – nicht erschienen waren.»

Dr. Pabst war überrascht. «Das hat sie mir gar nicht erzählt, dass sie befragt worden ist.»

«Sie sollte Stillschweigen wahren.»

«Aber *sie* war noch anwesend, Frau Dietrich, meine Arzthelferin.»

«Nein, Frau Dietrich hatte am Freitag, dem 13. April, bereits vor 17 Uhr Feierabend gemacht; etwas früher als sonst. Folglich hat sie auch Frau Brenders Anruf bei Ihnen nicht mehr mitbekommen. Das heißt, außer Frau Brender selbst kann niemand bezeugen, dass sie bei Ihnen im Behandlungszimmer angerufen und Sie dringend gebeten hat, in die Moorbad-Abteilung zu kommen.»

Rüdiger Pabst lachte kurz auf: «*Eine* Zeugin genügt doch wohl. Zudem halte ich Ihre Verdächtigungen für ausgesprochen niederträchtig, Herr … wie war Ihr Name gleich wieder?»

«Lürmann, Kriminalkommissar Lürmann.»

In diesem Moment schaute ausgerechnet die Badegehilfin Barbara Brender zur Tür herein. Sie machte Dr. Pabst darauf aufmerksam, dass er in einer halben Stunde einen Termin in der Stadt habe.

Rüdiger Pabst entschuldigte sich bei den Herren, erhob sich und wollte schon, das umgebundene weiße Badetuch festhaltend, den Ruheraum verlassen, drehte sich aber noch einmal zu Laubmann um. «Ich möchte Sie nicht weiter behandeln, Herr Dr. Laubmann. Das unabdingbare Vertrauensverhältnis zwischen Arzt und Patient ist, denke ich, nachhaltig gestört. Ich werde Sie für die Untersuchung am Ende Ihrer Kur meinem Kollegen Dr. Goergen empfehlen.»

Philipp hob bedauernd die Hand. «Dann muss ich Ihnen wohl mein Vertrauen als Kur-Patient auch entziehen, obwohl ich mich hier eigentlich zu keiner ‹Entziehungs-Kur› eingefunden habe.»

Pabst begriff das Wortspiel Laubmanns nicht auf Anhieb, was ihn noch wütender reagieren ließ und zu einer unbedachten Bemerkung verleitete. «Mein Ziel ist es, mich in absehbarer Zeit selbständig zu machen und eine gediegene Privatpraxis zu eröffnen. Dann muss ich mich nicht mehr mit Kassenpatienten herumschlagen, diesen Hungerleidern, oder mit Eigenbrötlern wie Ihnen.»

Laubmann betrachtete den Badearzt abschätzig. «Eventuell kommen Sie damit in der feinen Gesellschaft an, aber Sie verabschieden sich aus der menschlichen Gemeinschaft. Obwohl, die wird für Sie sowieso nicht viel zählen, nicht mal in Ihren Affären» – er wandte den Blick vom Arzt zur Badegehilfin –; «nicht wahr, Frau Brender?»

Barbara Brender schaute befremdet, als Dr. Rüdiger Pabst sie, eine wegwerfende Handbewegung gegen Laubmann andeutend, vor sich her nach draußen drängte. Für einen Moment war es so still, wie es in einem Ruheraum eigentlich sein sollte.

«Was war das denn?», fragte Ernst Lürmann. «Hat er jetzt sein wahres Gesicht gezeigt?»

«Das ungeschminkte Gesicht eines Menschen, der nur sein Ich für den einzigen realistischen Maßstab hält.»

«Du hast ihn aber auch ziemlich provoziert», kommentierte Lürmann.

«Zumindest seine Freundin, hoffe ich. Sie hat ihren Geliebten immerhin schnell unter einem Vorwand hier herausgeholt; als ob sie an der Tür gelauscht und befürchtet hätte, er könne sich verraten.»

«Und sie gleich mit, falls sie gemeinsam den zweiten Mord begangen haben.»

«Vielleicht fängt sie irgendwann an, ihm nicht mehr zu trauen.» Laubmann zuckte listig mit den Augenbrauen: «Die Saat des Zweifels.»

«Freut mich, dass du auch für Zweifel zu haben bist», sagte Ernst Lürmann und verabschiedete sich, um sich zur Umkleidekabine zu begeben. Er hatte noch eine dringende Verabredung mit der Oberkommissarin.

XXXII

ER HATTE ES IHR VERSPROCHEN, und zwar gleich am Tag nach dem Mordanschlag. Daher war sie heute Morgen liebend gern nach Bamberg gekommen. Endlich. Philipp Laubmann konnte erst an diesem Donnerstag Zeit für sie erübrigen. Ihre Kur in Bad Kissingen hatte sie, trotz der seelischen Anspannung, tapfer durchgehalten, und sie wollte, auf das Bitten und Drängen der Kommissare hin, am Nachmittag wieder nach Kissingen zurückkehren.

Philipp Laubmann und Gabriela Schauberg fuhren diesmal nicht mit dem Pkw, sondern mit dem Stadtbus der Linie 10. Der Wagen Gabrielas war nicht angesprungen, weshalb sie den Zug genommen hatte. Ihr vager Verdacht, es könne sich um einen zweiten Anschlag handeln, hatte sich Gott sei Dank in der Reparaturwerkstatt als grundlos herausgestellt.

Laubmann war unabhängig von Gabriela Schauberg zusammen mit Lürmann in dessen Dienstwagen nach Bamberg gefahren. Der Kriminalkommissar hatte in der Polizeidirektion zu tun, begleitete die beiden also nicht bei ihrem als privat ausgewiesenen Besuch.

Für den Fahrer des Stadtbusses war es augenscheinlich nicht so ganz einfach, durch die engen Straßen Bambergs zu manövrieren, nämlich hinauf zum ehemaligen Benediktinerkloster am Michelsberg, in dem ein Teil der Theologischen Fakultät untergebracht werden sollte. Wegen der engen Tordurchfahrt der Klosteranlage konnten auf dieser Strecke nur Busse eingesetzt werden, die schmaler und kürzer konstruiert waren. Gottlob hatte der Stadtrat schon vor Jahren und ganz im Sinne Laubmanns beschlossen, das Kloster und die markante Klosterkirche, eine kunsthistorische Kostbarkeit, für Bürger und Besucher offenzuhalten.

Sobald die Haltestelle im Klosterhof bedient war, drehte der Bus eine ausgedehnte Runde um den barocken Merkurbrunnen und passierte beim Hinausfahren das Tor ein zweites Mal. Über den Sankt-Getreu-Hügel führte die Strecke, bergauf und bergab, weiter zum Stadtteil «Wildensorg», einem ursprünglichen Winzerdorf am Waldrand.

Auf halbem Weg etwa zwischen Stadt und Dorf konnte man unterhalb des Michelsberger Waldes an einem Pavillon aussteigen und einen der gefälligsten Ausblicke über Bamberg genießen. Gabriela Schauberg und Philipp Laubmann verließen den Bus zwar an dieser Haltestelle, doch ihnen war nicht nach optischen Genüssen zumute. Gabriela wunderte sich ohnehin, dass Philipps hintergründige Scherze heute recht spärlich ausfielen. Sie ahnte nicht, dass er durch Lürmanns Einfluss etwas skeptischer geworden war. Vielmehr dachte sie, es liege an seinem Liebeskummer und seinem schlechten Gewissen gegenüber Elisabeth.

Dennoch war Gabriela Schauberg froh, dass er ihrem Wunsch nachgekommen war, den Freund von Margarete und Reinhold Müller aufzusuchen. Während der Fahrt hatte Laubmann ihr allerdings eröffnet – auch aus Gewissensgründen, hauptsächlich jedoch wegen des bevorstehenden Treffens –, dass die beiden gar keine Zwillinge gewesen waren, was sie ziemlich schockiert hatte.

Name und Adresse des Freundes hatte Gabriela bereits vor Tagen herausgefunden: Otto Trautmann, Rothof 1-2. Die Eltern Trautmanns hatten eine mittelständische Maschinenbaufabrik in Bamberg besessen, er aber hatte Koch gelernt. Er war 65, also im gleichen Alter wie der ermordete Reinhold Müller, hatte einen rundlichen Körperbau und entsprechende Gesichtszüge, dazu eine Knollennase und graues schütteres Haar mit Geheimratsecken.

Otto Trautmann hatte vor Jahrzehnten den Rothof auf einer Anhöhe am Rande des Michelsberger Waldes gekauft. Es handelte sich um einen altehrwürdigen Gutshof vom Anfang des 18. Jahrhunderts. An das Herrenhaus, einen zweigeschossigen Bau mit Walmdach, schlossen sich Wirtschaftsgebäude und vormalige Stallungen an, sodass der Gutshof, einschließlich der Hofeinfahrt, ein Geviert bildete.

In den 1970er-Jahren hatte Trautmann hier eine Pension eingerichtet und die Stallungen zu Gästezimmern umgebaut. Er selbst war kurz danach im ersten Stock des Herrenhauses eingezogen und hatte darunter ein Tagescafé eröffnet, das in Bamberg als beliebtes Ausflugslokal galt. Bei gutem Wetter konnte man draußen unter einer mächtigen Linde sitzen und sich an der Fernsicht ergötzen.

Philipp Laubmann hatte vor ihrem Besuch angerufen und Otto Trautmann mitgeteilt, dass Frau Schauberg und er mit ihm über Margarete und Reinhold Müller sprechen wollten. Über die Morde an seinen Freunden hatte Trautmann schon allerlei Gerüchte gehört, die besonders in der Pfarrei Alt-Sankt-Anna kursierten. Zudem hatte die hiesige Regionalzeitung über den Mord im Park berichtet. Daraufhin hatte er im Säkularinstitut persönlich nachgefragt.

Von der Bushaltestelle aus stiegen Philipp Laubmann und Gabriela Schauberg über einen steilen Trampelpfad hinauf zu einer bescheidenen Kirschbaumallee, die bis zum Rothof reichte. Es war recht windig und trotzdem war es Philipp zu warm. Er zog seine Wolljacke aus. Gabriela behielt abermals ihren dunkelblauen Mantel an. Der Hof lag abgeschieden und war überwiegend von Feldern und Wald umgeben. Die Kirschbäume trieben wie die Linde bereits aus.

Otto Trautmann führte sie ohne Umschweife nach oben in seine Wohnung. Für die Arbeit im Café hatte er Angestellte. Er hatte einen schwarzen Tee für seine privaten Gäste vorbereitet, trank selbst aber Weinbrand aus einem bauchigen Glas, weil er doch ein wenig aufgeregt war. Deshalb fing er lieber gleich an, von seinen getöteten Freunden zu erzählen.

Sie seien während der Bombennächte in Berlin und Dresden zu Kriegswaisen geworden und am Ende des Krieges wahrscheinlich bei Flüchtlingen vorübergehend untergekommen. Das zweijährige Mädchen und der dreijährige Junge hätten keine Erinnerung mehr an ihre jeweiligen Eltern gehabt. Bald danach seien sie in einem Bamberger Waisenhaus aufgenommen worden.

«Ende der 50er-Jahre habe ich Margarete und Reinhold eines Tages in der ‹Katholischen Jugend› getroffen und mich sofort mit ihnen angefreundet», berichtete Otto Trautmann nicht ohne Rührung. «Wir waren so 16, 17 Jahre alt. Und die beiden waren schon damals sehr aufeinander fixiert, weil sie das gleiche Schicksal hatten und zufälligerweise auch den gleichen Nachnamen. In der Katholischen Jugend haben wir sie ‹die Zwillinge› genannt.»

Philipp Laubmann kam dabei der Name der Sonderkommission in den Sinn. Was sich nicht so alles wiederholte.

Trautmann hatte den Blick nach innen gerichtet, hing seinen Erinnerungen nach. «Zu dieser Zeit haben sich die beiden, fast zwangsläufig, möchte ich sagen, ineinander verliebt – und Margarete ist schwanger geworden. Das war seinerzeit eine absolute Katastrophe, persönlich und gesellschaftlich und kirchlich erst recht. Sie waren zu jung, ohne abgeschlossene Ausbildung, ohne Verwandte und nicht volljährig. Das wurde man damals erst mit 21. Obendrein hat Reinhold unbedingt Priester werden wollen.»

«Das kann ich mir gut vorstellen», meinte Gabriela Schauberg, die noch unter dem Eindruck der Nachricht stand, dass Margarete und Reinhold Müller gar nicht verwandt miteinander gewesen waren. «In meinem Bekanntenkreis habe ich in jüngeren Jahren auch erlebt, wie ein junges Mädchen schwanger geworden ist. Ein wahrhaftes Spießrutenlaufen war das für sie.»

«Meine Freunde hatten immerhin Glück im Unglück», erzählte Otto Trautmann weiter. «Margarete und Reinhold haben nämlich mit mir darüber gesprochen, und ich hab die Geschichte meinen Eltern anvertraut. Meine Eltern haben dann sehr großzügig reagiert und Margarete zu sich geholt. Und sie haben Margarete nach der Geburt ihres Sohnes Anton, das war 1961, eine Lehre als Sekretärin ermöglicht. In ihrem Betrieb. Später konnte Margarete dort sogar halbtags arbeiten, während sich meine Mutter und eine Hausangestellte um das Kind gekümmert haben.»

«Und wie kam das Gerücht auf, dass Margarete und Reinhold Müller Zwillinge seien?», fragte Laubmann.

«Nur wir fünf haben Bescheid gewusst, wer Antons Vater ist. Freilich hat sich Reinhold Müller um das Kind bemüht, und er hat es bestimmt geliebt. Aber er war nach außen immer der Onkel des Kindes. Er wollte ja unbedingt Theologie studieren, wozu ihm wiederum meine Eltern durch ihre finanzielle Unterstützung verholfen haben. Leider hat er das Studium nicht geschafft. Deshalb ist er schließlich als Mesner in kirchliche Dienste getreten.»

«So richtig beantwortet das meine Frage noch nicht, wie das Gerücht entstanden ist», beschwerte sich Philipp.

«Keine Sorge, ich will Ihnen nichts verschweigen», beteuerte Trautmann. «Bereits während der Schwangerschaft nämlich ist der Plan gereift, Reinhold und Margarete als Zwillinge auszugeben, um eine Erklärung dafür zu liefern, warum der Sohn – wie es wahrscheinlich sein würde – seinem wirklichen Vater ähnlich sah; und er sah ihm ähnlich. Bezogen auf einen Zwillingsbruder der Mutter jedoch haben die meisten das bloß für eine ausgeprägte Familienähnlichkeit gehalten. Außerdem konnte Reinhold seinem Sohn immer nahe sein. – Natürlich hat's auch böse Zungen gegeben.»

«Das heißt», überlegte Gabriela Schauberg, «Margarete hat uns etwas vorgemacht mit der Behauptung, dass sie Antons Vater kaum gekannt hat, wovon Anton Müller, denke ich mal, bis heute ausgeht.»

«Bis jetzt hat niemand den Mut aufgebracht, die Wahrheit auszusprechen», bedauerte Otto Trautmann, «auch dem Sohn gegenüber nicht. Reinhold hätte niemals seine Position in der Kirche gefährden wollen. Aber je länger man mit so etwas wartet, desto schwieriger wird es. Mittlerweile bin ich der Einzige, der es noch weiß. Meine Eltern sind schon lange tot.»

Trautmann nahm einen Schluck Weinbrand, bevor er fortfuhr. «Vor einigen Wochen dann habe ich von Margarete erfahren, dass sie nun doch ernsthaft vorhabe, ihrem Sohn die Wahrheit über seinen Vater zu sagen. Ob es vor ihrem Tod noch geschehen ist, weiß ich nicht.»

«War Reinhold Müller damit einverstanden?», erkundigte sich Laubmann.

«Glücklich war er nicht darüber.»

Gabriela Schauberg fiel etwas anderes ein. «Wenn Reinhold Müller demnächst in den Rentenstand getreten wäre, hätte man da nicht die unterschiedlichen Geburtsjahre bemerkt? Margarete hätte erst ein Jahr später in Rente gehen dürfen.»

«Wem hätte das auffallen sollen? Die unterschiedlichen Jahreszahlen hätten sich überdies als schlichte Fehleinschätzungen aus der Kriegszeit erklären lassen.»

Otto Trautmann stand auf, ging zu einer Ablage und brachte zwei verschlossene Umschläge mit, die er vor den Augen der beiden Besucher öffnete. Laubmann hingegen hatte gehofft, er bringe was zu knabbern mit, denn er bedauerte still, dass es zum Tee nichts gab.

Die geöffneten Umschläge enthielten wiederum je ein Kuvert. Laut Aufschrift waren die Kuverts für Anton Müller bestimmt. Das eine war von Margarete, das andere von Reinhold Müller. Otto Trautmann hatte den Auftrag, sie dem Sohn zu übergeben, wenn beide Freunde verstorben waren; es sei denn, Anton Müller wäre vorher schon über seinen wahren Vater in Kenntnis gesetzt worden.

«Und falls Sie, Herr Trautmann, vor Ihren Freunden gestorben wären?» Als Theologe mit Aussicht aufs ewige Leben hatte Philipp Laubmann keine allzu großen Skrupel, das Sterben anzusprechen.

«Dann wären die zwei äußeren Umschläge ungeöffnet an Margarete und Reinhold zurückgeschickt worden. Ihre Adressen stehen vorne drauf. – Jetzt aber werde ich alles Anton Müller aushändigen, auch wenn's kein leichter Gang wird.» Trautmann seufzte und griff zum Weinbrandglas.

«Das wird vorläufig nicht möglich sein», stellte Laubmann klar. «Die Kuverts sind Beweismaterial. Die bringe ich besser den ermittelnden Beamten, damit sie, wegen des Briefgeheimnisses, mit Genehmigung des Staatsanwalts geöffnet werden können.»

«Von mir aus gern.» Trautmann war erleichtert, nicht zu Anton Müller gehen zu müssen. «Ich weiß ja so schon, was drinsteht. Margarete und Reinhold haben mich natürlich eingeweiht. Beide erklären ihrem Sohn, wie das damals in ihrer Jugend war, und sie begründen, warum sie geschwiegen haben. Zudem vererbt Reinhold im Falle seines Todes alles, was er besitzt, seinem Sohn, wohingegen der Besitz Margaretes dem Säkularinstitut gehört. Übrigens wollte Reinhold für seinen Sohn zusätzlich eine größere Summe zur Seite legen. Er hat mir gegenüber vor kurzem erst angedeutet, dass er etwas zu Geld machen will, worüber er seit geraumer Zeit verfügt. Ich weiß aber nicht, was er damit gemeint hat.»

«Ich kann's mir denken», verriet Laubmann; «die Steine.»

XXXIII

EINE BEFRAGUNG MUSSTE noch nachgeholt werden. Dazu begaben sich Lürmann und Laubmann sofort nach der Mittagszeit zum Dessousgeschäft, das in den alten Gassen Bambergs unterhalb des Doms lag, schräg gegenüber dem Antiquariat Anton Müllers. Philipp hatte immer wieder mal in diesem Bücherschatz gestöbert. An der Ladentür des Antiquars hing ein Schild mit der Aufschrift: *Bin außer Haus – Komme gegen 16 Uhr wieder.*

Gabriela Schauberg hatte sich auf dem Weg zum Bamberger Bahnhof von Philipp Laubmann verabschiedet, der gleich danach zu Ernst Lürmann gegangen war. Philipp fühlte sich sehr nützlich und wähnte sich allseits beliebt.

Kriminalkommissar Lürmann war schon beim Besuch des Antiquariats einen Tag nach dem ersten Mord vom nahen Dessousgeschäft sehr angetan gewesen und hätte seinerzeit gerne wesentlich länger in das Schaufenster mit der reizvollen Dekoration geschielt, hätte ihn Glaser nicht zur Ordnung gerufen. Heute jedoch, da die direkte Konfrontation zu wagen war und er, obwohl in Begleitung Laubmanns, ins Geschäft hineingehen musste, um sich bei der Inhaberin hinsichtlich der Alibis Anton Müllers amtlich zu erkundigen, heute zeigten sich bei Lürmann Anzeichen einer mehr oder weniger ernsthaften Hemmung. Aber Dienst war Dienst.

Philipp Laubmann schritt hingegen forsch drauflos. Er war im Namen einer «höheren Gerechtigkeit» unterwegs und hielt sich insofern für moralisch unanfechtbar. Außerdem war er dank seiner Cousine damit vertraut, sich in einem Laden aufzuhalten, in dem hauptsächlich Frauen verkehrten und in Kleidungsstücken kramten.

Trotzdem stand er dann, wie Lürmann, eher verlegen darinnen, in diesem weiblich dominierten Wäschereich. Eine gut aussehende Dame mittleren Alters kam gerade aus einer der Umkleidekabinen heraus, anscheinend einen neuen BH anprobierend, um diesen vor dem Spiegel zu begutachten und sich von der Ladeninhaberin beraten zu lassen. Sie drehte sich, sich im Spiegel betrachtend, von einer Seite zur anderen, schaute zur Inhaberin, Beatrice Oberanger, drehte sich noch einmal von einer Seite zur anderen, warf einen Blick auf die beiden Herren, hob die Büste und wandte sich schließlich suchend einem Drehgestell zu, das weitere Modelle zur Auswahl bot.

Philipp und Ernst taten so, als sähen sie nichts, und verbargen sich hinter einem fahrbaren Regal, das die Aufschriften *Slips* und *Tangas* trug. Sie wussten nicht, wie sie sich verhalten sollten, und waren tunlichst bemüht, nichts zu berühren. Doch das war schwer, denn sie waren von Damenwäsche umringt. Überall hingen Korselettes und Torselettes, Büstenhalter und Bustiers, nach Herstellern, Farben und Größen sortiert, mit und ohne Spitzenbesatz, mit und ohne Träger, mit und ohne Stützeinlagen.

Unterbrochen wurden die Kollektionen nur von sinnlichen Modefotografien und den hochformatigen Spiegeln, in denen sich Ernst und Philipp wiederfanden als krasse Gegensätze zur modischen Umgebung. Lürmann trug erneut seinen ältlichen Stoffmantel mit grau-weißem Fischgrätenmuster, Laubmann seine mattgrüne Wolljacke. Als hätten sie nichts Anziehenderes zum Anziehen. In einem Wühltisch lagen für den Ausverkauf bestimmte, preislich herabgesetzte *Minimizer*, welche die Detektive als Büstenhalter identifizierten. Ein von der Ladeninhaberin selbstgestaltetes Werbeplakat versprach, dass die Büste um mindestens eine Cup-Größe optisch verkleinert würde.

Zu allem Übel trat nun auch die Inhaberin mit kolossal erotischer Ausstrahlung auf die Herren zu. Beatrice Oberanger war um die dreißig, hatte einen blond gefärbten Lockenkopf und brachte ihre üppigen weiblichen Formen mit einer feinen Seidenbluse, durch die zart ein spitzenbesetzter rotfarbiger BH schimmerte, zur Geltung, als würde sie ihr Auftreten zugleich mit einer Werbung für ihre hochwertige Ware verbinden. Ihr Gesicht war stark geschminkt, bei auffälliger Betonung der Augen und Lippen.

«Nur keine Scheu», sagte Beatrice Oberanger ermutigend und freundlich strahlend. «Viele meiner Kunden sind Herren die für die Dame ihres Herzens ein sehr persönliches Geschenk aussuchen. Wir führen die besten Marken. Ich hoffe, Sie wissen die Maße Ihrer Angebeteten. Ein Umtausch wäre allerdings möglich.»

Lürmann kämpfte bei seiner Antwort gegen das Versagen seiner Stimme an. «Ich bin derzeit solo. Eigentlich schon länger solo, beruflich bedingt.» Und mit dem Finger auf Laubmann zeigend: «Mein Kollege ist katholischer Moraltheologe.»

«Ich halte modische Dessous nicht für unmoralisch. Aber dürfen katholische Priester wie Sie denn eine Freundin haben oder verehelicht sein?», rätselte die Geschäftsfrau.

«Wir sind keine Priester!» Laubmann verdrießte es, schon wieder für einen Kirchenmann gehalten zu werden.

«Unter dieser Voraussetzung steht Ihnen mein Geschäft erst recht offen.» Beatrice Oberanger vollführte eine einladende Handbewegung.

Ernst Lürmann zeigte seinen Dienstausweis. «Wir sind leider dienstlich hier.»

«Sind Sie von der Sitte?» Ein wenig Besorgnis mischte sich in Beatrices Lächeln.

«Nein.» Lürmann versuchte die Ladeninhaberin zu beschwichtigen. «Es geht um Ermittlungen, die Anton Müller aus dem Antiquariat gegenüber betreffen.»

«Herrn Müller konnte ich bisher noch nicht als Kunden gewinnen», redete sie unbedacht drauflos, besann sich dann aber. «Seine Mutter ist gestorben, stimmt's?»

«Wir möchten wissen, ob Sie sich an die Woche nach Ostern erinnern können. Hatte Herr Müller in diesem Zeitraum sein Antiquariat geöffnet?»

Frau Oberanger dachte nach und berührte dabei den Spitzenbesatz eines schwarzen BHs an einem der Drehgestelle. «Herr Müller hat des Öfteren mal geschlossen, wenn er neue Ware einkauft oder Kundenbesuche macht. Sein hauptsächlicher Verkauf läuft ja übers Internet oder außer Haus. Ich nehme für ihn dann Paketsendungen entgegen.»

«Und in der genannten Woche?», fragte Laubmann nach.

«Er hatte die ganze Woche über wegen Krankheit geschlossen. Die Grippe vermutlich. Das stand auch auf einem Schild an seiner Ladentür. Er wird zu Hause gewesen sein.»

«Und am Donnerstag in der Woche nach Ostern», präzisierte Lürmann; «das war der 12. April?»

«Am Donnerstag ...? Jetzt, wo Sie's sagen: Er war an einem der Nachmittage im Geschäft. Das könnte der Donnerstag gewesen sein.» Beatrice Oberanger schaute Lürmann aufmerksam an: «Waren Sie nicht mit einem anderen Herrn an einem dieser Tage bei ihm?»

«Deswegen frage ich ja», betonte Lürmann und erklärte Laubmann: «An dem Donnerstag war Anton Müller nämlich nicht zu Hause, sondern trotz seiner Erkrankung im Antiquariat anwesend.»

«Wusst' ich's doch, dass ich Sie schon einmal an meinem Schaufenster gesehen habe!»

Lürmann wurde verlegen.

Niemand bemerkte es freilich, weil im selben Moment die Dame mittleren Alters, nun wieder vollständig angezogen aus der Umkleidekabine kommend, Beatrice Oberanger einen lilafarbenen BH mit Blumenmustern als Spitzenbesatz hinhielt. «Haben Sie dieses Modell auch eine Nummer größer?»

Die Inhaberin warf nur einen kurzen Blick auf das Kleidungsstück. «Eine Nummer größer müsste ich noch auf Lager haben.» Sie nahm den BH an sich. «Ich bin sofort bei Ihnen, wenn ich die Herren bedient habe.»

Die Kundin widmete ihre Aufmerksamkeit aufs Neue der Suche nach den ideal zu ihrem Typ passenden Dessous.

Kommissar Lürmann drängte auf eine definitive Bestätigung. «Frau Oberanger, Sie bezeugen hiermit, dass außer am Donnerstag, dem 12. April, Herr Anton Müller nicht in seinem Antiquariat war, also an keinem der anderen Werktage in der Woche nach Ostern, auch nicht am Freitag, dem 13. April.»

«Das ist korrekt. Zumindest nicht während meiner Geschäftszeiten.»

Der Kommissar notierte alles in sein himmelblaues Notizbuch, bedankte sich für die Auskunft und kündigte an, dass die Aussage gegebenenfalls zu protokollieren sei.

«Jederzeit gern. Und falls Sie trotzdem eine Beratung wünschen, wenn Sie nicht mehr solo sind, meine ich ...» Beatrice Oberanger sah Lürmann verlockend an.

«... dann werde ich darauf zurückkommen, danke.»

«Wo Sie doch so sinnliche Hände haben.»

Lürmann blickte verunsichert auf seine eher ungepflegten Finger. Auf seiner Stirn bildeten sich kleine Schweißperlen.

«Einen Moment», sagte Beatrice Oberanger fürsorglich, «ich hol' Ihnen was zu trinken.» Sie ging zu ihrer Kassen- und Verpackungstheke und füllte ein Glas mit Wasser, das sie dem Kommissar brachte.

Ernst Lürmann nahm es dankbar entgegen, schaute aber, trotz Brille, mit zusammengekniffenen Augen zur Wasserflasche auf der Ladentheke. «Das ist doch Wasser aus der ‹Teufelsloch-Quelle›, hab ich recht? Ich erkenne das selbstfabrizierte Etikett.»

«Das Quellwasser soll der inneren Schönheit dienen und heilende Kräfte besitzen.» Beatrice Oberanger lächelte Lürmann weiterhin verlockend an. «Herr Müller nimmt dafür Bestellungen entgegen, und so eine große Hagere bringt es bei Bedarf vorbei.»

«Eine Frau Zähringsdorf etwa?»

«Genau.»

«Sieh an», kommentierte Philipp Laubmann scheinbar desinteressiert, denn er hatte indes an zwei Schaufensterpuppen BHs und Slips entdeckt, die erstaunlicherweise aus Korbmaterial, vielleicht gebogenen Weideruten, gefertigt waren.

Die Geschäftsinhaberin war seinem erstaunten Blick gefolgt. «Das ist nur Dekoration. Ich stamme nämlich aus einer Korbmacherfamilie. Wir stellen bereits in der vierten Generation Korbwaren her.»

«Das heißt, Sie hatten schon immer mit ‹Körbchengrößen› zu tun», witzelte der Theologe.

Beatrice Oberanger lachte auf. «So kann man das auch bezeichnen. Das werd' ich mir merken, das ist originell. Ich werde mit der Dekoration, wenn Sie gestatten, eine Werbeanzeige gestalten lassen, mit dem Untertitel: *Wir führen alle Körbchengrößen.*»

XXXIV

GLÖCKLEIN BOT ZWEIMAL IN DER WOCHE einen Bibelkurs für Kurgäste an, jeweils an zwei Abenden hintereinander und just in dem Kissinger Kurhotel, in welchem Gabriela Schauberg Quartier genommen hatte. Mittwochs und donnerstags. Danach blieb er stets zum Abendessen im Hotel, weil das für ihn kostenlos war, obwohl er später in der Wohnung des erkrankten Kollegen, in welcher er zurzeit logierte, nochmals etwas Leichtes zu sich nahm.

Die Stimmung im Bibelkurs war jedes Mal ausgesprochen fröhlich. Überwiegend fanden sich Frauen zu den Kursabenden ein; und die umschwärmten den Prälaten geradezu, obgleich er den Umgang mit Frauen nach wie vor nicht beherrschte, und bestürmten ihn nach den Bibelstunden mit ihren kleineren oder größeren seelischen Anliegen, ihren Glaubens- und Lebensfragen, mit all ihrem schicksalhaften Hoffen und Hadern. Albert Glöcklein referierte in seinen Kursen über wechselnde Themen aus der Heiligen Schrift, die anschließend in der «Aussprache» gut auf die heutige Zeit bezogen werden konnten, wie etwa das Thema «Frauen im Umkreis Jesu – Frauen im Umkreis der Kirche».

Auch an diesem Abend trat Glöcklein, nach der Beendigung aller Gespräche und dem Verzehr des Abendessens, bei schon anbrechender Dunkelheit vor das Hotel und atmete die frische Luft genüsslich ein. Der Portier, Herr Eckhardt, hatte ihm zum Abschied zugewunken. Der Prälat und er ähnelten sich in der Statur.

Albert Glöcklein, im schwarzen Mantel, dachte an nichts Böses, schon gar nicht an die Mordfälle, sondern wiegte sich im Erfolg seiner vollbrachten theologischen Arbeit. Unvermutet kam Gabriela Schauberg, die bereits seit Stunden wieder in Bad Kissingen war, aus dem Hotel, eilte, ohne ihn zu sehen, in einigen Metern Entfernung an ihm vorbei und strebte einem wartenden Taxi zu, einem beigen Kleinbus. Sie trug die taubenblaue Tracht mit dem Schleier, was Glöcklein ungewöhnlich schien, hier, außerhalb des Säkularinstituts. Noch merkwürdiger erschien es dem Prälaten, dass Gabriela Schauberg dem Taxifahrer, bevor sie wegfuhren, ein größeres Kuvert überreichte.

Ja, der Prälat wunderte sich eminent; denn gestern Abend, also nach der ersten Bibelstunde dieser Woche, hatte er etwa zur gleichen Zeit genau eine solche Szene schon einmal beobachtet, nur dass Frau Schauberg gestern dem Fahrer kein Kuvert ausgehändigt hatte. Glöcklein hatte sich am vorherigen Abend nahe dem Hotel noch mit einer Teilnehmerin seines Bibelkurses unterhalten. Zudem hatte er am gestrigen Mittwochabend gesehen, wie kaum eine Minute später die Kommissare Glaser und Lürmann, die er von früheren kirchlichen Mordfällen her kannte, am Hotel vorüberfuhren. Und ihr Wagen, mit Lürmann am Steuer, hatte dieselbe Richtung wie das Taxi eingeschlagen, als ob es von ihnen verfolgt würde.

Prälat Glöcklein hatte keine Ahnung, was da vor sich ging. Und vom Besuch Laubmanns und Schaubergs bei Otto Trautmann am Donnerstagnachmittag ahnte er ebenfalls nichts. Selbst über die diversen Befragungen und Vernehmungen, welche die Kommissare vorgenommen hatten, war er nicht in Kenntnis gesetzt worden. Manchmal fühlte er sich wie in einer Diaspora. Zu Hause in seiner Erzdiözese wären die Informationen nur so geflossen.

***

Philipp Laubmann war nach der Befragung Beatrice Oberangers nicht mit Ernst Lürmann nach Kissingen zurückgekehrt. Lürmann war unverzüglich mit dem Dienstwagen losgefahren. Laubmann hatte sich hingegen verpflichtet gefühlt, noch im Wollgeschäft seiner Cousine vorbeizuschauen, denn sie hatte ihm einen Brief geschrieben, den er in seiner Kissinger Pension vorgefunden hatte. Am späten Abend wollte er dann, wie Gabriela Schauberg am Nachmittag, die Bahn benutzen.

Laubmanns Cousine Irene hatte kategorisch darauf bestanden, dass er sich für sie Zeit zu nehmen habe. Nun saß er kleinlaut auf einem Sessel im hinteren Teil ihres Ladens und hörte sich eine Standpauke an. Um ihn herum waren Wollknäuel aufgeschichtet. Irene Laubmann hatte sich nicht zu ihm gesetzt, sondern lief auf und ab, um ihrer Rede Nachdruck zu verleihen und anbei Neuware einzusortieren. Das hellbraune Wollkleid, das sie anhatte, passte zu ihren brünetten Locken.

«Du bist doch kein Kriminalbeamter, sondern immer noch Moraltheologe und Habilitand!», schimpfte sie.

Philipp entschuldigte sich matt: «Ich hab dich aber mal anzurufen versucht.»

«Wann?»

«Vorgestern Abend.»

«Da hab ich keine Lust gehabt, abzunehmen.»

«Zum Abnehmen verspür' ich auch nie Lust.»

Irene ließ sich nicht beirren. «Du hast uns versetzt, mich, deine Mutter und Elisabeth. Und zwar permanent. Dabei hatten wir uns die Überraschung, dich während unseres Wellness-Wochenendes in Bad Kissingen zu besuchen, so wunderbar ausgemalt. Wir haben uns zwar auch ohne dich vergnügt, aber Elisabeth war arg enttäuscht. Auch darüber, wie du dich in Frauenroth benommen hast.»

Philipp schluckte und versank regelrecht zwischen der Wolle. «Das hab ich doch alles nicht gewusst. Ich war halt immerzu verhindert.»

«In Frauenroth warst du in Begleitung einer anderen Frau. Für die hattest du anscheinend Zeit!»

«Das war rein dienstlich», wimmerte Philipp.

«Als Moraltheologe?»

«Nein, als ‹Kriminalbeamter›.» Philipp versuchte es mit Ironie, wovon sich seine Cousine nicht beeindrucken ließ. «Ich habe mehrfach in Elisabeths Hotel angerufen; aber sie war schon abgereist, ohne eine Nachricht für mich zu hinterlassen.»

«Das find ich sehr gut, dass Elisabeth abgereist ist. Das hätt' ich genauso gemacht. Du bist ein solcher Idiot, eine so schöne und gebildete Frau vor den Kopf zu stoßen. Welche Frau außer mir und Elisabeth interessiert sich denn sonst für dich? Aber anscheinend will der Herr Theologe lieber Priester werden.»

Philipp flüchtete sich in die Literatur: «Ich hab immer geglaubt, ein Frauenzimmer lässt sich lieber vom Teufel abküssen als ein anderes weibliches Wesen *schön* zu nennen; meint jedenfalls Gogol.»

«Der kennt die Frauen nicht; gegen die Männer halten wir zusammen.»

Philipp zupfte unlustig an seiner Wolljacke herum. «Jetzt wird sie wohl bald wieder in Neuseeland sein.»

«Da sieht man mal, was für ein Ignorant du bist. Sie wird ab jetzt in Erlangen wohnen, weil sie eine Stelle am neuen ‹Spix-und-Martius-Institut› bekommen hat. Aber das ist unserem Herrn ‹Kriminalbeamten› sicher entgangen!»

«Davon hat sie mir nie etwas geschrieben.» Philipp war verstört. Doch in seinem Innern keimte Hoffnung.

«Sie wollte dich damit ebenfalls überraschen, du Dummkopf!»

«Und was soll ich jetzt machen?»

«Das überleg dir mal selbst, wie du die Sache wieder einrenkst. Blumen allein tun's jedenfalls nicht, das kann ich dir gleich sagen.»

Philipp erinnerte sich an das Geschäft für Damenwäsche. «Soll ich ihr hübsche Dessous kaufen? Ich hätte da einen Kontakt.»

«Um Gottes willen! Das wäre wirklich zu plump. – Denk weiter nach!»

«Könnten wir nicht zwischenzeitlich was essen gehen; da kann ich besser denken?»

«Höchstens einen Salat; du hast ja noch gar nichts abgenommen. Wie soll ich das bloß deiner Mutter beibringen? Die macht sich nämlich schon Sorgen wegen deiner Kleidung, weil sie denkt, dass dein Umfang durch die Kur um zwei Größen kleiner geworden ist.»

«*Nur ein Hauch sind die Menschen, die Leute nur Lug und Trug. Auf der Waage schnellen sie empor, leichter als ein Hauch sind alle.* Psalm 62.»

«Lass deine theologischen Spitzfindigkeiten. Die imponieren uns Frauen überhaupt nicht.»

«Ich weiß», seufzte Philipp Laubmann, «die Frauen stellen immer nur Ansprüche, und die Männer haben sie zu erfüllen. Aber sie haben sie so zu erfüllen, dass die Frauen nicht merken, dass sie Ansprüche stellen.»

***

Das Taxi, das Gabriela Schauberg vom Hotel abgeholt hatte, hielt vor dem Kissinger Gradierwerk. Sie stieg aus, und der Wagen entfernte sich. Der Gradierbau erhob sich wie ein Koloss vor ihren Augen. Das hochgepumpte solehaltige Wasser tropfte in Tausenden von Rinnsalen über die Schwarzdornreiser herunter. Sie war ganz für sich. Kein Mensch war weit und breit zu sehen. Die aufziehende Dunkelheit wurde nur vom Licht der Laternen durchbrochen, welche entlang des von der Stadt hierher führenden Spazierwegs aufgereiht standen.

Die Lichtfinger weniger Scheinwerfer, die das technische Denkmal anstrahlten, versanken am Ende in der Schwärze dieses künstlichen Labyrinths. Ein Holzschild vor einer schlichten Absperrung informierte, dass das Gradierwerk von Oktober bis April zwischen 18 und 9 Uhr sowie von Mai bis September zwischen 20 und 7 Uhr geschlossen sei.

Ein seltsamer Ort für einen nächtlichen Ausflug. Sie schlüpfte unter der Absperrschranke hindurch und verschwand im dichten Gewirr der Schwarzdornreiser. Hier war sie erst recht nicht in der Lage wahrzunehmen, ob sie beschattet wurde. Doch selbst mit Hilfe des Nachtsichtgeräts, in welchem alles wie in einen grünlichen Schimmer getaucht erschien, war auch sie nun nicht mehr zu erkennen, zumindest nicht aus der Ferne.

XXXV

SIE HATTE ES LANGSAM SATT. Andauernd dieses Hin und Her. Fast täglich mussten sie, in wechselnder Besetzung, von Kissingen nach Bamberg und von Bamberg nach Kissingen fahren. Immer diese langweiligen Autobahnfahrten. Heute sogar zweimal. Am frühen Vormittag waren sie nach Bamberg gekommen, am späten Nachmittag mussten sie sich wieder in Bad Kissingen einfinden.

Oberkommissarin Vogt hatte den Dienstwagen gefahren, mit Kommissar Lürmann als Beifahrer. Zu ihrem Verdruss hatte der Kollege darauf bestanden, dass auch Philipp Laubmann, der erst in der Nacht wieder in Bad Kissingen eingetroffen war, mitfahren durfte. Juliane Vogt hatte sogar vor Fahrtantritt bei Dietmar Glaser in Bamberg angerufen, ob er eine solche Praxis gutheiße, doch selbst der hatte nichts dagegen einzuwenden. Sie für ihren Teil sah nicht ein, warum jener verhinderte katholische Pfarrer bevorzugt werden sollte. Das Verhalten ihrer männlichen Kollegen ließ sich manchmal nicht begreifen. Nach ihrem Dafürhalten war Dr. Laubmann keineswegs weniger verdächtig als am Anfang der Ermittlungen.

Schlimm genug also, dass der Moraltheologe hinten auf dem Rücksitz gesessen hatte, aber noch schlimmer war es gewesen, dass er seinen Mund nicht hatte halten können. Die gesamte Fahrt über hatte er historisiert, theologisiert, moralisiert oder philosophiert. Und Ernst Lürmann hatte ihn durch Zwischenfragen zusätzlich animiert.

«Meine Philosophie», hatte Juliane Vogt am Ende der Strecke gesagt, «geht dahin, erst einmal alles zu überdenken und nicht bloß zu reden.»

Philipp Laubmann hatte ihr entgegnet: «Der Schriftsteller Robert Walser vertritt die Ansicht, dass viele philosophische Systeme nur eine Rache für entgangene Genüsse sind.» Er war so richtig in Fahrt gewesen, freilich nicht wegen Vogts flinker Fahrweise, sondern aufgeputscht von seiner eigenen Dauerrede.

Kommissarin Vogt war, nachdem sie in der Bamberger Polizeidirektion angelangt waren, richtig glücklich, dass Laubmann nicht mit in den Vernehmungsraum durfte. Glaser schob ihn kurzerhand wieder in den abgedunkelten Raum hinter der Spiegelwand ab. Dort mochte er Selbstgespräche führen, wenn er wollte; denn sich von dort aus ins Verhör einzumischen, war ihm erneut strikt untersagt worden.

Doch Philipp war gar nicht so unglücklich darüber, jetzt schweigen zu dürfen, weil er fand, er habe sich während der Fahrt genügend verausgabt. Er hatte sich aus christlicher Opferbereitschaft heraus verpflichtet gefühlt, Vogt und Lürmann zu unterhalten und zu erheitern.

Anton Müller, der Antiquar, wurde des Doppelmords beschuldigt. Er war für Freitag, den 27. April, vorgeladen und im wenig ansprechenden Vernehmungsraum bereits über seine Rechte belehrt worden. Sein schmales, längliches Gesicht wirkte noch eingefallener. Müller trug wiederum ein abgetragenes Jackett und eine Cordhose. Seine Erkältung war abgeklungen. Er war mehr als nervös, was er zu verbergen versuchte.

Die geballte Staatsmacht – von links nach rechts: Vogt, Glaser und Lürmann – saß dem Beschuldigten an der anderen Längsseite des Tisches gegenüber. Lürmann bediente das Aufnahmegerät. Wegen Personalmangels wohnte heute kein zusätzlicher Beamter der Vernehmung bei.

Laubmann fiel, trotz der dicken Trennscheibe, die Ähnlichkeit Anton Müllers mit dem getöteten Reinhold Müller auf. Ihm war nicht wohl zumute, weil es einem Büchermenschen an den Kragen gehen sollte; denn in der Welt der Bücher wollte Laubmann Ruhe und Beständigkeit gewahrt sehen.

«In den Mordfällen Margarete Müller und Reinhold Müller», begann Hauptkommissar Dietmar Glaser ganz allgemein, «haben sich neue Aspekte ergeben.»

«Sie haben mich doch schon verhört», widersprach der Antiquar.

Kommissar Lürmann übernahm: «Wir müssen noch einmal nach Ihrer Beziehung zu Reinhold Müller fragen.»

«Ich hatte keine großartige Beziehung zu ihm. Das ist Ihnen und Herrn Kommissar Glaser bekannt. Aber ich kann Sie beruhigen, ich werde mich um seine Beerdigung kümmern. Die Beisetzung meiner Mutter wird ja wohl im Rahmen ihres Instituts vonstattengehen.»

Oberkommissarin Vogt klinkte sich ein: «So weit sind wir noch nicht. Die Leichen werden noch nicht freigegeben.»

‹Die Leichen sind bestimmt kühl gelagert›, dachte Laubmann, denn ihm war es in dem stickigen Nebenraum schon wieder zu warm geworden. Nun gut, er hätte nicht mit ihnen tauschen mögen.

Lürmann setzte die Vernehmung fort: «Welche Kenntnis haben Sie von Ihrem leiblichen Vater?»

«Das haben Sie mich auch schon mal gefragt. Gar keine!» Anton Müller reagierte gereizt.

Diesmal übernahm Glaser: «Wir sind bei unseren Ermittlungen auf die Identität Ihres Vaters gestoßen.»

«Na bravo! Wie ist Ihnen das denn gelungen? Ich hab außer dem Vornamen ‹Arno› niemals mehr über ihn erfahren.»

«Wir gehen davon aus, dass dieser ‹Arno› nicht existiert hat, also von Ihrer Mutter frei erfunden wurde.»

«Wollen Sie behaupten, dass meine Mutter mich belogen hat?»

Glaser blieb ganz sachlich. «Davon sind Sie bei unserer ersten Befragung sogar selber ausgegangen.»

«Mag sein.»

«Wir können jedenfalls nachweisen, dass Reinhold Müller – Ihr angeblicher Onkel – nicht der Zwillingsbruder Ihrer Mutter war. Beide waren nicht miteinander verwandt.»

«Und das heißt …?» Anton Müller benötigte einen längeren Augenblick, um seine Schlüsse zu ziehen. «Nein, das heißt es nicht … Sie wollen mir doch nicht etwa erzählen, dass meine Mutter und er …? Sie hatten aber denselben Nachnamen. – Waren sie am Ende verheiratet?»

«Es handelt sich nur um eine zufällige Namensgleichheit.» Kommissarin Vogt verhielt sich distanziert. Gefühle gegenüber Beschuldigten waren unangebracht. «Margarete Müller und Reinhold Müller hatten gemeinsam einen unehelichen Sohn, und das sind Sie. Beide haben das geheim gehalten, weil Ihr Vater eine Zeitlang vorhatte, katholischer Priester zu werden.» Solche Probleme gab es auf evangelischer Seite nicht. Juliane Vogt konnte über die Katholischen manchmal nur den Kopf schütteln.

Der kritische Theologe Laubmann hegte draußen einen ähnlichen Gedanken. Schließlich hatte in seiner kriminalistischen Laufbahn ein zölibatäres Problem schon einmal einen Todesfall nach sich gezogen. Außerdem hatte er Anton Müller bedächtig angesehen, seine Gesichtszüge, sein schwarzbraunes Haar: Ja, so konnte er sich Reinhold Müller in jungen Jahren vorstellen.

Der Antiquar schwieg indes.

«Haben Sie das verstanden?», fragte Glaser nach.

Müllers Hände zitterten ein wenig. «Davon hab ich niemals etwas geahnt ...»

«Der Ermittlungsrichter wird einen DNA-Vergleich anordnen», erklärte Ernst Lürmann nüchtern; «das heißt, Sie werden aufgefordert, eine Speichel- oder Blutprobe abzugeben. Ihre DNA wird mit der Ihres verstorbenen Vaters verglichen werden; und bei der Gelegenheit auch mit der DNA Ihrer verstorbenen Mutter, um sicherzugehen.»

«Moment, Moment ... Sie schanzen mir so einfach mir nichts, dir nichts einen Vater zu und wollen mir dann im selben Atemzug die Mutter wegnehmen?», beschwerte sich Anton Müller.

«Wie gesagt, nur zur Sicherheit», besänftigte ihn Lürmann. «Wir gehen davon aus, dass Margarete Müller Ihre leibliche Mutter war.»

Müller ließ sich jedoch nicht besänftigen. «Um mir das mitzuteilen, haben Sie mich aufgefordert, hier vor Ihnen zu erscheinen?»

«Aus dem, was unsererseits mitzuteilen war, ergibt sich Ihrerseits eine veränderte Motivlage, sofern Sie nämlich bereits über die Vaterschaft Reinhold Müllers informiert waren», sagte Glaser ruhig und ohne sich über den Oberlippenbart zu streichen. «Deshalb halten wir einen DNA-Vergleich für angemessen. Er wird den Sachverhalt definitiv klären und könnte vor Gericht ein wichtiges Indiz sein.»

Die Äußerung brachte den Antiquar sichtlich durcheinander, und es kostete ihn Mühe, einen vernünftigen Gedanken zu fassen. «Mit keiner Silbe hat irgendjemand irgendwas davon erwähnt ... mir gegenüber ... dass Reinhold mein Vater gewesen sein soll.»

«Ihre Mutter hatte offenbar vor einigen Wochen den Entschluss gefasst, Ihnen die Wahrheit zu gestehen. Dazu existiert die Aussage eines Freundes.»

«Ja und?»

«Hat sie Ihnen die Wahrheit gestanden?»

Anton Müller wurde lauter: «Nein, das hat sie nicht!»

Lürmann entnahm einer vor ihm liegenden Akte den Personalausweis Margarete Müllers. «Haben Sie jemals einen Blick auf den Ausweis Ihrer Mutter geworfen?» Er schob ihn in Richtung des Beschuldigten.

«Wieso?» Müller beachtete den Ausweis nicht. «Meinen Sie wegen des unklaren Geburtsdatums?»

Vogt, Glaser und Lürmann schwiegen.

«Meine Mutter hat mir erzählt, dass sie und ihr Zwillingsbruder ... also mein Vater, oder wer auch immer er war ... in Waisenhäusern aufgewachsen sind und ihre Eltern nicht gekannt haben.»

«Klang das für Sie glaubwürdig?»

Müller wurde erneut lauter: «Klingt das für Sie unglaubwürdig?»

Hauptkommissar Glaser ging nicht auf die Gegenfrage ein. «Wenn wir annehmen, Herr Müller, dass Sie seit kurzem den beschriebenen Sachverhalt gekannt haben, dann hatten Sie ein starkes Motiv, gewaltsam gegen Ihre Mutter und gegen Ihren Vater vorzugehen: Sie waren ein Leben lang getäuscht worden, fühlten sich hintergangen und verraten. Wut und Rachegedanken kamen auf, was ich für verständlich halte.»

«Zudem haben Sie missbilligt, dass Ihre Mutter vor Jahren in ein Säkularinstitut eingetreten ist, ja Sie missbilligen generell die Nähe zur Kirche.» Lürmann hatte ein wenig in seinem Notizbuch geblättert. «Und da haben Ihnen Ihre Eltern ausgerechnet deswegen, weil Ihr Vater Priester dieser Kirche werden wollte, seine Vaterschaft verheimlicht.»

Der Antiquar senkte den Kopf und faltete die Hände, um sie sich vor die Stirn zu halten. Mit geschlossenen Augen sagte er schließlich: «Das ist einfach falsch so, wie Sie das behaupten.» Dann richtete er den Blick auf Lürmann.

«Sie haben es Ihnen nicht verheimlicht?», wiederholte dieser als Frage.

«Doch, anscheinend schon! Es ist nur falsch, dass Sie mir unterstellen, ich hätte es gewusst.»

Kommissarin Vogt gab sich wiederum distanziert: «Sie haben Ihre Mutter nachts im Park zur Rede gestellt, und dabei ist Ihre Wut mit Ihnen durchgegangen. Vielleicht hat sich Ihr Vater zudem uneinsichtig gegeben und weiterhin alles geleugnet, weil ein unehelicher Sohn, den er immer verschwiegen hat, ein schlechtes Licht auf seinen untadeligen Dienst als Mesner geworfen hätte. Womöglich hat er aber auch nur deshalb sterben müssen, weil er gewusst hatte, dass Sie am Tod Ihrer Mutter schuld sind.»

«Nein, das ist einfach alles nicht wahr!» Anton Müller war außer sich.

Das wirkte ein bisschen zu theatralisch, fand die Oberkommissarin.

Philipp Laubmann wiegte hinter der verspiegelten Scheibe, wie des Öfteren, den Kopf hin und her und machte eine gequälte Miene, denn er war sich keineswegs sicher, ob *ein* Täter allein für die beiden Tötungsdelikte verantwortlich war. Es war nun mal nicht hinlänglich geklärt, ob die Todesfälle zusammengehörten, so verführerisch diese Überlegung auch sein mochte.

Und als hätte Dietmar Glaser die Bedenken des Moraltheologen gespürt, sagte er plötzlich konzilianter zu Müller: «Ich räume ein, dass die eine Tat mit der anderen in keinem Zusammenhang stehen muss, dass Sie also möglicherweise nur für eine die Verantwortung zu tragen haben. Es ist durchaus denkbar, dass Ihnen das Gericht späterhin etwas entgegenkommen wird, wenn Sie Ihre Tat gestehen.»

«Ich habe mir nichts zuschulden kommen lassen!», widersprach Anton Müller mit äußerstem Nachdruck.

Ernst Lürmann kommentierte die Alibisituation: «Sie haben kein Alibi, Herr Müller, weder für die eine noch für die andere Tatzeit. Ihr charmante Nachbarin von gegenüber, Frau Oberanger, hat auf unsere Nachfrage hin ausgesagt, dass Ihr Antiquariat vom 10. bis zum 14. April wegen Krankheit geschlossen war, also praktisch die gesamte Woche über, weil am 9. April Feiertag war, Ostermontag.» Beatrice Oberanger mutete Lürmann im Rückblick so anmutig an.

«Das bestreite ich doch gar nicht! Ich war zu Haus, meistens im Bett. Ich hatte eine fiebrige Erkältung.» Müller fröstelte es schier, als er seine Erkrankung erwähnte.

«Außer am Donnerstag, am 12. April. An diesem Tag waren Sie im Geschäft. Sie erinnern sich, Kollege Glaser und ich haben Sie im Antiquariat angetroffen.»

«An dem Tag habe ich eine sehr wertvolle Büchersendung erwartet – und erhalten. Der Paketdienst wird einen Beleg darüber haben.»

«Und am Mittwoch, dem 11. April?», erkundigte sich Kommissar Glaser.

«Ja, da hab ich am Abend meine Wohnung verlassen und eine Kundin aufgesucht; Adele Sieber, von der ich Ihnen erzählt habe. Ich war bis zehn Uhr dort.» Müller hatte sich mental wieder mehr im Griff. «Was bezwecken Sie denn mit dieser Frage?»

«Eine unserer Kolleginnen hat die alte Dame ebenfalls besucht – und sie befragt. Und Sie hatten recht, Frau Sieber lebt in ihrer eigenen Welt. Das Äußerliche hat für sie seine Wichtigkeit verloren. Daher sieht jeder Tag für sie gleich aus; zu Ihrem Pech. Sie hat zwar bestätigt, dass Sie hin und wieder zu Besuch kommen und Bücher vorbeibringen, aber sie konnte absolut keine genaueren Datumsangaben machen oder Uhrzeiten nennen.»

«Sie könnten folglich», ergänzte Lürmann, «zu der Zeit, als Ihre Mutter getötet wurde, sehr wohl im Park des Säkularinstituts gewesen sein.»

«Das ist ja der reinste Irrsinn hier!», schimpfte Anton Müller. «Ich war nicht im Park!»

Oberkommissarin Vogt ließ den Protest nicht gelten, hielt ihn für eine bloße Ausflucht. «Wir haben außerdem in Erfahrung gebracht, dass Sie sich am Samstag, dem 14. April – also einen Tag nach dem Mord an Ihrem Vater –, in Bad Kissingen nach Frau Gabriela Schauberg erkundigt haben. Sie hatten im Hotel Ihren Namen hinterlassen. Zusätzlich haben wir dem Hotelportier ein Foto von Ihnen gezeigt, das vom Erkennungsdienst im Zimmer Ihrer Mutter sichergestellt worden ist. Der Portier, Herr Eckhardt, hat Sie identifiziert. – Was wollten Sie von Frau Schauberg?»

«Ich wusste von dieser Frau Steinhag, der Leiterin des Säkularinstituts, dass Frau Schauberg wegen des Todes meiner Mutter mit Reinhold sprechen sollte. Ich wollte mich erkundigen, wie es gelaufen ist.»

«Was hat Sie gehindert, *direkt* mit Ihrem Onkel respektive Ihrem Vater zu reden?»

«Ich wollte ihn einerseits mit der Nachricht nicht alleinlassen.» Müller deutete auf Glaser und Lürmann. «Ihre Kollegen hatten mich bei ihrem Besuch im Antiquariat durch ihre Fragen dezent darauf hingewiesen, dass ich ihn etwas vernachlässigt hätte. Mein Verhältnis zu ihm war aber andererseits nicht so eng, dass ich ihn in dieser traurigen Situation unmittelbar hätte aufsuchen mögen.»

«Ist es nicht denkbar», formulierte Kommissar Glaser, «dass Sie von Frau Schauberg nur etwas über die Reaktionen der Polizei auf den Mord im Kurbad erfahren wollten?»

«Von dem Mord an meinem Onkel … an ihm, an Reinhold, hatte ich am Samstag noch gar nichts gehört», erwiderte Anton Müller ziemlich unspektakulär. Das Wort «Vater» wollte ihm freilich nicht so recht über die Lippen kommen.

«Wann haben Sie davon gehört?»

«Am nächsten Tag hat mich die Leiterin des Instituts, Frau Steinhag, ein zweites Mal angerufen.»

«Wo?»

«In Bamberg, bei mir zu Hause.»

«Das heißt, Sie haben Bad Kissingen verlassen, ohne mit Frau Schauberg gesprochen zu haben?»

«Sie war ja nicht mehr in Kissingen, am Samstagabend. Und ihn, also Reinhold, hätte ich am Samstag ja wohl kaum irgendwo antreffen können… außer im Leichenschauhaus.»

Für Philipp Laubmann war das alles zu klar, zu einfach; sowohl, was die Beamten vorbrachten, als auch, was der Antiquar beteuerte. Sicher, sie vermochten Müller zu piesacken, doch es war ihnen bislang nicht gelungen, ihn so richtig in die Enge zu treiben. Und was den Anschlag auf Gabriela Schauberg am Ende der Gala betraf, ließen sich bisher keine Hinweise auf eine Täterschaft des Antiquars erkennen; außer vielleicht jener durch den Portier Eckhardt übermittelten ominösen Andeutung Anton Müllers, er werde sich mit Gabriela Schauberg schon in Verbindung zu setzen wissen. Was aber war mit dem Motiv? Was hätte Müller gegen Gabriela haben können? Höchstens, dass sie ihn als Mörder seiner Mutter entlarvt hatte. – Oder sie waren Komplizen.

Immerhin hatte Glaser noch etwas in petto: «Da Sie am Freitag, dem 13. April, nicht im Antiquariat gewesen sind, was Sie nicht bestreiten, könnten Sie sich bereits an diesem Tag, an dem Ihr Vater zu Tode gekommen ist, in Bad Kissingen aufgehalten haben, und nicht erst am Samstag…»

Müller unterbrach Glaser: «Ich war nicht dort, nicht am Freitag. Ich war den ganzen Tag über zu Hause im Bett! Wie oft soll ich das noch sagen?»

«Ohne Zeugen, vermute ich?»

«Wieso, ohne Zeugen? Ich war krank!»

«Aber am Samstag waren Sie gesund genug?»

«Ich hab mich auch am Samstag nicht gesund gefühlt.»

«Rührte Ihr Unwohlsein nicht hauptsächlich daher, dass Sie bereits einen Mord auf dem Gewissen hatten?», meinte die Oberkommissarin frostig.

«Ihre Vermutungen werden allmählich grotesk», äußerte der Antiquar gar nicht mehr so aufgeregt. «Warum hätte ich dann meine Anwesenheit in Bad Kissingen verraten sollen, indem ich mich ganz offen nach Frau Schauberg erkundigt habe?»

«Möglicherweise genau deshalb; damit wir nämlich glauben sollen, Sie hätten nichts zu verheimlichen.»

«Ihnen fehlt jeglicher Anhaltspunkt. Und er fehlt Ihnen deswegen, weil es gar keinen ernstzunehmenden Anhaltspunkt geben kann.»

Lürmann meldete sich zu Wort: «Wo waren Sie am vergangenen Freitagabend, dem 20. April, also vor einer Woche?»

Doch noch einer, der an die Gala und den Anschlag dachte.

«So leid's mir tut, an dem Abend hatte ich eine Verabredung mit jemandem aus dem Säkularinstitut.»

«Mit wem?»

«Mit Frau Zähringsdorf. Sie war bei mir. Ich hatte sie abgeholt. Wir haben uns ausführlich über meine Mutter unterhalten. Trauerbewältigung, wenn Sie so wollen. Ich hab sie erst gegen Mitternacht nach Hause gefahren.»

«Woher kennen Sie Frau Zähringsdorf?»

Die Antwort kam ohne Zögern. «Sie hat sich mal wegen einer nicht allzu teueren Ausgabe spätmittelalterlicher Texte an mich gewandt, in denen mystische Erlebnisse geschildert werden.»

«Und konnten Sie ihr dazu verhelfen?»

«Zur Textsammlung, ja.»

Diese Dreistigkeit. Müller sah anscheinend keine Gefahr für sich. Laubmann konnte sich des Eindrucks nicht erwehren, dass das Dreigestirn der Kommissare hinsichtlich des

Verdächtigen ungenügend recherchiert hatte, und dabei schloss er sich nicht aus. Das zuletzt genannte Alibi hätte zwischen Anton Müller und Agnes Zähringsdorf durchaus abgesprochen sein können. Vielleicht auch anderes.

«Arbeiten Sie mit Frau Zähringsdorf beim Vertrieb des Quellwassers aus dem Teufelsloch zusammen?», fragte Ernst Lürmann unvermittelt, als hätte er Laubmanns Gedanken geahnt.

Müller wirkte überrascht und antwortete jetzt ausweichend. «Das ist schon möglich.»

Dietmar Glaser fuhr ihn aufbrausend an: «Was heißt, das ist schon möglich? Ja oder nein?»

«Agnes will unbedingt, dass aus der Quelle eine Heilquelle wird.»

«Da ist sie nicht die Einzige, die das Wasser geschäftlich nutzen will.»

«Ja, aber sie deutet das mystisch. Finanzielle Interessen hat sie kaum.»

«Dafür Sie umso mehr!»

«Und wenn?»

«Dann bieten Sie uns ein wunderbares Motiv. Falls Ihre Mutter dafür gesorgt hätte, dass die Immobilie in fremde Hände kommt, wär's aus gewesen mit dem Wasser-Geschäft. Das galt es zu verhindern.»

Anton Müller schüttelte den Kopf und sagte lapidar: «Das war bisher kein Geschäft.»

«Bisher!», meinte Glaser. «Herr Müller, ich halte es für ausreichend begründet, Sie vorläufig festzunehmen. Eine richterliche Anordnung für die Untersuchungshaft werde ich erwirken.»

Laubmann war ein wenig benommen von der plötzlichen Entscheidung Glasers. Lürmann konnte sie hingegen gut nachvollziehen, und Juliane Vogt machte einen zufriedenen Eindruck, als der Antiquar, der nun recht entgeistert wirkte, von einem uniformierten Beamten abgeführt wurde.

Doch Philipp blieb bei seiner Ansicht, dass alles zu plausibel war. In jede erdenkliche Richtung schienen Verbindungen zu existieren; wie ein Geflecht. Sie agierten hier immer nur nach dem Prinzip Hoffnung, dass eine der befragten oder vernommenen Personen mal klein beigab. Sicher, solch eine Vorgehensweise war legitim, und doch fehlten ihm die in letzter Konsequenz schlüssigen Argumente.

Es war an der Zeit, noch einmal Bewegung in die Ermittlungen zu bringen, und zwar vermöge einer Suchaktion, überlegte Philipp. Dazu wollte er Lürmann am Nachmittag verleiten. Mochten Glaser und Vogt unterdessen ruhig nach Kissingen vorausfahren. Lürmann und er würden am späteren Nachmittag nachkommen. Ein zweites Dienstfahrzeug würde ja wohl verfügbar sein. Philipp Laubmann war überzeugt, dass jetzt einfach ein unabhängiger Detektiv seines Formats erforderlich war.

XXXVI

GLASER UND VOGT BEGABEN SICH NICHT SOFORT nach Bad Kissingen, sondern statteten dem Säkularinstitut im Bruderwald einen dienstlichen Besuch ab. Lürmann und Laubmann waren nicht dabei, denn die hatten zur selben Zeit nach ihrem Dafürhalten außerordentlich wichtige Vorbereitungen in der Polizeidirektion zu treffen, über die sie bloß vage etwas hatten verlauten lassen.

Die Oberkommissarin stand zum ersten Mal vor der gelblich gestrichenen Dreiflügelanlage mit dem Schlosspark dahinter, obwohl der aktuelle Kriminalfall doch von dort seinen Ausgang genommen hatte. Sie kannte freilich den Bericht des hiesigen Erkennungsdienstes. Aber auch Dietmar Glaser hatte erst am vorherigen Tag den Tatort im Alten Kurbad besichtigt. Darum hatte sich von Bamberger Seite aus schließlich Kollege Lürmann zu kümmern.

Sie hielten sich nur wenige Minuten im Park auf und benutzten danach den Hintereingang des Schlosses. Aus sicherer Entfernung hatte der Gärtner Heinrich Kornfeld ihre Betrachtung des Tatorts verfolgt. Er war immer gern informiert, wer sich in «seinem» Park herumtrieb, und wollte generell auf dem Laufenden sein.

Vogt und Glaser trafen Gertrud Steinhag, die auf den Besuch der Kriminalpolizei gar nicht vorbereitet war, in ihrem Büro an. Der Hauptkommissar stellte seine Kissinger

Kollegin vor und wünschte Frau Zähringsdorf zu sprechen, sofern sie im Hause sei.

«Unsere Agnes wird in der Kapelle sein.» Die Leiterin erbot sich, den Herrn Kommissar und die Frau Kommissarin dorthin zu geleiten.

Agnes Zähringsdorf kniete tatsächlich betend in der Schlosskapelle. Sie blickte befremdet auf, als die Tür zur Kapelle geöffnet wurde. Dietmar Glaser bat Gertrud Steinhag, im Gang zu warten. Sie wollten die Leiterin des Hauses nicht dabeihaben, sondern alleine und unbeeinflusst mit Frau Zähringsdorf reden. Diese verharrte weiterhin ungerührt in der Kirchenbank, als ginge es nicht um sie. Der Kommissar nahm in der Bank davor Platz, die Kommissarin in der Bank dahinter.

Glaser begann, wiederum ohne Aufschub, damit, Agnes Zähringsdorf nach ihren Alibis zu fragen. «Sie können sich ja denken, worum es sich handelt.» Großartige Einleitungen mochte er nun mal nicht. «Wo waren Sie zu dem Zeitpunkt, als Margarete Müller getötet wurde, also am Mittwoch, dem 11. April, etwa um 21 Uhr 30?»

In Agnes' bleichem Gesicht schienen die Wangenknochen mehr als gewöhnlich hervorzutreten. Sie wusste gar nicht so recht, wie ihr geschah, und musste ihre Gedanken sammeln, die noch ganz dem Gebet zugewandt waren. «Ich ... ich war, als Margarete um Hilfe gerufen hat, hier in unserer Kapelle. – Wo hätte ich sonst sein sollen?»

‹Ja, wo sonst?›, dachte Gertrud Steinhag missbilligend. Nichts gegen das Beten, aber wenn man Agnes suchte, war sie inzwischen mit Bestimmtheit in der Kapelle zu finden. Als würde sie sich einzig dort beschützt fühlen.

Die Leiterin des Instituts lauschte nur mit christlichem Widerwillen an Türen, doch dieses Mal hielt sie es für moralisch gerechtfertigt. In dieser leidigen Angelegenheit war ihrer Ansicht nach schon viel zu viel außer Kontrolle geraten. Zudem war die Kapellentür bloß angelehnt.

«Und wo waren Sie an dem Nachmittag, als sich der zweite Mordfall ereignet hat, also am Freitag, dem 13. April?» Obwohl Glaser die Fragen nach den Alibis schon so oft gestellt hatte, bemühte er sich immer, sie nicht zur Routine werden zu lassen. Nichts sollte seiner Aufmerksamkeit entgehen.

«An diesem Freitag …?» Agnes Zähringsdorf versuchte trotz ihrer inneren Anspannung nachzudenken. «Ich glaube, daran kann ich mich nicht mehr so genau erinnern. Wenn Sie allerdings nach dem späten Nachmittag fragen, in der Zeit vor dem Abendessen … wohl auch hier.»

«Sie beten oft?», erkundigte sich Juliane Vogt.

«Das Gebet ist meine Zuflucht.»

«Wovor fliehen Sie?»

«Vor *Ihrer* Welt.»

«Das heißt», die Oberkommissarin wies auf eines der Kirchenfenster, «Sie leben im Streit mit der Welt da draußen?»

«Der Streit ist der Welt immanent», erläuterte Agnes Zähringsdorf ein wenig hochnäsig.

«Kann jemand bezeugen, dass Sie zu den genannten Zeiten in der Schlosskapelle waren?», wollte Kommissar Glaser mit ernüchterndem Tonfall wissen.

«*Gott* ist mein Zeuge!»

«Den Herrn können wir leider nicht vorladen.» – ‹Obwohl›, dachte Dietmar Glaser, ‹manchmal möchte man's tun, um vom *Herrn* da oben mehr über die Urgründe der Welt und des Bösen darin zu erfahren.›

«In der Nacht vom 20. auf den 21. April», setzte Kommissarin Vogt die Befragung fort, «waren Sie lange mit Herrn Anton Müller zusammen. Ist das richtig?»

Agnes Zähringsdorf fühlte sich durchschaut. «Wie kommen Sie darauf?»

«Herr Müller hat das ausgesagt.»

«Dann muss ich es wohl zugeben. Wir haben aber nur miteinander gesprochen.»

«Worüber?»

«Über Margarete, seine Mutter.»

«Nicht auch ein bisschen über die Nebengeschäfte mit dem Quellwasser?»

Agnes Zähringsdorf fühlte sich erneut durchschaut. «Das kann sein. Ich möchte nämlich, dass das Teufelsloch seine negative Aura verliert, damit das Wasser seine heilenden Wirkkräfte unter den Menschen entfalten kann.»

Die zischende Aussprache der Verdächtigen machte Dietmar Glaser nervös. «Nun gut, ich denke, das können Sie uns alles ausführlicher im Vernehmungsraum erzählen. Ich möchte, dass Sie uns begleiten, Frau Zähringsdorf.» Glaser bedeutete ihr mit einer Geste, sich zu erheben und mit ihnen nach draußen, in die Welt, zu gehen.

Doch Agnes Zähringsdorf vermochte nicht, sich zu rühren. Im Gegenteil; sie klammerte sich an die Kirchenbank, weil sie eine unendliche Schwäche in sich aufsteigen fühlte.

Gertrud Steinhag wollte sich die Befragung nicht länger mitanhören. Sie betrat die Schlosskapelle und eilte auf Glaser zu. «Um Himmels willen, das können Sie doch nicht aufrichtig meinen, Herr Kommissar. Ich bitte Sie inständig, unsere Agnes hierzulassen. Ich verbürge mich dafür, dass sie das Institut nicht verlässt. Sie schuldet mir Gehorsam, und ich werde sie, so lange Sie es für nötig befinden, unter Hausarrest stellen.»

Juliane Vogt winkte entschieden ab, doch Dietmar Glaser ließ sich wieder mal erweichen. «Wenn Sie das für angebracht halten, bitte sehr! Aber Sie beide sollten sich nicht zu sehr in Sicherheit wiegen.»

Agnes Zähringsdorf brach nun wirklich zusammen, freilich eher vor Erleichterung. Gertrud Steinhag und Juliane Vogt mussten sie auf ihr Zimmer bringen. Sogar der Hausarzt, Dr. Walther, musste verständigt werden. Die Kommissarin bestand darauf. Die Kriminalpolizei sollte schließlich nicht der Rücksichtslosigkeit bezichtigt werden.

***

Gärtner Kornfeld hatte das seltsame Paar sogleich erkannt. Er hatte die zwei Herren zuerst von einem Fenster des Wirtschaftsgebäudes aus wahrgenommen, als sie am Säkularinstitut vorgefahren waren. Sie waren ausgestiegen und gleich in den Park hinterm Schloss gegangen, merkwürdig bekleidet und ausgerüstet: dunkelrote Gummistiefel, graue, wasserundurchlässige Plastikmäntel, die aus dem Fundus der Polizeidirektion stammten, hellgelbe Gummihandschuhe, schwarze Plastikeimer und silberfarbene Taschenlampen. Wozu bloß dieser Aufzug? Dabei sah es an dem lauen Frühlingsnachmittag wahrlich nicht nach Regen aus.

Heinrich Kornfeld folgte auch ihnen unauffällig. Gertrud Steinhag kam durch den Hintereingang des Schlosses und begrüßte Philipp Laubmann und Kommissar Lürmann. Diese hatten kurz zuvor bei ihr angerufen und ihr, auf ihre Rückfrage hin, versichern müssen, dass sie nichts von Frau Zähringsdorf wollten.

Kornfeld konnte aus der Ferne nicht verstehen, worüber sie redeten. Seine Arbeitgeberin machte jedoch bald kehrt und verschwand wieder in ihrem Institut. Er war irritiert, zumal dieser ihm schon bekannte Bamberger Hauptkommissar erst vor einer Stunde und Dr. Walther erst vor einer halben Stunde vorbeigeschaut hatte. Da spitzte sich was zu, sodass er es für ratsam hielt, in Deckung zu bleiben.

Von ihrer Dachgaube aus betrachteten die Seniorinnen, wie es ihrer Leidenschaft entsprach, das Ereignis. Der Gärtner wusste es; er brauchte gar nicht hinzusehen. Kunigunda Mayer und Dorothea Förnberg würden dereinst noch vom Himmel aus alles überschauen, nebeneinander auf einer Wolke. Die Brillen würden sie dann allerdings nur pro forma tragen, weil bei einem verklärten Leib mangelhafte Sehschärfe nicht vorkommt.

Der Kriminalkommissar und der Kriminaltheologe begaben sich zum Teich, an dessen Ufer der erste Mord geschehen war. Sie ließen sich durch das rotweiße Absperrband des Erkennungsdienstes nicht daran hindern, zumal die Spuren gesichert und ausgewertet waren. Doch der eigentliche Tatort interessierte sie nur bedingt.

Philipp Laubmann entnahm seinen Jackenaußentaschen sehr umständlich, da ihm der Plastikmantel im Weg war, die bei *Eugen Müller* erstandenen Tüten mit den bunten Papierblättchen. Er riss, obgleich die nächste Faschingszeit noch überhaupt nicht angebrochen war, die Tüten auf und verstreute das Konfetti über dem Wasser, so weit sein Arm eben reichte. Freilich nicht alles an einer Stelle. Lürmann und er gingen am Ufer vielmehr um den ganzen Teich herum.

Anschließend blickten sie den Blättchen fast meditierend nach, wie sie durch sonst kaum erkennbare Strömungen, verursacht durch den Auftrieb des vom Wald her einfließenden Wassers und den Sog des Überlaufs an der Seite, bald auseinanderdrifteten, bald wieder aufeinander zustrebten oder sich gut sichtbar in Strudeln verfingen, die sich nicht allzu schnell drehten.

Das war der Prolog. Nun war es an der Zeit, die im Stadtarchiv zusammengesuchten und von seinem Schulfreund Urban Denschler kopierten Grundstücks- und Wasserleitungspläne zu Rate zu ziehen, die Philipp diesmal seinen Jackeninnentaschen entnahm, natürlich auf dieselbe umständliche Art wie zuvor. Außerdem führte er noch einen Schokoriegel mit sich sowie ausnahmsweise sein Handy, das er hier aber nicht benötigte, weil Lürmann anwesend war. Auf einen Apfel hatte er verzichtet.

Gemeinschaftlich entfalteten sie die Pläne und versuchten, sich an markanten Punkten im Park und in der Landschaft zu orientieren. Vor allem die Lage des Teichs und seines Überlaufs war wichtig. Denn wahrscheinlich verlief von dort unterirdisch eine alte Holzleitung hinab zum Fluss, der sich, von der rückwärtigen Begrenzung des Parks aus gesehen, hinter einer Anhöhe am Ende des Waldes befand. Vom Park zum Fluss, der Regnitz, waren es nur ein paar hundert Meter Luftlinie. Falls die Leitung jedoch beschädigt oder nicht mehr vorhanden sein sollte, wäre das Experiment vergeblich.

Lürmann und Laubmann einigten sich auf eine Richtung und gingen zunächst nahe am einsturzgefährdeten Monopteros vorbei, und damit an der für Margarete Müllers Rosengarten umgegrabenen Fläche, die nun brachliegend war. Ob hier jemals zu ihrem Andenken Rosenstöcke gepflanzt würden? Laubmann bezweifelte es.

Wie erwartet, versperrte ihnen schon nach kurzer Zeit der Begrenzungszaun des Parks den Weg. Laubmann und Lürmann wollten nicht einfach drüberklettern, denn der zwei Meter hohe Zaun schien ihnen an den Roststellen recht brüchig sein. Und auch aus persönlichen Gründen. Sie trugen dafür unpassende Kleidung und verfügten kaum über Klettererfahrung. Überdies hatten sie bemerkt, dass man ihnen nachschaute.

Deshalb machten sie einen großen Umweg. Sie marschierten nämlich innen am Zaun entlang bis zum unverschlossenen Gartentor und dann außen herum wieder zurück, quasi bis zum Ausgangspunkt, nur eben auf der anderen Seite des Gartenzauns. Kornfeld konnte sich nur wundern. Anschließend quälten sie sich querfeldein den dahinterliegenden bewaldeten Hang hoch, der ihnen ungeheuer steil vorkam, zumal Lürmann vom längst schwitzenden Laubmann zur Eile angetrieben wurde. Der hatte nicht einmal Zeit, zu seinem Stofftaschentuch zu greifen.

Und sie hatten keine Hand frei, weil sie in ihren Gummistiefeln einige Male auf dem teilweise glitschigen Untergrund ausrutschten und sich an Wurzeln und Ästen festhalten oder hochziehen mussten, ohne die Eimer und die Taschenlampen zu verlieren. Auf ihrem Weg scheuchten sie mehrmals flügelschlagende Vögel und einmal sogar einen Haken schlagenden Hasen auf.

Noch schlimmer aber wurde es für sie auf der anderen Seite der Anhöhe. Hier glitten sie häufig bloß noch bergab und überließen sich geradezu blindlings der Schwerkraft, da sie von der durch den Plan vorgegebenen Ideallinie nicht abweichen wollten. Laubmanns Dringlichkeit kam das freilich zugute.

Fast wären sie am Ende übers Ziel hinausgeschossen, also im Fluss gelandet; doch dichtstehendes Buschwerk verhinderte dies glücklicherweise. Als sie sich umblickten, stellten sie fest, dass sie genau am richtigen Ort angekommen waren. Rechts von ihnen ragte ein mit Ziegelsteinen ausgemauerter Kanalschacht auf, der tief in den Hang hineinreichte. Darin wurde das überschüssige Regen- und

Quellwasser des Waldes gesammelt und zum Fluss hin abgeleitet.

Der Schacht war hoch genug, um darin recht problemlos, wenn auch in gebückter Haltung und hintereinander, vorwärtsgehen zu können. Die Fließgeschwindigkeit des ablaufenden Wassers war gering, das heißt, der beidseits abgeschrägte Boden war stark mit Schlamm bedeckt. Von der abgerundeten Decke tropfte es überall herab. Die Ziegelsteinmauern waren ausgewaschen und vielfach von Baumwurzeln aufgebrochen.

So sehr die wasserabweisenden Plastikmäntel schützten, so unpraktisch waren die Gummistiefel. Laubmann und Lürmann mussten sich daher mit den Händen abstützen, was durch die mitgeführten Eimer fast unmöglich war und den notwendigen Einsatz der Taschenlampen erschwerte. Je weiter sie vordrangen, um so fauliger roch es. Ihre Haare und Brillen wurden nass. Der Theologe und der Kommissar vermieden es, die Brillengläser mit ihren verschmutzten Gummihandschuhen abzuwischen.

Gottlob wurde Philipp Laubmann, der voranging, bald fündig. Er entdeckte, wie er inständig erhofft hatte, einige der bunten Papierblättchen wieder, die im Wasser schwammen. Somit war der Beweis erbracht, dass zwischen dem Teich im Schlosspark und dem Fluss eine direkte Verbindung vorhanden war.

Doch das war es nicht allein, was Lürmann und Laubmann angelockt hatte. Die nachgewiesene Verbindung war nur die Voraussetzung für weitere Recherchen. Der Erkennungsdienst hatte in Ermangelung einer Information über den historischen Leitungsverlauf die Untersuchung auf die nähere Umgebung des Parks beschränkt. Freilich, ob im Kanalschacht eine Spur auszumachen war, die mit dem

Verbrechen in Zusammenhang stand, war eher fragwürdig. Aber Laubmann und Lürmann setzten auf die ihnen eigene Pedanterie sowie jede geringfügige Chance, um den Fall endlich abschließen zu können.

Ja, sie wurden anscheinend belohnt, denn im Lichtkegel der Taschenlampe erspähte Philipp, nun schon tief in der Erde, einen Zulauf in der linken Kanalwand; etwa auf halber Höhe und circa 30 Zentimeter im Durchmesser. Der Anblick versetzte ihn so in Aufregung, dass es ihm egal war, ob Wasser in seine Gummistiefel und in die Ärmel seines Plastikmantels lief.

Laubmann kniete sich einfach nieder, zog die Handschuhe aus und fasste in den Zulauf hinein, um den Schlamm, der sich dort angestaut hatte, mit blanken Händen herauszuholen und in seinen schwarzen Plastikeimer fallen zu lassen. Und mit einem Mal erhellte sich seine Miene trotz des dürftigen Lichts ganz erheblich, denn er spürte in der lehmigen Masse eine kleine weiße Plastikhülle auf, die ihn stante pede frohlocken ließ: «*Wir erraten kaum, was auf der Erde vorgeht, und finden nur mit Mühe, was doch auf der Hand liegt*. Buch der Weisheit.»

Auch Lürmann wirkte glücklich, als ihm Laubmann die verschmutzte Scheckkartenhülle des *Bankhauses Lößner & Wegner* präsentierte, und ließ sich zu einem Sprachwitz im Stil seines Partners verleiten: «Fürwahr, ich halte dein Bibelzitat für *wahr*.»

«Ich bin mir sicher», fügte Philipp Laubmann in einer prophetischen Anwandlung hinzu, «wenn einige Bankkonten, ein Paar Schuhe und die Alibis hinter den Alibis endgültig überprüft sein werden, dann werden wir die Mordfälle gelöst haben.»

XXXVII

ES WAR ABEND GEWORDEN. Gabriela Schauberg hatte in ihrem Kissinger Hotelzimmer ausgeharrt. Sie hatte sich mit Gebetstexten ablenken wollen, was ihr misslungen war. Daher fühlte sie sich ganz eigenartig erleichtert, als endlich die Zeit gekommen war und sie aus dem Zimmer, ja aus dem Hotel gehen konnte, hinaus auf die Straße. Es nieselte, aber sie benötigte keinen Schirm. Die Lampen vor dem Hotel, seine bestrahlte Fassade, die sauber geputzten, spiegelnden Türglasscheiben sowie die hohen Kandelaber rechts und links des Eingangs verbreiteten unter dem bedeckten Himmel nur einen trügerischen Glanz.

Gabriela Schauberg hatte erneut ihre taubenblaue Tracht angezogen, als stünde ein Treffen im Säkularinstitut an, und stieg in denselben beigefarbenen Kleinbus wie an den beiden Abenden davor. Das Taxi hatte auf sie gewartet. Der Fahrer hatte andere Gäste abgewiesen.

Sie ließ sich wiederum zum Gradierwerk bringen, und wiederum entfernte sich der Wagen, nachdem sie ausgestiegen war. Die Rücklichter des Taxis waren bald nicht mehr zu sehen. Sie war allein. Den Weg zum versperrten Zugang des beängstigend aufragenden technischen Denkmals kannte sie längst. Mit seinen Geräuschen war sie vertraut, dem permanenten Tropfen des Wassers, dem Knarren der Balken. Das Schild mit den Öffnungszeiten war fahl beleuchtet. Dahinter verlor sich das Licht der wenigen Scheinwerfer in der Nachtschwärze des Gebälks. Nur die in der Nähe fließende Saale, die mehr zu erahnen als wahrzunehmen war, wirkte beruhigend und versöhnlich.

Abermals wurde aus der Ferne beobachtet, wie die Frau mit dem Schleier, die Absperrung ignorierend, von der Dunkelheit der Gradieranlage umfangen wurde. Es dauerte eine ganze Weile, bis sie es geschafft hatte, über die Holzstiegen im Inneren des Bauwerks nach oben ins zweite Stockwerk zu gelangen und an eine der Brüstungen zu treten. Dort hielt sie inne, blickte langsam und vorsichtig um sich. Ihr Gesicht war nicht zu erkennen, denn sie vermied es, in den Strahl eines Scheinwerfers zu geraten.

Ohne vorher ein Geräusch zu verursachen, löste sich eine Gestalt aus der Dunkelheit und stürzte sich, als geschähe alles in einem einzigen Moment, von hinten auf die Frau am Geländer, ergriff sie und presste sie gegen das Holz, um sie hinab in die Tiefe zu stoßen.

Sie aber wehrte sich heftig und nicht ohne Geschicklichkeit. Sie stieß dem Angreifer mit dem linken Ellenbogen in die Seite und vermochte sich in derselben Sekunde, als er vor Schmerz zusammenzuckte, aus seinem Griff zu befreien und wegzulaufen. Nur ihren Schleier hatte er zu fassen bekommen und ihn der Flüchtenden vom Kopf gerissen.

Zeichen und Befehle für den «Zugriff» wurden gegeben. Beamte des Spezialeinsatzkommandos hatten sich dem Angreifer lautlos genähert und kamen jetzt, ausgerüstet mit kugelsicheren Westen, Helmen und mit Pistolen im Anschlag, aus drei verschiedenen Richtungen auf ihn zugerannt. Vom Dach des Gradierwerks seilten sich zwei Beamte mit erstaunlicher Schnelligkeit ab. Noch ehe der Täter, dessen Gesicht von einer heruntergezogenen schwarzen

Wollmütze mit ausgeschnittenen Augenlöchern verborgen wurde, so richtig begriff, was um ihn herum geschah, und seinem Opfer nachsetzen konnte, war er von den Einsatzkräften umringt, die ihn unsanft ergriffen, die Arme auf den Rücken bogen, dass sein Oberkörper nach vorne gerichtet war, und die Hände mit einem schmalen geriffelten Plastikgurt zusammenbanden.

Einzelne Rufe überlagerten sich nun. Fahrzeuge des Mobilen Einsatzkommandos, welches für die Observation des Täters zuständig gewesen war, näherten sich, darunter auch die Dienstfahrzeuge der Kommissare und das Taxi, mit dem Gabriela Schauberg am Hotel abgeholt worden war. Sogar ein Polizeihubschrauber stieg in größerer Entfernung auf, flog aber zurück zu seiner Ausgangsbasis, weil er für den Einsatz nicht mehr benötigt wurde. Der Täter war nicht flüchtig. Ein Rettungsfahrzeug stand, genauso weit entfernt wie der Hubschrauber und verdeckt durch eine Scheune, bereit. Zwei Hundeführer mit Schäferhunden warteten, ob sie noch gebraucht würden. Uniformierte Polizeibeamte versperrten mit ihren Fahrzeugen die Zufahrten.

Die Männer des SEKs hatten die durchsichtigen Visiere ihrer Helme hochgeschoben, streiften jedoch ihre dunkelgrünen Sturmmasken, die Mund und Nase verdeckten, nicht ab, weil sie aus Sicherheitsgründen unerkannt bleiben sollten. Auch die Polizeiobermeisterin Cordula Hilder kannte die Identität der meisten SEK-Beamten nicht. Sie legte die Jacke des taubenblauen Kostüms und die weiße Bluse ab, weil sie ebenfalls eine kugelsichere Weste darunter trug. Sie hatte sich, wie schon an den Tagen davor, im Taxi verborgen gehalten und hatte während der Fahrt zum Gradierwerk den Platz mit Gabriela Schauberg getauscht.

Diese stieg unten vor der Gradieranlage soeben aus dem beigen Kleinbus, nach wie vor in ihrer taubenblauen Tracht. Glaser, Lürmann und Laubmann gingen auf sie zu und erkundigten sich, wie sie sich fühle. Sie hatte in den vergangenen Tagen mehrfach im Hotel verlauten lassen, dass sie einen nächtlichen Rundgang durchs Gradierwerk machen wolle, um mit sich allein zu sein, wie sie es vom Schlosspark des Säkularinstituts her gewohnt sei. Der Täter sollte auf ihre Spur gelenkt werden. Der Fahrer des Taxis war ein Beamter des MEKs.

Der Kissinger Oberkommissarin Vogt oblag die Verantwortung für den gesamten Einsatz. Und sie war sehr froh über den Erfolg, da sie und der Kollege Glaser schon höheren Orts zu hören bekommen hatten, dass man diesen Aufwand an Personal nicht ewig so treiben könne.

Der Nieselregen war stärker geworden. Lürmann und Laubmann hatten Schirme dabei, nur Glaser wieder einmal nicht. Juliane Vogt verzichtete bewusst darauf, ihren Schirm zu benutzen, weil sie in den Augen der SEK-Beamten nicht zartbesaitet wirken wollte. Die Beamten sammelten sich, wurden von der Oberkommissarin belobigt und stiegen in ihren Mannschaftswagen. Polizeiobermeisterin Hilder durfte für ihr mutiges Auftreten als Lockvogel, wofür sie sich freiwillig gemeldet hatte, zum Mindesten auch mit einer Belobigung rechnen.

XXXVIII

HIER UND HEUTE SOLLTE ES zu Ende gebracht werden. Glaser und Vogt hatten dafür die Polizeidirektion in Bamberg ausgewählt, weil der Fall, mit dem sie seit über zwei Wochen befasst waren, nun mal im Säkularinstitut begonnen hatte. Der gescheiterte Attentäter war bereits am Samstag nach Bamberg überstellt und hier in Untersuchungshaft genommen worden.

Die kriminalpolizeilichen Ermittlungen und Auswertungen hatten die letzten drei Tage über angehalten, sodass die Kommissare am heutigen Dienstag in der Lage waren, die entscheidenden Vernehmungen durchzuführen, egal, ob der 1. Mai nun ein Feiertag war oder nicht. Für sie war's ein Tag der Arbeit, denn Sie hatten sich für heute präpariert. Das Ziel war endlich in Sichtweite. Und Philipp Laubmann hatte Glück, dass das Sommersemester erst am 2. Mai begann. Auf eine Teilnahme an der abendlichen Prozession in der Pfarrei Alt-Sankt-Anna, mit welcher der Marienmonat eingeleitet wurde, verzichteten sie alle.

Ebenfalls schon am Samstag hatten Büro-, Praxis- und Hausdurchsuchungen stattgefunden. Spuren waren gesichert und Dateien durchforstet worden; Bankkonten hatte man vorab überprüft. Man wollte keinen Tag mehr verlieren. Zudem hatten die Beamten Dr. Walther am Dienstagvormittag aus seiner Sprechstunde heraus verhaftet, vor den Augen seines Personals und seiner Patienten. Er hatte am 1. Mai den ärztlichen Notfalldienst übernehmen müssen, und es war äußerst schwierig gewesen, für die Patienten auf die Schnelle einen Ersatzarzt aufzutreiben.

Anselm Walther hatte die Beamten beschimpft, ihnen «Willkür» vorgeworfen und ob der Rufschädigung mit Schadensersatz gedroht. Doch er hatte nichts an seiner Verhaftung ändern können. Walther war überdies, wie sein Kompagnon Peter Weisinger, in der Polizeidirektion erkennungsdienstlich behandelt worden.

«Was kann *ich* dafür, wenn ihr die wahren Schuldigen nicht findet?», hatte sich der Arzt beschwert.

Schließlich war Dr. Walther gezwungen worden, sich zusammen mit Peter Weisinger, der sogar Handschellen trug, in den abstoßend-kahlen Vernehmungsraum zu setzen und sich die formalen Belehrungen anzuhören, die von zwei jüngeren Kriminalbeamten vorgetragen wurden. Eine ganz neue Erfahrung für ihn. Sein Gesicht wirkte eingefallen, obwohl er sich nicht gehenlassen wollte. Das Toupet hatte er beim Erkennungsdienst ablegen müssen. An seinem grauen Haarkranz hatten sich Schweißperlen gebildet. Das Aufzeichnungsgerät war ganz in seiner Nähe platziert.

Weisinger dagegen gefiel sich in seiner trotzigen Haltung. Seine durch die Handschellen gefesselten Hände hielt er demonstrativ vor sich hin. Seine kurzen schwarzen Haare und sein stechender Blick verstärkten den widerständigen Eindruck. Dessen war er sich bewusst. Er würde Gegenwehr leisten, wenn auch nicht physisch. Anselm Walther beachtete er nicht, ja er tat beinahe so, als würde er ihn nicht kennen.

Die beiden jüngeren Kriminalbeamten rückten mit ihren Stühlen an die Seite, als die Kommissare Glaser und

Lürmann sowie die Kommissarin Vogt und der Theologe Laubmann am späteren Nachmittag den Vernehmungsraum betraten. Vogt und Glaser hatten die nötigen Akten dabei und nahmen, den Beschuldigten gegenüber, am Tisch Platz; Lürmann und Laubmann flankierten sie.

Trotz des Protestes der Oberkommissarin durfte Philipp Laubmann dieses Mal mit in den Vernehmungsraum, was er genoss. Ernst Lürmann hatte nur sein himmelblaues Notizbuch bei sich, Laubmann lediglich sein abgeschaltetes Handy. Christine Fürbringer, die Sekretärin, hielt sich in ihrem Büro bereit, falls dringende Schreibarbeiten anfielen.

Auf der anderen Seite des Spiegelglases hatte sich Gabriela Schauberg eingefunden, und zwar in Begleitung der uniformierten Polizeiobermeisterin Cordula Hilder, ihres «Doubles». Von ihrem ehemaligen Kollegen aus journalistischen Zeiten hatte sie Unterlagen über Peter Weisinger erhalten und diese den Kommissaren schon vor fünf Tagen zur Verfügung gestellt. Gabriela hatte sich doch nicht getäuscht, als Weisinger ihr bei der Gala so bekannt vorgekommen war. Sie war sich nunmehr sicher, dass ihr Weisinger vor langer Zeit in einem Gerichtssaal aufgefallen war und somit in einer der jetzigen nicht unähnlichen Lage. Sie stand in einem ebenso eleganten wie unaufdringlichen hellgrauen Kostüm, das mit ihren ergrauten Haaren harmonierte, hinter der Glasscheibe und blickte aufmerksam in den Vernehmungsraum.

Der Antiquar Anton Müller war zwischenzeitlich aus der Untersuchungshaft entlassen und der Haftbefehl gegen ihn aufgehoben worden. Da er vorwiegend am Wochenende inhaftiert gewesen war, war ihm kein geschäftlicher Verlust entstanden. Auch für Agnes Zähringsdorf war der Hausarrest beendet, obwohl sie vorläufig aus freien Stücken innerhalb des Instituts blieb, nämlich auf ihrem Zimmer oder in der Schlosskapelle.

Kriminalhauptkommissar Dietmar Glaser sah sich als Wortführer und bemühte sich um Korrektheit im juristischen Sinne. «Herr Dr. Anselm Walther, Facharzt für Allgemeinmedizin in Bamberg, und Herr Peter Weisinger, Immobilien- und Anlageberater daselbst, Sie werden zweier gemeinschaftlich geplanter Gewaltverbrechen beschuldigt, denen Frau Margarete Müller, Mitglied des Säkularinstituts ‹Christen in der Welt›, und Herr Reinhold Müller, Mesner in der Kirche Alt-Sankt-Anna zu Bamberg, zum Opfer gefallen sind, sowie zweier Mordanschläge auf Frau Gabriela Schauberg, ebenfalls Mitglied des genannten Säkularinstituts.»

Glaser wollte die Vorwürfe nachhallen lassen und für einige Sekunden schweigen, doch Weisinger protestierte sofort. «Wir haben keine Morde beziehungsweise Mordanschläge geplant oder begangen. Die Geschichte im Gradierwerk, deretwegen ich unschuldig und gegen meinen Willen festgehalten werde, war ein reines Missverständnis ...»

Oberkommissarin Vogt ließ ihn nicht ausreden. «Das ist äußerst unglaubwürdig. Das wissen Sie so gut wie wir.»

Weisinger blieb stur bei seiner Behauptung: «Nichts wissen Sie! Ich wollte der Frau nur helfen. Ich hatte den Eindruck, sie will sich etwas antun. Ich musste sie davon abhalten, sich hinabzustürzen. Wir waren immerhin im zweiten Stockwerk. Dass sie eine von Ihnen war, konnte ich nicht riechen.»

«Herr Weisinger, Sie waren nicht zufällig im Gradierwerk, was im Übrigen die schwarze Wollmütze mit den ausgeschnittenen Augenschlitzen beweist.»

«Mir war einfach nur kalt; außerdem habe ich Probleme mit den Nebenhöhlen. Deswegen war ich im Gradierwerk;

und wegen der herabgezogenen Wollmütze, die mal ein Faschingsscherz war, nachts, damit niemand erschrickt. Ich habe keine andere.»

«Diesen ‹Faschingsscherz› hatten Sie sich auch in der Nacht vom 20. auf den 21. April übergestülpt, als Sie die Messerattacke auf Frau Schauberg ausgeführt haben. Der Erkennungsdienst hat Fasern, die von dieser Mütze herrühren, an einem in Ihrem Container aufgefundenen schwarzen Umhang sichergestellt. Am Kragen, um genau zu sein.» Vogt sah Weisinger zornig an.

«Nichts als ein Schauermärchen Ihrerseits.»

Kommissar Glaser ließ sich von diesem Einwand nicht im Geringsten beeinflussen. «Sie beide stecken in erheblichen geschäftlichen Schwierigkeiten, was Ihr ‹Projekt Bruderwald› anbelangt. Sie haben bei verschiedenen Banken Konten eröffnet und Sie haben Investoren angelockt. Die Investoren haben bereits Zahlungen geleistet, und das nicht zu knapp, wie die Auszüge Ihrer Konten und Ihrer Depots, die wir vorliegen haben, beweisen. Sie selbst haben in Festgeld investiert sowie in Aktien, sogar in sehr riskante Anlageformen, und nicht überall sind Gewinne zu verzeichnen. Sie spekulieren also mit dem Kapital anderer. Darüber hinaus sind wir in Ihrem Firmensitz, Herr Weisinger, hinter einer Wandverkleidung auf etliche Geldbündel gestoßen, die eindeutig auf Schwarzgeldzahlungen hinweisen, sowie auf eine Liste, auf der Namen und Beträge erfasst sind. Unsere Fachleute werden den Schwarzgeldverdacht prüfen.»

«Ein dummes Versteck!», sagte Dr. Walther vorwurfsvoll, ohne sich zu seinem Kompagnon umzudrehen.

«Deine Pingeligkeit ist mir immer zuwider gewesen», gab's ihm dieser in gleicher Weise zurück.

Juliane Vogt zeigte sich ebenso unbeeindruckt von dieser Auseinandersetzung. «Herr Dr. Walther, seit wann sind Sie der Hausarzt des Säkularinstituts?»

Walther klang unkonzentriert: «Das habe ich nicht so genau im Kopf...» Er zuckte mit den Achseln. «Seit zehn Jahren etwa.»

«Sie hatten also hinlänglich Gelegenheit, die Entwicklung des Instituts zu verfolgen, und Sie hatten eine solche Vertrauensposition inne, dass Sie über die finanziellen Schwierigkeiten unterrichtet waren. Als sich schließlich Ihr Jugendfreund, Herr Weisinger, bei Ihnen gemeldet hat, haben Sie ihm davon erzählt.»

«Ich habe meine ärztliche Schweigepflicht niemals verletzt.»

«Lenken Sie nicht ab.» Die Kommissarin konnte ebenfalls stur und eigenwillig sein. Das musste sie auch, als einzige Frau im Vernehmungsraum. Sie war sowieso erstaunt, dass sich der übergenaue Lürmann und sein vorwitziger Theologe bisher gänzlich ruhig verhielten. «Uns geht es um Ihre Position, Herr Dr. Walther, die Sie bezüglich des ‹Bruderwald-Projekts› einnehmen. Ein unter anderem wegen Scheckkartenbetrugs Vorbestrafter wie Herr Weisinger ist schließlich keine Empfehlung bei Geldgeschäften, oder? – Warum haben Sie ihn überhaupt einbezogen?»

«Ich wollte ihm eine Chance geben.»

«Red' keinen sozialen Unsinn!» Weisinger blickte Walther zum ersten Mal an. «*Ich* hab die Idee gehabt, die Quelle im Wald zu nutzen und ein Sanatorium aufzumachen.» Er schaute zur Kommissarin. «Die Idee lass ich mir doch nicht klauen!»

«Trotzdem hat Dr. Walther Sie nicht gerade in den Vordergrund gerückt», widersprach Juliane Vogt. «Die Geschäftskonten laufen ausnahmslos unter seinem Namen, und bei der Anwerbung von zahlungswilligen Investoren oder bei notariell zu beglaubigenden Verträgen war seine Reputation als Arzt bestimmt zuträglicher.»

«Geschenkt.» Weisinger ließ seine Hände mit den silbrigen Handschellen daran ein wenig zu ungestüm auf den Tisch fallen, sodass das Metall laut aufschlug.

Glaser hielt den Werbeprospekt hoch, den Laubmann schon früher aus dem Säkularinstitut mitgebracht hatte. «Ich halte fest fürs Protokoll: Beim ‹Projekt Bruderwald› wird Dr. Walther als alleinig Verantwortlicher genannt.» Der Kommissar legte den Prospekt zur Seite und zeigte stattdessen, indem er sich dem Arzt zuwandte, ein einseitig bedrucktes Blatt Papier, das von der bei Walther durchgeführten Hausdurchsuchung stammte. «Sie haben für die Teufelsloch-Quelle eine Wasseranalyse erstellen lassen. – Hatten Sie zur Entnahme der Probe eine Erlaubnis?»

«Die hatte er nicht», gab Peter Weisinger hämisch lächelnd zum Besten. «Er hat sich heimlich bedient.»

Anselm Walther verneinte die Frage nur stumm und betupfte mit einem Taschentuch seinen schweißnassen Kopf.

«Dr. Walther verneint», kommentierte Glaser wiederum fürs Protokoll. «Aus der chemischen Analyse werd' ich allerdings nicht so ganz schlau.»

«Das Wasser der Teufelsloch-Quelle könnte als Heilwasser Verwendung finden», gestand der Arzt nun doch.

Dr. Philipp Laubmann war nach wie vor mächtig stolz darauf, im Vernehmungsraum sein zu dürfen. Die Eitelkeit eines einfachen Moraltheologen. Nun meldete er sich freilich zu Wort. «Warum nur all diese Heimlichkeiten, Herr Doktor? Die Frauen des Instituts waren im Grunde auf Ihrer Seite und hätten am ehesten an Sie verkauft.»

«Das haben sie uns nicht gesagt», antwortete Dr. Walther.

«Mir schon.»

«Unser Angebot war auch überaus fair.»

«Heißt das, Sie haben damit gerechnet, den Zuschlag zu bekommen?»

«Zu Beginn, ja.»

«Womit Sie beide aber nicht gerechnet haben», stellte Ernst Lürmann sachlich fest, «war die starke Konkurrenz.»

Glaser ergänzte: «Und womit Sie anscheinend ebenfalls nicht gerechnet haben, Herr Dr. Walther, war die Unzuverlässigkeit Ihres Freundes Weisinger.»

«Wir sind nie wirklich Freunde gewesen; wir waren Partner», warf Walther ein.

«Ihr sogenannter ‹Partner› hat Sie wahrscheinlich übers Ohr gehauen. Er hat sich, da er allenthalben zeichnungsberechtigt ist, Geld von den Firmenkonten geborgt, und er hat für sich einiges von den Schwarzgeldern abgezweigt; denn die Beträge auf der Liste stimmen nicht mit den gefundenen Geldbeträgen überein.» Glaser war sich seiner Sache gewiss.

Jetzt blickte Walther zum ersten Mal Weisinger an. «Das hätte ich mir denken können, dass du ein schäbiger Betrüger bleibst.»

«Du bist ein Idiot!», fuhr ihn Weisinger an. «Wovon sonst hätte ich leben sollen? Deine angeblich guten Kontakte zum Säkularinstitut haben uns doch überhaupt nicht vorangebracht.»

«Es sieht so aus», ließ die Oberkommissarin verlauten, «als hätten etliche Ihrer Investoren abspringen und zur Konkurrenz wechseln wollen. Sie wollten ihr Geld zurück.»

«Nichts als Vermutungen.» Weisinger ließ sich nicht verunsichern.

Die Kommissarin auch nicht. «Wir haben Beweise. Die Durchsuchung der Praxis hat entsprechende Briefe zutage gefördert. Und auf Ihrem Anrufbeantworter, Herr Weisinger, waren anonyme Drohanrufe. Womit wir uns den möglichen Mordmotiven annnähern.»

«In Ihrer prekären Lage», folgerte Glaser, «durfte nichts passieren, was das Projekt hätte gefährden können. Törichterweise aber waren Sie beide sich nicht einmal über Ihre Ziele einig.»

«Welche Ziele?» Dr. Walther sah erst zu ihm, dann zu seinem Kompagnon.

Der jedoch schwieg dazu.

Kommissar Lürmann setzte zu einer ausführlichen Erklärung an. «Frau Schauberg hat uns respektive dem Kollegen des MEKs ein Kuvert mit Kopien alter Zeitungsartikel im Taxi überreicht, die ihr ein ehemaliger Kollege zugeschickt hat. Der hatte sich vor vielen Jahren mit den Hintergründen der Betrügereien befasst, deren sich Herr Weisinger schuldig gemacht hatte. Die strafrechtliche Verfolgung und Verurteilung hatten sich damals ja nur auf seine finanziellen Machenschaften bezogen. Zusätzlich aber hatte er einen religiösen Schwindel inszeniert, indem er Menschen, die anfällig für billige Wundergläubigkeit waren, irgendwelche Wasserwunder und Heiligenerscheinungen vorgegaukelt hat. Herr Weisinger hat nämlich im Südbayerischen schon einmal ein Grundstück mit einer Quelle erworben, um einen Quellkult im großen Stil aufzuziehen. Der Kult ist freilich geplatzt wie die sprichwörtliche Seifenblase, als er damals in Untersuchungshaft war.»

Gabriela Schauberg, die sich hinter der Spiegelwand direkt angesprochen fühlte, drehte sich zur seitlich von ihr stehenden Cordula Hilder um, als erwarte sie von der Polizeiobermeisterin eine Bestätigung.

Juliane Vogt entnahm der vor ihr liegenden Akte einige Fotokopien. «Herr Dr. Walther, Ihr Partner hatte *eigene* Pläne mit dem Teufelsloch. Wir haben Prospektentwürfe für eine ‹Sant-Angelo-Quelle› in seinem Büro entdeckt. – Ein Wiederholungstäter, würde ich sagen.» Sie legte Walther die ziemlich ausgereiften Entwürfe vor.

Philipp Laubmann lächelte ironisch, denn die Information war ihm neu. «‹Sant Angelo›? ... aus dem ‹Teufelsloch› wird die ‹Engelsquelle›. Auf so einen Einfall würde nicht mal unser ehrenwerter Bauunternehmer aus Frankfurt kommen, und der hätte wegen der Namensgleichheit allen Grund dazu.»

Peter Weisinger deutete auf Laubmann. «Ich bin der Ansicht, der Herr hat hier nichts verloren.»

«Und trotzdem was zu finden – nämlich die Wahrheit», konterte Philipp.

Dr. Walther würdigte die Prospektentwürfe kaum eines Blickes und sagte kurz und bündig: «Von einem solchen Vorhaben hat mich Peter Weisinger erst unterrichtet, als es für mich kein Zurück mehr gab.»

«Halt gefälligst deinen Mund!» Weisinger hatte Mühe, sich zu beherrschen. «Die unnötig hochgespielte Quellen-Geschichte ist meine Angelegenheit und für dieses aufgezwungene Verhör bedeutungslos. – Die haben hier doch nichts gegen uns in der Hand; das ist nur hohles Geschwätz.»

«Im Gegenteil», meinte Hauptkommissar Glaser, «Ihre Quellen-Geschichte ist der Dreh- und Angelpunkt. Wenn im Säkularinstitut etwas von Ihren, nennen wir's, sektiererischen Absichten bekannt geworden wäre, dann wäre für Sie jegliche Chance vertan gewesen, die Immobilie zu erwerben. Die Frauen wollen ihre Religiosität und ihre Kirchlichkeit authentisch leben, und sie hätten nie gegen ihr Gewissen gehandelt.»

«Gewissen ist was für Leute, die es sich leisten können.»

«Wär's auch was für Betrüger, müssten wir uns hier nicht mit solchen Subjekten herumplagen», schimpfte Lürmann gutbürgerlich.

Glaser ermahnte ihn: «Gemach, gemach, Herr Kollege», und die Oberkommissarin schaute ärgerlich drein. Schließlich lief das Aufnahmegerät.

Philipp Laubmann wollte die Situation für Lürmann retten und wandte sich Weisinger zu. «Sie haben mit oder ohne Wissen Ihres Kompagnons das Säkularinstitut ausspioniert und sogar den Gärtner des Hauses, Heinrich Kornfeld, auf lausige Art bestochen. Sie wollten partout mehr über die Frauen in Erfahrung bringen, also über ihre Gewohnheiten und gegebenenfalls ihre Schwachpunkte, um die eine oder andere bei der Entscheidung für oder gegen den Verkauf mit Nachdruck auf Ihre Seite zu ziehen. Dabei kam Ihnen die zufällig aufgedeckte Inkorrektheit Reinhold Müllers, unrechtmäßig erworbene Edelsteine anzubieten, durchaus zupass.»

Juliane Vogt unterbrach die Ausführungen Laubmanns, als dieser Luft holte. «Herr Weisinger, Sie haben versucht, Reinhold Müller und ebenso Margarete Müller zu erpressen, und haben beide damit in einen Gewissenskonflikt gestürzt. Frau Müller hatte deshalb vor, sich jemandem anzuvertrauen. Das beweist ihr Tagebuch und das beweist ihr Ersuchen um ein Gespräch mit Frau Schauberg.» Die Kommissarin wurde ein wenig sarkastisch: «Das allein bereits wäre ein ausreichendes Motiv für einen Mord.»

Gabriela Schauberg nickte zustimmend. Sie hatte sich von Beginn an Sorgen um Margarete gemacht und noch an jenem Mittwochabend, als sich der erste Mord ereignete, gehofft, sie würde sich wenigstens telefonisch bei ihr in Bad Kissingen melden. Sie hatte sich sogar an der Hotelrezeption erkundigt, ob eine Nachricht für sie hinterlassen worden sei.

Peter Weisinger blieb hartnäckig. «Ich habe schon mal klargestellt, dass ich Herrn Müller und seine Zwillingsschwester nicht erpresst habe. Ich habe ihm gegenüber lediglich eine Bitte formuliert.»

Kommissarin Vogt blieb beim Sarkasmus. «Sie war gar nicht seine Zwillingsschwester. Das ist Ihnen bei all Ihrem Bespitzeln und Aushorchen wohl entgangen. Schlechte Arbeit.»

Walther und Weisinger waren bass erstaunt, denn selbst Walther hatte das bei seiner zehnjährigen Tätigkeit als Hausarzt des Instituts nicht in Erfahrung gebracht. Sie mochten es gar nicht glauben.

Weisinger ging bei seiner Antwort auch nicht darauf ein. «Was heißt ‹aushorchen›? Denken Sie bloß nicht, dass unsere Konkurrenten nicht ähnliche Mittel einsetzen.»

Dr. Walther hingegen zeigte Schwäche: «Ich war immer gegen eine illegale Vorgehensweise.»

Sein Geschäftspartner schüttelte genervt den Kopf und warf einen Blick zur Decke.

«Sie brauchen nicht so zu tun, Herr Weisinger, als würde Sie das nicht betreffen», sagte Glaser. «Wir haben bei Ihnen eine Festschrift des Säkularinstituts sichergestellt. Darin ist unter anderem Frau Schauberg abgebildet. Zudem wird ihr

Lebensweg beschrieben. Die Seite ist markiert. Das bedeutet, Sie haben sie wiedererkannt. – Sie haben sich folglich erinnert, dass sie vor vielen Jahren – in ihrer als Zeit Journalistin – im Gerichtssaal zugegen war, als Sie verurteilt wurden. Was also, haben Sie sich gefragt, wenn sie sich gleichfalls an *mich* erinnert und mich als religiösen Betrüger entlarvt? Das wäre – ich wiederhole es – das Aus für Ihr Projekt gewesen; und die Investoren hätten Sie buchstäblich zum Teufel gejagt. Gut, Sie haben sich seit damals verändert: Die Haare sind wesentlich kürzer, der Backenbart ist ab, und Sie dürften während der Haft sogar abgespeckt haben. Aber die Gefahr blieb bestehen, ja sie wurde größer und bedrängender, je länger sich die Verkaufsentscheidung hinzog. – Warum also nicht die Frauen in Schrecken versetzen und zugleich die gefährliche Person beseitigen?»

Die schonungslose Direktheit war Gabriela Schauberg zu viel. Sie hielt sich die Hand vor den Mund und tastete mit der anderen blind nach einem der Stühle, den ihr Cordula Hilder zurechtrückte.

«Bei der Gala des Herrn Engel in Bad Kissingen war es dann soweit», bezeugte Laubmann; «Frau Schauberg ist auf Sie aufmerksam geworden, Herr Weisinger. Darum sind Sie so rasch verschwunden. Denn damit hatten Sie nicht gerechnet, ihr bei der Gala zu begegnen. Aber Ihr Entschluss, sie zu töten, war längst gefasst.»

«Ich war dagegen!», rief Dr. Walther.

«Du sollst gefälligst dein Maul halten!», fuhr ihn Weisinger noch barscher als zuvor an. Beinahe hätte er mit den gefesselten Händen auf ihn eingeschlagen.

«Wir sind überzeugt, dass Sie für eine sich bietende Gelegenheit vorbereitet waren», konstatierte Kommissar Lürmann. «Von Ihrem Partner, der in seiner Funktion als

Hausarzt natürlich im Säkularinstitut nach dem ersten Mord zugegen war, waren Sie, wenn auch etwas zu spät, informiert worden, dass sich Frau Gabriela Schauberg zu Kurzwecken in Bad Kissingen aufhält. Und als sich Frau Schauberg nachts allein auf den Weg zu ihrem Hotel gemacht hatte, war die Gelegenheit äußerst günstig für Sie, einen Mordanschlag zu versuchen.»

«Ich hab nichts dergleichen getan.»

«Nein», meinte Kommissarin Vogt noch immer provokant und ohne Rücksicht auf das Opfer hinter der Trennscheibe, «Sie haben einfach versagt. – Weil aber Frau Schauberg weiterhin in Gefahr war, haben *wir* uns der Sache angenommen. Wir haben darauf spekuliert, dass Sie ihre Gewohnheiten auch in Bad Kissingen auskundschaften würden, und mehrfach einen einsamen abendlichen Spaziergang im Gradierwerk arrangiert. Das Taxi war von uns gemietet worden, und der Fahrer war, wie von Herrn Lürmann erwähnt, einer von uns. Frau Schauberg stieg am Hotel ein, und eine unserer Beamtinnen, die sich im Taxi versteckt hielt, stieg am Gradierwerk aus. Sie trug die gleiche Tracht mit dem Schleier wie Frau Schauberg. Beide ähneln sich und haben etwa die gleiche Größe.»

«Und in der Dunkelheit sehen sich Personen, die einheitlich gekleidet sind, zum Verwechseln ähnlich», fasste Dr. Philipp Laubmann fast orakelhaft zusammen.

***

Dr. Walther hatte darauf bestanden, zur Toilette gehen zu dürfen. Einer der jüngeren Kriminalbeamten hatte ihn begleitet. Peter Weisinger war auf seinem Platz geblieben. Glaser, Vogt, Lürmann und Laubmann hatten sich nur im

Vernehmungsraum die Beine vertreten und Wasser aus weißen Plastikbechern getrunken. Weisinger verzichtete darauf, etwas zu trinken. Als Walther zurück war, setzten sie ohne große Vorrede das Verhör fort. Der Arzt war dankbar für das angebotene Wasser.

Hauptkommissar Glaser begann erneut formal. «Herr Peter Weisinger, Sie werden beschuldigt, am Mittwoch, dem 11. April, gegen 22 Uhr Frau Margarete Müller im Park des Säkularinstituts ertränkt zu haben.»

Kommissar Lürmann hatte sein Notizbuch vorsorglich aufgeschlagen, benötigte es aber nicht. «Frau Gabriela Schauberg hatte die Angewohnheit, am späten Abend allein im institutseigenen Park spazieren zu gehen. Das hatten Sie eruiert. Und Sie wussten auch, wie leicht man durch die unverschlossene Gartentür von außen in den Park gelangt. Doch Sie wussten am Abend des 11. April nicht, dass Frau Schauberg in Bad Kissingen war und Margarete Müller gleichsam an ihrer statt den Spaziergang unternahm.»

Philipp Laubmann vermied es, zur Spiegelscheibe zu schauen, als er sprach. «Wir gehen davon aus, dass Sie bereits am 11. April Frau Schauberg töten wollten. Nur, Sie haben in der Dunkelheit Margarete Müller für Gabriela Schauberg gehalten, zumal beide einander in Aussehen und Größe ebenfalls nicht unähnlich waren, schon gar nicht mit Tracht und Schleier. – Die Verwechslung im Gradierwerk war ein Wiederholungsfehler.»

«Sie hatten geplant», erläuterte Glaser, «Frau Schauberg mit einem Faustschlag zu betäuben, sie zum Teich zu zerren und ihren Oberkörper unter Wasser zu drücken, bis der Tod eintritt. Ihnen war vermutlich sofort klar, dass Sie die falsche Frau angegriffen hatten. Doch jetzt mussten Sie auch

Margarete Müller töten, weil sie Sie höchstwahrscheinlich noch gesehen hat und demzufolge wiedererkannt hätte. Und sie hatte um Hilfe gerufen. – Sie konnten sie nicht am Leben lassen; alles wäre für Sie verloren gewesen.»

Peter Weisinger hatte sich die Rekonstruktion – im Unterschied zu Gabriela Schauberg auf der anderen Seite der Glasfront – äußerlich ungerührt angehört, und er antwortete ohne Bedenkzeit nur lakonisch darauf: «Ich habe für die Tatzeit ein Alibi.»

Die Oberkommissarin mochte einen solch schlichten Einwand, wie üblich, nicht gelten lassen. «Was soll das für ein Alibi sein? Dass Ihr Nachbar im Gewerbegebiet, Herr …» – sie blätterte kurz in ihren Unterlagen – «… Ast-Heyderbach … dass er aus der Ferne in Ihrem Büro einen Mann in Ihrer Kleidung, mit Ihrem Hut und mit Ihren fingerlosen Handschuhen beobachtet hat? – Das könnte auch Ihr Kompagnon, Dr. Walther, gewesen sein, denn *er* hat kein Alibi für die Tatzeit des ersten Mordes. Dass nämlich Mittwochnacht, laut Aussage von Frau Stettner, *seiner* Nachbarin, möglicherweise in seinem Wohnzimmer Licht gebrannt hat, beweist nicht seine Anwesenheit dort.»

Laubmann lächelte süffisant. «Die Alibis hinter den Alibis taugen nie was.»

Weisinger ließ nicht die geringste Absicht erkennen, aufzugeben. «Wenn Herr Dr. Walther, wie Sie behaupten, kein Alibi hat, dann könnte *er* genauso gut den Mord begangen haben. Wurde darüber schon mal nachgedacht?»

«Halt bloß du deinen Mund!», wehrte sich Walther.

Glaser blieb auf den Geschäftspartner des Arztes fixiert: «Ich frage Sie, Herr Weisinger, waren Sie am Abend des 11. April im Park des Säkularinstituts anwesend?»

«Nein!»

«Dann darf ich Herrn Dr. Laubmann bitten.» Glaser sah beinahe aufmunternd zu ihm hin.

Philipp lächelte noch immer süffisant. Er schwitzte nicht einmal. «Mit Unterstützung des hiesigen Stadtarchivs habe ich herausgefunden, dass zwischen dem Überlauf des Teichs im Park und dem nahen Flussbett eine unterirdische Verbindung in Form von alten Holzleitungen und von gemauerten Kanälen besteht. ‹Kollege› Lürmann und ich haben mit Hilfe eines einfachen Experiments an der Einmündung in den Hauptkanal ein entscheidendes Beweismittel sichergestellt.»

Ernst Lürmann musste schmunzeln, als er an das schwimmende Konfetti dachte.

Laubmann ließ sich von Glaser den Plastikbeutel, mit zwei zusammengehörenden Fundstücken darin, aushändigen und legte ihn in die Mitte des Tisches. «In der Scheckkartenhülle des ‹Bankhauses Lößner & Wegner› steckte, wie Sie sehen, eine vom selben Bankhaus auf Ihren Namen ausgestellte EC-Karte.»

Der Erkennungsdienst hatte die Karte vorsichtig aus der verschmutzten Hülle genommen und beide Gegenstände genau untersucht. Auf der Karte, die durch die eng anliegende Hülle geschützt war, konnten Fingerabdrücke nachgewiesen werden. Auf der Hülle waren der Wassereinwirkung wegen diesbezüglich keine ausreichend verwertbaren Spuren gewesen.

Weisinger war im ersten Moment sehr überrascht. «Die Karte hab ich noch gar nicht vermisst.»

«Warum auch?», sagte Glaser. «Sie besitzen ja eine weitere EC-Karte eines anderen Kreditinstituts. Herr Dr. Walther hat für Ihre privaten Konten edelmütig Bürgschaften übernommen.»

«Die Karte von ‹Lößner & Wegner› muss mir gestohlen worden sein.»

«Auf der Karte sind aber nur *Ihre* Fingerabdrücke.»

«Dann hab ich die Karte halt irgendwo verloren.» Weisinger zuckte mit den Achseln.

«Sie haben sie verloren», bestätigte Philipp Laubmann, «und wir wissen auch, wo und wann: nämlich am Teich im Park am Abend des Mordes.»

«Das kann nicht sein. – Ja, ich war mal irgendwann am Teich, als ich mit dem Gärtner gesprochen hab; aber das ist lange her.»

«Herr Weisinger», insistierte Kommissar Glaser, «mit dieser Karte wurde gut eine halbe Stunde vor dem Mord bei der Bamberger Filiale der genannten Bank an einem Auszahlungsautomaten eine größere Summe abgehoben. Diese Abhebung ist mit Datum und Uhrzeit gespeichert. Außerdem überwacht eine Kamera den Automatenbereich. Es existiert eine Aufzeichnung, auf der Sie eindeutig zu identifizieren sind. Man erkennt sogar, wie Sie die EC-Karte wieder in die Scheckkartenhülle schieben und die Hülle in die Brusttasche Ihres Oberhemdes stecken. Ihr Jackett war offen.»

«Sie wollten auf Nummer sicher gehen», meinte Laubmann. «Falls Sie bei Ihrer Tat entdeckt worden wären, hätten Sie Fluchtkapital gebraucht.»

«Na schön, dann machen Sie sich eben zusammen einen netten Video-Abend und zieh'n sich die Aufzeichnung immer wieder rein», spottete Weisinger. «Aber ein Mord lässt sich damit nicht beweisen.»

«Mit diesem Indiz allein nicht.» Laubmann gab ihm recht. «Der polizeiliche Erkennungsdienst hat jedoch einen mikroskopisch kleinen Hautfetzen gefunden, der zwischen der Scheckkartenhülle und Ihrer EC-Karte eingeklemmt war. Und dieses Stückchen Haut lässt sich aufgrund der DNA-Analyse beim Landeskriminalamt unabweisbar Margarete Müller zuordnen. – Frau Müller hat sich in ihrem Todeskampf mit den Händen krampfartig an Sie geklammert und ist dabei mit der Kartenhülle in Berührung gekommen. Die Hände Ihres Opfers, müssen Sie wissen, waren aufgerauht und wund von der Gartenarbeit. Zudem hatten Sie sich vornübergebeugt, um Ihr Opfer unter Wasser festzuhalten. Die Kartenhülle mitsamt der EC-Karte ist dabei ins Wasser gefallen, und der Sog des nahen Überlaufs hat sie bald darauf ins Kanalsystem gezogen. – Sie hätten in Ihrer Aufregung die Karte nicht so leichtfertig in der Brusttasche Ihres Hemdes verstauen sollen. Aber Sie sind ja, finanziell und kriminalistisch betrachtet, schon immer etwas zu leichtfertig mit solchen Karten umgegangen.»

Laubmann, Glaser, Vogt und Lürmann schauten mit nicht zu leugnender Selbstzufriedenheit auf Peter Weisinger, der seinen Widerstand offensichtlich aufgegeben hatte und mit geneigtem Kopf auf den Tisch oder auf den Boden blickte. Er schwieg fortan und rührte sich nicht.

Auch Walther starrte vor sich hin und sagte nun seinerseits: «So ein Idiot.» Kurz danach richtete er sich auf: «Herr Kommissar Glaser, ich distanziere mich ausdrücklich von den Taten und der verbrecherischen Gesinnung meines ehemaligen Partners.»

«Das ist verständlich», antwortete Glaser, «aber ein wenig voreilig. Denn Sie übersehen geflissentlich den zweiten Mord und die Mordanschläge auf Frau Schauberg. Beides ist eine unmittelbare Folge des ersten Verbrechens. Hätte Frau Schauberg Ihren Geschäftspartner erkannt, dann hätten Sie, wie bereits ausgeführt, die Immobilie nicht kaufen können, und Sie hätten befürchten müssen, des Mordes an Margarete Müller sowie später des Mordes an Reinhold Müller verdächtigt zu werden. Ihre Betrugsabsichten wären nämlich sofort als Mordmotiv im Raum gestanden. Außerdem mussten Sie unbedingt vermeiden, dass unter Ihren Investoren ein Mordverdacht gegen Sie die Runde macht. Auch das wäre eine finanzielle Katastrophe gewesen.»

«Und es wird bestimmt noch eine finanzielle Katastrophe werden.» Dessen war sich die Kommissarin sicher. «Als Ihrem Partner im Park die schreckliche Verwechslung bewusst wurde, mussten Sie beide unverzüglich handeln. Wenn Reinhold Müller erfuhr, dass seine engste Freundin – die Mutter seines Sohnes – einem Mordanschlag zum Opfer gefallen ist, würde er verzweifelt und panisch reagieren. Damit mussten Sie rechnen. Er würde sich vorwerfen, an ihrem Tod mitschuldig zu sein, und es ließ sich vorhersehen, dass er früher oder später seinen Diebstahl gestehen würde. Und damit käme zur Sprache, dass Sie oder Ihr Partner ihn und Margarete Müller erpresst haben. Denn für Reinhold Müller wäre es eine logische Schlussfolgerung gewesen, dass seine Freundin im Zusammenhang mit der Erpressung getötet worden ist. Das hieß für Sie wiederum nichts anderes, als *ihn* so schnell wie möglich zu beseitigen. – Für mich sind Ihre Motive einzig und allein in Ihrem Gewinnstreben zu suchen.»

«Wollen Sie jetzt etwa gegen mich losschlagen?», beschwerte sich Dr. Walther. «Sie haben doch den Mörder. Neben mir sitzt er. Halten Sie sich an ihn!»

Kommissar Ernst Lürmann zog nun tatsächlich sein Notizbuch zu Rate. «Wahrscheinlich wussten Sie beide bereits vor dem ersten Mord, dass der Mesner Reinhold Müller in Bad Kissingen zur Kur weilt. Das war seinem Anrufbeantworter unschwer zu entnehmen. Auch wo er sich in Bad Kissingen aufhält, also in welcher Klinik. Ich habe es selbst überprüft.» Lürmann klopfte mit dem spitzen Ende seines Bleistifts auf die Seite mit den betreffenden Notizen. «Durch anonyme Anrufe in seiner Klinik oder, wie belegt, im Alten Kurbad haben Sie oder Herr Weisinger erfahren, ob und wann Reinhold Müller einen Moorbadtermin hat.»

Im Nachbarraum nickte Gabriela Schauberg zustimmend, weil sie sich in gleicher Weise nach dem Aufenthaltsort des Mesners erkundigt hatte. «Klinik und Kurbad arbeiten zusammen», flüsterte sie Cordula Hilder zu, obwohl sie in normaler Lautstärke hätte reden dürfen.

Lürmann sprach indes im Vernehmungsraum weiter: «Am Freitag, dem 13. April, war Ihre Praxis, Herr Dr. Walther, den ganzen Nachmittag über geschlossen; Ihre Hausbesuche hatten Sie hinter sich. Sie hatten also genügend Zeit, nach Bad Kissingen zu fahren.»

«Bei uns in Kissingen», erklärte die Oberkommissarin, «ist wie in jedem durchdachten Kurbetrieb alles ordentlich ausgeschildert, obwohl das für Sie, Herr Dr. Walther, nicht mal nötig war. Sie kannten sich bestens aus seit Ihrem kurmedizinischen Praktikum. Und an der räumlichen Aufteilung der Moorbadkabinen hat sich seither kaum etwas verändert. Außerdem haben Sie Kissingen bestimmt hin und wieder besucht, etwa um mit Ihrem Kapitalgeber Dr. Pabst zu konferieren.»

«Zum Beispiel in der Sauna», witzelte Lürmann.

Philipp Laubmann merkte, dass er als Augenzeuge gefordert war. «Ich vermute, dass ich Herrn Dr. Walther, kurz vor dem Mord an Reinhold Müller, in meiner Kabine gesehen habe. Wenn ich ihn mir so näher anschaue …

ja, er könnte es gewesen sein. Sich einen Bart anzukleben und eine getönte Brille aufzusetzen, ist kinderleicht. Ärztliche Dienstkleidung besitzt er sowieso zur Genüge, einschließlich der durchsichtigen Handschuhe. Und dass ich mich an sein Haupthaar nicht mehr erinnern konnte, verstehe ich inzwischen. Er hatte einfach sein Toupet abgenommen und sah allein deshalb, wie jetzt auch, ganz anders aus.»

«Wer sollte sich im sogenannten ‹Bedienergang›, der die fünf Kabinen miteinander verbindet, darüber wundern, dass dort ein Arzt erscheint, zumal im Alten Kurbad nicht jeder mit jedem bekannt ist», fügte Kommissar Glaser hinzu. «Obgleich, Ihnen ist wahrscheinlich überhaupt niemand begegnet. Die Badegehilfin, Frau Brender, musste sich ja die Hand verbinden lassen. Ihr einziger Lapsus, Herr Dr. Walther, war, dass Sie sich zuerst in der Kabine geirrt und ausgerechnet Dr. Laubmann geweckt haben – unseren ‹Sonderermittler›.»

Philipp wurde fast rot vor lauter Eitelkeit.

Dr. Anselm Walther dachte nicht daran, sich auf die kriminalistischen Erörterungen näher einzulassen. «Ich verwahre mich entschieden gegen Ihre Beschuldigung! Sie müssen schlicht zur Kenntnis nehmen, dass ich an besagtem Freitagnachmittag von meinen Nachbarinnen in meiner Praxis gesehen worden bin.»

«Damit», sagte Juliane Vogt zielsicher, «verhält es sich wie mit dem geplatzten Alibi Ihres Partners: Die Damen Sieglinde und Miriam Stettner haben von ihrem Garten aus nur einen Mann wahrgenommen, der hinter dem geschlossenen Fenster an seinem Schreibtisch saß; näherhin einen Mann in Ihrer Arztkleidung und mit Ihrem Toupet auf dem Kopf, das zu tragen für Herrn Weisinger bei seinen kurzen Haaren problemlos möglich war. *Er* hat nämlich für den Freitagnachmittag kein Alibi.» Der Genannte reagierte nicht.

Glaser übernahm: «Herr Weisinger hat Ihr Ersatz-Toupet aus der Praxis benutzt. Das Toupet, das Sie üblicherweise verwenden, hatten Sie in Bad Kissingen bei sich, um sich auf der Rückfahrt wieder in den Arzt Dr. Walther verwandeln zu können. Und demzufolge hat Ihr Partner auch die Haustür nicht geöffnet, als Miriam Stettner ihren Kuchen vorbeigebracht hat. Sie hätte erkannt, dass er nicht ihr Nachbar ist.»

«Sie beide haben jeweils den Mord des anderen gedeckt», bemerkte die Oberkommissarin. «Doch dabei haben Sie übersehen, sich selbst ein Alibi zu besorgen.»

«Meine Rede!», tönte Philipp Laubmann, und Juliane Vogt ließ ihn gewähren.

«Sie haben keine Beweise. *Sie* schon gar nicht!», herrschte Walther den Theologen Laubmann an.

Der wurde von heiligem Zorn erfasst: «Sie denken, der Erkennungsdienst hätte bei Ihnen keine Spuren gefunden, die auf den Mord hinweisen, weil sich der falsche Bart, die getönte Brille oder die Arzthandschuhe so leicht entsorgen ließen? Ein Irrtum! Bei der Durchsuchung Ihrer Praxis und Ihrer Wohnung wurden weiße Arztschuhe sichergestellt.

Ja, Sie haben natürlich Ihre Schuhe und Ihre Kleidung vom Moorwasser gesäubert, das während des Mordes an Reinhold Müller drangekommen war. Aber Sie haben die Rillen in den Sohlen nicht *gründlich* genug gereinigt. Die Spurensicherung hat darin einen winzigen Glassplitter und einen ebenso winzigen Blutrest ausfindig gemacht. Und der DNA-Vergleich hat ergeben, dass dieses Blut von der

Badegehilfin Barbara Brender stammt, die sich in der Kabine des Opfers kurz vor dem Mord an einer Glasscherbe geschnitten hatte. Seitdem jedoch ist die gesamte Moorbad-Abteilung polizeilich versiegelt, und die Siegel wurden bisher nicht beschädigt, höchstens durch Beamte ersetzt, wenn dort noch etwas zu ermitteln war. Das Blut kann daher nur *während* der Tat in die Rillen Ihrer Schuhe geraten sein. – Sie und Ihr Kompagnon haben sich ein bisschen zu oft in Irrtümer verstrickt.»

Philipp Laubmann blickte erhobenen Hauptes um sich. «*Cuiusvis hominis est errare; nullius, nisi insipientis, perseverare in errore*, schreibt Cicero. – *Ein jeder Mensch kann irren; doch bloß ein Narr kann im Irrtum verharren.*»

XXXIX

DER LEICHENSCHMAUS HATTE BEGONNEN. Die Lebenden erfreuten sich ihres Zusammenseins, nachdem sie bei den Beerdigungen auf dem Bamberger Hauptfriedhof die Verstorbenen angemessen betrauert hatten. Das erste Mordopfer, Margarete Müller, hatte seine letzte Ruhe in der Gruft des Säkularinstituts gefunden, das zweite Mordopfer, Reinhold Müller, in einer neuen Grabstätte.

Bei der Beerdigung Margarete Müllers hatte der seelsorgerische Beistand des Instituts, der Geistliche Rat Kautler, den kirchlichen Part übernommen. Bei der Beerdigung Reinhold Müllers war dies wunschgemäß Monsignore Herold gewesen, der Pfarrherr von Alt-Sankt-Anna. Als sein Ministrant hatte der Ersatzmesner Franz Schaffer fungiert.

Die Leichname waren während der vorherigen Nacht in der Schlosskapelle des Säkularinstituts aufgebahrt gewesen. Die Frauen des Instituts hatten sich vor den geschlossenen Särgen bei der Totenwache abgewechselt. Sie hatten am Abend die Maiandacht ausfallen lassen und stattdessen das Totenoffizium gebetet.

Recht früh am heutigen Nachmittag – die Särge waren vom Bestattungsunternehmen bereits davor zur Aussegnungshalle am Friedhof verbracht worden – hatte der Geistliche Rat Kautler in der Schlosskapelle einen Trauergottesdienst zum Gedenken an Margarete Müller gehalten und kurz darauf Monsignore Herold in der Pfarrkirche Alt-Sankt-Anna zum Gedenken an den Mesner Reinhold Müller. Wer an den beiden Gottesdiensten hatte teilnehmen wollen, hatte sich ganz schön beeilen müssen. Ähnliches galt für die Beerdigungen selbst.

Der Ort, an dem der Leichenschmaus begangen wurde, war auch eine Stätte der Erinnerung, der Erinnerung an einen längst verstorbenen Bamberger Bürger, den Juristen Dr. Karl Remeis, der sich hier, auf einem Hügel oberhalb der Stadt, im Jahre 1875 eine später nach ihm benannte klassizistische Villa als astronomische Beobachtungsstation eingerichtet hatte. Zudem hatte er testamentarisch bestimmt, dass dieses Anwesen nach seinem Tode in das Eigentum der Stadt Bamberg übergehen solle, aber für immerdar als Café öffentlich zugänglich sein müsse; ansonsten würden das Haus und die Aussichtsterrasse an die Stadt Würzburg fallen.

«Schon der Name ‹Villa Remeis› verweist uns Bamberger also auf das Himmlische», erläuterte Dr. Philipp Laubmann seiner Tischnachbarin Dr. Ida Gutwein-Brenner, die ein Stück Sahnetorte verzehrte. Man hatte auf der Terrasse aus mehreren Tischen eine große Tafel zusammengestellt. «Der Italienliebhaber und Hobby-Astronom Remeis hat nämlich ebenfalls testamentarisch Geld für die Errichtung einer Sternwarte gestiftet, die man dort drüben erkennen kann.» Laubmann zeigte auf kuppelartige Gebäude eines benachbarten Hügels in südlicher Richtung, wobei der Ärmel seines dunklen «Kommunionanzugs», den er schon bei der Gala getragen hatte, ihn gehörig zwickte. Er hatte für diesen Freitag der Beerdigungen wegen von seinem Professor freibekommen.

Mit spitzen Fingern, geziert von einem erlesenen Diamantring, hielt Ida Gutwein-Brenner die Kuchengabel. «Ist ja herrlich, diese Stadt», meinte sie, und man gewann den Eindruck, sie sei nur in Bamberg, um ein neues Investitions-Objekt auszukundschaften. «So richtig altertümlich wertvoll.» Und die Beerdigungen waren für sie tatsächlich nur ein willkommener Anlass gewesen, die mit Baudenkmälern gesegnete Stadt aufzusuchen.

In der Tat stand den Trauernden in der warmen Frühlingsluft das gesamte Bamberger Kirchen-Panorama der Altstadt wie ein himmlisches Jerusalem nahe vor Augen. Spatzen hüpften unter den Tischen und Stühlen umher; durchs Geäst der Bäume huschten Kohlmeisen, ein Kleiber und sogar ein Buchfink. Die Terrasse war von Obstbäumen, Walnussbäumen und Kastanien umgeben.

Die Mühsal der Bestattungen hatte wohl appetitanregend gewirkt. Alle Leichenschmaus-Teilnehmer sprachen jedenfalls tüchtig Kräftigendem zu, Kaffee und Kuchen oder Sahnetorten, einer deftigen Suppe, Bamberger Bier, Weißwürsten mit Laugenbrezen oder selbst Bratkartoffeln mit Leberkäse – außer Philipp Laubmann. Er hatte sich nun doch vorgenommen, nachdem er seine Kur bereits am vergangenen Samstag für beendet erklärt hatte und zu einer abschließenden Untersuchung bei Dr. Goergen nicht mehr angetreten war, sein Gewicht konsequent zu reduzieren. Deshalb gönnte er sich nur ein Stück Diätkuchen und verordnete sich sein Lieblingsgetränk Kamillentee.

Nun gut, ein verfeinerter Geschmack fehlte weitgehend bei solch diätetischen Nahrungsmitteln; die Sinne hatten also wenig davon. Dafür sollte der Geist aufleben. Philipp Laubmann musste endlich seine Habilitationsschrift voranbringen. Zusätzlich hatte er sich von Prälat Glöcklein überreden lassen, in Bad Kissingen ein theologisches Seminar im Rahmen der Kurseelsorge abzuhalten. «Schöpferisch abnehmen», lautete das Thema. Als Einleitung wollte Laubmann einen Gedanken Benjamin Franklins über die Mäßigkeit auswählen: «Iss nicht bis zum Stumpfsinn!»

Der Prälat mochte sich freilich dem Fastenplan des Moraltheologen nicht anschließen, sondern wünschte sich nur ganz uneigennützig, dass Dr. Laubmann bis zum Ende des geplanten Seminars durchhielt. «Ich bin als Kurseelsorger, nicht als Kurgast in Bad Kissingen», hatte Glöcklein mehrfach kundgetan.

Gabriela Schauberg hatte ihre Kur ebenfalls offiziell beendet. Die drei Wochen waren vorbei. Sie hatte bei den zahlreich erschienenen Mitgliedern des Säkularinstituts *Christen in der Welt* Platz genommen, denn nicht bloß die Bewohnerinnen des Schlosses, sondern auch die meisten der auswärtig lebenden Frauen waren anwesend. Margarete war eine aus ihrer Mitte gewesen.

Heinrich Kornfeld, der Gärtner des Instituts, hatte die fromme Agnes Zähringsdorf und die Leiterin, Gertrud Steinhag, als Tischnachbarinnen. Sie umsorgten ihn ein bisschen, um die angeschlagene Gestimmtheit untereinander wieder ins Lot zu bringen. Die gegenseitigen Vorwürfe sollten der Vergangenheit angehören. Gertrud Steinhag hatte ihre rosige Gesichtsfarbe wiedergewonnen.

Kornfeld, im dunkelbraunen Anzug und ohne Krawatte, kam sich trotzdem zwischen ihnen etwas verloren vor. Er nickte nur, wenn sie mit ihm redeten, und ließ sich ansonsten ein Gericht mit Blut- und Leberwürsten munden. Agnes Zähringsdorf musste sich deshalb des Öfteren abwenden. Ihr blässliches Gesicht wirkte so, als hätte sie eine solch fettige Mahlzeit bereits intus. Nur ihre lindgrünen

Augen strahlten Lebendigkeit aus. Die schwieligen Hände des Gärtners bewegten sich ungelenk beim Umgang mit dem Besteck.

Weil das Institut und die Pfarrei sparsam haushalten mussten, hatte die Mineralwasserproduzentin Elli Hartlieb zugesagt, für die Kosten des Leichenschmauses aufzukommen. Sie wollte ihr schlechtes Gewissen beruhigen, weil sie ja indirekt, durch ihre Kaufabsichten, das böse Geschehen mit angestoßen hatte. Im Gegenzug durfte sie beim Schmaus mit Plakaten, die sie selber aufgehängt hatte, für ihre Mineralwassermarke *Waldsprudel* werben.

Die Frauen des Instituts trugen, obwohl sie außerhalb des Schlosses waren, einheitliche Kostüme und Hauben, wenn auch in Schwarz. Elli Hartlieb saß in einem tiefschwarzen Kleid mitten unter ihnen, versuchte sie aufzuheitern und hatte keine Hemmungen, sich eine dicke Portion Leberkäse mit Spiegelei und Bratkartoffeln einzuverleiben.

Den Kommissaren Glaser und Lürmann war auch mehr nach Frohsinn zumute, konnten sie doch zwei Mordfälle zu den Akten legen. Juliane Vogt, die mit den Kollegen ungezwungen plauderte, war eine Versetzung mit Beförderung angeboten worden; jedoch nicht in Bamberg, sondern in Würzburg, was sie fast ein wenig bedauerte, denn Dr. Philipp Laubmann war ihr inzwischen nicht mehr vollends unsympathisch.

Sogar Barbara Brender, die Badegehilfin, war zur Beerdigung des Mesners erschienen. Sie war erleichtert, dass die Verdächtigungen ausgestanden waren. Sie gab sich derzeit keine große Mühe, ihre Liaison mit dem Badearzt Dr. Rüdiger Pabst zu festigen. Er war ihr zu sehr auf seinen Vorteil bedacht.

Die beiden Seniorinnen des Instituts, Kunigunda Mayer und Dorothea Förnberg, waren doch ein wenig mitgenommen von all den Vorkommnissen. Die säuberlich gebügelten Falten ihrer Hauben bildeten einen krassen Kontrast zu den Alters- und Sorgenfalten in ihren Gesichtern.

Ihnen gegenüber saßen der Geistliche Rat Kautler, der Prälat Glöcklein und Monsignore Herold. Die Seniorinnen lauschten ehrfürchtig ihren geheiligten Worten. Albert Glöcklein, der seinen schwarzen Mantel und seinen schwarzen Hut auf einem freien Stuhl abgelegt hatte, war sich langsam sicher, dass sein Bischof nichts von seinem Spielbankbesuch erfahren würde. An die drei Priester schlossen sich Mitglieder des Pfarrgemeinderats und des Kirchenchors von Alt-Sankt-Anna an. Sie hatten ihrem Mesner Reinhold Müller im Gottesdienst und bei der Beerdigung die letzte Ehre erwiesen. Franz Schaffer, dessen schwarzer Anzug schon bessere Tage gesehen hatte, aß trockenen Kuchen.

Rose Laubmann, Anton Müller und Otto Trautmann, alle schwarz gekleidet, hatten sich vorwiegend als Bamberger Geschäftsleute zusammengefunden. Philipps Mutter hatte den Mesner flüchtig gekannt, ging immerfort gerne zu Gottesdiensten oder Beerdigungen und hatte am Nachmittag nichts weiter vorgehabt.

Eng bei Anton Müller saß seine Lebensgefährtin aus dem Elsass, Juliette Philippe. Eine zierliche Schönheit in seinem Alter, mit braunen Augen und braunem Teint. Er hatte seinen Arm um sie gelegt und zog sie immer wieder an sich. Juliette hatte ihn von der Untersuchungshaft abgeholt und für eine Woche Urlaub genommen. Laubmann hegte ihres wohlklingenden Nachnamens wegen sofort eine große freundschaftliche Zuneigung zu ihr.

Hauptkommissar Glaser hatte Anton Müller das Ergebnis der DNA-Analyse mitgeteilt, durch die bewiesen wurde, dass Anton der Sohn von Margarete *und* Reinhold Müller war. Außerdem waren ihm von Kommissar Lürmann die Briefe seiner Eltern, die Otto Trautmann in Verwahrung gehalten hatte, ausgehändigt worden. Man war ihm der erlittenen Untersuchungshaft wegen etwas schuldig gewesen.

Am gestrigen Tag hatten Monsignore Siegbert Herold und der Antiquar Anton Müller sogar einvernehmlich beschlossen, den Diebstahl der Edelsteine durch den Mesner Reinhold Müller auf sich beruhen zu lassen. Man wollte weder den Mesner noch die Pfarrei nachträglich in Misskredit bringen. Den Erlös aus den bereits verkauften Steinen sollte der Sohn erben, ohne dass die Pfarrei das Geld von ihm zurückfordern würde. Anton Müller versprach im Gegenzug, für die Beerdigungskosten und die Kosten des väterlichen Grabes einzustehen. Franz Schaffer würde das Grab pflegen.

Die anderen im Sakrarium entdeckten Edelsteinen sollten gleichfalls verkauft werden. Der dabei erzielte Gewinn sollte für Bedürftige der Pfarrei sowie für die Renovierung der Kirche benutzt werden. Zudem wollte man die alte Stola, von der die Edelsteine stammten, einer Restaurierungswerkstatt übergeben. An den Stellen, wo sich die Edelsteine befunden hatten, würden Glasimitate eingesetzt werden, die auch in der Barockzeit üblich waren.

Zum Schluss hin unterhielt sich Philipp Laubmann, abseits vom Trubel, noch einmal mit Gabriela Schauberg. Er berichtete ihr, dass er Elisabeth Werner einen recht gefühlsbetonten und handschriftlich verfassten Brief geschickt habe. Darüber hinaus habe er für Elisabeth, zur

Versöhnung und in Anbetracht ihrer neuen Aufgabe am «Spix-und-Martius-Institut», ein einstündiges Hörbild des Bayerischen Rundfunks aus dem Jahr 1989 über Spix und Martius und die Entdeckung des Amazonas beigelegt. Dieses Hörbild habe er, da er es nur auf Tonkassette besitze, von einer studentischen Hilfskraft eigens für sie auf eine CD brennen lassen.

«Vielleicht helfen die von mir entfachten Kerzen in der Elisabethenkirche wenigstens nachträglich», hoffte Laubmann.

Gabriela Schauberg freute sich für ihn. «Aber ich habe auch eine gute Nachricht: Wir haben im Säkularinstitut nämlich entschieden, unser Schloss und unseren Landbesitz nicht zu veräußern; auch nicht das Teufelsloch, obwohl sich sein Wasser als wahres ‹Teufelswasser› erwiesen hat.»

«Den Begriff hat Frau Brender auch mal verwendet», murmelte Laubmann; «allerdings auf das unglückselige Moorwasser bezogen.»

Der Handel mit dem Quellwasser war notabene von Gertrud Steinhag unterbunden worden, da es offiziell nicht als Trinkwasser genutzt werden durfte.

«Wir planen jedenfalls, selbst ein christlich-spirituelles Zentrum auf unserem Anwesen zu gründen», verkündete Gabriela Schauberg, «und sind zuversichtlich, dass sich, durch die Vermittlung des Herrn Prälaten Glöcklein, die Erzdiözese Bamberg finanziell daran beteiligen wird.» Von außen ließ sich nicht beurteilen, ob die Entscheidung mit oder ohne Hilfe der von Margarete Müller angelegten Dossiers zustande gekommen war. «Vielleicht wird so, indem niemand die Quelle anrührt, aus dem teuflischen Wasser noch ein Segen für unsere Gemeinschaft.»

«Ich bin kein Freund von zu viel Wasser», gestand Philipp Erasmus Laubmann, «und halte es daher lieber mit Erasmus von Rotterdam, meinem Vornamensvetter: *Was nützt es, dass der Körper abgewaschen worden ist, solange der Geist befleckt bleibt?*»

Glossar

Apsis
Der *Bogen;* ein halbkreisförmiger Raum meist am Ostende eines Kirchenschiffes, mit einer Halbkuppel als Dach, unter der sich ein Altar bzw. der Hauptaltar befindet.

Beginen
Seit dem 12./13. Jahrhundert fromme Lebensgemeinschaften von Frauen (männlicher Zweig: *Begarden*), die ohne Gelübde klosterähnlich zusammenlebten (Beginenhöfe) und sich der Kranken- und Armenpflege widmeten. Die Gemeinschaften bestanden im Wesentlichen nur bis zum Ende des Mittelalters. Die Herkunft des Namens ist nicht geklärt.

Brevier
Stundenbuch, d.h. Lese- und Besinnungsbuch für die tägliche innere Sammlung bzw. das tägliche Beten der römisch-katholischen Priester.

Diaspora
Eine Diaspora (= *Zerstreuung*) besteht für eine Religion oder Konfession dort, wo deren Mitglieder nur einen geringen Prozentanteil innerhalb der Gesamtbevölkerung umfassen.

Dreifaltigkeit
ist der deutsche Begriff für *Trinität*, womit im christlichen Gottesverständnis das Sein des einen Gottes in den drei Personen *Gott Vater, Sohn und Heiliger Geist* ausgedrückt wird (lat. *trinitas = Dreizahl*).

Geistlicher Rat
Ein durch einen katholischen Bischof verliehener Ehrentitel für besonders segensreich wirkende Geistliche.

Hohepriester
Priesterliches Führungsamt in Jerusalem und Israel zur Zeit des Alten und Neuen Testaments mit kultischen, religiösen und politischen Funktionen.

Hostie
bedeutet *Opfergabe*, ist also das Brot, meist in Form kleiner Oblaten, das in der Eucharistie zum Leib Christi wird (vgl. auch *Kommunion*).

Inkunabel
Druckwerk aus der Frühzeit, also der «Wiegenzeit», des Buchdrucks (vor 1500), auch «Wiegendruck» genannt (lat. *incunabula = Einbettung, Windeln, Wickelbänder*).

Klausur
Im klösterlichen Leben wird die Anordnung der Klausur aktiv oder passiv verstanden; entweder dürfen Mitglieder der Gemeinschaft den Klausurbereich nicht ohne besondere Erlaubnis verlassen, oder außenstehende Personen dürfen ihn nicht ohne besondere Erlaubnis betreten (lat. *claudere = schließen*).

Kommunion
Gemeinsames Mahl (lat. *communio = Gemeinschaft*) im Rahmen der Eucharistiefeier, bei dem die Gläubigen Leib und Blut Christi in der Form von Brot und Wein zu sich nehmen (vgl. auch *Hostie*).

Konstitution
bedeutet *Anordnung* oder *Rechtsverordnung*. In der katholischen Kirche sind das Gesetze, Erlasse oder Verwaltungsakte der Konzilien, des Papstes oder seiner Behörden.

Korpus
heißt *Körper;* hier: plastische Christusfigur an einem Kreuz.

Mesner
Dem Mesner obliegt die Aufsicht über die Kirchenräume sowie über alle kirchlichen und gottesdienstlichen Gegenstände. Er ist auch für das Läuten der Glocken zuständig. Andere Bezeichnungen für Mesner sind *Küster* oder *Sakristan* (kirchenlat. *mansionarius = der Hüter des Hauses*).

Monsignore
Ein Ehrentitel, der vom Papst an katholische Geistliche verliehen werden kann.

Monstranz
Aufwendig verziertes Schaugefäß für das eucharistische Brot (*Hostie*), also den Leib Christi, das z.B. während der Fronleichnamsprozession mitgetragen wird (lat. *monstrare = zeigen*).

Ornat
heißt *Schmuck* und meint die Amtstracht eines Priesters bei gottesdienstlichen Feiern.

Paramente
Gottesdienstliche Priestergewänder und andere textile Ausstattungsgegenstände, z.B. Altardecken (lat. *parare* = *vorbereiten*).

Prälat
In der katholischen Kirche Titel eines hohen geistlichen Amtsträgers oder des Vorstehers einer Teilkirche, aber auch (wie im Roman) als reiner Ehrentitel gebräuchlich (lat. *praelatus* = *der Vorgezogene, Bevorzugte*).

Reliquien
Überreste der Heiligen und Märtyrer, insbesondere des Körpers oder der Kleidung, die von Gläubigen verehrt werden.

Säkularinstitute
Weltgemeinschaften von Laien oder Klerikern, die eine besondere Form des «geweihten Lebens» führen wollen, indem sie sich zu den «Evangelischen Räten» (Armut, Gehorsam, Ehelosigkeit) durch ein Gelübde bekennen. Säkularinstitute sind häufig auf eine Ordensspiritualität hin ausgerichtet, unterscheiden sich aber vom Klosterleben dadurch, dass ihre Mitglieder weltlichen Berufen nachgehen und als Zeugen des christlichen Glaubens mitten in der Welt leben. Die meisten Säkularinstitute unterhalten Zentren, in welchen sich die Mitglieder z.B. bei Einkehrtagen treffen, um sich in der geistlichen Gemeinschaft innerlich zu stärken.

Sakramentar
Ein Vorläufer des Messbuchs, der seit dem Mittelalter nicht mehr gebräuchlich ist. An dessen Stelle traten die Missalien (kirchenlat. *missa = Messe*).

Sakramente
Kirchliche bzw. gottesdienstliche Handlungen mit symbolischem Charakter, durch welche die Gnade Gottes vermittelt werden soll (z.B. Taufe, Buße). Dieser und verwandte Begriffe gehen zurück auf das lateinische Wort *sacer* (= *heilig*) sowie auf den kirchenlateinischen Ausdruck *sacramentum* (= *religiöses Geheimnis*).

Sakramentshäuschen
Ein Sakramentshäuschen – turmartig und aus Stein gefertigt – wird in alten Kirchen für die Aufbewahrung des eucharistischen Brotes (*Hostien*) sowie liturgischer Gegenstände (z.B. Kelch) genutzt. Eine andere Bezeichnung dafür ist *Tabernakel.*

Sakrarium
Eine mit einer Steinplatte verschlossene Senkgrube hinter dem Hauptaltar, in der Taufkapelle oder in der Sakristei, in die nicht mehr zu verwendendes Taufwasser, in Wasser aufgelöste geweihte Hostien oder die Asche gesegneter Pflanzen (z.B. Palmkätzchen) gegeben werden. Der Begriff bezeichnet auch den Aufbewahrungsort für geweihte oder gesegnete Gegenstände in der Sakristei oder eine kleine Kapelle.

Sakristei
Ein sich neben der Kirche befindlicher Raum oder ein an die Kirche angefügtes Nebengebäude, in dem die Gewänder und Gefäße für den Gottesdienst aufbewahrt werden. Der Priester und die Ministranten bereiten sich in diesem Raum, der einen direkten Zugang zum Altarbereich hat, auf den Gottesdienst vor.

Stola
Ein aufwendig verziertes Stoffband, das sich der Priester als Zeichen seines Amtes für gottesdienstliche und sakramentale Handlungen um den Nacken legt (griech. *stole = Kleidung*).

Tabernakel
In katholischen Kirchen das Sakramentshäuschen; dient der Aufbewahrung des eucharistischen Brotes (*Hostien*). Wo kein eigenes Sakramentshäuschen vorhanden ist, kann der Tabernakel am Hochaltar angebracht werden. Er muss aus festem, undurchsichtigem Material bestehen und verschließbar sein. Der Schlüssel ist mit größter Sorgfalt zu hüten. Vor dem Tabernakel brennt das «Ewige Licht» (lat. *tabernaculum = Zelt, Häuschen*).

Totenoffizium
Ein besonderes Stundengebet, das zum Gedenken an die Verstorbenen gesprochen wird. Im Allgemeinen versteht man unter einem Stundengebet verschiedene Texte, die zu bestimmten Tageszeiten gebetet werden (lat. *officium = Pflicht, Dienst*).

Vikar
In der katholischen Kirche der Stellvertreter eines geistlichen Amtsträgers, z.B. des Bischofs, der ständig oder zeitlich begrenzt eine festgelegte Aufgabe übernimmt (lat. *vicarius = Stellvertreter*).

Die Personen des Romans in alphabetischer Reihenfolge

Christian Ast-Heyderbach – Peter Weisingers Nachbar,
Bamberg
Doris Ast-Heyderbach – Peter Weisingers Nachbarin,
Bamberg
Eberhard Beyer – Juwelier,
Bamberg
Barbara Brender – Badegehilfin im Alten Kurbad,
Bad Kissingen
Dr. Urban Denschler – Archivar im Stadtarchiv,
Bamberg
Karin Dietrich – Arzthelferin bei Dr. Rüdiger Pabst,
Bad Kissingen
Herr Eckhardt – Hotel-Portier,
Bad Kissingen
Friedolin Engel – Bauunternehmer,
Frankfurt
Dorothea Förnberg – Mitglied des Säkularinstituts,
Bamberg
Christine Fürbringer – Glasers und Lürmanns Sekretärin,
Bamberg
Dr. Ottokar Geißler – Staatsanwalt,
Bad Kissingen
Magda Giehl – Barbara Brenders Kollegin,
Bad Kissingen
Dietmar Glaser – Kriminalhauptkommissar,
Bamberg
Prälat Albert Glöcklein – derzeit Kurseelsorger,
Bad Kissingen

Dr. Gabriel Goergen – Badearzt im Alten Kurbad, Bad Kissingen
Jacques Grünfeld – Juwelier, Bad Kissingen
Dr. Ida Gutwein-Brenner – Apothekerin, Düsseldorf
Lore Hämmerlein – Friedolin Engels Empfangsdame, Frankfurt
Prof. Dr. Raimund Hanauer – Philipp Laubmanns Chef, Bamberg
Elli Hartlieb – Mineralwasserproduzentin, Oberbirnenbach
Monsignore Siegbert Herold – Pfarrer von Alt-Sankt-Anna, Bamberg
Susanne Hertz – detektivisch tätige evangelische Pfarrerin, Mainz
Cordula Hilder – Polizeiobermeisterin, Bad Kissingen
Adelheid Holzmann – Reinigungskraft in Alt-Sankt-Anna, Bamberg
Verena Charlotte John – Staatsanwältin, Bamberg
Geistlicher Rat Kautler – Seelsorger des Säkularinstituts, Bamberg
Heinrich Kornfeld – Gärtner des Säkularinstituts, Bamberg
Irene Laubmann – Philipp Laubmanns Cousine, Bamberg
Johanna Laubmann – Irene Laubmanns Tochter, Bamberg
Dr. Philipp Erasmus Laubmann – Moraltheologe/Kriminalist, Bamberg

Rose Laubmann – Philipp Laubmanns Mutter,
Bamberg
Ernst Lürmann – Kriminalkommissar,
Bamberg
Kunigunda Mayer – Mitglied des Säkularinstituts,
Bamberg
Dr. Moebius – Philipp Laubmanns Hausarzt, Bamberg
Anton Müller – Antiquar, Bamberg
Franz Müller – Geschäftsinhaber: Bastelbedarf/Schreibwaren, Bamberg
Margarete Müller – Mitglied des Säkularinstituts,
Bamberg
Reinhold Müller – Mesner der Kirche Alt-Sankt-Anna,
Bamberg
Beatrice Oberanger – Geschäftsinhaberin: Dessous,
Bamberg
Dr. Rüdiger Pabst – Badearzt im Alten Kurbad,
Bad Kissingen
Juliette Philippe – Lebensgefährtin Anton Müllers,
Elsass
Dr. Viktor Radetzky – Pathologe,
Bamberg
Franz Schaffer – 2. Mesner der Kirche Alt-Sankt-Anna,
Bamberg
Gabriela Schauberg – Mitglied des Säkularinstituts,
Bamberg
Gunther Schilf – Friedolin Engels Mitarbeiter,
Frankfurt
Adele Sieber – eine Kundin Anton Müllers,
Bamberg
Gertrud Steinhag – Leiterin des Säkularinstituts,
Bamberg

Miriam Stettner – Dr. Anselm Walthers Nachbarin, Bamberg
Sieglinde Stettner – Dr. Anselm Walthers Nachbarin, Bamberg
Otto Trautmann – Margarete und Reinhold Müllers Freund, Bamberg
Waldemar Vielhauer – Direktor des Alten Kurbads, Bad Kissingen
Juliane Vogt – Kriminaloberkommissarin, Bad Kissingen
Dr. Valentina Wagner – Pathologin, Bad Kissingen
Dr. Anselm Walther – Hausarzt des Säkularinstituts, Bamberg
Peter Weisinger – Immobilien- und Anlageberater, Bamberg
Dr. Elisabeth Werner – Ethnologin, Erlangen
Agnes Zähringsdorf – Mitglied des Säkularinstituts, Bamberg

Danksagung

Für die mannigfaltigen Informationen, die in diesen Roman eingeflossen sind, bedanken sich die Autoren bei folgenden Personen: Robin Buß, Erster Kriminalhauptkommissar; Irene Hoffstadt, Leiterin des Kurhausbades in Bad Kissingen; Pfarrer Gregor Mahr, Krankenhaus- und Kurseelsorger; Albin Markert, Besucherservice Bad Kissingen; Alois Plätzer, Goldschmiedemeister; P. Dr. Hanspeter Schmitt OCarm, Professor für Theologische Ethik; Manfred Weber, Mesner.